28-5-09

van Snelle v Crijk

(-w)

Geert Kimpen
De kabbalist
Roman

Uitgeverij De Arbeiderspers
Amsterdam · Antwerpen

Uitgeverij De Arbeiderspers stelt alles in het werk om op milieuvriendelijke en duurzame wijze met natuurlijke bronnen om te gaan. Bij de productie van dit boek is gebruikgemaakt van papier dat het keurmerk van de Forest Stewardship Council (FSC) mag dragen. Bij dit papier is het zeker dat de productie niet tot bosvernietiging heeft geleid.

Eerste druk maart 2006
Vijftiende druk oktober 2008

Omslagontwerp: Bram van Baal
Omslagillustratie: Douglas Hofmann, *Lady with blue shawl*

ISBN 978 90 295 6533 2 / NUR 301
www.arbeiderspers.nl
www.geertkimpen.com

Wat is een man gezegend als hij uit ontelbare mensen zijn zielsverwant ontmoet.

Voor Christine en Zonneke

Men betaalt een leraar slecht terug als men altijd slechts de leerling blijft.
(Friedrich Nietzsche, *Alzo sprak Zarathoustra*)

Uit respect en dankbaarheid voor rabbi Michael-ben-Pesach

Inhoud

Deel 1

Deel 2

Deel 3

Deel 4

Deel 5

Deel 6

Deel 7

Deel 1

*Tsfat** 1563. Winter (*joodse jaartelling: 5323*)

1 ויהו Vav Hej Vav: **de God die reist in verleden, heden en toekomst**

Het was geen moord, hield hij zichzelf voor, maar een ongeluk. Een spijtig ongeluk. Zijn vader was het die de zaak op de spits had gedreven, niet hij. Hij liet zijn vader met rust met diens obsessionele devotie voor de *Tora*. Waarom liet zijn vader hem dan niet de *alchemie* bestuderen?

Het was zonneklaar dat de alchemie veel concreter de geheimen van het leven beschreef dan de Tora. De alchemie reikte formules aan, recepten, handleidingen. Het was een praktische wetenschap die proefondervindelijk getoetst kon worden.

Nee, dan de Tora van zijn vader. Daarin was alleen zeker dat niets zeker was. Geen enkele consensus bestond er over nog maar het geringste vers uit de vijf *boeken van Mozes*. Al eeuwenlang schreven *rabbijnen* commentaar op commentaar in hun eindeloze discussies over wat er nu precies bedoeld werd in de Bijbel. Op geen enkele manier kon vastgesteld worden in hoeverre je als mens was ontwikkeld. Waarschijnlijk trachtte iedereen elkaar daarom te overtroeven in het schrijven van de dikste boeken met de vaagste interpretaties. Zijn vader had zich ook met overgave in de eeuwenlange traditie gegooid. Hij glorieerde door de erkenning en het aanzien die zijn boeken hem gaven.

Maar voor Chaim was het niet genoeg. Chaim wilde concrete

* Over de cursief gedrukte woorden in dit boek vindt u desgewenst meer achtergrondinformatie op www.geertkimpen.com.

antwoorden. Chaim wilde weten hoe het leven werkte. Wat de zin van het bestaan was. Of er leven na de dood was. Of het leven willekeurig was. Of het mogelijk was het leven naar je hand te zetten. En vooral: als God bestond, wie hij dan was. Als God bestond, dan wilde hij een levensechte relatie met hem. Van man tot man. Hij was toch geschapen naar zijn beeld en gelijkenis? Wel dan, dat hij zich dan ook liet zien en niet verschool in ondoordringbare bijbelregels die zoveel ruimte voor interpretatie lieten. Hij wilde dat God hem zag als zijn gelijke.

Het was zijn vader toch die keer op keer de confrontatie opzocht? Die als een lastige terriër maar niet afliet en hem bij zijn broekspijpen terug naar de Tora wilde brengen. Hoe vaak had Chaim hem al niet duidelijk gemaakt dat dit een verloren zaak was? Chaim had nu, in de drie jaren dat hij de alchemie bestudeerde, al meer zicht op antwoorden gevonden dan in al die andere jaren dat hij braaf de Tora-klassen bezocht.

Wat kon het hem schelen dat de hele stad het betreurde dat hij het pad van de Tora had verlaten? Tsfat was wat dat betreft een dorp. Iedereen hield elkaar in de gaten. Iedereen probeerde vooral niet uit de pas te lopen om zo zijn felbegeerde plek in de gemeenschap niet te verliezen. Want men was ook zakelijk van elkaar afhankelijk. Men kocht bij elkaar, men werkte bij elkaar, men deelde contacten met elkaar. Daarom deelde men hetzelfde geloof, dezelfde rituelen, dezelfde synagogen.

Maar Chaim koos voor zijn eigen koers tegen de stroom in. Hij sloot wel vriendschap met de *moslims* daar waar de andere joden probeerden het contact zo zakelijk mogelijk te houden. Van een Arabische vriend had hij een alchemistisch boek te lezen gekregen. Dat boek had zijn leven veranderd. Hij duizelde van de inzichten en de beloften uit het boek. De dag dat hij in staat zou zijn om goud te maken, zou zijn menselijke natuur ook in de eigenschappen van goud zijn veranderd. Hij zou onsterfelijk zijn, alle wijsheid en rijkdom bezitten, hij zou de vervolmaking van zijn ziel hebben bereikt.

Hoe stelliger zijn vader hem veroordeelde als ketter die zich met duivelse praktijken bezighield, hoe vastberadener hij werd om resultaten te boeken. Het werd een wedloop met zijn vader. Op een dag zou hij hem verbluffen met zijn inzichten en resultaten. Hij zou bewijzen dat de Tora een doodlopende weg was en dat in de alchemie de ware antwoorden lagen. Nauwgezet hield hij een verslag bij van zijn experimenten. Hij droomde ervan het ultieme alchemistische werk te schrijven dat als handleiding voor de mensheid zou dienen. Niemand zou het nog over de dikke boekwerken van zijn vader hebben. De alchemie zou de Tora overbodig maken. Een ouderwetse, primitieve manier van denken, zo zou men de Tora bestempelen. Wel sympathiek, maar naïef, erg naïef.

Zijn vader werd woest wanneer Chaim op die manier over de Tora en het jodendom sprak. Hij vond het onverdraaglijk dat zijn zoon zijn wortels ontkende. Dat hij alles bestreed waar zijn vader voor leefde en in geloofde.

Chaims vader hoopte dat deze wandeling door de heuvels rond Tsfat hem dichter bij zijn zoon zou brengen. Misschien zou hij zich de wandelingen herinneren die ze maakten toen hij nog kind was. Toen het woord van zijn vader nog heilig was. Misschien zou hij zich herinneren hoe zijn vader hem ontzag voor de natuur had bijgebracht. Voor de volmaaktheid van de Schepping waarbij God in alles had voorzien, wat de mens nodig heeft. Hoe alles elkaar in evenwicht hield en klopte. Maar het leek of al zijn woorden van destijds in een emmer zonder bodem waren uitgegoten. Er was geen herinnering waarmee hij een bres kon slaan in de wallen die Chaim had opgetrokken. De enige respons was een hooghartig gelach.

Toen het hevig ging sneeuwen, hadden ze beschutting gezocht in de grot waarvan de legende zei dat op die plek *Sjimon Bar Jochaj*, de beroemde kabbalist, zich dertien jaar lang had verborgen voor de Romeinen die hem ter dood hadden veroordeeld. De geborgenheid van de grot leek de kilte tussen de vader en de zoon even te verwarmen. De vader had zelfs even gedacht dat toen hij over zijn bewondering voor de *Kabbala* uitweidde, hij zijn zoon bereikte. Chaim had nu eenmaal een hang naar het mystieke. Als hij geen betovering meer zag in de letterlijke Tora, misschien dat de studie van de verborgen betekenissen in de vijf heilige boeken, hem dan terug naar de kudde kon leiden? Al moest men wel veertig zijn om door een kabbalaleraar geaccepteerd te worden, zijn vader had voldoende contacten om voor zijn zoon een uitzondering te laten maken. Maar de vader beklom te snel deze ladder van hoop. Chaim zag de manipulatieve beloften waarmee hij hem trachtte te verleiden. Hield die man dan nooit eens op? Kon hij niet gewoon eens iets vertellen zonder het onderliggende motief hem te bekeren? Het halsstarrige geloof in zijn eigen gelijk, haalde hem het bloed onder de nagels vandaan.

Het was geen moord. Het was een ongeluk, een spijtig ongeluk. Zo had hij het ook verteld toen hij buiten adem Tsfat bereikte. Niemand had aan zijn woord getwijfeld. Onmiddellijk was er een expeditie op pad gegaan om het lichaam van de gerespecteerde Toraschrijver te bergen. Alleen met zijn moeder had Chaim zijn geheim gedeeld. Een noodlottige loslippigheid die hij eeuwig zou betreuren. Nooit zou Chaim nog zijn geheim met iemand delen. Het was een ongeluk. Hij moest toch niet een leven lang boeten voor een jammerlijk ongeluk? Hij was een veelbelovende jongeman en dit tragische ongeluk mocht geen schaduw op zijn toekomst werpen.

Tsfat 1570. Zomer, zeven jaar later (*joodse jaartelling: 5330*)

2 מחי Mem Chet Joed: **de God die u schittering geeft**

Zijn naam was *Chaim Vital*, zoon van de beroemde Toracommentator *Yosef Vital.* Hij was een knappe jongeman van vijfentwintig jaar met een goed stel hersenen. Al zijn vrije tijd besteedde hij aan de studie van de kabbala. Elke ochtend om drie uur volgde hij samen met negen andere mannen de lessen van de grote kabbalameester, *Cordovero*. Omdat Chaim altijd de eerste was, bewaarde hij de sleutel. Wanneer hij het slot van de *synagoge* opendraaide, was het net alsof zijn hart werd geopend. Hij hield ervan om even in de volkomen duisternis en stilte te bidden. Daarna pas ontstak hij de kaarsen, en bracht het kale studielokaaltje dat zich rechts in de hal bevond, in orde. Chaim was de jongste leerling die Cordovero ooit bij zijn lessen had toegelaten. De negen andere studenten waren veertig jaar en ouder. Veertig was de leeftijd waarop men rijp genoeg geacht werd om aan het bestuderen van de kabbala te beginnen. Op die leeftijd had men een carrière kunnen opbouwen, een goede vrouw kunnen vinden en waren de kinderen oud genoeg om niet meer alle aandacht op te eisen. Met veertig had men tijd en ruimte om zich aan het spirituele te wijden.

Chaim was het mikpunt van nijd en achterklap in Tsfat. Veel kabbalastudenten meenden dat zij meer recht hadden op een plaats op de banken van Cordovero. Grijsaards die Chaims grootvader konden zijn en al tientallen jaren de kabbala bestudeerden, moesten knarsetandend toezien dat deze jongeling blijkbaar als wijzer werd beschouwd.

Het was volledig transparant hoe ver men vond dat je gevorderd was in je kabbalistische studie. Er was een heldere hiërarchie in leraren in Tsfat en niemand betwistte dat Cordovero boven aan de ladder troonde. Cordovero koos tien studenten die op hun beurt ook weer lesgaven. Hoe dichter jouw leraar zich bevond in de kring rondom Cordovero, of in het allerbeste geval er een rechtstreekse leerling van was, hoe hoger je in aanzien stond. Elke leerling vond verheffing in het aanzien dat zijn leraar genoot.

Chaim had zich opgewerkt via geduldige studie bij minderwaardige leraren. Zorgvuldig koos hij leraar na leraar uit tot hij les kreeg van de oude *Zimra*, een leerling van Cordovero. Hij hoopte door bij hem uit te blinken, dat Zimra zijn naam zou noemen bij de meester naar wie zijn hart uitging. Zo zou hij ooit rechtstreeks van de bron kunnen drinken die hem zou laven. Maar de ijdele wereldreiziger Zimra noemde Chaims naam nooit. Zimra praatte alleen maar over zichzelf.

Daarom deed Chaim er ondertussen alles aan om in de buurt van Cordovero op te duiken. Hij bezocht dezelfde synagogen, kocht in dezelfde winkels, en maakte blootsvoets wandelingen in de heuvels waarvan hij wist dat ze ook door Cordovero zonder schoenen werden bewandeld. Op een van die wandelingen had Chaim de grote leraar durven aanspreken.

'Meester Cordovero,' kwam Chaim zonder omwegen ter zake, 'ik verlang er zo naar om God te leren kennen. Men zegt dat u weet hoe ik hem kan ontmoeten.'

Cordovero moest glimlachen om de wanhopige jongeman die zo naar de kennis van God verlangde. Hij herkende zich in het onrustige temperament waardoor hij zelf ook, op zijn twintigste, met zijn kabbalastudie begonnen was. Het lijkt of ik tot mijn twintigste alleen geslapen heb, zei hij wel eens. Geen enkele gedachte die ik toen had, was me van nut.

'Jongeman,' antwoordde hij, 'tot op het moment dat jij achter die boom vandaan sprong, kende ik jou niet maar jij mij wel. Vanaf nu ben jij in mijn gedachten omdat je mij zocht. Wanneer ik straks bij het avondeten met mijn vrouw over andere zaken praat, betekent dat niet dat jij ophoudt te bestaan. Zo bestaan wij ook altijd in de gedachten van God.'

'Het volstaat dus zijn aandacht te trekken,' riep Chaim hoopvol uit.

'Of omgekeerd,' zei Cordovero met glimmende ogen, 'misschien was het wel God die achter een boom vandaan sprong, om jouw aandacht te vangen. God bestaat in alle dingen, en alle dingen bestaan in God. Maar hij wordt pas levendig zodra je hem zoekt. Dan merk je dat hij altijd al in je was en wachtte tot jij hem wilde ontmoeten.'

Cordovero had de jongeman spontaan aangeboden om zijn lessen te volgen. Dit tot woede van Zimra.

'Je maakt een verschrikkelijke vergissing, Cordovero. Die Chaim deugt niet. Er komt een dag dat het je zal berouwen dat je die hielenlikker in je klas hebt toegelaten. Dezelfde dag dat men mij zal aanbidden als de langverwachte *Messias*,' had Zimra hem pathetisch toegeroepen.

De zelfvoldane wereldreiziger had vanaf dat moment alle contact met Cordovero verbroken en was een van zijn felste tegenstanders geworden. Chaim trok er zich weinig van aan. De plaats die Zimra verliet, werd door Chaim ingenomen. Hij was de gelukkigste jongeman van Tsfat. Hij liep met opgeheven hoofd door de stad en de spot gleed van hem af als een zachte regenbui in maart.

Vanochtend was Chaim nog leergieriger dan anders. Cordovero besteedde aandacht aan een van de basisprincipes van de kabbala: het overwinnen van het egoïsme.

'Het is goed wanneer de mens zijn egoïsme zoveel mogelijk ontwikkelt. Want de natuur van de mens wordt gecorrigeerd door het onder ogen zien van zijn egoïsme. Een kabbalist heeft geen wensen. Nee, ik bedoel, hij heeft bijna per definitie veel wensen. Het gaat erom dat we de intentie van die wensen transformeren.'

Cordovero, die bekendstond als de meest heldere kabbalaleraar, was er niet in geslaagd zich duidelijk te maken. Welke stelling hij ook trachtte uiteen te zetten, het bleef onhandig gestuntel. Het zweet parelde op zijn voorhoofd toen hij het nog eens probeerde.

'Maar rabbi Cordovero,' onderbrak Chaim, 'een wens blijft toch een wens, ongeacht welke intentie daaraan ten grondslag ligt? Kijk, mijn wens is het om de grootste kabbalistische schrijver aller tijden te worden. Hoe kan ik dat verlangen dan transformeren?'

Josjoea, een met juwelen overladen zilversmid en Chaims halfbroer, zuchtte luid om uiting te geven aan zijn ergernis. Hij haatte het dat Chaim geen kans liet voorbijgaan om de aandacht te vestigen op het commentaar dat hij schreef op de *Zohar*, de bijbel van de kabbalisten, het meesterwerk van Sjimon Bar Jochaj.

'Ik neem aan dat je intentie om de grootste schrijver te worden, egoïstisch is,' antwoordde Cordovero. 'Omdat je beroemd wilt zijn en bewonderd wilt worden.'

'Ook,' gaf Chaim toe, 'maar toch vooral omdat ik wil dat de Kabbala onder zoveel mogelijk mensen bekend wordt.'

'Dus het zou niet uitmaken of jouw naam wel of niet op het boek zou staan?' vroeg Cordovero.

Chaim lachte betrapt.

'Ja natuurlijk wil ik wel dat mensen weten dat ik het heb geschreven.'

'En daarmee dien je slechts één belang: dat van jou. De kern van jouw wens is het prachtigste kabbalaboek te schrijven. Een boek dat de mensheid de wetten van het heelal leert kennen. Dat is een altruïstisch verlangen. Een wens om de kennis door te geven die je zelf hebt ontvangen.'

'En hoe meer kennis ik ontvang, hoe meer ik kan doorgeven,' vulde Chaim aan. 'Dus dat bedoelt u met dat een kabbalist zulke grote verlangens heeft?'

'Heel goed, Chaim. Er is niets mis met de aandrang oneindig veel te willen ontvangen van het leven. Maar de bron van vreugde van dit ontvangen droogt op, wanneer we ophouden met geven. Niets van wat we dan nog ontvangen, vult de leegte van ons hart. Het universele principe van het heelal is het onbaatzuchtig geven zonder er iets voor in ruil te verwachten.'

'Dus ik zou geen geld mogen vragen voor dat boek,' vroeg Chaim.

'Als er al iemand te vinden zou zijn die geld zou overhebben voor een boek van Chaim Vital,' kwam Josjoea tussenbeide. Er waren geen twee grotere tegenpolen denkbaar dan Chaim en zijn broer. Josjoea was twintig jaar ouder en had een bloedhekel aan zijn jonge 'onechte' broertje. De overmatige aandacht die hun vader voor Chaim had gekoesterd, was Josjoea een doorn in het oog geweest.

Het klasje klopte instemmend met hun lepeltjes tegen hun koffiekopjes. Men was Josjoea dankbaar dat die aansteller eindelijk eens op zijn plaats werd gezet. Josjoea gaf een triomfantelijke roffel met zijn handen op de tafel. Maar Chaim zelf wachtte onbewogen op het antwoord van zijn meester.

Cordovero sloot vermoeid zijn ogen. Met zijn vingers speelde hij door zijn zwarte baard en zijn moeizame, zware ademhaling weerkaatste tegen de lichtblauw geschilderde muren. Door de gekleurde ruitjes viel het eerste licht binnen van de vaalgele zon die achter de heuvel rees.

'Bij alles wat God creëerde, staat in de Tora geschreven: "En God zag dat het goed was." Behalve toen hij de mens maakte. Waarom zou dat zijn, denken jullie?'

'Deze vraag is natuurlijk kinderspel voor onze beroemde auteur Chaim Vital,' doorbrak Josjoea de afwachtende stilte. 'Misschien dat hij ons de volgende les kan verrassen met een lezing over dit onderwerp?'

'Wat een toeval. Ik wilde dit net zelf voorstellen, Josjoea. Alleen natuurlijk met toestemming van onze meester,' zei Chaim onberoerd door Josjoeas poging hem belachelijk te maken.

'Ik geef je mijn vertrouwen, Chaim. Mijn geest is niet erg helder vandaag. Ik voel me een beetje benauwd. Ik zal, als God het wil, de volgende keer op jouw stoel plaatsnemen.'

Chaim ontging het bombardement van jaloerse blikken en gedachten die op hem werden afgevuurd. Dit moest Cordovero toch ironisch bedoelen?

'Elke leraar leert wat hij zelf te leren heeft. Onze zielen ontmoeten elkaar hier iedere ochtend omdat dat voorbestemd is. Ik ben nu jullie meester. Maar in een volgend leven kan ik Chaims leerling zijn. De rol die we hier op aarde met elkaar spelen, is niet belangrijk. Er komt een dag, misschien niet eens zo ver in de toekomst, dat mijn ziel de aarde verlaat.'

'Wat bedoelt u,' vroeg *Schlomo*, een van Cordovero's meest toegewijde leerlingen die in het onderhoud van hem en zijn vrouw probeerde te voorzien door het maken van schilderijen. 'U bent toch niet ziek? Kunnen we iets voor u doen? Zal ik de ramen even openzetten voor wat frisse lucht?'

'U bent nog maar achtenveertig. Het is een beetje voorbarig om nu al over uw dood te orakelen,' vleide Josjoea.

'Meteen na mijn dood, zal er iemand mijn plaats innemen,' negeerde Cordovero hun opmerkingen. 'Veel van zijn uitspraken zullen tegengesteld zijn aan wat jullie van mij hebben geleerd. Maar spreek jullie nieuwe meester niet tegen. Wat hij jullie leert, is afkomstig van dezelfde bron waar ik mijn kennis vind, en die bron is de absolute waarheid. Zijn ziel is een vonk van de ziel van Sjimon Bar Jochaj. De goddelijk geïnspireerde auteur van de Zohar zelf zal jullie onderwijzen. Ach, ik wilde dat ik het zelf zou kunnen meemaken. Let wel, wie hem tegenwerkt, werkt de verspreiding van de goddelijke kennis zelf tegen.'

Alle studenten dachten op dat moment hetzelfde. Hij had het over Chaim. Hun ergste nachtmerrie werd waar. De student die ze het liefst van de trappen van de synagoge hadden gesmeten, zou hun nieuwe leraar worden. Wat een onmenselijke beproeving!

'Wat is zijn naam,' vroeg Josjoea met zalvende stem. Hoewel hij het antwoord vreesde, wilde hij zeker weten of zijn angstige vermoedens juist waren.

'Dat kan ik niet vertellen. Hij wil niet dat zijn identiteit nu bekend wordt.'

Chaim werd rood. Ook hij vermoedde dat Cordovero hem bedoelde. Hij voelde de kwade blikken van zijn klasgenoten. Een mysterieus zwijgen leek hem het enige juiste antwoord. Laat ze maar gissen of ik het ben die anoniem wil blijven, dacht hij grinnikend.

Cordovero negeerde de stille strijd die in zijn klas was losgebarsten. Hij keek zijn studenten een voor een aan. Argwanend werd er opgelet of hij zijn blik op de ene of op de andere langer liet rusten. Allen keken hem met de grootst mogelijke vroomheid aan. Allen droomden ervan de plaats van hun meester in te nemen.

'Nederigheid is de belangrijkste eigenschap van een man die tot kennis is gekomen,' vervolgde Cordovero terwijl hij strak naar Chaim keek. 'Hoe we met elkaar omgaan als mensen is een spiegel van onze spirituele ontwikkeling.'

Nu keek hij naar Josjoea: 'Kijk in je hart of je niemand vervloekt, over niemand kwaadspreekt, niemand iets slechts toewenst. Wijsheid uit zich in eenvoudige zaken als een oprechte glimlach, een warme groet, een gebaar van medeleven met onze vijanden. Kijk naar de zon die opkomt achter de bergen. Er is geen enkele reden voor dat ze dat elke dag opnieuw doet. Het is een geschenk. Een vriendelijk geschenk van de Schepper. En om in harmonie met Hem te leven, is het zijn oproep om op onze beurt vriendelijkheid in de wereld te brengen.'

Josjoea boog nors zijn hoofd.

'Het enige dat ik nog over mijn opvolger kan zeggen, is dat hij zich in een wolk zal openbaren tijdens mijn begrafenis.'

Niemand begreep wat Cordovero bedoelde. Ook Chaim niet. Of het moest het wolkje zijn waarop hij de synagoge verliet omdat zijn droom, ooit de meest gerespecteerde kabbalist ter wereld te zijn, vandaag iets dichterbij leek te komen.

3 ה״י Hej Joed Joed: **de God die al uw wegen kent**

Chaim smeet de Zohar in de hoek van zijn kamer en gooide al zijn aantekeningen in het rond. Hij had zich die dag ziek gemeld bij Abraham, zijn baas van de weverij waar hij de wol kleurde in grote verfbaden.

Tsfat, dat op een hoge heuvel lag in Noord-Galilea, was in de wijde omgeving bekend om zijn luxueuze stoffen. Die hadden het stadje grote rijkdom gebracht. Het waren de Spaanse joden die het ambachtelijke kleermakersambt in Tsfat hadden geïntroduceerd. Velen van hen bestudeerden in Spanje stiekem de Zohar. Toen ze voor de keuze werden gesteld zich tot het christendom te bekeren of het land te verlaten, kozen ze voor het laatste. Ze zochten een nieuwe toekomst in het stadje dat vlak bij het graf van Sjimon Bar Jochaj, hun held en toeverlaat, lag. Van de tienduizend joden die op dat moment Palestina bevolkten, leefden er maar liefst zesduizend in Tsfat.

Zo was er een joodse wijk ontstaan die niet alleen materieel maar ook geestelijk floreerde. Op elke straathoek waren er scholen waar lesgegeven werd in de Tora of de kabbala.

De joden leefden en werkten vreedzaam samen met de *islamieten*, die heersten over het hele *Ottomaanse rijk* en dus ook over Tsfat. De Turkse gouverneur, *Aboe Siffien*, regeerde met strenge doch rechtvaardige hand over de joden en islamieten. Men respecteerde elkaars geloof en handelde met elkaar. Tsfat was een paradijs voor al diegenen die in Spanje hun geloof heimelijk hadden beleden.

Het verven van stoffen was een nederig baantje, precies zoals het bij een kabbalist hoorde. Chaim verhuurde zijn lichaam aan Abraham, die hem hiervoor geld gaf waardoor hij in zijn levensonderhoud kon voorzien. Gedurende zijn werktijd was hij net zo toegewijd aan zijn werk als hij in zijn vrije uren aan de Kabbala was. Passeerde er terwijl hij de slierten wol droogde een bekende, dan begroette hij die niet. Elke minuut die hij zijn baas ontnam, was diefstal. Chaim was fanatiek in zijn streven om elk moment van de dag in harmonie te leven met de wetten van het heelal.

Dit was dan ook de eerste dag dat hij zijn baas in de steek had gelaten. Hij had voorgewend dat hij ontzettende hoofdpijn had. Abraham, een gewiekste maar eerlijke zakenman, had geen enkele reden om aan Chaims hoofdpijn te twijfelen en liet hem naar huis gaan.

Het heelal gaf Chaim vervolgens precies wat hij had gevraagd: hoofdpijn. Zijn intentie om deze dag te benutten om het raadsel op te lossen waarom God bij de creatie van de mens niet uitsprak dat 'hij zag dat het goed was', werd ingegeven door een verlangen naar roem en eer. Hij had zijn meester de volgende ochtendles versteld willen doen staan met een briljante uiteenzetting. Hij wilde bewijzen dat hij een waardige opvolger van Cordovero zou zijn wanneer die er niet meer was. Maar ook in de Zohar vond hij geen antwoord. Het leek of de letters zich in zichzelf verborgen en de tekst alleen maar duisterder werd. Wartaal. Geschreven door een gek.

Chagrijnig ging hij bij het raam zitten en beet lusteloos in een appel. Vanuit zijn kamer had hij zicht op een groot gedeelte van het joodse kwartier. Hij zag hoe druk de kooplui in de nauwe, kronkelige straatjes bezig waren om hun spullen kwijt te raken aan vrouwen die druk gebaarden dat de prijs veel te hoog was. Chaim had door zijn nederige baantje nooit veel geld te besteden en was bedreven in het afdingen. Maar hij had ook niet veel nodig. Deze eenvoudige kamer op de tweede verdieping was zijn toevluchtsoord. Een bed, een stevige houten tafel waaraan hij zowel studeerde als at, zijn boeken en talrijke vellen papier met zijn notities, opgeborgen in een hutkoffer. Dat was zijn rijkdom.

Onwillekeurig dreven Chaims gedachten naar de befaamde handlezer die hij bezocht toen hij net veertien was. Toen al was hij zich ervan bewust dat hij een uitzonderlijk iemand wilde worden. Iemand die het verschil maakte in deze wereld.

De Egyptische handlezer die in heel Tsfat bekendstond om zijn deskundigheid streek met zijn mollige vingers over de lijnen van zijn jongenshanden. Zijn warme adem blies over de klamme handpalmen waarvan hij het trillen probeerde te verbergen. Het was donker in zijn kamer en hij bracht zijn gezicht vlak bij dat van Chaim toen hij sprak: 'De lijnen in je linkerhand zijn de paden die bij je geboorte zijn uitgetekend. De route van je leven over lanen van rijkdom of armoede, succes of falen. De lijnen in je rechterhand zijn de paden die je zelf hebt gekozen.'

Nauwkeurig vergeleek hij de twee handen en mat zelfs de lengtes van sommige lijnen op met een liniaal. Chaim probeerde zijn ogen af te houden van de etterende zweertjes op zijn dikke lippen die hem eindeloos fascineerden.

'Deze lijn,' zei hij terwijl hij met zijn vuile nagel kraste over de lijn die begon tussen duim en wijsvinger en naar de pols liep, 'is de levenslijn. Ze tekent de koers van je leven. Je ziet dat er al vroeg in je leven een breuk is in deze lijn. In de eerstvolgende jaren zullen er gedachten in je hart komen die je willen weerhouden van het bestuderen van de Tora. Drie jaar zul je de boeken van *Mozes* links laten liggen.'

Deze voorspelling was uitgekomen. Toen hij vijftien was, was er een plotseling verzet in hem wakker geworden tegen alles wat joods was. Het alchemistische boek dat hij van zijn Arabische vriend had gekregen, zette hem in vuur en vlam. Het beschreef op mystieke wijze hoe men het eeuwigdurende levenselixer kon brouwen. Het beantwoordde precies aan de diepe lokroep van zijn ziel. Hij wist dat dit bestaan geheimen verborg die zich alleen onthulden aan hen die zich er volledig aan wijdden. Hij had een intens verlangen een van die ingewijden te worden. Vol overgave stortte hij zich op de studie van de geheimtaal van de alchemie. Zijn vader was achtereenvolgens woest, wanhopig, verdrietig en diep teleurgesteld. Zijn zoon, die al van jongsaf een bijzondere aanleg had getoond voor de studie van de Tora, begaf zich nu in een heidense doolhof waar zijn ziel totaal verloren leek.

Maar na drie jaar, precies zoals de handlezer voorspeld had, was er dat tragische ongeluk gebeurd. Chaim was ervan overtuigd dat de krachten die hij onderzocht, zich tegen hem keerden. Alle experimenten mislukten. De alchemistische symbolen belaagden hem in zijn nachtmerries. Hij zocht troost bij zijn broer Josjoea, die wel trouw in de voetsporen van hun vader het pad van de Tora bewandelde. Gevleid door de bewondering van zijn broertje deelde Josjoea de kabbalistische geheimen die hij net had geleerd. Hij introduceerde hem bij de leraar waar hij zelf was begonnen. Fanatieker nog dan dat hij de alchemie bestudeerde, gooide Chaim zich toen op deze nieuwe liefde, alsof hij de drie verloren jaren moest inhalen. Alsof hij met de kabbala zijn vader tot leven kon wekken.

Maar de handlezer had nog een huiveringwekkende voorspelling gedaan. Hij schudde bezorgd met zijn hoofd en snoof luidruchtig de gele fluim op die langzaam naar beneden droop.

'Zie je deze vork in je lijn?' vroeg hij.

Chaim zag duidelijk hoe de levenslijn zich in twee wegen splitste.

'Het punt op je levenslijn onder je middelvinger, is de leeftijd van vijfendertig. Jouw kruispunt situeert zich zo rond je vijfentwintigste. Dat is heel uitzonderlijk. Bij de meeste mensen zie je die splitsing pas wanneer ze veertig zijn. Het wil zeggen dat er zich twee paden voor je openbaren, het ene pad leidt naar de hel, het andere naar het paradijs. De keuze zal aan jou zijn. Wanneer je voor dit korte pad van de hel kiest, zal er geen slechtere persoon op aarde rondlopen dan jij. Je zult dan erg jong sterven. Wanneer je kiest voor het pad van het paradijs dan zul je stijgen naar het hoogste niveau van wijsheid voor een mens denkbaar.'

Nu was hij dus vijfentwintig. En volgens de voorspelling zou hij opnieuw moeten kiezen tussen twee paden. Hij zag alleen geen enkel teken dat deze kruising aankondigde.

Zijn enige passie was het doorgronden van de Zohar. Het schrijven van zijn commentaar die de Zohar voor de mensheid zou openbaren. Dat was zijn levenselixer geworden. Zo zou hij onsterfelijkheid bereiken. Want tot zijn verrassing had hij ontdekt dat zowel de alchemie als de kabbala in de eeuwigheid van de mens geloofden.

De zon had zijn daling achter de heuvels reeds voltooid. Chaim raapte zijn boek op en ging weer aan tafel zitten.

Hij wilde zich bewijzen door de vervloekte passage te ontraadselen. Die paar verzen die hem barstende hoofdpijn hadden bezorgd. Maar hij liep verloren in een woud van ondoordringbare regels.

Zijn hart bleef net zo donker als de sterrennacht die hem schaars verlichtte en hij dommelde in.

Hij werd wakker door een geklop op de deur. Het was *Anna*, zijn hospita. Anna bewoonde de benedenverdieping. Op de eerste etage had ze haar *tarot*legpraktijk. De hele dag was het een komen en gaan van vooral vrouwen die bij Anna steun zochten voor hun liefdesproblemen. Anna was een perfect luisterend oor. Ze gaf de vrouwen precies de adviezen die ze het liefst hoorden. Maar Anna had een kwalijke eigenschap. De geheimen die haar in bewaring werden gegeven, kon ze nooit voor zichzelf houden. Als je haar je hartenpijn had toevertrouwd, wist je bijna zeker dat de volgende dag jouw liefdesverdriet het onderwerp van gesprek was op de vroegmarkt. Toen ze Chaims kaarten eens had gelegd, had ze lachend gezegd: 'Wat krijgen we nu? Ik zie dat jij met een zekere Anna gaat trouwen. Dan mag je me wel een beetje meer het hof maken.' Dat had je wel gewild, had Chaim gedacht, maar ik sterf nog liever ongetrouwd. Hoewel Anna een mooi, open gezicht had, was ze door haar slordige voorkomen niet bepaald de vrouw met wie je als man bewondering kon afdwingen.

Anna keek meewarig naar de veldslag die op zijn kamer had plaatsgevonden.

'Zo, weer lekker aan het schrijven geweest?'

Chaim haalde zijn schouders op.
'Er is een oude man voor je aan de deur geweest.'
'Een oude man?'
'Had je dan een meisje gehoopt? De meeste meisjes zijn niet zo gek op boekenwurmen, Chaim. Het was een zwerver, denk ik. Hij zei dat je zo snel mogelijk naar het huis van Cordovero, je meester, moet gaan.'
'Vanavond nog?'
'Ja, onmiddellijk!'
Chaim schrok. Nog nooit was hij bij zijn meester thuis geweest.
'Ik ga meteen.'
'Ik zou me eerst maar een beetje opfrissen. Je ziet er nogal verkreukeld uit. En dat op *sjabbat*!' Grijnzend met een stralend gebit dat nog meer schitterde dankzij het spleetje tussen haar voortanden, sloot ze de deur.
Moet zij net zeggen, dacht hij glimlachend.
Chaim had zich niet gerealiseerd dat bij het ondergaan van de zon de sjabbat al was begonnen. Op hun wekelijkse rustdag kleedden alle inwoners van Tsfat zich op hun mooist. Daar de stad bestond uit een smeltkroes van immigranten uit alle Europese en Arabische streken, leek het voor een passerende reiziger op een Venetiaans carnavalsfeest.
Chaim keek in de spiegel en zag de rode striemen van zijn plooikraag in zijn gelaat. Zo kon hij zich inderdaad niet buiten vertonen. Hij was een trotse, jonge man. Door zijn werk in het textielatelier kon hij voor inkoopprijzen maatkleding laten maken van de fijnste stoffen. Hij kleedde zich snel uit en waste zijn knappe mannengezicht met een kan koel water. Hij fatsoeneerde zijn weelderige bos bruine krullen, haalde de kam door zijn bruinrossige baard, en liet het vers gesteven hemd met stijve plooikraag over zijn goedgebouwde torso glijden. Chaim trok zijn zijden kousenbanden aan met daarover zijn koningsblauwe kniebroek. Tevreden keek hij naar zichzelf terwijl hij zijn hoed met een smalle damasten rand opzette. Klapperend met zijn blinkend zwarte schoenen met gestrikte linten danste hij de trappen naar beneden.

Deborah, de gebochelde vrouw van zijn meester, had roodomrande ogen toen ze de deur voor Chaim opendeed.

'Dat je zo snel kon komen, Chaim. Hoe wist je het?'

'Anna heeft me de boodschap doorgegeven.'

'O ja, natuurlijk, Anna...' zuchtte de vrouw.

'Je moet nog wel een tijd wachten, Chaim. Dat begrijp je toch wel?'

'Natuurlijk.'

Al had Chaim de hele sjabbat moeten wachten, hij zou het zonder enige weerstand hebben gedaan. Hij nam plaats op een stoel in de gang. Af en toe hoorde hij ontzettend gesnik uit de kamers komen en hij vroeg zich af wat er aan de hand was. Hopelijk had het verdriet niet met zijn bezoek te maken.

Na enkele uren pas werd hij opgehaald door de vrouw van Cordovero. Ze nam hem mee de trap op en bracht hem naar de eenvoudige slaapkamer waar de meester in een diepe slaap verzonken leek. De slaapkamer werd schaars verlicht door twee kaarsen. Toen ze de deur achter zich sloot, werd Cordovero wakker.

Het leek of hij uit een ander sterrenstelsel kwam. Verdwaasd keek hij de kamer rond alsof hij zich afvroeg waar hij was. Maar toen hij Chaim zag, leek hij plotsklaps klaarwakker. Zijn ogen begonnen te glimmen en hij neuriede een vrolijk wijsje.

'Kom nader, beste vriend,' zei hij toen en sloeg op zijn bed, 'ga zitten.'

Het was de eerste keer dat Cordovero hem vriend had genoemd. Chaim was intens gelukkig en wist dat er vandaag iets zou gebeuren dat zijn leven zou veranderen. Misschien vroeg Cordovero hem wel om zijn assistent te worden? Als voorbereiding op die verre, glorieuze dag wanneer hij de leerstoel en reputatie van zijn meester zou erven. Met een bonzend hart vol verwachting ging Chaim zitten.

'Toen jij vanachter die boom vandaan sprong, vroeg je me hoe je God kon ontmoeten. Dezelfde vraag die Mozes aan God zelf stelde toen die met hem sprak vanuit het brandende braambos. Weet je wat God antwoordde?'

'Dat geen mens zijn aangezicht kan zien, alleen zijn rug,' zei Chaim trots dat hij het kabbalistische antwoord wist.

'Precies,' lachte Cordovero, 'omdat je God alleen maar kunt zien, wanneer hij je gepasseerd is. God reist altijd incognito. Als je terugkijkt op wat je is overkomen in je leven, dan pas zie je Gods hand erin. Dan zie je de zegening in je rampspoed.'

'En toch wil ik graag Gods gezicht zien,' antwoordde Chaim vastberaden.

'Chaim,' vroeg Cordovero ernstig, 'antwoord me eerlijk en oprecht: heb jij ooit gehoord van rabbi *Yitschak Luria*?'

Chaim verbleekte. O God, dacht hij, mijn meester denkt dat ik hem ontrouw ben. Natuurlijk had hij van rabbi Yitschak Luria gehoord. Er was niemand die vaker over de tong ging in Tsfat dan hij. Cordovero zou toch geen wild gerucht hebben opgevangen dat Chaim zich inliet met die Yitschak? Drie maanden geleden was hij met zijn gezin uit Egypte gearriveerd. Op zich niets bijzonders. Tsfat was een verzamelplaats van alle joden die zich op de kabbala toelegden. Het was een komen en gaan van rabbijnen die een tijd studeerden en soms zelf op hun beurt weer studiegroepjes opzetten. De vaste inwoners van Tsfat keken een beetje neer op deze pelgrims. Hun kennis van de kabbala was meestal beroerd en net wanneer ze een vonkje van de ware leer leken te begrijpen, dachten ze alle wijsheid ontvangen te hebben en gingen weer terug naar hun geboortestad. De minste leerling in Tsfat was wellicht een held in zijn eigen moederland. Maar de echte kabbalisten bleven in Tsfat. Die wisten dat er geen enkele plek op aarde was waar ze het voortdurende proces van ontwikkeling en correctie beter konden vervolmaken dan daar.

In tegenstelling tot de meeste anonieme immigranten was rabbi Yitschak Luria al snel een veelbesproken man geweest. Dat was zijn eigen schuld. Hij had de hoogmoed om zich meteen te wenden tot Cordovero met het verzoek om van hem les te krijgen. Dit was natuurlijk waanzin geweest. Geen enkele beginneling haalde het in zijn hoofd om in de leer te willen gaan bij de allergrootste. Zelfs al zou hij door dom geluk toch bij een les aanwezig zijn, hij zou er niets van begrijpen! Het zou hetzelfde zijn als terechtkomen bij een gevorderde cursus in de Arabische taal. Het niveau waarop Cordovero doceerde, was het allerhoogste voor een mens denkbaar, en slechts voorbestemd voor een select groepje studenten.

Chaim was dan ook verbouwereerd geweest toen hij hoorde dat Cordovero op zijn verzoek was ingegaan. Hij begreep er niets van. Hij zelf had zich zo opzichtig in de kijker moeten werpen om zijn plaatsje in Cordovero's groep te veroveren, maar een wildvreemde Egyptenaar kon reeds na een dag bij hem op audiëntie komen?

'Rabbi Yitschak Luria, zegt u? Jazeker heb ik daarover gehoord,' antwoordde Chaim spottend. Hij lachte smakelijk om aan zijn meester precies duidelijk te maken hoe hij over die Luria dacht.

'Wie heeft niet over hem gehoord? Heel Tsfat heeft het over hem. Men beweert zelfs dat hij u vroeg om privélessen te krijgen.'

'Dat klopt,' zei Cordovero. 'En, wat vind jij daarvan?'

'Ik vind het geniaal, meester. Ik erger me net als u aan al die immigranten die in Tsfat rondlopen met een air of ze zelf de Zohar hebben geschreven! Door Yitschak in zijn hemd te zetten, kunt u een voorbeeld stellen aan al die pseudo-kabbalisten.'

'Hoe bedoel je dat,' vroeg Cordovero.

Zijn meester wilde hem duidelijk testen. Het kwam er nu op aan om precies en afgewogen het juiste antwoord te formuleren. Hij streek nadenkend door zijn krullen.

'Het is ijdelheid, meester,' begon Chaim. 'Wij weten allemaal dat de studie van de kabbala een langzaam proces is waarbij elke leerling precies dat kan ontvangen wat zich een trede boven hem bevindt. Ik zelf ben nu al zeven jaren lang met niets anders bezig geweest dan mijn donkere ziel door de Zohar te laten verlichten. Ik had geluk. Ik ben in deze stad opgegroeid en vond daardoor bij elke doorbraak in mijn studie weer de volgende leraar die mij een trede hoger kon brengen. Zo ben ik uiteindelijk uw leerling geworden. Iedereen in Tsfat en in de hele wereld weet dat een hoger niveau niet mogelijk is. Het is dus waanzin dat iemand die opgegroeid is in het verre Egypte, zo ver verstoken van alle kennis en leraren die onze stad rijk is, dezelfde trap zou hebben beklommen.'

Chaim ging helemaal op in zijn betoog en declameerde zijn woorden als diepzinnige verzen: 'De kabbala is een ervaring. Zoals johannesbrood. Iemand kan je in geuren en kleuren uitleggen wat johannesbrood is maar als je het niet werkelijk geproefd en ervaren hebt, weet je nog niets. Wellicht is Yitschak bevangen door een of andere blinde waan. Ik zou zeggen dat hij net als iedereen begint met lessen bij leerlingen van leerlingen van leerlingen van u. Dan stapt hij in op een niveau dat hij begrijpen kan.'

Cordovero hoestte. Hij had zwakke longen en iedereen die hem kende, was gewend aan zijn zware ademhaling, gerochel en gesnuif. Chaim greep zijn gehoest aan als een aanmoediging en deed er nog een schepje bovenop om zijn meester te behagen.

'Iemand die werkelijk volgens de kabbala leeft, weet dat je de medemens met hetzelfde respect en dezelfde liefde behandelt zoals je met de Schepper zelf zou omgaan. Een echte kabbalist doet niet aan navelstaarderij. Als hij werkelijk zo ontwikkeld was dat hij uw lessen waardig zou zijn, dan had hij geweten dat het niet de leerling is die de meester zoekt. Maar de meester zoekt zijn leerlingen.'

Cordovero trok slechts een enkele wenkbrauw op. Reden voor Chaim om zijn koers bij te stellen.

'Maar eerlijk gezegd, meester, houd ik mij helemaal niet bezig met alle roddelpraatjes die over u en hem de ronde doen. Mijn studie is het enige waar ik voor leef en die vergt al mijn aandacht en kracht. Ik heb geen tijd om me bezig te houden met al die vreemdelingen die onze stad bezoeken, laat staan met al die praatjes waarin zovelen verstrooiing vinden.'

Cordovero liet een vaderlijke blik op Chaim rusten. Na een tijdje te hebben gezwegen, vroeg hij: 'En hoe vorder je met je studie, Chaim?'

Chaim keek diep in zijn ziel en besloot Cordovero eerlijk te antwoorden.

'Ik voel me net een ui, meester. Schil na schil wordt het egoïsme van mijn wezen blootgelegd. Soms lijk ik wel blind voor de egoïstische verlangens die zo met mijn karakter vergroeid zijn. Net alsof ik me dat na jaren realiseer; ik doe altijd eerst mijn rechter- en dan pas mijn linkerschoen aan. Het zijn ingesleten gewoonten die je niet meer herkent omdat ze je zo natuurlijk lijken. Maar gelukkig is de Zohar een bitter maar doeltreffend medicijn. Het is een boek waarvan elke bladzijde als een toverspiegel je ware aard onthult. Soms wil ik die spiegel kapotgooien. Dan haat ik het om dat groteske spiegelbeeld van mezelf te moeten aanschouwen. Maar dan weet ik: het is niet het spiegelbeeld dat ik haat, maar mezelf. Mijn onvolmaakte ziel die in zijn kreupelheid wordt weerspiegeld...'

Cordovero knikte. Wat hij zo net beschreven had, was de lijdensweg van iedere ziel die zich op het pad van de kabbala begaf. Een pad met vallen en opstaan. Wanhoop en euforie.

Toen was het lange tijd stil. Alleen de schurende ademhaling van Cordovero was hoorbaar in het kleine, benauwde vertrek zonder ramen. Chaim brandde van nieuwsgierigheid om te weten waarom hij had moeten langskomen. Hoe vereerd hij zich ook voelde, tegelijkertijd was het vreemd om bij zijn meester op bed te zitten alsof hij op ziekenbezoek was. Cordovero was wel bleek maar echt ziek zag hij er niet uit.

'Het valt me moeilijk me te concentreren, meester, sinds ik weet welke zware taak op mijn schouders rust,' gooide Chaim de knuppel in het hoenderhok. 'Ik begrijp natuurlijk dat u mij bedoelde toen u het over uw opvolger had. Dat is aanlokkelijk maar ik twijfel wel eens of ik al wel ver genoeg ben gevorderd.'

Hij keek naar het vreedzame gezicht van zijn meester die met gesloten ogen diep leek te peinzen. Plotseling gingen de oogleden omhoog en twee gloeiende koolstenen keken hem vurig aan.

'Je bent een dwaas, Chaim. Je bent de grootste dwaas die ik ken.'

Chaim gleed van het bed van de schrik. Niet-begrijpend keek hij naar zijn meester. Hij krabbelde van de vloer overeind en Cordovero pakte zijn hand en trok hem tot vlak bij zijn gezicht. Hij fluisterde: 'Ik wil dat je in de leer gaat bij rabbi Yitschak Luria.'

Chaim keek hem enkele seconden verbaasd aan en schoot toen in de lach. Dit moest een grapje van zijn meester zijn. De gedoodverfde opvolger in de leer bij een absolute beginneling! Maar Cordovero bleef hem onbewogen aankijken.

'Wat zegt u? Dit kunt u toch niet menen? Wat heb ik verkeerd gedaan? Mag ik niet langer uw leerling zijn?'

'Ik wil dat je doet wat ik zeg, Chaim.'

'Maar meester, ben ik dan zo dom dat ik mij opnieuw op het niveau van een beginneling moet begeven? Vindt u dat ik niet genoeg vorderingen maak? Dat ik niet hard genoeg studeer? Zeg me wat ik moet doen? Alles wil ik doen als ik maar uw leerling mag blijven!'

'Het enige dat jij moet doen, is mijn bevel opvolgen.'

Chaims wereld stortte in elkaar. Hij liet zich op zijn knieën voor het bed zakken en smeekte: 'Maar ik ben u toch altijd trouw geweest? In alles. Als u ons de opdracht gaf het volgende hoofdstuk te bestuderen, dan bereidde ik de volgende drie voor. Mijn hele leven heb ik aan u gewijd. Waarom verstoot u mij? Waarom wilt u dat ik bij een charlatan in de leer ga?'

Cordovero zette zich in het bed overeind en sprak krachtiger dan Chaim hem ooit gehoord had.

'Je kunt je niet voorstellen hoe kortzichtig je bent, Chaim. Ik wil dat je onmiddellijk naar rabbi Yitschak gaat. Laat alles waar je mee bezig bent, liggen. Laat alles in de wereld liggen en ga hem ontmoeten. Dit is geen verzoek, Chaim, dit is een bevel.'

Cordovero liet zich weer in de kussens zakken ten teken dat het gesprek werd beëindigd. In de gesloten blik van Cordovero zag Chaim dat het geen enkele zin had om nog langer in discussie te gaan.

Zonder afscheid te nemen, verliet hij het huis. Hij was verbijsterd. Hij had gehoopt een bijzondere gunst van zijn meester te ontvangen maar in de plaats daarvan was hij eruit gegooid. Zijn neusvleugels trilden van ongeloof. De briljante toekomst die hij zichzelf toegedicht had, lag in duigen. Wat zou er over hem worden geroddeld.

'Heb je het gehoord over Chaim? Ja, die ijdeltuit die dacht dat hij rijp genoeg was om bij de grote Cordovero in de leer te gaan? Hij is eruit gedonderd! Cordovero heeft hem naar die Egyptenaar, Yitschak Luria, gestuurd! Kun je iemand nog meer vernederen? Arme Chaim...'

Een mooie, veelbelovende avond was plots een hel geworden.

5 עלמ Ajin Lamed Mem: **de God die wolken verdrijft**

Chaim deelde niet in de vreugde waarmee de hele gemeenschap de sjabbat verwelkomde. Hij sprak met niemand tijdens de viering in de synagoge en mompelde slechts een plichtsgetrouw 'Sjabbat Sjalom' bij het afscheid. Urenlang bleef hij als verdwaasd rondlopen.

Zijn gezicht was uitdrukkingsloos en zijn benen liepen zelfstandig een route zonder dat ze enige notie hadden van de wereld om hen heen.

Alleen het schaarse maanlicht verlichtte het pad van de jachtige figuur die zich een weg baande. Tsfat lag ergens halverwege tegen de heuvel en daarboven bevonden zich velden vol bloemen, dichtbegroeide bossen en onherbergzame rotsen die de klim naar de top bemoeilijkten.

Het was het begin van de zomer en de hitte liet zijn klamme afdruk ook in de nacht achter. Krekels sjirpten oorverdovend en angstige dieren sisten of bliezen om de vijand af te schrikken. Hier en daar was het geraas te horen van bergstroompjes die zich een weg baanden naar de vallei. Het was een zompige zomernacht en insecten zwermden lustig rond het verse vlees van het malse mannengezicht.

Maar Chaim ontging dit alles. Hij vond zichzelf terug op de top van een heuvel, gehurkt met zijn rug tegen de stam van een dikke dennenboom. Hij keek naar de hoge top van de boom die zwaar overhelde, zwanger van duizenden rijpe dennenappels. Hij had geen idee hoe hij hier gekomen was maar door het voorzichtige rijzen van de zon besefte hij dat hij de hele nacht had gewandeld.

Zijn kraag was gescheurd en zijn hoed was hij onderweg ergens verloren. Zijn haar zat in de war en zijn gelaat was bedekt met zoute tranen vermengd met hard zand en gelig stuifmeel. Hij die bijna nooit zijn huis verliet zonder zichzelf ervan te overtuigen dat hij er smetteloos uitzag, zat nu als een verwilderde heremiet voor zich uit te staren.

Als ik me nu eens van de heuvel stort, overwoog hij met een pathetische gelatenheid. Wat zou het uitmaken? Dat waar ik voor leefde, is me nu toch ontglipt.

Hij was woest op Cordovero. Razend. Dit had hij echt niet verdiend. Alles had hij voor zijn meester gedaan. Was hij het niet geweest die zichzelf belast had met de nederigste taken om de lessen mogelijk te maken? Hij had de studiekamer eigenhandig opgeknapt. De muren geschilderd. De wankele tafels verstevigd. De stoel van Cordovero voorzien van twee lekkere armleuningen. Vóór elke les was hij al een uur aanwezig om alles goed schoon te maken alsof het een tempel was. Hij zette koffie, zorgde dat er altijd kosjer gebak was. Tijdens de lessen nam hij met de grootst mogelijke punctualiteit notities zodat geen woord van de wijsheid van zijn meester verloren ging. Deze notities werkte hij thuis uit en daarna schreef hij ze eigenhandig in negenvoud over voor zijn medestudenten. Nooit had hij zich op al deze taken willen laten voorstaan. Hij deed het met liefde voor zijn meester. En voor zijn Schepper. Omdat hij wist dat elk altruïstisch handelen in anonimiteit en nederigheid volbracht diende te worden.

Maar misschien had hij zichzelf toch eens op de borst moeten slaan. Want wellicht was hij te nederig geweest. Cordovero had geen besef hoe toegewijd Chaim hem was. Misschien moest hij nu onmiddellijk teruggaan en hem dit alsnog vertellen?

Meteen realiseerde hij zich dat dit geen zin had. Nog nooit had hij Cordovero zo stellig horen praten als toen hij zei: 'Dit is geen verzoek, Chaim, dit is een bevel.'

Hij keek naar de vuile groeven in zijn handen. De Egyptische handlezer uit zijn jeugd had hem verteld dat het onvoorstelbaar was met welke precisie God de lijnen in elke mensenhand had gegraveerd.

'Op je handen staat geschetst hoe je aardse leven zich verhoudt tot de ontwikkeling van je hogere levensplan,' had hij bijna als een dreigement geuit. 'In je handen kun je de zin van je leven lezen. Dat alles wat je overkomt, een betekenisvolle ervaring is.'

'Ik geloof er niet in,' had hij brutaal zijn ongemak gecamoufleerd. 'Ik weiger te geloven dat alles al uitgetekend is. Ik bepaal zelf wel hoe mijn leven zal verlopen.'

'Natuurlijk,' had de handlezer geantwoord, 'je zou ook wel gek zijn als je er nu in zou geloven. Je bent nog maar een snotneus. Je moet eerst de wanhoop ondergaan van de stormen in je leven. Dan pas zul je de landkaart in je hand koesteren. Dan zul je zien dat er een goddelijk plan voor je is dat je dwingt om keuzes te maken. Welke keuze is altijd aan jou. De hel of het paradijs.'

Zijn hese lach echode in zijn geheugen.

Was dit de kruising met het ene pad dat naar de hel en het andere pad dat naar het paradijs voerde? Cordovero kon toch nooit menen dat hij een leerling zou worden van een pelgrim? Het moest zijn manier zijn om te zeggen: stop ermee. Het heeft geen zin. Je bent er niet rijp voor.

Zelf had hij zich ook al wel eens afgevraagd of hij zijn jeugd niet vergooide door alleen te werken en te studeren met oude mannen. Waarom zocht hij zich niet net als iedereen een goede vrouw en stichtte een gezin? Sjimon Bar Jochaj had toch niet voor niets geadviseerd om pas na je veertigste met de kabbala te beginnen. Eerst moest een man iets neerzetten in deze lagere wereld, en zich pas daarna richten op het hogere. Elke voorsprong die hij nu hoopte te behalen was misschien uiteindelijk een achterstand. Hij ging het leven uit de weg en miste de lessen die verscholen lagen in het dagelijkse labeur.

Was een normaal leven leiden, de weg naar het paradijs? Of bedoelde Cordovero toch ondubbelzinnig wat hij gezegd had. Alles in de wereld laten liggen en Yitschak Luria ontmoeten.

Goed. Als dit dan een bevel was, dan zou hij het opvolgen. Hij zou bewijzen dat hij bereid was zich tot het uiterste te vernederen om zijn toewijding aan Cordovero te uiten. Misschien wilde zijn meester een doorbraak forceren in zijn egoïstische gemoed en zou na het bezoek aan Yitschak de nachtmerrie voorbij zijn. Zou hij geprezen worden in het bijzijn van zijn medestudenten om zijn onvoorwaardelijke trouw...

6 יזל Joed Zajin Lamed: **de God van de Hof van Eden**

'Yitschak Luria – Handelaar in Specerijen' las Chaim op een koperen uithangbord dat boven de ivoorwitte poort hing. Het was een monumentaal pand aan de rand van het joodse kwartier. De meeste pelgrims verbleven in eenvoudige kamers die werden verhuurd in de talloze logementhuizen in de Arabische wijk. Yitschak leek niet geneigd om zijn verblijf in Tsfat als tijdelijk te zien.

Het was nog vroeg in de ochtend en in de straat hing een onheilspellende mist die hier en daar doorboord werd door een gouden zonnestraal. Chaims hele wezen protesteerde om aan deze poort aan te bellen. Hoe kon hij het over zijn hart krijgen om bij een van de mannen die hij het meest minachtte, te gaan vragen of hij zijn leerling mocht worden? Het leek hem een nachtmerrie waar hij maar niet uit wilde ontwaken.

Hij zag het licht van brandende kaarsen door de glas-in-loodruitjes schemeren. Yitschak zou dus in elk geval al wakker zijn. Zo hoorde het ook. Een kabbalist besteedde de ochtendlijke uren aan studie en gebed. In het voorgeborchte van een nieuwe dag was de menselijke natuur het meest ontvankelijk voor de wetten van het heelal. Dat was dan in elk geval een klein pluspunt voor Yitschak. Al hoefde je daar geen grote kabbalageleerde voor te zijn; elke beginneling wist dat.

Uiteindelijk schraapte Chaim al zijn moed bij elkaar en trok aan het witte touw waarna het geschel van een heldere bel de gewijde stilte van de dageraad verbrak. Hij twijfelde nog even of hij nu heel snel zou weglopen maar hij vermande zich en besloot zijn gerechtsgang te ondergaan.

Na wat gestommel van een deur die iets verderop werd opengedaan en het geluid van voetstappen die een trapje beklommen, zwaaide de poort open. Voor hem stond een kleine, Egyptische vrouw gekleed in een glinsterende witte jurk. Ze had lange, zwarte haren en haar gezicht was zo lief en vrolijk, dat Chaim een kleur kreeg.

'Sjabbat Sjalom. Wees welkom, Chaim,' zei ze. 'Mijn man verwacht je. Mijn naam is Sarah.'

Ze nam hem mee het trapje af dat naar een oaseachtige binnenplaats leidde vol sneeuwwitte bloemen die de prille ochtenddauw van zich afschudden en hun kelken verlangend openden naar de zon. Hij volgde haar het huis in door de openstaande deur. Chaim werd verlicht door een overdaad aan sprookjesachtig kaarslicht dat uit de rijkelijk aangeklede hal op hem viel. Zijn mond zakte open van verbazing. De kroonluchters, de wandkandelaars, het schitterend witte tapijt. De ontvangsthal van de hemel had niet mooier kunnen zijn.

Ze liepen door naar een kamer waar het paradijselijk rook naar exotische geuren; kruidnagel, peper, basilicum, rozemarijn, laurier, en nog vele andere aroma's stonden uitgestald in gevlochten zakken. In het midden van de kamer stond een groot zwart bureau.

‘Hier ontvangen we de klanten,’ zei Sarah en ze nam hem vervolgens mee door een groot magazijn waar nog veel meer zakken vol kruiden keurig opgeslagen waren op grote houten rekken. Aan het eind van het magazijn bevond zich een deur naar de privévertrekken.

Chaim had nog nooit zo’n enorme eetkamer gezien. Aan de wand hing een schitterend schilderij dat de boom des levens voorstelde.

Toen pas zag hij een jong meisje aan de cipressenhouten tafel dat verdiept was in de Tora. Haar lange haren bedekten haar gezicht maar toen Chaim binnenkwam, sloeg ze nieuwsgierig haar gitzwarte lokken achterover. Het leek of de tijd stilstond en het haar in een vertraagde beweging er eeuwig over deed om uiteindelijk haar gezicht te onthullen. Zijn ziel werd geraakt door de verwonderde blik van twee gazellenogen die naar hem lachten.

‘Dit is Francesa,’ zei Sarah, ‘mijn vijftienjarige dochter.’

‘U moet dus Chaim zijn,’ antwoordde het meisje geamuseerd. ‘Ik heb gisteren nog over u geschreven in een brief. Weinig fraais. Door u moest ik afscheid nemen van mijn vriendinnen in Cairo. Ik zou u daar maar nooit vertonen. Ze villen u levend.’

Chaim kon alleen maar schaapachtig lachen. Hij had geen idee waar ze het over had. Hij schaamde zich om zijn gescheurde kleren. Haar jeugdige onschuld vermengd met geraffineerde vrouwelijkheid was zo overweldigend dat het leek of zijn ogen zich op het meisje vastzogen.

Sarah wees naar een trapje in de eetkamer dat naar beneden leidde en uitkwam bij een deur.

‘Yitschak is in zijn studeerkamer,’ zei ze. ‘Ga er maar naartoe.’

Hij liep het trapje naar beneden en opende de deur. Hij kwam binnen in een kleine kamer waarvan het raam uitkeek op de binnenplaats. Achter een wasbleke tafel zat een man met krullende blonde haren.

Hij stond op en draaide zich naar Chaim toe. Hij was misschien vijfendertig jaar en had kraaienpootjes om zijn helblauwe ogen.

‘Sjabbat Sjalom, Chaim. Ik ben zo blij dat ik je eindelijk ontmoet. Kom, blijf toch niet zo staan. Neem een stoel.’

Chaim ging bij de studeertafel zitten. Hij begreep er helemaal niets van. Dit was dus Yitschak waar zoveel over werd geroddeld?

Niemand had het ooit over zijn rijkdom gehad. Niemand had ooit verteld dat hij zo aardig was.

Wees op je hoede, Chaim, beteugelde hij zichzelf. Laat je niet door deze schone schijn in de luren leggen. Deze man moet iets van plan zijn, dat kan niet anders.

'Ik bestudeer al van jongs af de kabbala,' opende Chaim het gesprek. 'Ik ben leerling geweest van de meest vooraanstaande rabbijnen van deze stad. Sinds enkele jaren vervolmaak ik mijn studie bij rabbi Cordovero. Ik hoorde dat u hem verzocht heeft om zijn student te worden?'

'Rabbi Cordovero was een wijze man, Chaim.'

'Was? Hij leeft nog steeds hoor,' onderbrak Chaim hem. Yitschak keek hem aan, wilde iets zeggen, maar glimlachte toen. Pas nadat hij een glaasje water had ingeschonken, vervolgde hij zijn verhaal.

'Ik had al alles van hem gelezen en verlangde ernaar hem te ontmoeten. Zijn werk is van onschatbare waarde. Hij heeft van alle verschillende stromingen en interpretaties die in de loop der eeuwen over de kabbala ontstonden, opnieuw een eenheid weten te maken. Feilloos heeft hij het kaf van het koren gescheiden. Hij was een uitzonderlijk begaafde kabbalist. De grootste die deze stad heeft voortgebracht. Op Sjimon Bar Jochaj na natuurlijk!'

Het irriteerde Chaim dat Yitschak over Cordovero bleef praten in de verleden tijd. Maar hij sprak wel met een vanzelfsprekende openheid die niets slechts in zich liet vermoeden.

'Wat knap dat u als vreemdeling zomaar kunt instappen op het bijzonder hoge niveau van Cordovero's lessen! Dat is erg uitzonderlijk. Misschien kunt u mij helpen met een vraagstuk waar ik zelf niet uitkom?'

Chaim was vastbesloten Yitschak op de proef te stellen. Hij zou dit rijkeluisstudentje ontmaskeren. Hij verheugde zich al bij voorbaat op zijn gestuntel.

'Je bedoelt waarom God niet zei dat hij zag dat het goed was bij de Schepping van de mens? Natuurlijk wil ik dat graag aan je verklaren.'

Weer was Chaim onthutst. Hoe kon Yitschak weten waar hij mee worstelde? Er was maar een verklaring denkbaar: hij speelde onder een hoedje met Cordovero die hem dit had ingefluisterd. Maar waarom? Wat was de opzet van dit doorzichtige complot?

'Kijk,' zei Yitschak. 'Voor de Schepping was God onkenbaar. Zonder grenzen, niet te definiëren, zonder einde. Alles wat er was, was God. Om zichzelf te leren kennen, moest hij iets uit zichzelf terugtrekken. Zie het als een klein zwart gaatje maken in een oneindige zee van licht. Of zoals een leraar zich af moet wenden zodat hij zijn leerling zelf tot inzicht laat komen. God maakte de mens incompleet. Hij schiep de mens met een vrije wil. De mens moet leren om de goede keuzes in zijn hart te maken om zijn levensdoel te vervullen. Hij moet zijn eigen Schepping vervolmaken. Zodat hij zelf kan zeggen: "En ik zag dat het goed was".'

Chaim stond versteld door dit eenvoudige antwoord maar maskeerde zijn bewondering met een snelle vraag: 'En hoe stelt u zich "God" dan voor?'

'Laten we elkaar alsjeblieft tutoyeren als we over zulke mooie zaken praten. God heeft in elk geval geen blonde baard, zoals ik,' lachte Yitschak. 'Daarom spreek ik liever over de Scheppende Kracht. Het is de intentie om zichzelf elke seconde opnieuw te willen uitvinden in miljoenen vormen, in alles wat ons omgeeft. Kijk naar de rijkheid van de Schepping. De hele natuur heeft zich gevormd naar het verlangen van de Scheppende Kracht om zichzelf steeds mooier en veelzijdiger te creëren. Van het kleinste vliegje tot alle sterren en planeten. Het is de wens van ieder levend wezen om zichzelf te ontwikkelen tot de beste vorm die van zichzelf denkbaar is.'

Yitschaks ogen straalden. Met zijn grote, vlezige handen zette hij zijn verhaal kracht bij.

'Dus dan is de hele Schepping onvolmaakt. Alles ontwikkelt zich voortdurend.'

'Nee, er is een groot onderscheid tussen de mens en de rest van de Schepping. Natuurlijk hebben wij ook onze primaire wensen: we willen eten, drinken, slapen en ons voortplanten. Maar onze grotere wensen zijn gericht op de geestelijke ontwikkeling. Hoe groter de wensen van een mens zijn, hoe meer hij in overeenstemming leeft met de wetten van het heelal. Wij mensen zijn de Scheppers van onze eigen werkelijkheid. Alles om ons heen is de materieel geworden werkelijkheid die we wensten. Dus stel je eens voor...'

'Dat we grote wensen hebben om de wereld te verbeteren...' vulde Chaim aan.

'Juist! Bedenk dan eens tot wat we in staat zouden zijn! Maar zolang we ons hatelijk en zelfzuchtig gedragen, zullen we een wrede en egoïstische wereld aantreffen. Het is niet naïef om de wereld te willen verbeteren. Het is wel naïef als we niet het verband zien tussen de toestand van onze wereld en onze eigen gemoedstoestand. Wanneer we leren wensen op een manier die ons eigenbelang overstijgt, brengen we ons in overeenstemming met de basiskracht van het heelal; de Eeuwig Scheppende Kracht!'

'En worden we God?' vroeg Chaim verbaasd.

'We zijn al goden, Chaim. We moeten het ons alleen herinneren. Onze bouwstenen zijn precies dezelfde bouwstenen als waaruit alles in het heelal is gemaakt. Als wij ons de wetten van die bouwstenen eigen kunnen maken, dan bestaat er geen beperking meer. In geen enkel opzicht. Geen tijd, geen ruimte, geen materie: alleen de intentie die creëert en zichzelf oneindig opnieuw blijft uitvinden.'

Chaim werd koud en warm tegelijk. Deze verklaring was briljant in al zijn eenvoud. Dit was zo simpel dat hij zichzelf voor het hoofd kon slaan dat hij het niet zelf had bedacht. Hoe was het mogelijk dat een man uit Egypte zo vanzelfsprekend kon verklaren wat zelfs de grootste rabbi van Tsfat niet gelukt was? Dit kon niet waar zijn. Hij voelde zich in zijn hemd staan. Hij kon toch niet zijn meerdere vinden in een poenerige pelgrim?

'We leven al in de Hof van Eden, Chaim. We denken dat we eruit gegooid zijn omdat onze ziel zijn ogen gesloten houdt. De waarheid is dat de wereld die we om ons heen aantreffen slechts een spiegelbeeld is van ons eigen innerlijk. Door onszelf te veranderen, veranderen we de wereld. We dragen de sleutel van het aardse paradijs op zak. We leven al in een wereld van eenheid maar we klampen ons vast aan denken in afgescheidenheid. Dit is het Aards Paradijs als we ons maar zouden openstellen om het te ervaren. Alles in deze Schepping is een meesterwerk en weerspiegelt de grootsheid van de meester zelf.'

Chaim keek woedend naar de man die hem met slimme ogen onder zijn borstelige wenkbrauwen aankeek. Hij stond op, gooide zijn stoel omver en liep de kamer uit, het trappetje weer op naar de eetkamer.

Francesa stond verwonderd op.

'Is er iets?' vroeg ze.

Hij had voor haar neer willen knielen en zijn hoofd in haar schoot willen leggen. Hij had willen jammeren: 'Wat gebeurt er met mij? Wat is er aan de hand?'

Maar in plaats daarvan keek hij haar slechts een enkele hulpeloze seconde aan en vluchtte, door het magazijn, langs het bureau, door de ontvangsthal, recht de tuin weer in. Sarah, met enkele versgeknipte leliewitte bloemen in de hand, vroeg of hij de familie wilde vergezellen bij het ontbijt. Maar Chaim rende de straat op en spurtte over de gladde kasseien alsof hij door de duivel achterna werd gezeten.

7 הקמ Hej Koef Mem: **de God die het donkere licht maakt**

Omdat het sjabbat was, hoefde Chaim niet naar zijn werk. Na de lange sjabbatviering in de synagoge sloot hij zich de hele dag op en hoorde de stemmen van Cordovero en Yitschak in zijn hoofd echoen.

'Je bent een dwaas, Chaim. Je bent de grootste dwaas die ik ken.'

'Rabbi Cordovero was een wijs man, Chaim.'

'We zijn al goden, Chaim. We moeten het ons alleen herinneren.'

Hij zag het bleke gelaat van Cordovero, de borstelige, blonde wenkbrauwen van Yitschak, de zwaaiend zwarte haren van Francesa. Hij sloeg zijn hoofd tegen de afgebladderde muur om de beelden te verdrijven.

Yitschak had hem met zoveel warmte ontvangen. Als hij de gedachten van mensen kon lezen, dan had hij toch ook moeten weten hoe slecht Chaims intenties waren? Chaim had niet het bevel van Cordovero opgevolgd om zich als leerling aan te melden. De enige reden van zijn bezoek was geweest om aan te tonen dat Yitschak niets van de kabbala begreep. Hoe arrogant het geweest was om Cordovero op te zoeken.

Hij wilde Yitschak zien huilen. Smekend om vergiffenis. En dan had Chaim hem welwillend over het hoofd gestreeld en gezegd: 'Dit is de val van de zelfoverschatting waar we allemaal wel eens intrappen. Ik heb een kennis waar je je, met mijn complimenten, als leerling kunt aanmelden. Daar kun je de grondbeginselen van de kabbala op de enige juiste manier aangeleerd krijgen.'

Chaim prikte met de punt van zijn ganzenveer diep in zijn vingers zodat het bloed zich vermengde met de inkt. Hoe anders was dit alles verlopen! Chaim zelf was in zijn hemd gezet. Het moeilijkste begrip voor Chaim was voor Yitschak kinderspel geweest. Hij had het op zo'n eenvoudige manier verklaard dat het volstrekt duidelijk was dat hij het niet alleen begrepen had maar ook zelf bedacht had. Het was helder dat Yitschak al zijn aardse wensen had gerealiseerd. Een man die geen wensen meer voor zichzelf had, kon zich geheel wijden aan de wensen van de wereld om hem heen. En hij had dit alles verklaard op een wijze die alleen mededogen verried. Geen greintje hoogmoed, geen spot, geen ijdele betweterij. Eigenschappen waarvan Chaim wist dat ze zijn demonen waren die hij moest overwinnen.

De lust om te eten en drinken was hem vergaan. Hij jammerde aan een stuk door. De enige tot wie hij zijn klaagzang kon richten was de Schepper. Al zijn verdriet en wanhoop richtte hij tot het heelal. Hij smeekte om vergiffenis. Hij brulde om bevrijding uit deze hel. Hij geselde zichzelf met zijn leren broekriem en hoorde zelfs niet het bezorgde geklop aan de deur van zijn hospita.

Hij durfde zich de hele dag lang niet buitenshuis te begeven. De spiegel, waar hij zichzelf zo vaak in bewonderd had, smeet hij kapot. Hij was ervan overtuigd dat hij het lachertje van Tsfat was geworden. Wat zouden de praatjes vlug gaan. Iedereen was hongerig naar verhalen van mislukking en diepe val. Er was geen dankbaarder onderwerp dan de ellende van mensen die ooit in hoog aanzien stonden. Zijn ijdelheid was bestraft. Op genadeloze wijze. Iedereen zou hem vanaf nu beschouwen als 'de gevallen rabbi'. Een stukgeprikte varkensblaas. Hij kroop onder het bed om zich ook aan het oog van de Schepper te onttrekken.

Hoe had hij ooit nog maar kunnen denken dat hij iets van de kabbala begreep? Hij wist niets. Al die jarenlange studie waren zaadjes geweest die op een rotsbodem waren uitgestrooid. Niets had vrucht gedragen. Elke correctie die hij zichzelf had toegedicht, was een verzinsel geweest. Hij was de kabbalist die hij zo in anderen verachtte. Een man van veel woorden maar zonder geloof.

Hij wist niet hoe hij verder moest. Hoe wijs Yitschak ook had geleken, het was onmogelijk hem als leraar te aanvaarden. Zovele jaren had hij gewerkt en gestudeerd om in de exclusieve kring van Cordovero te worden opgenomen. Alle tekenen leken gunstig om zelfs ooit de plaatsvervanger van zijn meester te worden. Nooit had hij bij al die zegeningen de Schepper verantwoording gevraagd. Nooit had hij toen geschreeuwd: 'Waarom ik?' Maar nu jammerde hij als een kind tot zijn vader omdat zijn draaitol was afgepakt.

'Waarom, meester? Waarom?' snikte hij urenlang tot hij uitgeput in een diepe slaap viel.

Zijn hoofd lag bewegingloos op tafel. Zijn lichaam was slechts een slapend, kloppend hart terwijl zijn ziel zich een weg probeerde te vechten naar de hoogste sferen van begrip. Maar ook in zijn droomleven verdwaalde hij in het labyrint van de zelfzucht. Goedlachse gidsen bleken vermomde plaaggeesten te zijn die hem pesterig de verkeerde kant op stuurden. Een ziel die niet gedragen wordt door een onbaatzuchtig verlangen, loopt in de hemel net zo verloren als zijn menselijke spiegelbeeld op aarde. Zo strompelen ziel en lichaam, als een blinde en een dove, door de eeuwigheid en kunnen alleen met vereende krachten de poort van het koninkrijk vinden.

Toen hij veel later wakker werd, zag hij alleen zijn stukgeslagen spiegel, en de talloze aantekeningen die hij uit zijn hutkoffer had gegooid, verspreid over de afgesleten houten vloer als stille getuigen van zijn wanhoop.

Het was zondagochtend. Zijn ziel was even uitgeraasd. Hij trok zijn werkplunje aan en besloot de spot van zijn stadgenoten te trotseren. Hij moest verder, al wist hij niet hoe.

8 חבו Chet Bet Vav: **de God van het eeuwige leven**

Chaim verliet zijn kamer om naar zijn werk te gaan. Maar op de trap werd hij meteen aangeklampt door zijn hospita, die als een roofvogel op haar prooi had gewacht.

'Geprezen bent u, Eeuwige onze God, koning van tijd en ruimte, rechtvaardige rechter.'

Anna had een vrolijke stem, zelfs als ze de meest plechtstatige zinnen uitsprak. Ze had voortdurend pretlichtjes in haar lichtgroene ogen en haar opgewektheid verdoezelde haar slonzigheid. De schoonheidsadviezen van haar vriendinnen sloeg ze vrolijk in de wind. Ze vertrouwde erop dat er ooit een man zou zijn die zou vallen voor wie zij was en niet voor hoe ze zich opsmukte. Het vervallen huis, waarin ze een kamer aan Chaim verhuurde, was haar nagelaten door haar vader, die jong was gestorven. Anna was een erg aanwezige vrouw en misschien was dat wel de belangrijkste reden dat ze, met vijfendertig, een oude vrijster was.

'Wat bedoel je, Anna?' vroeg hij geïrriteerd.

Chaim had weinig zin in een kletspraatje. Als je haar eenmaal een luisterend oor gaf, kwam je nauwelijks nog van haar af.

'Ik wist dat je veel van hem hield. Maar dat je je zo zou laten gaan. Je bent de hele dag en nacht niet van je kamer geweest. Alsmaar brullen en bidden. Je hebt twee vriendinnen van me de stuipen op het lijf gejaagd. Ik vertelde hun net dat ik zo'n stille huurder had, een schrijver. Nou, zeiden ze, een krijsende zuigeling zul je bedoelen.'

Het verbaasde hem niets dat Anna al op de hoogte was van zijn val. En het deerde hem niet. Hij had zich gewapend om de komende weken daar keer op keer mee geconfronteerd te worden. Niet langer zou hij in Tsfat als trots wonderkind van de kabbala gezien worden, maar als een vogel die zijn vleugels aan de zon verbrand had en nu opnieuw moest leren vliegen.

'Maar haast je! Want de begrafenisstoet is ons huis al gepasseerd. Ik heb nog nooit zoveel mensen op de been gezien!'

'Begrafenisstoet? Wie is er dood dan?'

'Arme Chaim, je bent helemaal in de war. Je meester, de grote rabbi Cordovero, is dood. Morsdood. Hij wordt vanochtend begraven.'

Chaim zakte in elkaar. Cordovero? Dood? Dit kon niet waar zijn! Hij schreeuwde als een hert dat door een leeuw werd verscheurd. Zijn maag kromp ineen en het maagsap kokhalsde door zijn opengesperde mond. Anna ondersteunde hem met alle kracht van haar tengere lichaam want anders zou zijn slappe lijf van de trap rollen.

'Chaim! Arme jongen toch!'

Met haar schort veegde ze zijn mond schoon en ze streelde zijn wang als een moeder haar kind.

'Blijf hier even zitten. Ik haal een glaasje water.'

Natuurlijk had Cordovero zijn dood aangekondigd. Maar dat leek een abstract gegeven. Iets voor een verre toekomst. Cordovero was zijn allerdierbaarste. Cordovero was de man die hij ooit had willen worden. Zijn held, zijn voorbeeld. Hij was de meester naar wie hij zijn hele leven had gesmacht. Nu de misttoren was ingestort waar hij zich bij stormweer op richtte, kon hij toch niet anders dan op de klippen slaan? Hij was een wees. Er was nu niemand meer op aarde die hem het pad naar de Schepper kon tonen.

Chaim probeerde zich te vermannen. Het was ongepast zich te wentelen in zijn eigen verdriet. Zolang de overledene onbegraven was, diende men zich alleen op zijn zielenheil te richten. De gestorvene was het die steun nodig had om zijn grote reis te maken, niet de nabestaanden. Hij stormde de trap af om de rouwstoet in te halen en liep daarbij Anna omver die net terugkwam met een glaasje water. Anna vloekte kort en krachtig, sloeg het stof van haar rok en liep hem snel achterna. Een begrafenis wilde ze voor geen goud missen.

Het was niet moeilijk om bij de stoet aan te sluiten. Het leek of heel Tsfat was uitgelopen om Cordovero te vergezellen naar zijn rustplaats. De smalle straatjes puilden uit van de mensen. De gedachte om te proberen vooraan in de stoet te komen, kwam niet eens in Chaim op. Hij sloot zich achter aan de stoet aan, bij mensen die Cordovero nauwelijks persoonlijk hadden gekend maar het als hun plicht zagen om zich bij het verlies van deze grote man als een hechte gemeenschap te manifesteren. Een verbonden volk dat het verdriet van de familie mee zou dragen en hen vanaf nu zou ondersteunen.

Het in lakens gewikkelde lichaam van Cordovero werd gedragen door zijn zonen, gevolgd door Deborah, zijn vrouw, die door verdriet overmand op een oude, knoestige boom leek die door buurvrouwen werd gestut. Daarna volgden tal van prominenten, zoals de oude rechter *Karo*, en Cordovero's meest nabije vrienden en negen studenten. De hekkensluiter van de stoet, dat was precies de plaats die Chaim nu toekwam.

De rouwstoet hield halt bij de rand van de stad. Net voorbij de stenen stadspoort was een gebouwtje waar de lofredes over de overledene werden uitgesproken. Maar omdat het gebouwtje voor deze mensenmassa veel te klein was, besloot men het buiten te doen. Het lichaam van Cordovero lag op een plat rotsblok.

De eerste rede werd gehouden door rechter Karo. Hij was beslist niet alleen omwille van zijn tachtigjarige leeftijd een alom gerespecteerd man. De manier waarop hij de joodse wet neergeschreven had en toepaste, had zijn roem tot ver buiten Tsfat verspreid.

De oude rechter werd door zijn zestienjarige zoon *Yehoeda* geholpen om een heuveltje te beklimmen zodat de menigte hem zo goed mogelijk kon zien en horen. Iedereen hield zijn adem in.

'Soms stapt er iemand je leven binnen van wie je op datzelfde moment weet: hij zal mijn leven veranderen. Ik herinner mij als de dag van gisteren toen Cordovero, net achttien geworden, bij mij aanklopte. Hij had een dringende vraag over de joodse wet en legde die aan mij voor. Zijn vraag was niet bijzonder maar de gedrevenheid waarmee hij naar een antwoord zocht, wakkerde mijn eigen hartstocht aan. Hij werd mijn student. Slechts twee jaar. En ging daarna zijn eigen weg. De antwoorden die hij in de Tora niet vond, vond hij uiteindelijk in de kabbala. Hij was een man van de waarheid en nam geen genoegen met vage antwoorden. Iedere man stelt zich op een bepaald moment de grote levensvragen: wie ben ik, waarom ben ik, wat is de zin van dit leven en wat gebeurt er als dit leven eindigt. Op die laatste vraag heeft mijn jonge vriend nu veel te snel zijn definitieve antwoord gevonden. Cordovero, kameraad, je was zo standvastig als de *Ark* waarin wij de Tora opbergen en beschermen. Tsfat zonder jou, is als een synagoge zonder Ark. Ik zal je missen, mijn God, alleen de Schepper weet hoezeer ik je zal missen.'

Toen zweeg hij en keek langdurig naar het krachtige, levenloze lichaam dat voor hem lag. Alleen wie Karo echt goed kende, zag dat zijn oude ogen gebroken waren. Met onvaste stem zong hij een lied dat afgesneden werd door de kersverse weduwe die een pijnlijke kreet slaakte die door merg en been ging.

Het duurde een hele tijd voor een tweede spreker in de voetsporen van Karo durfde te treden.

Plots zag Chaim een grijze wolk die precies boven het rotsblok zweefde waar Cordovero's lichaam lag. Zijn hart stond stil. Hij dacht aan de voorspelling van Cordovero dat zijn opvolger zich in een wolk zou tonen. Het leek of hij de enige was die de wolk zag. Zou Cordovero dan toch hem hebben bedoeld? Of was het inbeelding? Hij dwong zichzelf weer naar beneden te kijken en richtte zijn aandacht op de ketting van lofredes die werden gehouden.

9 ייל Joed Joed Lamed: **de God van de overgave**

Chaim zag alle mannen die ooit belangrijk geweest waren in zijn leven, passeren. Alle kabbalisten van de stad drukten het belang uit van deze grote geest wiens kennis en geloof boven de menselijke maat waren uitgestegen. De woorden van Karo hadden alle onderlinge rivaliteit uitgewist. Het was een eindeloos komen en gaan van mensen die op hun eigen manier onder woorden brachten wat Cordovero voor hen had betekend.

Chaim kon het niet opbrengen om zich bij hen aan te sluiten. De ketting van betraande woorden gleed aan hem voorbij. Hij was met zijn gedachten in de wolken.

Alleen Zimra, die zich zo fel tegen Cordovero keerde nadat deze Chaim als leerling had aanvaard, greep zijn kans om in zijn rouwrede diplomatiek zijn kandidatuur als opvolger te verwoorden. 'Alleen een werkelijk groot man kan de leegte die hij achterlaat, opvullen.'

Net toen de zonen de lijkbaar van hun vader weer op wilden tillen, kwam er toch nog een laatste spreker. Hij beklom het heuveltje. In het schitterende zonlicht stond een goedgebouwde man met wapperende blonde haren, gekleed in een oogverblindend wit gewaad. Er gonsde een verbaasd gemompel door de menigte. Het was Yitschak Luria. De pelgrim die zoveel stof had doen opwaaien door zich als leerling van Cordovero op te werpen. Er hing een gespannen stilte. Wat zou deze vreemdeling kunnen toevoegen aan alle lofredes die al waren gehouden? Was het niet totaal ongepast om zichzelf belangrijk genoeg te achten om bij de dood van deze allergrootste het woord te nemen?

'Rabbi Cordovero heeft ons vrijdagmiddag op achtenveertigjarige leeftijd verlaten,' sprak Yitschak zelfverzekerd.

Met een schok realiseerde Chaim zich plotseling dat hij vrijdagavond bij Cordovero op bezoek was geweest. Hij herinnerde zich zijn huilende vrouw, het urenlange wachten in de gang terwijl hij hevig gesnik hoorde, en de onnatuurlijk diepe slaap van zijn meester toen hij zijn slaapkamer binnenkwam. Maar hij had toch met hem gesproken? Hij had hem toch een dwaas genoemd en bevolen om naar Yitschak te gaan? Hoe was dat mogelijk als hij op hetzelfde ogenblik al dood moest zijn geweest?

'Cordovero had zich bevrijd van elk menselijk egoïsme. Niemand stond nederiger in het leven dan hij. Waarom moest hij dan sterven? Waarom moeten wij afscheid nemen van een man die zich bevrijd had van de aardse zonden?'

Josjoea stootte Zimra aan en siste: 'Wie denkt hij dat hij is? De Messias?'

'De enige verklaring die het onrecht van zijn dood kan doen accepteren, is dat hij stierf om de erfzonde van de eerste mensheid, om *Adam*. Cordovero's taak op aarde was volbracht. De mens is een ziel gekleed door een lichaam. Cordovero heeft zijn kleding afgelegd maar zijn naakte ziel zet zijn oneindige reis voort. Zijn geschriften zullen misschien aan glans verliezen maar zijn leven zal voor ons altijd een inspiratiebron blijven. Cordovero legde de wereld van wanhoop bloot. Nu is het de tijd voor een man die de wereld van harmonie zal openbaren.'

Op de achterste rijen begon men tegen elkaar te fluisteren dat deze blonde profeet maar snel zijn mond moest houden en dat ze hem daar anders graag een handje bij wilden helpen.

Yitschak knikte naar de zonen ten teken dat dit alles was wat hij te zeggen had. Men kon een blaadje van een boom horen vallen. Een ding was zeker, hier zou nog menig woord over gewisseld worden na de begrafenis.

De lange stoet zette zich weer in beweging en volgde het rotsige bergpaadje omlaag naar de begraafplaats. Het was een moeizame wandeling in de hete zomerzon. De oude Karo schuifelde pasje voor pasje vooruit en uit respect paste de stoet zich aan zijn tempo aan. Over de vallei klonk het zachte geprevel van psalmen die eenstemmig door de duizenden rouwende mensen werden gereciteerd. Pas na een uur bereikten ze de rots waar de doodgravers al een kuil hadden gehakt in de harde bodem. Men had te midden van de graven van de allergrootste rabbijnen een schaduwrijk plekje uitgezocht, omzoomd door forse bomen. Maar weer zorgde Yitschak voor opschudding.

'Stop!' riep hij. 'Dit is niet de plaats waar hij begraven moet worden.'

Velen moesten de neiging onderdrukken om Yitschak nu het zwijgen op te leggen. Maar uit eerbied voor het intense verdriet van de familie hield men zijn mond.

'Is er dan niemand die ziet wat ik zie,' vroeg Yitschak. Als antwoord kreeg hij alleen wantrouwige en kwade blikken. De vijandige stilte werd doorbroken door Chaim.

'Ik heb ook iets gezien.'

'Vertel het dan, Chaim,' zei Yitschak. 'Vertel wat je hebt gezien.'

'Tijdens de lofrede van Karo zag ik een grijze wolk die hoog boven Cordovero prijkte,' mompelde Chaim.

Nu was de maat vol. Vooral voor de studenten van Cordovero. Geschokt door de plotselinge dood van hun meester had geen van hen een moment gedacht aan de voorspelling. Maar nu werd hun ambitie bruusk wakker geschud uit de verdovende schok. Ze realiseerden zich dat Chaim probeerde het leiderschap naar zich toe te trekken. Dit konden ze niet over zich heen laten gaan. Maar voor ze de kans kregen te reageren, riep Yitschak: 'Kijk! Zien jullie die grijze wolk die precies boven het lichaam van Cordovero hangt? Die wolk is een eerbewijs van de Schepper dat slechts een of twee mensen van elke generatie wordt gegeven. Het is een teken dat de grootsheid van Cordovero bevestigt.'

Iedereen keek naar boven en zag vol ongeloof dat er inderdaad precies boven de lijkbaar een grijze wolk zweefde.

'Deze wolk volgt het lichaam van Cordovero al van in de stad. Geen moment heeft ze hem verlaten,' sprak Yitschak plechtig.

De verbaasde stilte veranderde in een oorverdovende discussie waarin tal van verwijten en beledigingen naar zowel Yitschak als

Chaim werden geuit. Het scheelde niet veel of ze werden bekogeld door kasseien die sommige driftkoppen al dreigend boven hun hoofd hielden. Tot Karo zijn oude beverige armen omhoog deed. Langzaam bedaarde het geroep en iedereen wachtte op wat hij had te zeggen.

'Het staat vast dat er een wolk hangt boven het lichaam van Cordovero,' vatte hij de feiten samen.

'De wolk drijft nu verder en het lijkt me wijs hem te volgen,' sprak hij gedecideerd. Niemand durfde tegen de woorden van Karo te protesteren. De zonen plaatsten de lijkbaar op hun schouders en morrend zette de stoet zich weer in beweging, alle ogen op de wolk gericht.

Een kwartier later kwam de grijze wolk tot stilstand. Even leek het alsof er een gouden rand om de contouren van de wolk schitterde.

'Dit is de plek waar Cordovero begraven wil worden,' zei Yitschak.

Iedereen keek naar Karo. Hij had ook de glinstering gezien. Hij knikte als teken dat hij zich aansloot bij Yitschak.

De doodgravers gingen aan het werk en groeven een kuil. De lijkbaar bevond zich op een rots van waaruit men een schitterend zicht had op de heuvel van *Meron*, waar Sjimon Bar Jochaj begraven lag. Op deze rots zouden de twee reuzen van de kabbala voor eeuwig verbonden zijn, slechts gescheiden door een vallei van tijd en ruimte.

Maar nog voor hij in deze laatste rustplaats werd gelegd, woedden in vele hoofden plannen om de opvolging van Cordovero alsnog te bedingen. Het kon niet dat Chaim de plaats die hen toekwam in zou pikken. Laat staan die rare vreemdeling. De strijd om de opvolging was in alle stilte losgebarsten.

Chaim zelf voelde alleen maar een soort rust door de vreemde gebeurtenissen die de laatste dagen hadden plaatsgevonden. Op de een of andere manier had alles zin en betekenis gehad. Wat dat voor zijn toekomst zou inhouden, kon hij nog niet vatten. Maar voor het eerst had hij het onvoorwaardelijke geloof dat zijn leven werd gestuurd. Dat alles wat hem overkwam, zelfs de diepste ellende, nodig was.

Al lang nadat met de laatste kei het graf was gedicht, zat hij nog steeds tegen een boom dicht bij de laatste rustplaats van zijn meester.

Deel 2

Tsfat 1570. Zomer, zeven dagen later (*joodse jaartelling: 5330*)

10 מלה Mem Lamed Hej: **de God die zijn licht verspreidt**

Na zeven dagen rouw om Cordovero, werd Chaim de achtste ochtend om twee uur wakker. Alsof hij geroepen werd. Hij waste zich, kleedde zich aan en liep door de donkere straten naar de synagoge. Hij opende de deur en precies zoals hij gewend was, bad hij eerst alvorens de kaarsen te ontsteken. Na zijn gebed ging hij naar het studielokaal waar hij al die wijsheid van zijn meester had ontvangen. Het zag er stil en troosteloos uit. Alle bezieling leek als vochtplekken opgedroogd in de gebrande kalk van de muren. Chaim ging op zijn vaste plek zitten en sloeg de Zohar open. Hij hervatte zijn studie waar hij nu meer dan een week geleden was gebleven.

'Chaim?'

Hij keek op en zag dat Yitschak voor hem stond. Het verwonderde hem niet echt. Het voelde alsof deze ontmoeting al in de levenslijn van zijn handpalm stond geschreven. Yitschak ging zitten en Chaim bereidde hem een kopje koffie, precies zoals hij altijd voor Cordovero had gedaan. Ze zwegen een lange tijd. Toen begon Yitschak te vertellen, met een zachte stem. Zo zacht dat Chaim vlak naast hem moest gaan zitten om elk woord te kunnen horen.

'Een maand of vier geleden woonde ik nog in Cairo. Ik had een mooi, afgelegen huis op een eiland, Jazirat al-Rawda, midden in de Nijl. Ik bracht er alle tijd alleen door. Mijn vrouw en Francesa woonden in de stad. Ze zagen me zeven jaar lang alleen op sjabbat. Om mijn concentratie niet te bezoedelen, sprak ik alleen met Sarah om het allernoodzakelijkste te zeggen. En dan nog met zo weinig mogelijk woorden. De andere dagen studeerde ik, dag en nacht.

Ik baande me een weg door de vele bladzijden. Het was alsof ik een geheimtaal moest ontcijferen. Soms verdiepte ik me wel een week lang in een enkele alinea van de Zohar. Dan bad en smeekte ik om die paar regels echt te kunnen begrijpen. Ik ontleedde de tweeëntwintig Hebreeuwse letters die God met zijn adem in ons hart grifte. Ik bewandelde de paden van wijsheid die elke letter in wezen is. Ik berekende hun getalswaarde, hun samenhang en de context waarin God ze had gedicteerd in de Tora. Ik was vaak uitgeput. Het was een opdracht van mijn hart die ik moest volgen tegen beter weten in. Ik wist dat als ik de geheime betekenis zou kunnen ontsluieren, ik deze zou kunnen delen met de gehele mensheid.'

'En waar leefde je dan van,' vroeg Chaim.

Yitschak stak prijzend zijn armen in de lucht.

'Zonder het begrip van Sarah zou het me nooit gelukt zijn. Ze steunde mijn missie. Ze liet me volledig vrij. Sarah ontvouwde zich als een verbluffende handelsvrouw. Mijn bescheiden marktkraam in pepers en granen bouwde zij uit tot een exclusief handelshuis waar kruiden te vinden waren die men nergens anders kon krijgen. Ze deed zaken met kooplui uit alle windstreken. Wat is een man gezegend als hij uit ontelbare mensen zijn zielsverwant ontmoet.'

Chaim zag de mooie vrouw van Yitschak weer op zijn netvlies. Ze was anders dan alle vrouwen die hij ooit had ontmoet. Wie een vrouw als zij aan zijn zijde zou treffen, die kon de wereld aan. Hij zelf had nog nooit een meisje gekust, bedacht hij zich mistroostig.

'Waarom ben je dan naar Tsfat verhuisd? Je had daar toch alles wat je nodig had,' vroeg Chaim onbegrijpend.

'Dat dacht ik ook, ja. Maar op een dag, precies vier maanden geleden, was er een ontzettende wolkbreuk. Het water kletterde met geweld naar beneden. Ik was gewend om me tijdens mijn studie door niets te laten afleiden. Maar het water beukte met een zodanig geweld dat het dak van mijn huis instortte. Toen ik naar buiten vluchtte, zag ik dat het kolkende water het eiland opslokte. Ik liep naar het strand om mijn bootje te zoeken maar dat was al verpulverd door de golven. Brokstukken van mijn huis vlogen in het rond. Ik had geen andere keuze dan in het schuimende water te lopen en tegen de stroom in te zwemmen. Het donderde en bliksemde en de golven zogen me naar beneden. Als een stuk wrakhout werd ik heen en weer geslingerd en uiteindelijk door een vloedgolf op de oever gestort. Toen ik weer bij bewustzijn was, strompelde ik door de stad op zoek naar Sarah en Francesa. Zij waren gelukkig in veiligheid. Ik kon hen dan ook met een gerust hart achterlaten om naar de synagoge te gaan want ik voelde dat ik werd geroepen.'

Net zoals ik vanochtend naar hier moest komen, dacht Chaim.

'Het leek alsof die zondvloed losgebarsten was om mij naar de synagoge te leiden. Er was niemand. Ik ging bidden en toen ik klaar was met mijn gebed, voelde ik een hand op mijn schouder. Ik draaide mij om en daar stond een oude zwerver. Zijn gezicht was bijna onherkenbaar verouderd en zijn ogen waren blind maar toch wist ik meteen wie het was. Het was de man die mij vijfentwintig jaar geleden de weg naar de kabbala wees. Ik wist dat hij nu, zelfs als blinde, mij weer de weg zou wijzen.

'Sjalom, oude man, het is zo lang geleden dat ik u zag. Waar bent u geweest?'

'Ik kom net terug uit Tsfat, vlak bij het *Meer van Tiberias.* Heb je daar wel eens over gehoord?'

'Ja, natuurlijk. Dat is de stad van de kabbalisten in Galilea. Ik heb alle boeken van rabbi Cordovero bestudeerd. Hij is toch de leider van de Tsfatse kabbalisten?'

'Je bent goed op de hoogte, ondanks je zelf gekozen verbanning. Tsfat is een heilige stad. Ze ligt op een berg als een warme broedplaats van gedachten en ideeën. Ze is omringd door een schitterende cirkel van licht. De lucht is er zo ijl dat alle zwaarte uit je hoofd en gemoed verdwijnt. Er staan grootse zaken te gebeuren in Tsfat. Zaken die de hemel en de aarde zullen veranderen. Tsfat zal zijn licht over de wereld verspreiden. Ken je Chaim Vital?'

Chaims hart klopte in zijn keel. Dit kon niet waar zijn! Had een oude man in Egypte over hem verteld? Wie moest dat dan zijn? Was het een van die honderden pelgrims waar Chaim nooit aandacht aan had geschonken?

'Ik had nog nooit over jou gehoord, Chaim,' vervolgde Yitschak, 'maar de oude man zei dat jij erg belangrijk zou worden in mijn leven. Hij zei: "Je dagen hier in Egypte zijn geteld. Het is tijd om je spullen te pakken. Ga zo snel mogelijk met je gezin naar Tsfat. Je wordt daar verwacht. Je hebt lang genoeg alleen gestudeerd. Nu moet je jouw kennis delen met anderen."

Ik wist dat ik geen keuze had. Ik gaf de zwerver een aalmoes en verliet de synagoge. Maar even later liep ik terug naar binnen en riep: "Wie heeft u naar mij gestuurd?"

De oude man was verdwenen. Net zoals hij vijfentwintig jaar geleden spoorloos uit mijn leven verdween. Het was natuurlijk ook een stomme vraag van mij!'

Yitschak lachte en sloeg de Zohar open.

'Zullen we hier beginnen?'

En zo begon de eerste les die Chaim volgde als leerling van Yitschak. Op mysterieuze wijze had het heelal samengespannen om deze twee mannen bij elkaar te brengen. Alsof de hele keten van gebeurtenissen van het onweer in Egypte, de dood van Cordovero, en de innerlijke stem die beiden vanochtend om drie uur hadden doen besluiten om naar de synagoge te gaan, al op voorhand was uitgeschreven. Het moest de Schepper zelf zijn die deze twee mannen bij elkaar had gebracht. De leraar had zijn leerling gevonden.

Chaim wilde zoveel vragen aan Yitschak maar werd onderbroken door holle voetstappen die in de synagoge weerklonken. De deur van het studielokaal werd bruusk opengesmeten en daar stond Josjoea, die hen grijnzend aankeek.

'Ik vermoedde wel,' zei Josjoea triomfantelijk, 'dat jij onder een hoedje speelde met je Egyptische vriendje. Met jullie wansmakelijke schertsvertoning tijdens de begrafenis van Cordovero. Wat goedkoop om op een dergelijke manier te proberen de opvolger van onze meester te worden. Maar ik laat het hier niet bij, broertje. Ik zal bij rechter Karo zelf bepleiten dat jullie ontmaskerd worden als charlatans die de kabbala ontheiligen.'

Nog voor Chaim of Yitschak iets hadden kunnen zeggen, had Josjoea de deur weer dichtgegooid en met veel kabaal de synagoge verlaten.

Chaim bracht die avond aan al zijn voormalige klasgenoten een bezoek. Hij wilde ze vertellen over zijn ervaringen met Yitschak. Hoe Cordovero zelf hem naar Yitschak had gestuurd. Dat Yitschak door de gebeurtenis met de wolk zonder enige twijfel hun nieuwe leraar was. Dat ze hem een kans moesten geven.

Zelfs op zijn werk had hij zijn mond niet kunnen houden over Yitschak. Tijdens het middagmaal had hij honderduit verteld met een vuur alsof hij halsoverkop verliefd was geworden. Vooral het verhaal dat Yitschak zijn gedachten leek te lezen, kende veel bijval bij zijn collega's.

'Hij verwoordt je gedachten voor je ze zelf hebt gedacht!'

'Is hij dan een soort van helderziende,' had Abraham, zijn baas, wantrouwig gevraagd.

'Nee, maar hij ziet gewoon de werkelijkheid zoals die echt is,' legde Chaim enthousiast uit. 'Mensen zijn voor hem een open boek. Hij ziet wie je werkelijk bent. Wat je nodig hebt. Waarom je hier bent. Alsof hij een toeschouwer is van het leven rondom hem.'

'Dan moet hij hier maar eens komen kijken,' lachte Ruth, een schele, gezette vrouw. 'Ik vraag me dagelijks af waarom ik hier ben. Ik maak alles schoon en jullie maken er weer een puinhoop van.'

De hele dag kwam de ene na de andere collega bij Chaim informeren of Yitschak ook consulten gaf. Zijn verhaal had hen nieuwsgierig gemaakt. Het had hun begraven droom dat hun leven een grotere betekenis had dan het bewerken van stoffen, wakker gemaakt. Allen hadden ze al wel eens aan hun bestaan willen ontsnappen. Maar het leek of ze opgesloten zaten in de werkelijkheid van hun leven en nergens de sleutel konden vinden. Misschien zou die Egyptenaar de ramen kunnen openzetten zodat ze uitzicht hadden op een zinvoller bestaan.

Bij zijn klasgenoten had Chaim minder succes. Alle deuren werden dichtgegooid. Niemand had zin in een gesprek met Chaim. Ze hadden veelvuldig contact gehad met elkaar over de opvolging. Het was te verwachten dat Chaim zichzelf of zijn nieuwe Egyptische vriend naar voren zou schuiven. Hun tegenaanval was al lang begonnen. Chaim was de vijand geworden. De negen mannen hadden hun onderlinge strijd even opgegeven en de rangen gesloten.

Met lood in zijn schoenen ging Chaim tot slot langs Josjoea. Hij zocht zijn halfbroer op in zijn zilverwinkel. Het was een prachtige zaak waar het zilverwerk schitterend stond uitgestald. De mensen van Tsfat belegden hun geld graag in de mooie spullen die Josjoea maakte met zijn vaardige handen. De zilveren huisraad toonde pronkerig hun welstand. Alle stukken waren uniek en handgemaakt. Wie het zich kon permitteren zijn huis en zijn vrouw te tooien met het kunstige zilverwerk, die moest wel geslaagd zijn in het leven.

Josjoea zat achter zijn toonbank te lezen toen Chaim binnenkwam. Hij legde zijn boek opzij, ging staan en lachte zijn gouden gebit bloot.

'Met wat kan ik jou van dienst zijn, Chaim,' vroeg hij allervriendelijkst. 'Zoek je een zilveren hondsketting zodat je bij je Egyptische baasje aan de leiband kunt lopen?'

'Ik wil met je praten, Josjoea. Ik snap dat je geen hoge pet op hebt van Yitschak. Tot vorige week dacht ik er precies zo over.'

'Tot je jouw kans rook en het met hem op een akkoordje gooide?'

'Welk belang zou ik daarbij hebben, Josjoea?'

'Dat je weer het lievelingsstudentje van de leraar kunt spelen, misschien? Dat je zijn trouwste volgeling bent. Misschien wel zijn assistent of plaatsvervanger? Zoals je al je hele leven je een weg omhoog likt.'

Chaim zweeg. Hij wist dat Josjoea zo over hem dacht. In het verdriet van de dood om hun vader waren de twee broers even dichter bij elkaar gekomen. Josjoea had zich toen ertoe laten verleiden de poorten van de kabbala voor hem te openen. Maar dat Chaim hem daarin al snel voorbijstreefde en het ontzag van leraar na leraar wist te winnen, verteerde Josjoea.

Zijn broer had ook wel een beetje gelijk, wist Chaim. Hij was ambitieus. Daar kwam hij voor uit. Maar in dit geval wilde hij alleen maar Josjoea de kans geven om zich ook met de wijsheid van Yitschak te verrijken. Hij zou versteld staan als hij maar een les van hem bijwoonde. Chaim kon zich niet voorstellen dat er iemand anders meer geschikt zou zijn om de leerstoel van Cordovero in te nemen.

'Wij hebben onze eigen kandidaat, lieve broer,' zei Josjoea.

'Wie dan?'
'De enige die het toekomt. Zimra.'
'Zimra,' riep Chaim verbaasd. 'Maar die man komt nog niet tot aan de enkels van Yitschak.'
'We hebben unaniem zijn naam voorgedragen aan rechter Karo. Hij zal een wijs besluit nemen zoals we van hem gewend zijn. En als je dan nu mijn zaak wilt verlaten. Ik heb nog werk te doen. Als winkelier ben je niet klaar om vijf uur zoals jij.'
Verbluft verliet Chaim de zilverwinkel. Cordovero draait zich om in zijn graf, dacht hij mismoedig.

12 ושׁר Vav Sjin Rejsj: **de God die zich alles herinnert**

Chaim slenterde door de steegjes van Tsfat. Hij was te rusteloos om naar huis te gaan. Opeens stond hij voor het huis van Yitschak. Zou hij zijn nieuwe meester kunnen overvallen met een bezoekje of was dat veel te opdringerig? Hij kon de verleiding niet weerstaan aan het touw van de bel te trekken.
Vrijwel gelijktijdig zwaaide de grote witte poort open en werd hij vriendelijk toegelachen door Sarah.
'Ik verwachtte je al. Je eet toch mee? We hebben al voor je gedekt.'
'Kom ik niet ongelegen?'
'Een vriend komt nooit ongelegen. En we hebben nog meer bezoekers vanavond.'
Vanuit de eetkamer klonk de heldere meisjeslach van Francesa.
'Ja, zo eigenwijs was je vader,' hoorde Chaim een hem bekende mannenstem zeggen om daarna te bulderen van de lach. Het gelach stopte toen Chaim binnenkwam. Zimra keek hem frank aan.
'O, daar heb je de oorzaak van mijn ellende,' riep Francesa vrolijk. 'Mag ik je voorstellen, dit is rabbi Zimra.' Ze zag er verrukkelijk uit in haar strakke crème jurk die haar nog net niet helemaal ontloken vrouwelijkheid adembenemend accentueerde.
'Wij kennen elkaar, meisje,' zei Zimra en hij stak zijn kolossale hand naar hem uit.

Aarzelend beantwoordde Chaim de handdruk.

'Waar kennen jullie elkaar van?' vroeg Sarah.

'Chaim was mijn student,' antwoordde Zimra snel.

'Wat een toeval! Dan hebt u zowel aan mijn vader als aan Chaim lesgegeven,' riep Francesa verwonderd uit.

'Dat wist ik niet,' zei Chaim gereserveerd, 'dat u Yitschak kende.' Hij waste zijn handen en nam plaats aan de eettafel tegenover Zimra. Chaim wist dat Zimra hem verafschuwde sinds de dag dat hij zijn plaats bij Cordovero had ingenomen. Maar op de een of andere manier probeerde Zimra nu toch aardig te doen. Sarah schonk de beide mannen wijn in terwijl het donkere dienstmeisje een rijkelijke salade serveerde.

'Komt Yitschak niet aan tafel,' vroeg Zimra berispend. 'Ik neem aan dat hij als goede jood het niet wenselijk vindt dat de twee sieraden van zijn huis zonder zijn bijzijn dineren met twee vreemde mannen?'

'Hij studeert nog,' antwoordde Sarah.

Zimra trok zijn grote zwarte wenkbrauwen op.

'Zonde,' zei hij nadenkend. Na een lange stilte vervolgde hij vrolijk: 'Zonde van dit heerlijke voorgerecht. Smakelijk.' Hij stak een groot slablad in zijn mond en kauwend richtte hij zich tot Francesa.

'Dan is hij nog niets veranderd, die vader van je. Toen zat hij ook al altijd in de boeken.'

Met walging keek Chaim hoe Zimra's mond smakkend open en dicht ging.

'Ik ken Yitschak van toen ik nog in Egypte woonde, Chaim,' vervolgde hij ongegeneerd zijn verhaal. 'Ik zal nooit vergeten toen die kleine Yitschak, misschien veertien jaar oud, maar hij leek slechts twaalf, bij mij langskwam. Hij zei: "Rabbi Zimra, ik wil bij u de kabbala leren." Echt, zo'n klein ventje, met nog geen spoor van een baard!'

Francesa lachte. Chaim vond het vervelend dat ze hem sympathiek leek te vinden. Maar uit beleefdheid lachte hij mee.

'Jij wilt de kabbala studeren,' zei Zimra terwijl hij een radijsje fijn maalde tussen zijn tanden. '"Ik weet dat u mij veel te jong zult vinden, maar ik kan niet langer wachten. Geeft u mij een kans." Ik had werkelijk te doen met dat ventje. Hij vroeg het zo oprecht. Ik dacht, ik zal hem een eerlijke kans geven zodat hij zelf inziet dat hij over een flink aantal jaren nog maar eens terug moet komen. Ik vroeg hem waarom er twee vogels stonden afgebeeld bij de ingang van de *Dom van de Rots* in *Jeruzalem* waar eens *de tempel van Koning Salomo* stond. Een strikvraag, toegegeven. Maar zonder aarzelen antwoordde Yitschak: "Om vrouwen te waarschuwen hun mannen niet uit te dagen tot dwaze en roekeloze daden." '

'Hoezo?' vroeg Francesa onbegrijpend.

Zimra had gehoopt op deze vraag en ging er lekker voor zitten om het jonge meisje te onderhouden met zijn kennis.

'Koning Salomo,' doceerde hij, 'was zo wijs dat hij de taal van de dieren verstond. Op een dag hoorde hij een mannetjesvogel opscheppen tegen zijn vrouwtje. "Zie je die man daar, dat is de koning," zei het vogeltje. "Hij denkt dat hij machtig is maar met een vleugelslag werp ik zijn beroemde tempel omver." "Ben je echt zo sterk?" vroeg zijn vrouwtje bewonderend. "Toe dan, laat het me zien." Koning Salomo wenkte het mannetje en vroeg hem waarom hij zo opschepte. Het vogeltje sidderde en antwoordde dat hij alleen maar probeerde om indruk te maken op zijn vrouwtje. Toen hij terugvloog, vroeg ze: "Wat wilde de koning van je?" "O," zei hij, "de koning had mijn dreigement gehoord en hij smeekte me of ik van mijn plannen wilde afzien." Toen veranderde Salomo de vogeltjes in steen en plaatste ze bij de ingang als waarschuwing voor valse hoogmoed om de vrouwen te imponeren.'

Rabbi Zimra sloeg op zijn knieën van het lachen. Groene spetters vlogen in het rond.

'En dat wist die vader van jou dus,' zei hij terwijl hij de hand van Francesa vastpakte. 'Ik stond met mijn mond vol tanden. Ik probeerde te verbergen hoezeer ik onder de indruk was van hem. Ik zei dat hij het niet slecht had gedaan maar dat ik hem pas les zou geven als hij een baard had. Drie weken later stond hij er weer en liet trots een plukje dons op zijn kin zien!'

Discreet trok Francesa haar hand terug en lachte hem bevestigend toe.

'Ja, die Yitschak. Zelfverzekerd was hij wel. Op een dag kwam hij naar me toe en zei: "Meester, er zitten drie Yitschaks in uw klas." "Ja, en?" vroeg ik. "Van die drie Yitschaks zal ik de grootste leraar worden." Ik ben benieuwd of hij dat zelf nog weet. Nu wil ik hem wel eens zien, Sarah. Het is alweer vijftien jaar geleden dat ik hem heb gesproken. Vooruit! Waar is je man?'

'Hij studeert, rabbi Zimra. En ik stoor hem nooit als hij studeert. Misschien komt hij dadelijk aan tafel...'

'Maar misschien ook niet,' vulde Francesa aan.

'Kom, kom, kom,' zei Zimra gepikeerd. 'Ik ben zijn leraar! Van mij zal hij vanavond meer leren dan van zijn studieboeken. Ik heb groot nieuws voor hem. Ik wil mijn lessen aan hem voortzetten. Tenminste... als hij nog net zo briljant is als ik hem mij herinner.'

Het dienstmeisje ruimde de borden af. Chaim keek snel naar Sarah. Hij was benieuwd hoe zij op dit aanbod van Zimra zou reageren. Maar aan haar gelaat was niets te merken. Ze keek net zo vriendelijk als altijd.

'Heeft het gesmaakt?' vroeg ze.

'Alsof er een engeltje op mijn tong heeft geplast,' zei Zimra en zijn ronde buik schokte weer van de lach, waarna hij schurend naar adem hapte.

'En was Chaim net zo'n briljante student, rabbi?' vroeg Francesa.

Zimra verslikte zich in de wijn en hoestte.

'Chaim,' herhaalde Zimra terwijl er een straaltje spuug langs zijn lippen liep, 'hoe zal ik dat nou eens zeggen.'

'U maakt me nieuwsgierig,' moedigde Francesa hem aan. Het dienstmeisje zette ondertussen een waaier van schalen op de tafel neer met de meest verfijnde, kruidige gerechten.

'Dat is lang geleden, Sarah. Een goede, Egyptische maaltijd. Yitschak heeft het wel getroffen met jou.'

'De vrienden van mijn man, zijn mijn vrienden, rabbi Zimra. Maar vertel eens, ik ben ook benieuwd hoe Chaim het bij u deed.'

Chaims hersenen draaiden op volle toeren om een einde te maken aan dit genante onderwerp. Hij verbaasde zich dat Zimra hem tot nu toe had gespaard. Door een ongelukkige samenloop van omstandigheden zaten ze aan dezelfde eettafel en deden beiden hun best hun verleden onbesproken te laten. Maar de dames hadden niet het geringste vermoeden van de diepe rancune die Zimra tegen Chaim koesterde.

'Wat is dit?' probeerde Chaim terwijl hij naar een schaaltje wees.

'Ful mudammas, een stoofschotel van bonen. Erg lekker met wat brood,' antwoordde Sarah.

'Kijk,' zei Zimra en kauwde ondertussen een grote portie linzen fijn, 'ik zal er niet langer omheen draaien. Ik ben door de leerlingen van Cordovero voorgedragen als de nieuwe leraar. Ik wil net als Cordovero tien leerlingen met wie ik mijn kennis deel. Tien leerlingen die symbool staan voor de tien intenties van licht waarin God zich manifesteert. Het spreekt voor zich dat er in dat kader voor Chaim geen plaats is in mijn klas. Zijn schamel licht is te zwak om de goddelijke expressie uit te drukken. Daarom ben ik hier.'

Er viel een ongemakkelijke stilte. Sarah realiseerde zich nu pas dat deze combinatie van gasten tamelijk ongelukkig was. Chaim zei niets. Hij deed of hij druk bezig was de gestoofde bonen op zijn brood uit te smeren. Alleen Francesa behield haar natuurlijke lichtvoetigheid.

'Als ik u goed begrijp, rabbi Zimra, komt u mijn vader vragen om weer uw leerling te worden,' giechelde ze.

'Ik denk niet dat ik dit soort zaken met zijn nauwelijks geslachtsrijpe dochter hoef te bespreken,' zei Zimra fel en gooide zijn vork in zijn bord. 'Sarah, ik heb nu lang genoeg gewacht. Ga die man van je halen.'

'Rabbi Zimra, ik ontvang u met alle eer die Yitschak zou willen dat ik aan zijn gewezen meester geef. Als ons gezelschap u onvoldoende is, respecteer ik dat. Toch hoop ik dat u de maaltijd verder met ons wilt gebruiken.'

Chaim stond versteld van de diplomatie van Sarah. Met de grootste voorkomendheid en vriendelijkheid zette ze de regels van het huis uiteen.

'Eet u smakelijk, rabbi Zimra,' zei Francesa.

Zimra keek haar woedend aan.

'Wees jij dan tenminste een gehoorzame dochter en ga je vader halen,' snauwde hij haar toe en hij haalde uit om een klap te geven.

Chaim ving zonder nadenken zijn arm op in de lucht en zei dreigend: 'Rabbi Zimra, u gaat uw boekje te buiten. In het huis van een ander respecteert men diens leefregels. Het is ongepast deze twee dames zo te intimideren. Een verontschuldiging is op zijn plaats nu.'

‘En wie denk jij wel dat je bent dat je zo tegen mij kunt spreken, Chaim? Een niemendal! Een intrigant. Maar je spelletjes zijn uit, jongeman. Je komt nergens meer aan de bak. Daar zal ik zelf voor zorgen.’

Zimra’s hoofd werd vuurrood. Zijn longen piepten als blaasbalgen. ‘En jij Sarah, zeg maar tegen je man dat ik ervoor zal zorgen dat niet één leraar in Tsfat hem zal accepteren. Een man die geen eer betuigt aan zijn oude meester, is geen meester waard. Goedenavond.’

Hij beende naar de deur maar struikelde over het afstapje. Sarah hielp hem overeind en liep hem rustig achterna terwijl hij zich uit de voeten maakte.

‘Waarom rennen alle mannen hier toch het huis uit,’ vroeg Francesa en keek ondeugend naar Chaim. ‘Zo raak ik nooit getrouwd!’

‘Ik denk niet dat jij je daar zorgen over hoeft te maken, Francesa,’ zei Chaim bedremmeld.

Francesa keek hem met haar grote quasi-onschuldige ogen aan en prikte met haar gouden vork een kikkererwt, die ze traag naar haar mond bracht. De erwt verdween tussen haar volle lippen en terwijl ze Chaim bleef aankijken, kauwde ze langzaam. Toen liet ze haar vork vallen en Chaim en Francesa bukten gelijktijdig om hem op te rapen. Hun handen raakten elkaar en Chaims ogen werden gezogen naar de ronde vormen van het meisje die zich aftekenden in haar jurkje. Zijn maag kromp ineen, zijn lichaam vatte vlam. Het leek of Francesa hem alle tijd gunde om uitgebreid te kijken. Chaim had geen adem meer. Hij voelde zijn hand op de hare branden.

‘Wat doen jullie nou onder tafel,’ vroeg Sarah, die plotseling binnenkwam.

‘We zochten Francesa’s vork...’ stamelde Chaim.

‘Het is een avond van kleine ongelukjes,’ vulde Francesa hem aan en onder tafel gaf ze een plagerig kneepje in zijn knie...

Chaims enthousiasme over Yitschak tegen ieder die het wilde horen, wierp toch zijn vruchten af. Al kwam het succes uit onverwachte hoek. De volgende ochtend, net voor het einde van de les, werd er aan de deur van het leslokaal geklopt. Het was Abraham. De lunchpauze waarin Chaim zo vurig over Yitschak had verteld, was een van de zeldzame geweest die zijn baas geheel bij zijn personeel had doorgebracht. Abraham had geluisterd met een afwezige blik.

'Chaim vertelde me gisteren zo opgewonden over de meester die hij in u heeft gevonden. Het raakte me op een vreemde manier en ik kon de hele nacht de slaap niet vatten,' begon Abraham aarzelend. 'Ik heb een druk bestaan. Ik heb een grote zaak en dat brengt zorgen met zich mee. Toch voel ik al lang dat er meer moet zijn. Ik ben niet alleen op deze wereld gekomen om mooie stoffen te verkopen. Om mensen werk te verschaffen. Ik probeer eerlijk zaken te doen. Ik doe mijn best alle geboden en verboden na te leven. Maar ik bloed langzaam leeg. Alsof mijn ziel op de vlucht is geslagen...'

Chaim had zijn baas nog nooit zo horen spreken. Het enige onderwerp waar hij warm voor liep, was textiel. Maar Chaim had altijd wel respect voor hem gehad. Abraham was met niets begonnen en had nu een van de grootste ateliers van Tsfat. Chaim had geen idee dat in de succesvolle koopman een wanhopige ziel schuilging. Zijn baas, die altijd tot in de puntjes verzorgd was, stond er aandoenlijk bij.

'Ik ben bang mijn bestaan leeg te beëindigen. Dat ik een volle schatkist achterlaat bij mijn heengaan maar met lege handen naar de Schepper ga. Omdat ik niet gedaan heb wat ik echt moest doen in dit leven. Ik voelde dat u me verder zou kunnen helpen...'

'Ik? Hoe zou ik u kunnen helpen?' vroeg Yitschak. Chaim verbaasde zich over het antwoord van zijn meester. Het was voor hem toch een peulenschil de vinger op de zere plek te leggen. Hij voelde zich in zijn hemd gezet. Hij had zo over hem opgeschept, nu mocht hij het waarmaken. Zeker tegenover zijn baas.

'Chaim vertelde me dat uw ziel zo ver is ontwikkeld, dat u de kracht hebt om de worstelingen van andermans zielen te lezen. Hij zei dat u in een oogopslag kunt zien wat iemand nodig heeft. Ik vraag u slechts om naar mij te kijken en me te vertellen wat ik moet doen...'

Yitschak keek even bestraffend naar Chaim. Deze veegde het zweet van zijn klamme handen. Hij had verwacht dat Yitschak blij zou zijn dat hij zo zijn lof uitdroeg. Begreep hij dan niet dat vooralsnog niemand hem serieus nam als kabbalaleraar? Als Chaim niet probeerde zijn autoriteit te vestigen, wie moest het dan wel doen? Zimra zou al zijn invloed aanwenden om Yitschak te gronde te richten. De enige manier om zijn praatjes te ontkrachten, was dat Yitschak zich nu bewees. Aan eenieder die ervoor openstond. Dit was zijn eerste kans.

Yitschak keek ondertussen langdurig naar Abrahams voorhoofd. Alsof hij er gebeitelde teksten op las. Abraham plukte onzeker wat pluisjes van zijn kleding.

'U hoeft u niet te schamen dat u een goede handelsman bent,' verbrak Yitschak de stilte. 'Met het vele geld dat u verdient, kunt u goede dingen doen. Want een rijk man is niet iemand die veel heeft maar iemand die veel geeft. U hebt veel ontvangen van het leven. Nu wordt het tijd om te gaan geven. Daarin ligt de zin en vervulling van wie u bent.'

'Maar ik geef al best veel aalmoezen, rabbi Luria,' verdedigde Abraham zich.

'U moet geven tot het pijn doet. Pas wanneer u meer geeft dan u redelijkerwijze zou doen, zal uw hart rust vinden. Daarna zult u nog meer geven omdat het u meer plezier zal bezorgen dan het ontvangen van alle goudstukken uit uw hele leven.'

Abraham keek hem weifelend aan. Hij wist niet zeker of dit het antwoord was waarop hij had gehoopt. Hij had verwacht dat deze vrome ziener hem zou adviseren om meer tijd vrij te maken om de Tora te bestuderen. Maar hij duizelde bij de gedachte zijn goede geld te moeten weggeven. Zoveel dat het hem pijn deed. Wanneer zou het hem zeer doen? Als hij een tiende deel van zijn winst weggaf? Als hij eerlijk was, zou hij dat niet voelen. Maar het was al wel een enorm bedrag.

'En dan is er nog iets. In de Tora staat geschreven: gij zult uw naaste niet verdrukken en beroven.'

'Maar ik ben een eerlijk man! Dat is toch zo, Chaim? Wat wilt u zeggen?'

‘Kijk diep in uw hart, Abraham, of u dit verbod helemaal nakomt. Meer kan ik u niet zeggen.’

Abrahams onderkaak begon te trillen. Hij ging er altijd prat op dat hij zijn personeel goed en stipt betaalde. Yitschak insinueerde nu dat hij ze onderdrukte, zelfs bedroog. Waar haalde die man het lef vandaan? Zijn tanden klapten zo verontwaardigd tegen elkaar dat hij niet kon reageren.

Hij lichtte kort zijn fluwelen hoed op als afscheid.

‘Dat was mijn baas,’ siste Chaim terwijl Abraham de synagoge verliet.

‘Ik heb hem niet naar hier gestuurd,’ antwoordde Yitschak. ‘Ik wil niet dat je zo over mij opschept, Chaim. Ik wil niet dat je mensen naar mij stuurt om mij kunstjes te laten vertonen. Ik ben jouw leraar. Voor iets anders heb ik geen tijd.’

‘Maar het zou toch egoïstisch zijn als alleen ik maar profiteerde van je inzichten? Het is toch mijn plicht om andere mensen, zoals Abraham, die oprecht vervulling zoeken, de weg naar jou te wijzen?’

Yitschak zuchtte. ‘Chaim, als ik jou zou vertellen waarom jij op aarde bent gekomen, zou je met je hoofd in de wolken gaan lopen. Maar weet alleen dit: er rust een grote taak op jouw schouders. Een taak die je alleen zult kunnen volbrengen als jouw ziel helemaal gecorrigeerd en vrij van zonden is. Geloof me, daar zullen we onze handen aan vol hebben.’

Om te vermijden dat Yitschak zijn voorhoofd zou lezen, kaatste Chaim snel de bal terug: ‘Maar je wordt zo geminacht, Yitschak. Niemand neemt je serieus. Hoe kan men je ooit als opvolger van Cordovero aanvaarden? Hoe kunnen wij ooit een groep vormen?’

‘Het is inderdaad belangrijk om in een groep te studeren.’

‘Nou dan,’ wierp Chaim hem toe.

‘Maar een groep vormt zich vanzelf. De zielen die je ontmoet op je levenspad komen daar nooit toevallig. Vaak zijn onze grootste vijanden onze grootste meesters. Zij spiegelen onze eigen zwakte en door ze lief te leren hebben, kunnen wij een trapje hoger komen op de ladder naar de Schepper. Niet door ze op hun gezicht te willen slaan...’

Chaim werd rood.

'Maar hij bedreigde Francesa...'

'En jij nam maar wat graag de rol van held op je om haar te verdedigen, niet?'

'Had ik haar dan moeten laten slaan?'

'Misschien had ze die ervaring wel nodig. We kunnen nooit iemand anders' pijn voorkomen, zelfs niet helpen dragen. Troost is een slechte heelmeester. Iedereen krijgt in het leven precies wat hij nodig heeft. En geloof me, Francesa heeft geen mannenkracht nodig om zich te laten verdedigen.'

Chaim wist dat hij onmogelijk had kunnen toekijken terwijl dit meisje kwaad werd gedaan.

'Ik weet dat jij je tot haar aangetrokken voelt, Chaim. Maar de Schepper heeft in een andere vrouw voor jou voorzien.'

Voor het eerst ervoer Chaim de nadelen die verbonden zijn aan het hebben van een meester die je diepste zielenroerselen doorziet. Als hij wilde dat er iemand niet wist wat er in hem omging, dan was het wel Yitschak. Maar zijn meester kon dan wel briljant zijn, in dit geval had hij het fout. Sinds gisteren wist hij dat Francesa en hij voor elkaar waren voorbestemd. Dit had hij nog nooit eerder gevoeld. Zijn hele lichaam hunkerde naar de zachtheid van haar meisjesvlees. Chaim nam haastig afscheid en ging naar zijn werk...

14 סאל Samech Alef Lamed: **de God die rijkdom verheerlijkt**

Het tafereel dat Chaim in het atelier aantrof, tartte elke verbeelding. Abraham, zijn baas, was op een van de weefgetouwen geklommen. Daar waar hij zich bij Yitschak nog toonde in zijn uitgelezen kleding als een levend uithangbord voor zijn zaak, had hij deze nu verruild voor een jutezak die ternauwernood zijn naaktheid bedekte. Hij had zich in de as van de oven gerold en wie hem niet zou kennen, zou denken dat het Job zelf betrof die was herrezen. Met een stuk hout sloeg hij zich op de rug waar de bloederige striemen zich vermengden met de as.

'Ik ben een zondaar,' schreeuwde hij uit. 'Ik ben helemaal niets.

Minder dan niets. Mijn leven is een puinhoop. De Schepper zou nog geen cent geven voor mijn leven. Vervloekte ik!'

Chaims collega's hadden zich op een discrete afstand verzameld en keken vol ongeloof naar deze vertoning. Geen van hen wist hoe te reageren of hun baas tot rede te brengen. Het leek alsof er een kwelgeest in hem was gevaren. Zo hadden ze hem nog nooit gezien. De gewiekste, aimabele koopman was veranderd in een zichzelf kastijdend monster.

Abraham zakte door de knieën en bleef even bewegingloos zitten. Chaim wilde op hem aflopen om hem van het weefgetouw te helpen maar op dat moment keek hij hem met een verliefde blik aan.

'Chaim, mijn redder,' fluisterde hij, 'zeg me wat ik je verschuldigd ben. Laat mij mijn boete betalen.'

'U bent mij helemaal niets verschuldigd, Abraham. U bent een goede man. U hebt mij altijd rechtvaardig behandeld.'

'Zwijg,' schreeuwde Abraham. 'Ik ben een oplichter! Een bedrieger! God zelf ziet de slechtheid van mijn wezen. Ik moet mijn straf inlossen. Ik moet lijden.'

Nu richtte hij zich tot het personeel dat nog steeds verstijfd stond toe te kijken. Enkele oude weefsters huilden om het leed van hun baas.

'Zeg me alsjeblieft: wie van jullie ben ik geld verschuldigd? Wie van jullie heb ik niet eerlijk betaald? Wie heeft te weinig geld gevonden in zijn loonzakje?'

Niemand antwoordde. Abraham stond bekend als een van de eerlijkste bazen in de stad. Nooit betaalde hij een dag te laat, en nooit werd er een rekenfoutje gemaakt. Elk overuur werd nauwkeurig bijgehouden, en tot op de komma werd alles afgerekend op het eind van elke week. Op sommige andere werven ging dat er wel anders aan toe, wisten ze. Ze prezen zichzelf gelukkig dat ze bij Abraham werkten.

'Vooruit dan! Ik weet dat jullie bang zijn om de waarheid te spreken! Ik heb jullie ook zo vernederd en bedrogen. Wees toch niet bang. Het is tijd om mijn schuld af te lossen. Neem wraak op jullie uitbuiter. Werp met stenen naar mij, toe dan!'

'U hebt ons altijd eerlijk uitbetaald,' zei Ruth, de schele schoonmaakster. 'U moet zich niet zo aanstellen.'

Abraham scheurde na deze woorden de jutezak van zijn lijf en rolde zich kermend door een bed van brandnetels dat hij op de grond had bereid. Niemand, behalve Chaim, begreep zijn smeekbede. Maar Chaim stond aan de grond genageld door het effect dat de woorden van zijn meester bij Abraham hadden teweeggebracht. De huid van zijn baas brandde van de ravage die de netels aanrichtten. Hoe meer de vellen van de losgesprongen blaren loslieten, hoe gelukzaliger de gloed in zijn ogen fonkelde. Abraham lachte, sprong op en liep naar zijn kantoor. Meteen daarna kwam hij terug met zijn schatkist. Hij strooide de hele inhoud uit over een tafel. Honderden zilveren muntjes rolden over elkaar heen.

'Neem dan toch! Neem dan wat ik jullie tekort heb gedaan. Dit geld behoort niet aan mij maar aan jullie van wie ik geld heb achtergehouden.'

Ruth gooide zich nu op als woordvoerster van de groep.

'Abraham, stop met deze belachelijke vertoning. U moest zich schamen. Als u niet mijn baas was, gaf ik u een pak voor uw billen. Zo gaat men niet met geld om. U zou ons nog in de verleiding brengen. Houd op met dat zelfbeklag. Dat geld is van u en niemand van ons bent u iets verschuldigd.'

'Misschien mij...' zei Fatima, een jonge Moorse met een paarsrode wijnvlek in haar hals die de aandacht afleidde van haar gelijkmatig gebeeldhouwde gezicht.

Iedereen schrok. Zij was altijd heel stil omwille van de grappen die werden gemaakt om haar getekende uiterlijk en Arabische accent. Maar op haar werk viel niets af te dingen. Ze was een van de vlijtigste naaisters die met haar slanke, eeltige vingers de prachtigste kleding wist te creëren.

Abraham gooide zich aan haar voeten.

'Dankjewel, Fatima. Dankjewel. Zeg me welk kwaad ik je heb aangedaan. Hoe kan ik mijn schuld inlossen?'

'Ik heb de voorbije week werk mee naar huis genomen. Ik weet dat u de gouverneur niet teleur wilde stellen. Zijn ambtskleding moest op tijd klaar zijn. Ook al had hij zijn bestelling zo laat geplaatst. Ik heb het borduurwerk thuis afgemaakt,' hakkelde ze in haar beste Hebreeuws.

Abraham verbleekte. Aboe Siffien, de gouverneur, had de opdracht gegeven om binnen een week een rijkelijk versierd kostuum te leveren voor zijn ambtsjubileum. Een onmogelijke taak die normaal gesproken minstens drie weken tijd zou vergen. Door het succesvol volbrengen van deze opdracht was er nu al een stroom van nieuwe Arabische klanten gekomen die net zulk vakwerk wilden als hun gouverneur. Wellicht moest Abraham nieuwe mensen aannemen om de bestellingen aan te kunnen.

'Dat heb je me niet verteld, Fatima. Hoe kon ik zo blind zijn voor jouw trouw? Ik liep je altijd voorbij omdat ik wist dat jij je werk zo goed deed. Ik heb je nooit bedankt. Nooit gecomplimenteerd. En in alle stilte was jij de trouwste van al mijn werknemers. Dat jij zelfs thuis, waar een kleine jongen op je wacht, jouw tijd aan mij schonk.'

'Ik vond het normaal, mijnheer Abraham. Als het uw bedrijf goed gaat, dan gaat het ons allen goed, toch?'

Voor het eerst voelde Abraham de zorgen van iemand anders. Alsof hij zelf de alleenstaande moeder was die na een dag hard werken haar kind ook thuis niet alle aandacht kon geven. Hoe ze nachtenlang doorgewerkt moest hebben om alle gouddraad in complexe motieven aan te brengen. Misschien was ze wel kwaad geworden als haar kleine jongen toch een schreeuw om aandacht slaakte. Had ze 'Nu niet, mama moet werken, ga nu slapen,' geschreeuwd. Alleen maar door Abrahams allesverslindende honger naar nog meer welvaart, meer klanten en meer aanzien.

Ontroerd dacht hij aan zijn eigen moeder. Toen hij al het nieuwe dat hij ontdekte in de wereld onbezorgd met haar kon delen. De vrouw die belangstelling had voor alles wat hem bezighield. Ze stimuleerde hem, schonk hem vertrouwen, geloof. Door het zelfvertrouwen dat zij in hem tot bloei had gebracht, was hij nu zo ver gekomen. Zo ver dat hij een andere kleine jongen die levensnoodzakelijke aandacht onthield door alle tijd van zijn moeder op te eisen.

'Neem, Fatima. Neem alles wat je toekomt. Neem alles wat ik je heb ontstolen.'

Fatima leek zich, ondanks alle beschuldigende blikken van haar collega's, niet bezwaard te voelen. Hoe haalde ze het in haar hoofd, fluisterden ze. Omdat ze eens een paar avonden thuis had gewerkt. Ze mocht blij zijn dat ze deze baan had gekregen in dit joodse atelier. Dat ze gastvrij was opgenomen en hier een thuis had gevonden.

Fatima liep naar de tafel die schitterde van de zilveren munten. Ze nam een geldstuk van de kleinste munteenheid en liep toen weer naar Abraham.

'Dank u, goede meester,' zei ze. 'Maar houdt u nu alstublieft op met uzelf zo te pijnigen. Uw God schonk dit lichaam niet om het te verminken.'

Ze toonde hem onbeschaamd haar wijnvlek. 'Hij is barmhartiger geweest voor u dan voor mij.'

'Ik moet jou bedanken, Fatima,' antwoordde Abraham ontroerd. 'Dankzij jou kan ik mijn gemoed zuiveren. Jij hebt een halt geroepen aan mijn allesverslindende verlangen naar rijkdom. Hoe vaak heb ik niet in de *Talmoed* gelezen: 'Hij die geld verlangt, zal nooit met geld tevreden zijn.' Nooit heb ik dat begrepen. Dankzij jou kan ik weer in overeenstemming komen met het ware doel van mijn bestaan.'

Hij ging naar de tafel en greep twee grote handen vol goudstukken. Die gaf hij aan Fatima.

'Elke minuut die ik jou en je kind heb ontstolen, is onbetaalbaar en nooit meer terug te kopen.

'Elke minuut die ik voor u werk, ben ik een voorbeeld voor mijn kind. Laat ik hem, hoe klein hij ook is, zien dat je altijd je eigen leven kunt sturen en je toekomst kunt opbouwen.'

'Neem dit geld, Fatima.'

Langzaam werd Abraham weer zichzelf. Of beter gezegd, iemand anders. In zijn ogen kwam een zachtheid die er sinds zijn jongensjaren niet meer was geweest. Liefdevol keek hij naar zijn mensen.

'Ik geef jullie vandaag allemaal vrij.'

Sprakeloos verlieten ze een voor een de werkvloer. Alleen Chaim bleef achter.

'Wat bent u een groot man, Abraham. Wat bent u gezegend,' zei hij toen iedereen weg was.

'Alleen de Schepper is groot, Chaim,' antwoordde Abraham zachtjes, 'en de man die namens hem hier op aarde spreekt, jouw meester. Hij had gelijk. Wat is het heerlijk om te geven. En ik gaf niet eens mijn eigen bezit weg maar de rijkdom van de Schepper die ik in bruikleen had. Ik wil je meester vragen of ik zijn leerling mag worden.'

'Dan zou ik wel wat aantrekken,' glimlachte Chaim.

15 ''' Joed Joed Joed: **de God van de intuïtie**

Francesa zat op de stoep toen Chaim thuiskwam.

'Sjalom Chaim. Ik wilde je zien.'

'Sjalom Francesa. Weet je vader dat je hier bent?'

'Wat maakt het uit. Hij weet alles. Je weet toch dat hij gezichten kan lezen. Het is onmogelijk om voor hem iets verborgen te houden.'

Hij keek het meisje aan. De hete zomerzon viel op haar bezwete jurkje. Hij wist zich geen raad. Zo vrijpostig was nog nooit een meisje geweest. Misschien was het omdat ze Egyptische was en dat de zeden daar anders waren? Een Tsfats meisje zou dit nooit in haar hoofd halen.

'Ik wil graag zien hoe je woont.'

Ook dat nog. Hij kon dit meisje toch niet zijn eenvoudige kamer laten zien die een kloostercel was vergeleken met het paleis waar zij met haar ouders woonde? Bovendien, wat zouden de mensen zeggen als hij een meisje op zijn kamer ontving? Maar als hij hier op straat bleef praten met haar, zouden nog veel meer mensen reden hebben om kwaad te spreken.

'Kom maar binnen,' zei hij gehaast, en hij opende de deur en nam haar mee de trap op. Op de eerste etage liet Anna net een dolgelukkige vrouw buiten die ongetwijfeld de tarotkaart van De Keizerin had getrokken. De Keizerin die een magische gordel op haar lendestreek draagt die haar onweerstaanbaar maakt. Nu was alles helemaal verloren. Als Anna hem met een meisje zag, dan wist heel Tsfat het. Met te luide stem zei hij: 'Ja, kom maar mee. Dan geef ik je het boek dat ik van je vader heb geleend en dat hij je gevraagd heeft om te komen halen. Ja, hierlangs.'

Anna glimlachte schalks naar Chaim.

'Dag mevrouw,' zei Francesa vrolijk tegen Anna.

'Dag mooi meisje,' antwoordde Anna.

'Wat ziet u er gelukkig uit,' vervolgde ze tegen de klant van Anna.

'O ja,' zuchtte de stralende vrouw en ze trippelde naar beneden.

Chaim struikelde bijna over zijn voeten om zijn kamer op de tweede etage te bereiken. Hij stuntelde met het slot en liet, nadat Francesa binnen was, de deur wijd open staan zodat Anna niet zou kunnen denken dat hij in een gesloten kamer met een meisje was.

Zij liep meteen de onder de zon transpirerende kamer rond alsof ze er al jaren woonde. Ze opende het raam en hing bevallig naar buiten. Ondanks het besef van onbeschaamdheid kon Chaim niet anders dan staren naar haar hartvormige billen.

'Wat een prachtig uitzicht heb je hier.'

'Niet bij het raam, Francesa, zo kan iedereen je zien!'

Hij sloot snel de diepblauwe gordijnen. De kamer was nu schemerdonker.

'Wat gezellig. Zullen we wat kaarsen aansteken? Waar is je tondeldoos?'

Zenuwachtig zocht Chaim tussen zijn spulletjes op zijn bureau en gaf haar zijn tondeldoos. Behendig sloeg ze de metalen ring op het vuursteentje en met het ontvlammende stukje katoen stak ze de kaarsen aan.

Daarna liet ze zich op zijn kussens in de hoek van de kamer neerploffen. Ze keek hem ernstig aan.

'Vind je het niet leuk dat ik je opzoek?'

'Natuurlijk wel, Francesa. Natuurlijk. Alleen...'

'Alleen wat...'

'Je weet toch dat een man en een vrouw die niet met elkaar getrouwd zijn niet in één ruimte samen mogen zijn. Bovendien er is een andere vrouw voor mij bestemd...'

'Ben je verloofd,' vroeg ze geschrokken.

'Nee, nee helemaal niet. Ik houd me totaal niet met vrouwen bezig. Behalve werken, bestudeer ik alleen de kabbala. Jouw vader zei me dat er een andere vrouw...'

'Mijn vader weet misschien veel, maar over vrouwen kan hij beter zijn mond houden,' zei ze spottend. 'Je weet toch dat hij met zijn nichtje is getrouwd?'

'Is jouw moeder...?'

'Zijn nicht, ja. Mijn opa stierf toen mijn vader zeven was. Oma ging met hem bij haar broer in Egypte wonen. En haar broer had een knap dochtertje. Omdat mijn vader alleen maar in de boeken zat, leerde hij natuurlijk nooit meisjes kennen. Tot hij op een dag opkeek uit zijn boek. Toen pas viel hem op dat daar een aantrekkelijk nichtje rondliep. Op zijn vijftiende is hij met haar getrouwd.'

'Dat moet voorbestemd geweest zijn,' antwoordde Chaim.

Het was een tijdje stil. Francesa ging rechtop zitten. Zweetdruppeltjes welden op als kleine blaasjes op haar voorhoofd.

'Het was heel onbeschaamd van je om mijn hand onder tafel te grijpen.'

'Het was per ongeluk. Het spijt me. Ik wilde...'

'Naar me kijken? Denk je dat ik je ogen niet zag afdwalen? Ben je altijd zo vrijpostig?'

'Nee, Francesa. Echt niet. Vergeef me, ik...'

'Wat denk je als je naar me kijkt,' doorbrak ze de stilte.

'Ik...'

Ze kwam overeind en beiden stonden tegenover elkaar. Ze liet zich aan hem zien zoals ze was. Chaim kon niet anders dan naar haar kijken. Zijn schuchtere blik gleed langs haar enkels, haar meisjesachtige knieën.

'Nu doe je het weer,' zei ze en draaide traag rond haar as. Het leek alsof zijn ogen door de dunne stof van haar vochtige jurkje konden dringen.

'Weet je wel wat je doet,' zei ze. 'Heb je enig idee hoe het voelt om zulke verhitte ogen op je huid te voelen?'

Chaim kneep beschaamd zijn ogen dicht maar voelde hoe nu haar ogen langs zijn lichaam streken. Nooit was hij zich meer bewust geweest van zijn mannelijkheid. Alsof zijn lichaam tot leven kwam waar haar blik rustte. Hij was verblind door een ongekend verlangen dat door zijn lichaam gierde. Hetzelfde verlangen waarmee een kunstenaar naar de creatie van zijn schilderij verlangt. Het verlangen dat de krachtigste brandstof is die er op aarde valt te delven. Elke schepping ontstaat uit een wens. Een vurig verlangen dat de mens vleugels geeft. Maar het grootste wonder dat begeerte voortbracht, wist Chaim nu, was het leven zelf.

De ruitjes besloegen en een zweetdruppel rolde langs Francesa's hals. Waar een wens tot vervulling komt, houdt de wereld sacraal haar adem in en valt stil.

Op dat moment kwam Anna de trap op.

'Hé Chaim, is dat mooie meisje nog bij je? Vraag haar of ze even een glaasje water bij me komt drinken,' riep ze al van in de verte.

De droom spatte uiteen. De coördinaten van tijd en ruimte namen weer hun positie in.

'Euh, ja Anna, is goed. Ik vraag het haar.'

Verontschuldigend keek hij naar Francesa. Zij blies de kaarsen uit, liep lachend naar de openstaande deur en griste onderweg een boek van zijn bureau. Ze streek toen ze langs hem liep even met haar hand door zijn bezwete haardos.

'Heerlijk,' zei ze tegen Anna die wantrouwend naar het meisje keek, 'een glaasje water. Je wordt ook zo dorstig van dit weer.'

16 מיה Mem Joed Hej: **de God die samenbrengt**

Rechter Karo keek door het glas-in-loodraam van de synagoge dat een prachtig panorama bood op de berg Meron. Op heldere avonden kon je met het blote oog het graf van Sjimon Bar Jochaj zien. Maar nu was de top van de berg in inktblauwe wolken gehuld. Na deze laffe zomerdag werd het al snel onheilspellend donker. De wind die de bomen tot een vroom buigen dwong, kondigde een flink onweer aan. Rechter Karo deed een schietgebedje tot Bar Jochaj om hem te steunen een wijs besluit te nemen.

Vanavond stond Karo voor de gewichtige taak te beslissen over de opvolging van Cordovero. Gezien zijn levenslange vriendschap met hem wilde hij dit met de grootst mogelijke voorzichtigheid doen. Het was misschien wel de belangrijkste beslissing die hij in zijn carrière moest nemen.

De kabbala had eeuwenlang een sluimerend bestaan gekend waar zich slechts een handjevol ingewijden mee bezighield. De kennis werd hoofdzakelijk mondeling doorgegeven van generatie op generatie en zo waren in de loop der jaren de bronnen onzuiver geworden. Cordovero had het als zijn levenstaak gezien alle stromingen te onderzoeken en te toetsen aan de enige algemeen erkende basiswerken: de Tora zelf, en de Zohar van Sjimon Bar Jochaj. Hij had boeken volgeschreven maar had ze slechts mondjesmaat gepubliceerd. Aan vele werken bleef hij schaven. Zo lag er nog een schat aan kennis op de planken bij zijn weduwe. Manuscripten die nadere bestudering en verfijning verdienden tot ze rijp waren om als standaardwerken van de kabbala in de openbaarheid te komen.

Het was dus voor Karo van het grootste belang om een zorgvuldige keuze te maken zodat het levenswerk van Cordovero niet teniet werd gedaan. Wie aan de top van de kabbalistische piramide kwam te staan, zou de richting bepalen van alle huidige en toekomstige generaties. De opvolger, die het levenswerk van Cordovero zou voltooien, zou de definitieve grondslagen van de kabbala vastleggen.

Rechter Karo had een groot ontzag voor de kabbalistische leer. Hij realiseerde zich als geen ander dat deze kennis vele malen belangrijker was dan de joodse wet waar hij zich aan wijdde. De *Sjoelchan Aroech*, Karo's boek dat beschouwd werd als het standaardwerk op het gebied van de joodse wetgeving, regelde het dagelijkse leven. Maar de wijsheid van de kabbala was in staat de hele wereld en de mensheid te veranderen. Wanneer de kabbala werkelijk gekend en geleefd zou worden door elke aardbewoner dan zou zijn Sjoelchan Aroech overbodig zijn geworden. Deze generatie was uitverkoren om de schijnbaar mystieke kabbala te vertalen, begrijpbaar en concreet te maken. Daarna zou dit krachtige extract nog enkele honderden jaren rijpen vooraleer het grote massa's in vervoering zou brengen. Pas in de eenentwintigste eeuw van hun jaartelling, had Sjimon Bar Jochaj geschreven, zou de kabbala de zielen van miljoenen mensen in vuur en vlam zetten.

Op zich leek de beslissing eenvoudig. De voorbije week had Karo gesproken met bijna alle studenten van Cordovero. Zij waren eensgezind geweest in hun advies. Er was maar één man die in aanmerking kwam om met hetzelfde gezag als Cordovero de nieuwe leider van de kabbalisten te worden: rabbi Zimra.

Vanavond zou hij met hem spreken. Als dat gesprek naar tevredenheid zou verlopen, dan zou Karo zijn besluit bekendmaken.

Yehoeda, de zestienjarige zoon van Karo uit zijn vorige huwelijk, hing verveeld op een afgebladderde bank. Rechter Karo had de hoop dat Yehoeda hem zou opvolgen maar vooralsnog gaf hij weinig blijk van aanleg, laat staan van interesse in de rechtspraak. Karo suste zichzelf met het geloof dat eenmaal man geworden, Yehoeda zijn studie wel serieus zou nemen. Hij had een zwak voor de jongen en door de wijsheid der jaren had hij meer geduld dan een jongere vader zou opbrengen.

Karo ging naast zijn zoon zitten.

'Vanavond moet ik besluiten of Zimra de nieuwe leider van de kabbalisten wordt, Yehoeda,' legde hij zijn zoon uit. 'Ik wil dat je het gesprek goed volgt en mij daarna een advies uitbrengt.'

Yehoeda keek hem onverschillig aan. Het liet hem koud wie de nieuwe leider zou worden. Yehoeda had de aard van zijn moeder geerfd. Zij had een uitzonderlijke smaak voor het inrichten van woningen. Haar korte leven had ze gewijd aan het verfraaien van de blauwe synagoge en leslokalen waar Karo's openbare leven zich afspeelde. Zij had zijn studenten aan het werk gezet met verf en kwast en gordijnen laten vervaardigen. Aftandse meubeltjes die op straat terechtkwamen, wist zij een tweede leven te geven en zo stijlvol te combineren dat er een smaakvol geheel ontstond. Yehoeda gruwde van Rebecca, zijn jonge stiefmoeder, die totaal geen respect toonde voor de inrichting die zijn moeder zo zorgvuldig had verzorgd.

Zimra kwam de synagoge binnen.

'Sjalom, rechter Karo. Het spijt me dat ik wat laat ben. Ik heb je dagvaarding ontvangen. Er stond gelukkig geen aanklacht in,' viel hij met de deur in huis en liet zijn kenmerkende rollende lach volgen.

'Sjalom, rabbi Zimra. Ik ben blij dat je even tijd kon maken. Dit is mijn zoon Yehoeda.'

Zimra stak joviaal zijn hand uit naar de jongen maar toen die zijn hand wilde geven, trok Zimra de zijne snel terug en riep: 'Gefopt!' en schaterde van de lach.

Hij plofte naast Yehoeda neer, sloeg even kameraadschappelijk op zijn schouders en richtte toen het woord weer tot Karo.

'Ik heb gehoord van het probleem dat zich voordoet. Er moet met spoed een nieuwe leider van de kabbalisten komen. Langs alle kanten wordt druk op mij uitgeoefend. Maar ik ben een drukbezet man, rechter Karo.'

'Ja,' zei Karo. 'Ik hoorde dat je vele reizen maakt op zoek naar de *verloren stammen van Israël.*'

Het zat de joden dwars dat tien van de twaalf joodse stammen, het nageslacht van de twaalf zonen van *Jacob*, verbannen waren door de *Assyriërs*. Deze tien stammen waren bijna 2300 jaar geleden spoorloos verdwenen.

'Precies,' riep Zimra, die niets liever deed dan over zijn eigenzinnige missie uit te weiden. 'Ik bereid een reis voor naar *Abessinië*.'

'In Opper-Egypte? Daar wonen toch alleen maar zwarten? Geen joden.'

'Ik heb een merkwaardige kroniek gevonden van een reiziger, *Eldad Hadani*. Ook wel Eldad de Danniet genaamd. Hij beweert een nakomeling te zijn van de stam van de *Dannieten*. Deze stam zou na de inval van de Assyriërs gevlucht zijn naar Abessinië. In zijn getuigenis staan zoveel markante details dat ik geneigd ben het te geloven.'

'Zo,' zei Karo belangstellend, 'en die stam wil jij gaan opzoeken?'

'Is het niet elke jood zijn plicht om alle stammen weer in Jeruzalem samen te brengen, als voorbereiding op de komst van de Messias? Daar heeft de profeet *Jesaja* ons toch toe opgeroepen?'

'Ja,' beaamde Karo, 'maar wel jammer. Ik had gehoopt dat jij de opvolging van...'

'Beste Karo,' onderbrak Zimra hem snel, 'ik ben een man die weet wat verantwoordelijkheid is. Toen mijn naam door de stad begon te gonzen, heb ik mijn reisplannen voor onbepaalde tijd uitgesteld. Cordovero was mijn beste vriend en...'

'O? Ik hoorde nochtans dat je gebrouilleerd was met Cordovero.'

Verbaasd keek Zimra naar Karo. Voor het eerst liet hij even zijn joviale masker vallen. Hij smakte nadenkend met zijn natte lippen en begon toen weer met verve te vertellen.

'Kijk, rechter Karo, Cordovero was een goede man met wie ik met plezier heb samengewerkt. Ik heb mezelf natuurlijk nooit echt als een student van hem beschouwd. Jij weet ook dat ik veertig jaar lang de hoofdrabbijn van de joodse gemeenschap in Egypte was. Mijn boek over de mystieke betekenis van het Hebreeuwse alfabet...'

'Ik vroeg naar je relatie met Cordovero,' onderbrak Karo hem.

'O ja. Wel, Cordovero en ik waren eerder partners. Door mijn scherpzinnige vragen bracht ik hem vaak op nieuwe denksporen. Maar toen hij me op een dag vertelde dat hij Chaim Vital als nieuwe leerling had aanvaard, beging hij een ongelofelijke blunder. Chaim was een leerling die nog maar net kwam kijken. Een jongen die nog heel wat te leren had van mij. Het niveau van Cordovero's groep zou totaal omlaaggetrokken worden door hem toe te laten.'

'Je vertrouwde niet op Cordovero's inzicht?'

'Hij was veel te goed van geloof, rechter Karo. Chaim is een manipulator. Hij had Cordovero ingepakt. Ik heb hem gewaarschuwd maar hij wilde niet luisteren. En je ziet dat ik gelijk heb gekregen. Met die idiote vertoning met die wolk...'

'Pardon,' zei Karo, 'wat bedoel je met die wolk?'

Zimra zweeg. Hij had zijn mond voorbijgepraat. Hij had zowaar zelf de negen studenten van Cordovero op het hart gedrukt de voorspelling over diens opvolging niet ter sprake te brengen als ze ondervraagd werden door Karo. Snel wilde hij er overheen praten, maar toen mengde Yehoeda zich in het gesprek.

'U weet wel vader, die wolk die de lijkbaar van Cordovero volgde op diens begrafenis.'

'Ja, maar wat heeft dat hiermee te maken?'

'Niets inderdaad,' lachte Zimra terwijl hij krampachtig naar adem hapte, 'helemaal niets.'

Op dat moment barstten donder en bliksem los boven Tsfat. De regen klaterde op het dak van de synagoge waardoor ze luider moesten spreken om elkaar te verstaan.

'Wat is er met die wolk,' vroeg Karo aan Yehoeda.

'Er wordt gefluisterd dat Cordovero in zijn laatste les heeft gezegd dat zijn opvolger zich in een wolk zou openbaren op zijn begrafenis.'

Zimra gooide theatraal zijn hoofd achterover om duidelijk te maken wat een onzinnige roddel dit was.

'Dat zou betekenen dat die Egyptenaar Cordovero moet opvolgen,' riep Karo ongelovig uit.

'Er wordt in Tsfat heel veel gefluisterd, Karo,' zei Zimra. 'Ik dacht niet dat jij je daar als rechter mee bezighield.'

‘Ken jij die...’

‘Yitschak. Yitschak Luria. Jazeker, ik heb hem lesgegeven.’

‘En?’

‘Na de dood van mijn vrouw ben ik hem uit het oog verloren. Zoals je weet, ben ik toen veel gaan reizen om...’

‘Ja, dat weet ik,’ onderbrak Karo ongeduldig.

‘Ik heb hem gisteren opgezocht. Hij is nu 36, dus bijna oud genoeg om met de kabbala te beginnen. Ik wilde mijn lessen aan hem hervatten.’

‘En, wilde hij dat ook?’

‘Ik heb hem niet gezien. Zijn vrouw weigerde hem te storen in zijn studie. Hij liet mij alleen met zijn vrouw en dochter! Het was werkelijk ongehoord. En ik zal je nog meer zeggen: Chaim Vital was er ook. Ik hoorde zelfs dat zij elkaar ’s ochtends ontmoeten in het klaslokaal van Cordovero en de kabbala bestuderen! Het kan niet anders of die twee hebben het met elkaar op een akkoordje gegooid,’ liet Zimra zich nu helemaal gaan.

Rechter Karo liep naar de Ark in de synagoge waar de Torarollen lagen opgeborgen. Even legde hij zijn hand op de kunstig versierde deuren alsof hij er kracht uit wilde putten. Toen besloot hij wat elke rechtvaardige rechter in zijn plaats zou doen: elk spoor, hoe onwaarschijnlijk ook, onderzoeken.

‘Het lijkt me het best dat jij en je aanhangers een bijeenkomst van die twee bijwonen,’ zei hij.

‘Wat? Ik een les volgen bij Yitschak? Je maakt een grapje, Karo.’

‘Ik wil dat jullie zijn bekwaamheid onderzoeken. Stel hem kritische vragen. Maak het hem moeilijk. Dan kunnen we hem in elk geval met goede argumenten van het lijstje kandidaat-opvolgers schrappen.’

Zimra glunderde. Dat wilde hij wel doen.

‘Op die manier, rechter Karo. Met alle vormen van genoegen.’

17 ללה Lamed Lamed Hej: **de God die spreekt in uw dromen**

Met een luide schreeuw ontwaakte Chaim uit zijn droom. Hij sloeg met zijn handen om zich heen. Het zweet parelde op zijn voorhoofd en hij schaamde zich diep vanwege de droom die hem had bezocht.

'Chaim! Chaim! Wat is er aan de hand?'

'Het is niets, Anna,' riep Chaim naar de deur. 'Een boze droom, niets anders.'

'Ik maak een anijsdrankje voor je.'

Nog voor hij kon roepen dat het niet nodig was, hoorde hij haar de trap aflopen. Hij vond het wel prettig om even niet alleen te zijn. Hij kroop uit zijn bed, stak een kaars aan en ruimde snel zijn kamer op. Hij liet Anna binnen en beiden gingen aan zijn bureau zitten.

'Zo, een kopje heet water met anijs. Dat verdrijft de demonen,' zei Anna met haar opgewekte stem. 'Ik schrok me een beroerte. Ik dacht dat je vermoord werd. Had ik een andere huurder moeten zoeken. Nou zit ik alleen met jou op één kamer. Maar ja, je ontvangt hier ook jonge meisjes. Ik heb tegen niemand wat gezegd hoor, al moest ik mijn tong haast afbijten. Maar nu moet jij me wel beloven dat je ook over ons samenzijn je mond houdt.'

Eigenlijk was ze wel aardig, dacht Chaim. Een beetje opdringerig en bemoeizuchtig maar wel aardig.

'Ik kan dromen uitleggen. Wist je dat, Chaim? Vertel me je droom dan zal ik je zeggen wat hij betekent.'

'Nee, dat hoeft niet, Anna. Ik wil hem het liefst snel vergeten.'

'Dromen zijn geschenken, Chaim. Ze vertellen je geheimen. Zelfs al zijn ze naar. Een droom die niet wordt begrepen, is als een ongeopende brief.'

Hij wist zelf ook wel dat dit een belangrijke droom was. Maar hij wilde niet nadenken over de verborgen boodschap. Sommige waarheden kon je maar beter niet onder ogen zien.

'Vertel het nou maar, jongen. Ik weet dat je denkt dat ik de stadsomroeper van Tsfat ben. En misschien ben ik dat ook wel. Maar ik kan ook geheimen bewaren. Dat heb ik je toch al bewezen. Kijk, ik verzegel mijn lippen.'

Aarzelend keek hij haar aan. Zou ze echt te vertrouwen zijn? Hij kende niemand anders die hem zou kunnen helpen.

'Ik droomde van Francesa...' begon hij aarzelend.
'O jee,' zei Anna. Hij keek haar boos aan.
'Het spijt me, ga verder.'
'Van haar bezoek hier gisteren. Ze... het spijt me, Anna, ik kan dit echt niet vertellen.'
Anna legde een bemoedigende hand op zijn knie.
'Toe maar, Chaim. Geloof me dat ik al heel wat heb gehoord. Ik kijk nergens meer van op. Als je wist wat mensen mij allemaal vertelden. Soms denk ik wel eens dat ik niet in Tsfat woon, maar in *Sodom* of *Gomorra*.'
Dit gaf Chaim moed. Hij wist dat Anna alle slaapkamergeheimen kende. Meer dan eens had ze tegen hem uit de school geklapt. Vooral de overspelige avonturen van de vrouw van zijn medestudent Schlomo waren vaak hilarisch. Hij deed dan wel of het hem niet interesseerde maar hij luisterde met grote gretigheid.
'Francesa liet de jurk van haar lichaam glijden. Ze stond naakt voor me. Ze was zo...'
'Mooi,' vulde Anna hem begripvol aan.
'Ze leek een Egyptische priesteres. Haar... schaamhaar had ze rood geverfd. Ze kwam dichterbij en omhelsde me. Haar haren roken zo zoet, net lavendel. Ze kuste me. Ze streelde met haar tong langs mijn hals, mijn oor, mijn haar, mijn mond. Ik werd gek van opwinding. Haar handen betastten me overal. Ze kleedde me uit. Ik wist dat het allemaal niet mocht en niet kon maar ik had alleen maar vuur in mijn lijf. Mijn verstand was spoorloos. Ik... ik durf niet, Anna.'
De helderziende hospita smulde van het verhaal. Ze lachte hem lief toe en Chaim staarde verhit naar het donkere spleetje tussen haar voortanden.
'Vooruit, Chaim. Zo raar zijn dit soort dromen niet.'
'O jawel, Anna. Ik nam haar in mijn armen en legde haar hier op mijn bureau. Ze... opende haar benen en ik nam haar. Blind van drift. Ik had een waas voor mijn ogen. Ik kneep ze dicht. Toen...'
'Toen,' spoorde Anna hem aan.
'Toen deed ik mijn ogen open en zag ik dat Francesa was veranderd in een oude, tandeloze vrouw. Die schaterlachte afgrijselijk en ze trok het vel en vet van haar borsten. Ik zag haar bloederige melk-

klieren. Ik wilde me terugtrekken maar ze hield me geklemd tussen haar harige mannenbenen en haar geslacht veranderde in een hagedissenkop met messcherpe tanden. Hij sperde zijn muil wijd open en wilde bijten en toen...'

'Toen werd je wakker?'

'Ja.'

Anna knikte begrijpend.

'Je bent bezocht door *Lilith.*'

'Lilith?'

'Ja, de eerste vrouw van Adam. De vrouw die door God werd weggezonden omdat ze gelijk aan Adam wilde zijn. Adam kon haar niet aan. Maar zij zon op wraak. Ze doodt pasgeboren kinderen en ze jaagt sinds het begin der tijden op zwakke mannen in hun dromen. Ze weet altijd wanneer ze moet toeslaan. Ze zweeft boven mannen die alleen slapen. Ze transformeert zich in een mooie maagd die zich aanbiedt. Ze wekt wellust op en laat dan haar ware gelaat zien. Ze copuleert wel duizend keer per nacht en baart uit dat zondig vergoten zaad demonen in de geestenwereld. Zelfs de meest vrome man wordt ooit wel door haar bezocht. Het vergt veel kracht om haar weerstand te bieden. Ben je gekomen?'

'Anna, alsjeblieft,' riep Chaim beschaamd.

'Je moet je reinigen.'

'Anna. Hou op.'

Anna giechelde. Plagerig keek ze even naar de benen van Chaim die hij snel over elkaar sloeg. Zenuwachtig dronk hij van het anijswater.

'Maar waarom vermengt ze zich met Francesa. Die is zo zuiver en puur. Wat wil dit zeggen, Anna?'

Ze keek hem verdrietig aan. Even streelde ze zijn wang.

'Ik denk dat je zelf het antwoord weet, Chaim.'

18 יחו Joed Chet Vav: **de God die de andere kant toont**

Chaim had de slaap niet meer kunnen vatten na de zorgelijke droomanalyse van Anna. Bezorgd was hij weer uit bed gestapt en had zich naar het *mikwe* begeven, het rituele reinigingsbad op de begraafplaats. Na de onderdompeling in het ijskoude water ging hij naar de synagoge. Daar was hij, tijdens het klaarmaken van het lokaal, overvallen door de negen studenten die onder aanvoering van Zimra als een roofbende het gebedshuis veroverden. Blijkbaar hadden de lallende mannen de nacht doorgehaald om alvast de verkiezing van Zimra te vieren. Ze stonken naar goedkope wijn en zongen liedjes van licht allooi. Ze maakten Chaim belachelijk. Jonathan en Samuel, twee sterke mannen, hadden hem op een tafel gezet en het groepje danste een quasi-Egyptische volksdans rondom hem. Josjoea had zelfs even zijn broek omlaaggetrokken waardoor de anderen over de tafels hingen van de lach.

Op dat moment kwam Yitschak binnen. De mannen van respectabele leeftijd grinnikten als betrapte studenten en gingen, op aansporing van Zimra, zitten.

'Welkom, heren,' zei Yitschak. 'Jullie moeten nooit iets geloven dat jullie niet zelf hebben onderzocht. Jullie komst getuigt van moed.'

Toen nam hij vooraan plaats en sloot even de ogen. Enkele minuten lang neuriede hij een monotoon wijsje. Chaim keek bezorgd rond. Maar de studenten hielden zich koest en het geproest verstomde.

'Mogen we vanochtend niets dat onzuiver is, zuiver verklaren en niets dat zuiver is, onzuiver. Ik wil jullie inwijden in een kabbalistisch geheim. Het is een ontzagwekkend geheim dat jullie niet zullen begrijpen. Ik vraag om bij voorbaat jullie verzet op te geven. Jullie hoeven het nu ook niet te begrijpen, laat staan te geloven.'

'Maar u zei toch net dat we alles zelf moesten onderzoeken,' onderbrak Schlomo, de kunstschilder, hem.

'Juist, maar dat onderzoek vindt in jezelf plaats en nergens anders. Graaf eerst diep in jezelf en kom daarna pas met je kritiek. Als je die dan nog hebt.'

Zimra en Josjoea wisselden een samenzweerderige blik met elkaar.

'Het geheim is: er zit niets goeds in je.'

Op dat moment kwam Abraham de klas binnen. Yitschak was echter zo geconcentreerd om het geheim te ontsluieren, dat hij er geen aandacht aan schonk.

'Ik herhaal: er zit niets goeds in je. Als je denkt dat je nog maar een sprenkeltje goedheid in jezelf ontwaart, dan is dat zelfbedrog.'

Chaim wist zeker dat deze les over hem ging. Hij voelde zich slecht. Hij had zich laten meeslepen door zijn instinct bij het bezoek van Francesa. Hij had zijn meester bedrogen en had het meisje tegen zichzelf moeten beschermen. Hij schaamde zich om zijn verlangen en zijn zondige droom.

'Elke goedheid die we onszelf toekennen, is schijn. Zolang onze ziel bevlekt is, kan ze onmogelijk de perfecte goedheid van het heelal in zich opnemen. We krijgen pas zicht op het volmaakt goede wanneer we ons bevrijden van het gevoel dat we goed zijn.'

'Dus...' zei Abraham, 'zelfs met het inlossen van mijn schuld heb ik nog steeds niets goeds tot stand gebracht in deze wereld.'

Yitschak straalde. 'Precies, Abraham! Je hebt het begrepen!'

'Maar als het een slechte daad was die ik heb begaan, dan hebt u mij aangezet tot het kwaad,' ging Abraham verontwaardigd verder.

De spanning was te snijden. De studenten vonden in Abraham een onverwachte bondgenoot. Zijn dramatische schuldbekentenis was de dag ervoor druk besproken in de stad. Velen hadden zich vrolijk gemaakt toen ze hoorden dat Abraham, de perfect geklede koopman, zich in een jutezak aan de voeten van de Moorse vrouw had geworpen.

'Je moest dit doen, Abraham, omdat je jouw arbeidster had benadeeld, ook al was jij je daar niet van bewust. Maar je deed het niet uit goedheid voor haar. Je deed het voor jezelf. Je wilde jezelf corrigeren. Je wilde je schuld aflossen. In plaats daarvan legde je een schuld bij Fatima. Zij was niet van plan om geld te vragen voor het overwerk. Jij dwong haar ertoe. Fatima nam het geld om jouw schuld af te lossen en nu heeft zij een schuld. Zal ze het geld gebruiken voor zichzelf of zal ze het op haar beurt wegschenken?'

'Laten we er maar van uitgaan dat ze het voor zichzelf houdt, die Moorse,' probeerde Zimra hem uit zijn tent te lokken.

'Dan zal ze ontdekken dat ze niets goeds in zichzelf heeft. Haar vermeende liefdadigheid om gratis over te werken, was helemaal niet zo onbaatzuchtig. Misschien had ze overdag niet hard genoeg gewerkt. Of hoopte ze opslag van haar baas te krijgen door zijn belangrijke klant tevreden te stellen.'

'En wat dan als ze het geld wegschenkt?' vroeg Schlomo.

'Erg onwaarschijnlijk,' grapte Zimra.

'Precies hetzelfde. Dan zal ze het wegschenken uit eigenbelang. Om zichzelf te corrigeren, precies zoals Abraham. Ze zal het niet uit goedheid schenken maar uit het verlangen haar geweten te zuiveren.'

'Dus eigenlijk maakt het allemaal niet uit, Yitschak, als ik jouw redenering volg. Wat we ook doen, het is fout,' concludeerde Zimra.

'Al ons handelen is egoïstisch, inderdaad.'

'En wat schieten we met die wijsheid op? Als we iets goeds doen, blijkt dat uit eigenbelang te zijn. Beweer je dan dat pas als we iets kwaads doen we tot het goede komen? Dan kan ik maar beter aan het moorden slaan. Kijk maar uit, Chaim,' riep Josjoea vrolijk uit terwijl hij wurgbewegingen boven zijn broers hoofd maakte. Hij was ervan overtuigd dat de zege voor zijn vriend Zimra binnen handbereik lag. Yitschak wachtte rustig af tot het kabaal wegstierf.

'Stel dat iemand je kinderen kwaad doet. Als je hen redt door de dader te vermoorden, ben je dan een slecht mens? Of wanneer je de tiran vermoordt die je volk onderdrukte en voor onnoemelijk veel leed zorgde? Zijn dit geen moorden die een groter belang dienen?'

De trawanten van Zimra lachten te hard om het punt dat Yitschak gemaakt had, alsnog te ontkrachten. Het gespot overstemde de mantra die in Chaims hoofd dreunde: het was geen moord, het was een ongeluk, een spijtig ongeluk.

'Als we het recht in eigen hand nemen, dan doen we goed, wil je zeggen,' beet Zimra hem verontwaardigd toe.

'Nee, ik bedoel de intentie. We doen goed op dat zeldzame moment dat we volledig in overeenstemming met de wetten van het heelal altruïstisch handelen. Het moment dat we boven onszelf uitstijgen en ons niet bekommeren om ons eigen zielenheil. Maar zonder nadenken handelen om onbaatzuchtig iemand iets te geven. Met gevaar voor ons eigen leven en alles wat ons lief is.'

'Kun je daar een voorbeeld van geven,' vroeg Schlomo, die het toch niet helemaal gek vond wat Yitschak vertelde.

'Laten we Abraham nemen,' zei Yitschak. 'Niet het geven van die handvol goudstukken heeft hem gezuiverd. Maar bij Abraham is er berouw ontstaan. Voor het eerst heeft hij beseft dat hij niet zo'n rechtschapen man was als hij altijd dacht. Hij kwam oog in oog te staan met het lelijke gezicht van zijn hebzucht. Dat oprechte berouw heeft hem voorgoed veranderd. Voortaan zal hij zich altijd de vraag stellen of hij misschien heeft nagelaten voldoende goeds te doen. Tot het een tweede natuur wordt. Tot het geven hem meer plezier zal verschaffen dan het ontvangen. Op dat moment zal Abraham echt gezuiverd zijn van zijn zonde. Dan zal het *Kaïnsteken* van zijn voorhoofd zijn verdwenen.'

'Geloof toch niet wat hij zegt, Abraham,' riep Zimra uit. 'Deze man richt je te gronde. De hele stad roemt je als rechtvaardige baas die goed is voor zijn arbeiders.'

'Je hebt zelfs mijn broertje in dienst genomen!' lachte Josjoea. 'Yitschak is zelf op je geld uit.'

Alle ogen waren op Abraham gericht.

'Ik heb me nog nooit zo goed gevoeld als toen ik Fatima dat geld gaf.'

'Dan moet je het zelf weten. Ik heb genoeg gehoord in elk geval. Bedankt voor je gastvrijheid, Yitschak. Kom vrienden, we gaan.' Zes handlangers van Zimra stonden meteen overeind maar Schlomo en nog twee anderen aarzelden.

'Vooruit, jongens, of wil je nog langer naar deze prietpraat luisteren,' vuurde Josjoea ze aan.

'Ik wil blijven,' sprak Schlomo rustig. 'Ik geloof dat ik hier nog wat kan leren.'

Josjoea ontplofte.

'Jij bent gewoon bang dat als je vroeger naar huis gaat je jouw vrouw met een andere vent in bed vindt.'

Jonathan, die dit wel een heel erg ongepaste opmerking vond, ging nu zitten. Op geen enkele manier leken de vier achterblijvers te overtuigen om weg te gaan. Verbouwereerd blies Zimra ten slotte de aftocht met zijn vijf bondgenoten in z'n kielzog.

Toen de stilte weerkeerde, richtte Yitschak zich rechtstreeks tot Abraham.

'Denk niet dat het niets was, wat je hebt gedaan, Abraham. In de boekhouding van het heelal was jouw daad een wereld van verschil. Een vlinder die op een bloem landt in Egypte, kan hier in Tsfat een aardbeving veroorzaken. Alles beïnvloedt alles. Elke zuivering, hoe klein ook, die wij bij onszelf voltrekken, heeft een reikwijdte die niet is te overzien. En uiteindelijk zullen we merken dat geven ons meer vreugde schenkt dan al het geld van de aarde.'

Abraham glimlachte. Hij besefte dat hij nog veel werk had te verrichten. Maar voor het eerst had hij weer een droom om voor te leven. Een droom die niet gericht was op zijn eigenbelang maar op het creëren van een liefdevollere wereld.

'Maar,' voegde Yitschak eraan toe, 'je staat nu op een belangrijk kruispunt in je leven. Als je het hierbij laat, dan zijn je dagen geteld. Als je doet wat ik je opdraag, zul je nog tweeëntwintig jaar leven.'

Verbijsterd keek Abraham hem aan.

'Zeg me wat ik moet doen,' zei hij vastberaden.

'Je moet naar Jeruzalem gaan, naar de oude muur op de *Moriaberg* die als stortplaats wordt gebruikt. Dat is de enige steunmuur die overgebleven is van de Tempel van Salomo toen die door *Herodes* werd herbouwd. Stort je gebeden en tranen uit bij die muur, zoals de inwoners van Jeruzalem hun vuilnis er neerstorten. Misschien zal je het waard zijn om daar de goddelijke aanwezigheid zelf te ervaren. Dan zal je nog tweeëntwintig jaar gegund zijn.'

Vastbesloten stond Abraham op om meteen aan Yitschaks opdracht gehoor te geven.

'O ja, Chaim,' zei Yitschak terwijl ook de andere studenten het lokaal verlieten, 'ik had je al gezegd dat mijn dochter niet voor jou is bestemd. Het volgen van mijn lessen heeft geen enkele zin als je geen waarde hecht aan mijn woorden. Je zult moeten kiezen: of Francesa, of mijn lessen.'

Chaims hoofd tolde. Kiezen voor Yitschak was kiezen om tot de bodem van zijn ziel te gaan. Donkere spelonken die hij het liefst meed.

Op datzelfde moment rolde Karo hijgend naast zijn jonge vrouw Rebecca terwijl het diffuse zonlicht door de kleurige ruitjes van het slaapkamerraam viel. Het geheim van de onverwoestbare gezondheid van Karo waren ongetwijfeld de drie vrouwen die op zijn levenspad waren gekomen. Twee keer was hij weduwnaar geworden en had ontzettend geleden maar drie keer zond de Schepper hem een bekoorlijke vrouw die zijn levenslust weer aanwakkerde. Nu hij tachtig was, kostte de liefdesdaad hem veel moeite maar hij maakte er een erezaak van dat zijn achtentwintigjarige vrouw niets tekortkwam. Hij bezat dan misschien niet meer de onstuimigheid van de jeugd, in plaats daarvan wist hij precies wat een vrouw opwond. Rebecca had zich geen toegewijdere minnaar kunnen wensen. Nog genietend streelde ze met haar warme handen zijn magere borstkas die heftig op en neer ging. Haar dikke rode haardos lag uitgewaaierd op het kussen.

'Geen wonder dat jij twee vrouwen de dood hebt ingejaagd,' zei ze plagerig en kuste zijn dunne lippen.

'Mijn God,' piepte hij, 'ik word zwaar op de proef gesteld om de verplichtingen van een goede echtgenoot te volbrengen.'

'Je slaagt met vlag en wimpel,' zei ze. 'Nog een keer?'

'Lieve help, nee,' kreunde hij. 'Je moet aan het werk. Dadelijk staan hier weer honderden hongerige studenten voor de deur die willen ontbijten.'

Karo had een deel van zijn eigen huis, dat grensde aan zijn school en synagoge, opengesteld als gaarkeuken. Vele van zijn studenten konden nauwelijks in hun levensonderhoud voorzien. Onder leiding van Rebecca werd daar dagelijks voor hen gekookt. Gaandeweg was het ook een verzamelplaats geworden voor alle minderbedeelden van de stad die zich broederlijk mengden met de aankomende rechters. Hun onfortuinlijke levensverhalen verdiepten de inzichten van de studenten in het toepassen van de wet. Elk probleem dat berecht werd, kende vele kanten. Om een rechtvaardig oordeel te vellen was behalve de strikte letter van de wet veel medemenselijkheid noodzakelijk.

'Ik heb je helemaal nog niet verteld over de gift van Deborah gisteren,' zei Rebecca en ging rechtop zitten. Karo genoot van het prachtige zicht op de met sproeten gespikkelde borsten van zijn vrouw.

'Deborah? Je bedoelt de weduwe van Cordovero?'

'Ja. Je weet dat die arme, kreupele sinds de dood van haar man een van onze kostgangers is geworden. Cordovero liet geen rode cent achter. Tenminste dat dacht ze.'

Ook Karo kwam nu overeind. 'Wat bedoel je?'

'Ze is rijk nu!'

'Rijk? Had hij dan toch ergens een geldkistje opgeborgen?'

'Dat niet. Maar ze had natuurlijk alle handgeschreven werken van haar man. Stapels en stapels. Gisteren heeft iemand haar opgezocht. Een man die haar een fortuin bood voor die manuscripten.'

'Wat!' riep Karo. 'En heeft ze dat gedaan?'

'Wat kon ze anders? En uit dankbaarheid heeft ze een tiende deel aan onze gaarkeuken geschonken! Op advies van die man.'

Karo stapte uit bed. Hij wist niet wat hij hiervan moest denken, maar het beviel hem niets. Cordovero's manuscripten kwamen toe aan de opvolger die hij zou aanwijzen.

'Ben je niet blij?' vroeg Rebecca.

'Wie was die man,' vroeg hij terwijl hij zijn kleren aantrok.

'Dat heb ik niet gevraagd.'

'Ik weet niet of we hier blij om moeten zijn, Rebecca. Tot vanavond,' zei Karo. Hij haastte zich naar het mikwe om zich te reinigen na de gemeenschap.

Yehoeda was druk bezig de banken te verschuiven toen Karo een uur later de blauwe synagoge inliep.

'Wat ben jij aan het doen?' vroeg Karo.

'Volgens mij is deze opstelling beter, vader. En misschien moeten we de banken maar eens een andere bekleding geven. Ik dacht aan koningsblauw.'

Karo schudde zijn hoofd. Hoe moest hij deze jongen ooit passie voor de wet bijbrengen in plaats van voor meubilair? Op dat moment kwam Zimra met zijn gevolg vrolijk de synagoge binnen.

'Sjalom Karo, Sjalom Yehoeda,' zei Zimra zelfverzekerd. 'Ik heb gedaan wat je mij opgedragen hebt. We hebben een les van Yitschak bijgewoond.'

'Aha,' zei Karo aangenaam verrast. 'Vertel, hoe is dat bevallen?'

'Die man is gevaarlijk,' antwoordde Zimra bezorgd.

'Het zou hem verboden moeten worden de kabbala te onderwijzen,' vulde Josjoea aan.

'Werkelijk,' zei Karo nieuwsgierig. 'Vertel eens, Zimra, waarom is hij gevaarlijk?'

'Het is verbijsterend,' antwoordde Zimra op onheilspellende toon. 'Als we hem zouden geloven, dan kunnen we jouw Sjoelchan Aroech wel in de haard gooien. Hij stelt zich boven de wet. Hij zei letterlijk dat moorden gerechtvaardigd kan zijn!'

Karo keek Zimra geschokt aan.

'Is dat werkelijk zo?'

Onder aanvoering van Josjoea bevestigden de volgelingen het verhaal in alle toonaarden.

'En jullie andere vrienden? Wat vinden die ervan?'

Er viel een ongemakkelijke stilte.

'Zij zitten nog in de les bij Yitschak,' gaf Samuel ten slotte toe.

'Dus zij zijn wel enthousiast over Yitschak?' vroeg Karo niet-begrijpend.

'Ik snap ook niet wat ze bezielt,' antwoordde Josjoea vlug. 'Yitschak heeft iets hypnotiserends. Misschien zijn ze daardoor in zijn ban geraakt. Mijn broer Chaim bijvoorbeeld lijkt wel zijn schoothondje. Maar als ze zouden horen wat hij werkelijk beweert, zouden ze net als wij ervan overtuigd zijn dat het een gevaarlijke gek is.'

'Dus jullie vijven kiezen nog steeds onvoorwaardelijk voor Zimra, maar vier van jullie vrienden en Chaim Vital lijken meer te voelen voor Yitschak. Dat is dus vijf tegen vijf. Ik moet erover nadenken.'

'Beste Karo,' zei Zimra gespannen, 'me dunkt dat je nu toch voldoende weet. Het wordt echt tijd om een beslissing te nemen.'

Moeizaam zoog hij zijn zwakke longen vol en vervolgde: 'Je hoort toch wat voor gezagondermijnende beweringen die Yitschak uitkraamt. Bovendien, ik heb mijn reis naar Abessinië al uitgesteld. Je kunt me toch niet aan het lijntje houden?'

'Ik heb je niet gevraagd om je missie te verzaken, Zimra. Als je wilt zeggen dat je jouw kandidatuur intrekt, dan zal ik dat respecteren.'

Zimra toverde meteen weer zijn allervriendelijkste lach op zijn gelaat.

'Nee, zo bedoel ik het natuurlijk niet. Ik ben alleen zo enthousiast geworden nu ik de werken van mijn goede vriend Cordovero nog eens bekeken heb. Mijn handen jeuken om ze te verbeteren.'

'Dus jij bent de man die zijn werken heeft opgekocht,' concludeerde Karo verbluft.

Bescheiden haalde Zimra zijn schouders op. 'Ik vertrouw erop dat de gift goed besteed is. En ik weet zeker dat jij een wijze beslissing zult nemen.' Hij drukte Karo de hand. 'Kom vrienden, we gaan.'

Karo's knokige hand zocht steun op de schouder van zijn zoon.

'Wat zou jij doen in mijn plaats, Yehoeda,' vroeg Karo toen de mannen de synagoge hadden verlaten.

'Ik? Ik vind die Zimra een akelige man. Ik zou eens met die Yitschak gaan praten.'

Karo glimlachte en was trots op het advies van zijn zoon. Het was precies wat hij zelf van plan was.

'Kom,' zei hij. 'Geef die wandelstok aan je vader. We gaan.'

20 מומ Mem Vav Mem: **de God van het oprechte berouw**

Karo werd eerbiedig begroet door de marktkramers die druk bezig waren hun kramen in te richten. Door zijn drukke bestaan kwam hij zelden in de stad. Karo was bijzonder geliefd. Van velen die elkaars vijand waren had hij weer vrienden gemaakt. De kracht van rechter Karo was dat hij niet van verliezers hield. Zijn streven was om in zijn uitspraken schijnbaar onverenigbare partijen toch elkaar de hand te laten schudden. Zo werd het geven van een hand een spirituele ervaring. Wanneer twee handpalmen elkaar raakten, verbonden twee zielen zich met elkaar. Karo zorgde ervoor dat beiden hun aandeel in het probleem erkenden. Zodat beide partijen bereid waren het op een eerlijke manier op te lossen.

Yehoeda ondersteunde zijn vader tijdens de lange afdaling naar de rand van het joods kwartier. Wanneer hij af en toe halt wilde houden, om exotische stoffen te keuren bij een winkeltje, zei zijn vader kortaf dat ze daar geen tijd voor hadden. Het kostte Yehoeda behoorlijk wat moeite om zijn vader rechtop te houden. De keien waren soms glad en verraderlijk, zelfs voor mensen die niet zo oud waren als Karo.

Yitschak stond hen al op te wachten voor de ivoorwitte poort van zijn huis.

'Ik had ook wel naar u toe willen komen, rechter Karo. Het is best een flinke afstand van het gerechtshof naar hier. Wees welkom.'

Karo en Yehoeda volgden Yitschak naar de eetkamer. Yehoeda was overweldigd door de prachtig ingerichte woning.

'Moet je dat tapijt zien, vader! En dat schilderij! Fabuleus!'

Francesa zat aan de eetkamertafel een brief te schrijven aan een van haar Egyptische vriendinnen. Ze verhaalde in geuren en kleuren wat er op de kamer van Chaim gebeurd was. Ze keek verstoord op toen haar vader met het bezoek binnenkwam.

'Moet ik gaan,' vroeg ze haar vader.

'Nee, meisje, blijf rustig zitten,' zei Karo, die aangenaam verrast was door de bevalligheid van het meisje. 'Wij blijven niet zo lang. Ik ben Karo en dit is mijn zoon Yehoeda.'

De twee jongelui begroetten elkaar afgemeten. Dat witte jurkje staat haar best aardig, dacht Yehoeda, maar een kleurige sjaal zou wonderen doen.

'De zaken gaan goed, Yitschak,' opende Karo het gesprek.

'Om eerlijk te zijn, is dat de verdienste van mijn vrouw Sarah. Zij is een geboren zakenvrouw. Het is een plezier haar te zien onderhandelen met scheepslui uit de hele wereld.'

'Als ze net zo charmant is als uw dochter, kan ik me voorstellen dat het lastig zakendoen is met haar,' zei Karo terwijl hij naar Francesa knipoogde. 'U wist blijkbaar dat ik zou komen, dan weet u waarschijnlijk ook de reden van mijn bezoek?'

'Jazeker. Ik vind het jammer dat u vermoedt dat ik met mijn onderwijs me boven de door u geschreven wet zou stellen. U hebt een uitzonderlijk wijs boek geschreven. Uw joodse wetgeving, de *Sjoelchan Aroech*, is een werk dat nog generaties na ons als leidraad voor een rechtvaardig leven zal gelden.'

'U hebt het gelezen,' vroeg Karo gevleid.

'Ja, toen ik nog in Egypte woonde.'

'Hoe lang woont u hier nu al in Tsfat?'

'Bijna vier maanden.'

'Vier maanden,' herhaalde Karo, 'en nu al een begrip. Ik was negenenveertig toen ik naar Tsfat verhuisde uit *Adrianopolis*. Maar het kostte mij veel langer om hier naam te maken.'

'Een naam maken is niet zo moeilijk, rechter Karo. Maar een goede naam, dat duurt lang.'

'Dat is waar,' beaamde Karo glimlachend. 'En vooralsnog schijnt u dat niet zo te lukken. Is het waar dat u gezegd hebt dat het vermoorden van mensen een goede daad is?'

Yitschak lachte.

'Ik heb zes getuigen die dat beweren,' zei Karo ernstig.

'Ja, natuurlijk heb ik dat gezegd,' knikte Yitschak bevestigend. 'Maar u moet begrijpen dat ik in mijn lessen niet spreek over de aardse wetten zoals u die voortreffelijk uitvoert. Ik spreek over de wetten van het heelal.'

'Dat begrijp ik,' zei rechter Karo. 'Voorlopig echter zijn we met zijn allen hier nog wel op aarde. Zou ik u moeten vrijspreken van moord als u zich verdedigt met het alibi dat u goed handelde volgens de wetten van het heelal?'

'De Tora beschrijft vele werkelijkheden, rechter Karo. U past de letterlijke wet toe zoals die ons door Mozes schriftelijk en mondeling is gedicteerd. Dat is ook uiterst belangrijk. Het regelt onze levens. Het zorgt ervoor dat wij op een beschaafde manier met elkaar omgaan. Het zijn regels die het samenleven zo aangenaam mogelijk maken.'

'Exact,' bevestigde Karo, 'en daar hoort moord niet bij, toch?'

'De kabbala heeft het over een grotere werkelijkheid dan die waarin wij hier op aarde gevangenzitten. Natuurlijk moeten wij een moordenaar hier bestraffen en gevangenzetten. Maar in een grotere context, die ons bevattingsvermogen te boven gaat, was de moord misschien toch noodzakelijk.'

'U bedoelt dat God die moord gewild heeft?'

'Het plegen van die moord is voor de moordenaar een kans om tot werkelijk berouw te komen. Als hij werkelijk de slechtheid van zijn daad inziet en tot inkeer komt, zal hij daarna omwille van een innerlijke noodzaak het leven van een ander respecteren. Op die manier kan hij een correctie tot stand brengen die zijn eigen belang ver overstijgt. Berouwvolle zondaars kunnen inzichten verwerven die voor de volmaakt rechtvaardigen onbereikbaar zijn. In de hemelse boekhouding wordt berouw veel meer gewaardeerd, dan het burgerlijke leven van iemand die zich aan alle regels houdt.'

'Pardon,' riep Karo uit, 'mensen die de wet niet overtreden, noemt u minderwaardige burgers?'

'Wanneer zij geregeerd worden door angst, wel ja. Wanneer zij hun dromen opgeven omdat ze bang zijn fouten te maken. Wanneer hun belangrijkste bekommernis is om netjes te leven zonder grote wensen en verlangens. De Schepper wil ons grote daden zien verrichten. Hij wil dat wij de wereld veroveren en verbeteren. Hij wil dat wij worden zoals hij zelf: scheppers van een nieuwe wereld.'

Rechter Karo was lang stil na dit rustige betoog van Yitschak. Zijn oude hersenen begrepen de logica van deze kabbalistische redenering. Maar zijn levenslang ontwikkelde gevoel voor rechtvaardigheid protesteerde. Het probleem was dat 'berouw' moeilijk meetbaar was. In zijn rechtszaal had hij al zovele schijnbaar oprechte spijtbetuigingen aangehoord van daders die zonder scrupules enige tijd later weer dezelfde misdaad pleegden. Berouw was een kaart die ingezet werd voor strafvermindering. Om de integriteit van iemands berouw te kunnen peilen, moest je hem de kans geven die te bewijzen. Met het risico dat hij eenmaal op vrije voeten nieuwe slachtoffers maakte. Een rechtbank moest het algemene belang dienen en was niet de instantie die het heilige begrip vergeving moest uitdragen.

Yitschak keek hem mild aan.

'Geloof gaat boven het verstand,' zei hij rustig alsof hij Karo's discussie in zijn hoofd kon horen. 'De schepping straft niet. Al draag je, van alles wat je doet, de consequenties. En ook al lijken die consequenties een straf, ze zijn altijd een vriendelijke uitdrukking van de Schepper in ons beste belang. God staat altijd aan onze zijde.'

'En het slachtoffer van de moord?' vroeg Yehoeda plotseling.

Karo keek blij verrast naar zijn zoon. Hij was gewend dat Yehoeda zijn discussies altijd zwijgzaam bijwoonde. Yitschak had zijn gemoed blijkbaar geprikkeld. Misschien was de kabbala wel de rechtspraak van de toekomst. Het kompas dat de mensheid leidde wanneer ze op een hoger niveau waren gekomen. Karo zelf zou dit niet meer meemaken, maar de kabbala was misschien de taal van de jeugd, van de volgende generatie.

'Een bijzonder goede vraag,' zei Yitschak. 'Het slachtoffer heeft misschien op een hoger plan de kans gekregen zijn ultieme correctie te volbrengen. Door letterlijk zijn leven te geven om iemand anders een les te laten leren, heeft hij de wet van het geven in zijn allerhoogste vorm volbracht.'

'Papa zou zelfs iemand enthousiast maken om zich te laten vermoorden,' zei Francesa vrolijk.

Karo lachte luid. Toen stond hij moeizaam op.

'Yitschak Luria, ik heb het verzoek of u mijn zoon Yehoeda wilt accepteren als leerling.'

Yehoeda schrok. Moest hij bij deze man les gaan volgen? Hij vond hem saai en hoogdravend. Om voortaan elke ochtend naar dit soort discussies te gaan luisteren?

'Rechter Karo, ik zal hem ontvangen als mijn zoon.' Yitschak legde een hand op de schouder van de jongen.

Karo was ontroerd. Eindelijk had hij de geschikte leraar gevonden die de passie van zijn zoon zou doen ontwaken. De twee mannen keken elkaar met een blik van vaderlijke verstandhouding aan. Toen richtte Yitschak zich tot Francesa.

'Dochterlief, mag ik je voorstellen aan Yehoeda, je toekomstige echtgenoot.'

21 עממ Ajin Mem Mem: **de God van de passie**

Met krachtige bewegingen haalde Chaim in de blakende zon de wol door de tobbe gevuld met rode verf.

Het diepe Turkse rood werd gemaakt met het poeder van verpulverde *meekrapwortels*. Een erg duur poeder omdat het verwerken van de wortels tot rode kleurstof zwaar en intensief werk was. Nachtwerk bovendien want men geloofde dat de wortel zijn kleurenpracht zou verliezen door het zonlicht.

Wanneer elke vezel van de dieprode kleur doordrongen was, wrong Chaim de slierten wol uit. Hoe meer wol door een tobbe gekleurd werd, hoe voordeliger de prijs. Daarna hing hij de wol te drogen. Chaim hield van dit ambachtelijke werk. Het vergde veel van zijn lichaamskracht en daardoor ontspande zijn geest.

Hij wilde net een nieuwe baal wol in de tobbe gooien, toen plotseling Francesa voor hem stond. Ze gooide zich in zijn met rode verf besmeurde armen.

'Houd me alsjeblieft stevig vast, Chaim,' snikte ze. 'Het is de eerste en de laatste keer.'

Ze rilde en tegen alle zeden in drukte Chaim haar stevig tegen zich aan en probeerde haar te kalmeren.

'Wat is er, Francesa? Waarom ben je zo overstuur?'

Fatima, de Moorse naaister die aan een tafeltje buiten knopen vastnaaide, stond op, nam haar werk mee en liet de twee alleen.

'Ik moet van vader trouwen met Yehoeda.'

'Yehoeda? De zoon van Karo? Maar hij is toch...'

'Ik wil het niet, Chaim. Ik ben zo verliefd op je. Sinds het eerste moment dat ik je zag.'

Fatima, die was teruggekomen om de schaar te halen die ze vergeten was, snelde vlug terug naar binnen toen ze dit hoorde.

'Ik denk ook veel aan jou, Francesa,' was het enige wat Chaim onhandig kon uitbrengen.

'Er is maar een oplossing, Chaim. Je moet je met mij verloven. Nu.'

Chaim maakte zich los uit hun omhelzing. Hij pakte haar beide handen en zei: 'Me met jou verloven? Hoe dan?'

'Er staat geschreven in de wetten van Mozes en Israël dat een man zich op drie manieren kan verloven met een vrouw. Met een ring als symbool voor geld, met een document of met gemeenschap,' legde Francesa trots uit. Ze had dit plan al onderweg naar Chaim uitgedacht.

'Maar Francesa, ik heb geen ring, en ook geen geld om een ring te kopen die jouw schoonheid waard is.'

'Dat hoeft niet, Chaim,' glimlachte ze toch een beetje teleurgesteld.

'Maar ook een verlovingsdocument bij Karo ophalen is onmogelijk. Het gaat om zijn zoon.'

Weer glimlachte ze. Toen pas begreep hij wat ze bedoelde. Hij keek haar verschrikt aan.

'Alleen gemeenschap is mogelijk,' verwoordde ze zijn blozende gedachten.

'Maar Francesa, weet je wel wat je zegt!'

'Chaim, je houdt toch van me, net zoveel als ik van jou?'

'Ja, ik geloof het wel.' Meteen had hij spijt dat hij zijn liefde zo onbeholpen uitdrukte, maar Francesa leek het niet te deren.

'Als wij ons verenigen in het bijzijn van twee getuigen dan zijn we volgens de wet verloofd. Dan kan niets onze huwelijksvoltrekking nog in de weg staan.'

Ze zei het met een vanzelfsprekendheid waarom Chaim moest lachen. Francesa keek hem onverstoord aan.

'Maar Francesa, dat is een oude wet uit de tijd van Mozes. Niemand doet dit toch nog letterlijk? Ja, bij hoge uitzondering, maar...'

'De wet van Mozes is toch de wet van de Schepper? Kan die ooit uit de tijd zijn? Wat is er, Chaim? Twijfel je eraan of wij voor elkaar bestemd zijn? Zeg het me dan eerlijk?'

Chaim was overrompeld. Het leek of zijn droom tot leven was gekomen. Hij werd overweldigd door het directe verzoek van Francesa. Het leek of Lilith zelf voor hem stond. Ze stelde hem precies voor waar hij zelf naar verlangde. Maar zo snel en op deze manier? Alles was in een stroomversnelling terechtgekomen. Hoe had haar vader, zijn meester, het trouwens in zijn hoofd gehaald dit meisje, dat hem liever was dan alles waar hij ooit van gehouden had, aan Yehoeda te beloven? Dat hij haar Chaim niet gunde, was al onbegrijpelijk genoeg. Maar Yehoeda? Wat was het voor een meester die zoiets afschuwelijks deed?

Hij keek naar haar. Het waanzinnig toverachtige meisje dat hem vragend, met betraand gelaat, aanstaarde. Haar smetteloos witte jurk besmeurd met rode verfstrepen van zijn handen. O God, nog nooit had hij zo'n opwinding gevoeld voor een meisje. Ze hoorde bij hem. Dat wist hij zeker. Was haar voorstel wel zo dwaas? Was het niet de enige oplossing om het plan van haar vader te dwarsbomen? Wat stelde de kabbala voor? Zelfs zijn droom het ultieme boek te schrijven betekende niets als zij er niet zou zijn om het als eerste aan voor te lezen. Moest hij niet voor eens en altijd zijn hart volgen en zich hier en nu voor eeuwig met haar verbinden?

'Alsjeblieft, Chaim. Het is onze enige kans,' zei ze zacht.

Hij vond het onverdraaglijk dat zo'n mooi meisje bij hem moest smeken. Geen andere man zou haar weerstaan. Hij wilde niet dat ze zich zo voor hem moest vernederen. Op een dierlijke manier rook ze naar hartstocht. De hitte van het verlangen legde al zijn bezwaren in de as.

'Goed,' zei hij.

Een stralende lach brak door haar tranen heen en ze kuste hem vol op de mond. Nooit was er een vereniging van monden die de tandwielen van de tijd zo tot staan bracht en alle ruimte om twee mensen heen leek op te zuigen.

Chaim tilde haar zoenend in zijn krachtige armen. Wat was ze warm en zacht. Dit meisje hoorde bij hem. Zij was geboren om zijn vrouw te worden. Hij zou haar tot vrouw maken en zij hem tot man. Hij wilde haar net als in zijn droom naar het tafeltje brengen. Francesa strekte wellustig haar benen uit om rond zijn lendenen te klimmen. Maar hierdoor raakten haar voeten de tobbe met verf die wankelde. Chaim verloor zijn evenwicht. Zijn elleboog gaf de fatale tik en de dikke verf uit de vallende tobbe stortte zich over hen uit. Francesa gilde van plezier. Ze droop van het rode bloed. Ze stortte zich als een bloeddorstige sirene op Chaim. Haar lach klonk hees.

Alle werknemers kwamen de werkplaats uitgelopen naar het binnenplein en lachten om de immer serieuze Chaim die nu met een jong meisje lag te spartelen in een verfpoel. Alleen Ruth, de oude schele poetsvrouw, maakte zich los uit de groep en trok Francesa uit hun glibberige omhelzing.

'Toe dan...' riep Francesa hees tegen Chaim, 'toe dan!'

Maar Ruth trok haar mee terwijl ze schold op Chaim.

'Hoe durf je, boef. Dat zijn toch geen manieren. Je ophouden met een ongetrouwd meisje en haar bepotelen? En wat bezielt jou, kleine duivelin? Hier wordt gewerkt. Dit is geen bordeel. Wat ben jij voor straatmeid? Ik zal je schoonschrobben.'

Ze trok haar aan de arm mee naar de wasplaats terwijl Francesa schreeuwde om Chaim. Hulpeloos keek hij haar na.

Uit Fatima's ogen liep langzaam een traan toen ze zich omdraaide uit het groepje lachende collega's en weer naar binnen ging.

Deel 3

Tsfat 1570. Herfst, zeven weken later (*joodse jaartelling: 5330*)

22 יהה Joed Hej Hej: **de God die vader en moeder is**

Francesa lag al dagen vastgebonden op haar bed. Haar handen en voeten waren met stevige zeemansknopen bevestigd aan de houten stijlen. Sarah, haar moeder, vond het vreselijk maar had Yitschak gelijk gegeven. Francesa was niet langer te handhaven. Haar moeder herkende niets meer van het meisje dat ooit haar dochter, zelfs haar vriendin was. Francesa had het leven onmogelijk gemaakt in hun huis, waar altijd harmonie heerste. Het onophoudelijke huilen, janken en kermen was gaandeweg overgegaan in terreur. Het was begonnen op een ochtend toen Sarah een gesprek had met een koopman uit Italië die een grote bestelling wilde plaatsen. Toen Sarah hem rondleidde in het magazijn om de kwaliteit van haar waren te bewijzen, was Francesa plots tevoorschijn gekomen uit een jutezak met tijmbladeren.

'Welkom in het huis van de duivel,' had ze met een akelige stem gezegd.

De koopman had bijna een beroerte gekregen van de schrik. Francesa had gelachen en enkele stellingen omgegooid waardoor er een stofwolk van dwarrelende kruidextracten ontstond. Een geelgroene mist die aan het voorportaal van de hel deed denken.

'Grijp mijn moeder, hitsige Italiaan, dat is toch wat je wilt,' schreeuwde ze de man toe.

Hij had zich struikelend een weg gebaand door de puinhoop en wilde nooit meer iets met de specerijenzaak van Sarah te maken hebben.

Maar dit was nog maar het begin geweest van Francesa's onmogelijke gedrag. Elk bezoek joeg ze de stuipen op het lijf met obscene taal, provocerende bewegingen en agressieve verwensingen. Het was onmogelijk geworden om nog mensen te ontvangen. Het zwarte keukenmeisje had ontslag genomen toen Francesa 's nachts met een mes bij haar bed stond en zei dat ze haar ogen zou uitprikken tenzij ze vergif door het eten van haar vader zou mengen.

Ook Yitschak had met al zijn wijsheid machteloos gestaan tegen de obsessieve vernietigingsdrang van Francesa. Het leek of zijn kabbala geen antwoord had op explosief liefdesverdriet. Zijn dochter haatte en vervloekte hem om wat hij haar aandeed.

Moedig klopte Sarah aan bij de kamer van Francesa. Vanavond zou de officiële verloving gevierd worden van Francesa en Yehoeda. Op deze laatste sjabbat voor hun huwelijk zou Yehoeda in de synagoge de Tora reciteren. De plechtigheid zou plaatsvinden in de blauwe synagoge van Karo en die had meermaals aangegeven hoe hij zich verheugde om zijn toekomstige schoondochter weer te zien. Daarna zou er een feest plaatsvinden waarop Francesa het stralende middelpunt hoorde te zijn.

'Laat me met rust,' schreeuwde Francesa naar de deur.

Sarah bereidde zich voor op het ergste en ging toch naar binnen. Haar moederhart was al weken gebroken. Waar was toch haar lieve meisje? Zou ze ooit de dochter die ze zo liefhad terugzien?

Francesa worstelde als een gebonden dier in de val. Met alle kracht van haar jonge meisjeslichaam spartelde ze en trachtte de touwen te breken. Ze leek onvermoeibaar in haar pogingen om uit haar gevangenschap te ontsnappen.

'Francesa, kind...' zei Sarah.

'Ik ben jouw kind niet. Ik ben het kind van de duivel. De duivel die zich jouw man noemt en met zijn zwarte zaad alleen maar satanskinderen kan verwekken.'

Sarah was al deze kwetsende uitspraken gewend en liet zich niet van slag brengen. Ze kwam dichter bij het bed van haar dochter. Toen ze haar hand op het voorhoofd van Francesa wilde leggen, spuwde die met alle macht een witte fluim in haar gezicht. Maar Sarah had zich voorgenomen zich door niets te laten intimideren. Ze wist zeker dat zich ergens in dit duivelse meisje haar lieve, kleine dochter moest verschuilen. Een gewond meisje dat pijn leed. Met een afschuwelijk verdriet omdat ze voor het eerst van iemand gehouden had, wat haar verboden werd.

Sarah kende als geen ander het overvloedige gevoel van liefde. Zo lang als ze zich herinneren kon, had ze van Yitschak gehouden. Vanaf het moment dat hij met zijn moeder bij haar ouders was komen wonen. Het had gevoeld als een weerzien. Alsof ze van elkaar gescheiden waren en het lot hen weer bij elkaar had gebracht. Maar ze was alleen geweest in haar blijdschap. Yitschak had geen enkele aandacht aan haar geschonken. Hij was een ernstig jongetje, dat alleen maar geïnteresseerd was in de Tora. Altijd studeerde hij. En Sarah keek naar hem. Urenlang. Dagenlang. Jarenlang. Terwijl hij in zijn boeken las. Ze had geprobeerd te wennen aan zijn onverschilligheid. Mocht Yitschak uiteindelijk nooit voor haar zijn gevallen, dan had ze zich wellicht net zo gevoeld als Francesa nu. Liefde maakte een ongekend reservoir van hartstochten wakker. Iemand die intens liefhad, was bandeloos, wist Sarah.

Ze keek naar de woedende ogen van haar dochter die haar leken te willen neerbliksemen. Ze probeerde haar afschuw te verbergen en met tederheid haar blik te beantwoorden. Ze streelde door haar mooie, gitzware haren. Maar Francesa schudde heftig met haar hoofd om haar dat onmogelijk te maken.

'Ik weet wat je voelt,' zei ze.

Francesa begon hysterisch te lachen.

'Ik ben de *hoer van Babylon*,' keelde ze. 'Niemand weet wat ik voel.'

'Nee,' ging Sarah rustig verder, 'je bent mijn lieve meisje. Je hebt veel verdriet. Je hart bloedt en dat van mij daardoor ook. Ik wilde dat ik je leed kon dragen. Dat ik je pijn kon overnemen. Je bent mijn vlees en bloed. Elke kreet uit jouw hart, verwondt het mijne. Geloof me, ik hou van je. Er is niemand van wie ik zoveel hou als van jou.'

Het schuim stond op Francesa's mond en het overvloedige spuug liep langs haar lippen. Haar moeder depte het en ging onverdroten verder met haar liefdesverklaring. Uit Francesa's schuimbekkende mond steeg een weeïge geur op omdat ze al dagen niet gegeten had. Het leek of de liefde van haar moeder zout was dat in een etterende wonde werd uitgewreven. Ze probeerde met een kracht die niet de hare leek te zijn de touwen te breken. Ze bloedde uit haar neus en tussen haar benen. Maar Sarah kon niet anders dan in een ultiem gebed de liefde voor haar dochter bezingen. Francesa's lichaam kromde zich als een te strak gespannen snaar op een citer die opeens knapte. Ze liet zich vallen en haar lichaam was geheel ontspannen. Alle verzet leek uit het meisje weggevloeid te zijn. Verwonderd keek ze haar moeder aan.

'Mama,' vroeg ze, 'mama, wat gebeurt er? Waarom lig ik hier zo?'

Sarah omhelsde haar en huilde. Het was weken geleden dat ze een glimp had opgevangen van de Francesa die ze gebaard had. Een zonnig, stralend kind dat altijd lachte, ieders hart veroverde. Een dochter waar ze verliefd op was.

'Waarom ben je zo verdrietig, mama?' vroeg Francesa.

'Ik heb je lief, meisje, zo intens lief. Ik heb je gemist.'

'Waar is papa nou?' vroeg ze met een haast kinderlijke stem.

'Papa is een toespraak aan het voorbereiden voor... jouw verloving vanavond. Hij wenst niets liever dan dat jij erbij bent.'

'Maar natuurlijk,' zei Francesa, 'ik moet toch aanwezig zijn op mijn eigen verlovingsfeest. Zal ik mijn rode jurk aantrekken?'

Het werd Sarah te machtig. Ze kon nauwelijks geloven dat alles weer normaal was. Dat de voorbije weken blijkbaar een boze droom waren geweest waar Francesa zich niets van herinneren kon.

'Weet je nog het verhaal van de verliefde maan dat ik je vertelde toen je klein was?' vroeg ze lachend door haar tranen heen.

Francesa knikte.

'De maan was verliefd, zo verliefd dat ze niet meer kon eten en in elkaar kromp tot ze een kleine stip was. Ze was zo dun geworden dat ze jammerde: "Ik ben nu zo klein dat ik geen plaats heb onder mijn vleugels om je te beschermen. Kijk niet naar mij, zon, je kunt me toch niet zien." De zon hoorde haar gejammer en kwam uit zijn paleis met zijn handen vol schitterende geschenken. Hij kwam bij de maan en vond haar zwart en ineengekrompen. Ze was haar schoonheid verloren. Maar de zon omhelsde haar en kuste de maan...'

'En zo werd ze weer vol en herkreeg ze al haar schoonheid en schitter,' vulde Francesa haar aan.

'Ik zal je losmaken,' zei Sarah.

Behendig ontrafelde Sarah de knoop van de linker bedstijl. Ze vond het vreselijk om te zien hoe het dikke touw de pols van haar dochter had opengeschuurd. Ze kuste de wonde en ging toen verder met de knoop aan de rechter stijl. Maar terwijl ze daarmee bezig was, werd ze plotseling gegrepen door de linkerarm van Francesa. Met bovennatuurlijke kracht had de arm zich rond haar hals geklemd en probeerde haar de zuurstof te ontnemen. Sarah was totaal overvallen door deze actie en keek hulpeloos in de bloeddorstige ogen van haar dochter.

'Je verdient de dood,' zei Francesa rustig. 'Een moeder die haar kind het vagevuur toewenst, moet zelf branden in de hel.'

Sarah kon niet meer ademen en haar lichaam leek verlamd. Toen begon ze toch te worstelen. Ze probeerde zich te bevrijden uit de ijzeren greep van Francesa. Maar het leek of de kracht van een golem bezit had genomen van het meisje. Met geen mogelijkheid kon Sarah de greep om haar hals losser maken. Ze was machteloos. Door het zuurstoftekort werd het haar zwart voor de ogen. Als ik voor jou moet sterven, dan doe ik dat mijn lieve kind, dacht ze.

Op dat moment kwam Yitschak de kamer binnen. Nieuwsgierig geworden door de rust was hij naar boven geslopen om aan de kamerdeur te luisteren. Hij stormde naar het bed en wist de arm met een krachtige beweging los te wrikken. Terwijl Sarah hoestend bijkwam op de rand van het bed, bond hij Francesa's arm vast aan de stijl. Met een dubbele scheepsknoop.

23 מבה Mem Bet Hej: **de God van de daadkracht**

De straten waren uitgestorven. Alle joden bevonden zich rond deze tijd in de synagoge om sjabbat te vieren. De blauwe synagoge van Karo zat afgeladen vol omdat iedereen er getuige van wilde zijn hoe Yehoeda de Tora zou reciteren als aanstaande bruidegom. De Tora, die de gids zou zijn in hun huwelijkse leven. De vrouwen hadden manden vol snoep, rozijnen en noten meegebracht om na deze zegening naar hem te gooien. Zo zouden ze feestelijk hun hoop uitdrukken op een omvangrijk gezin.

Chaim slenterde door de verlaten straten. Hij vierde geen sjabbat meer. Hij was opgesloten in een levende hel en had geen idee hoe hij kon ontsnappen. De moed om te bidden ontbrak hem. Als dit de goedheid van de Schepper was? Hij had zijn leven op drijfzand gebouwd. De Zohar was een sprookjesboek voor mannen die hun schaapjes op het droge hadden. Maar een jongeman zoals hij, midden in het leven, bood het geen enkel antwoord. Het was theoretisch gebazel. Hoogdravende praatjes die niets met het echte leven te maken hadden.

Al zeven weken ging hij niet meer naar de lessen van Yitschak. Hij was tot de conclusie gekomen dat die Egyptenaar een oplichter was. Zijn enige doel was geweest om via slimme strategieën leider van de kabbalisten te worden. Zijn dochter uithuwelijken aan de zoon van rechter Karo was een meesterlijke zet. De verbintenis van zijn familie met de familie van de meest invloedrijke man van Tsfat bracht Yitschak meteen aan de top.

Chaim zelf was niet meer geweest dan een opstapje naar deze status. Hij doorzag nu pas de slimme wegen die Yitschak had bewandeld. Omdat Chaim bekend had gestaan als de beste leerling van Cordovero had Yitschak eerst gedacht om via hem zijn machtspositie te bereiken. Maar toen hij erachter kwam dat Chaim niet populair en zonder invloed was, had hij hem als een baksteen laten vallen. Als een slimme strateeg had Yitschak ingezien dat hij het vertrouwen van Karo moest winnen. Geduldig had hij gewacht op de dag dat de grote rechter hem zelf zou opzoeken. Zo zou hij zich niet verdacht maken als te hongerig naar de positie van leider. Maar Yitschak was al die tijd voorbereid op zijn komst. Daarom had hij Chaim meteen zijn illusies over een huwelijk met Francesa ontnomen. Yehoeda moest zijn schoonzoon worden. Door een bloedband met Karo te bewerkstelligen, zou zijn overwinning zeker zijn. Het interesseerde hem niet dat hij daardoor zowel zijn dochter als zijn eerste volgeling de afgrond in trapte.

Chaim luisterde op de stoep van de blauwe synagoge naar het feestelijke gezang. De spanning in afwachting van het moment dat Yehoeda uit de Tora zou voorlezen was zelfs op straat voelbaar.

Yehoeda godbetert. Een jongen waar iedereen van wist dat hij nergens voor deugde. Een schande voor de wijsheid van zijn vader. Een jongen die in het verkeerde lichaam geboren leek. Een sukkel die door iedereen werd beschimpt. Tot hij de uitverkoren student van Yitschak was geworden. Nu liep iedereen weg met hem. Chaim begreep niet dat rechter Karo, die wijd en zijd bekend was om zijn oordelen, zo blind had kunnen zijn. Hoeveel hij ook van zijn zoon hield, hij moest toch zelf kunnen inzien dat Yehoeda geen greintje aanleg had voor de kabbala?

Voortdurend was Chaim de voorbije weken aangesproken over het grote nieuws. De stad gonsde van opwinding. Natuurlijk had iedereen ook gehoord over Chaims gestoei in het verfbad. Men vond het heerlijk hem op elke straathoek te confronteren met zijn van bloed druipende hart. 'Heb je het al gehoord, Chaim, dat Yehoeda gaat huwen met de dochter van Yitschak?' Chaim had zich voor iedereen gesloten. Met niemand sprak hij nog. Met niemand bemoeide hij zich.

Alleen Fatima had eerder op de dag, toen alle medewerkers de werkplaats verlieten, geprobeerd om Chaim op te beuren. Chaim deed zijn inkopen in de Arabische wijk; daar werd hij tenminste met rust gelaten. Ze had hem aangesproken bij een marktkraampje waar hij wat appels kocht.

'Je hebt zoveel droefheid in je ogen,' zei ze met haar donkere accent. 'Kom je vanavond niet bij me eten? Ik kan heel lekker koken. Mijn oom komt ook.'

Beleefd had hij haar afgewimpeld. Hij had aan niemand behoefte. Terwijl hij haar hoofdschuddend nastaarde, had hij gezien hoe ze iets verderop werd lastiggevallen door een forse man. Maar nog voor hij besloten had om haar wel of niet te helpen en zich afvroeg waarom haar belager hem bekend voorkwam, was een marktkramer op de man afgestapt en had hem een flinke oplawaai verkocht.

Chaim grimlachte om zichzelf. Alsof ik die schurk de baas had gekund, dacht hij. Ik deug nergens voor. Chaim werd koud toen hij opeens het hoge stemgeluid van Yehoeda hoorde die uit de Tora voorlas over de zonen van *Eva*.

'Abel werd schaapherder en Kaïn landbouwer. Na verloop van enige tijd bracht Kaïn van de voortbrengselen van de aarde een offer aan de Eeuwige. Abel, ook hij, bracht een offer van de eerstelingen van zijn kleinvee en de Eeuwige richtte zich tot Abel. Maar naar Kaïn en zijn offer wendde hij zich niet: dit wond Kaïn zeer op en hij liet het hoofd hangen.'

Precies, wilde Chaim schreeuwen, net zoals bij *Kaïn* minacht de Schepper alle offers die ik mij heb getroost. Mijn liefde wordt bestraft in plaats van beloond. Hij verlustigde zich aan de dagdroom om Yehoeda bloedig neer te slaan, zoals Kaïn met *Abel* had gedaan. Zou Francesa hem dan als enige toejuichen? Of zou ze haar lot hebben aanvaard en straks uitgelaten walnoten gooien naar haar aanstaande echtgenoot? Dag en nacht had ze zijn gedachten beheerst. Hij had nachtmerries waarin hij haar onuitputtelijk zag genieten van een Yehoeda die zich ontpopt had tot het toppunt van mannelijkheid. In alle verschijningsvormen die de *Ark van Noach* aan boord had, doken ze op in zijn dromen. Als trompettende kraanvogels, parende paarden, glijdende slangen. Die afgrijselijke beelden waren zo levensecht dat ze niet van zijn netvlies te branden waren. Vaak brieste hij 's nachts als een hond aan de ketting maar zelfs voor Anna, die altijd aan kwam kloppen, deed hij de deur niet meer open.

Hij hoorde hoe Yehoeda werd toegejuicht en bekogeld met de snoepwaar. Manmoedig stond hij op en nam een besluit. Het enige besluit dat hem kon verlossen van deze smeulende brandwonden op zijn ziel. Chaim zou Tsfat verlaten. Voorgoed.

24 לכב Lamed Chaf Bet: **de God van de levensmissie**

Te midden van het feestgedruis dat was losgebarsten in de synagoge werd Yitschak hartstochtelijk omhelsd door Zimra.

'Gefeliciteerd, vriend,' sprak hij. 'Je krijgt een geweldige schoonzoon. Ik ben zo blij voor je dat je nu helemaal je plek veroverd hebt in Tsfat. Waar zit die knappe dochter van je trouwens?'

Nog voor hij de kans kreeg de delicate kwestie uit te leggen, werd Yitschak gefeliciteerd door Schlomo, die Zimra in zijn enthousiasme opzij duwde.

'Bedankt Schlomo,' zei Yitschak. 'Ik wilde jou trouwens wat vragen: zou jij getuige willen zijn op het huwelijk?'

'Ik,' vroeg Schlomo verbaasd.

'Ik ben erg op je gesteld geraakt de laatste weken,' verklaarde Yitschak. 'En het schilderij dat Sarah bij je kocht toen we hier net kwamen wonen, betekent veel voor me. Het lijkt of het dagelijks meer lagen onthult. Net als de Tora. Ook Francesa is eraan gehecht. Vandaar.'

'O,' antwoordde hij blozend.

'Als ik nog even mag,' maakte Zimra van de verlegen stilte van Schlomo gebruik. 'Zoals je weet, heb ik de manuscripten van Cordovero opgekocht. Ik wil ze jou graag schenken, Yitschak.'

'Wat genereus,' zei Yitschak.

'Ze komen jou toe als zijn opvolger. Bovendien ga ik op reis en weet ik niet wat ik ermee aan moet.'

'Bedankt, Zimra.'

'Geen dank. Ik zal zorgen dat Josjoea ze aan je bezorgt. Veel plezier nog!'

Zimra baande zich een weg door de uitbundige menigte en verliet de synagoge. Nu moest hij alleen nog de laatste zaken met Josjoea regelen en dan kon hij met een gerust hart vertrekken. Josjoea wachtte hem op voor de synagoge en samen wandelden ze naar zijn huis.

'Ik zal je wel missen,' zei Josjoea nadat hij de gevlochten broden scheurde en in zout dipte.

'Over een paar maanden ben ik terug.' Zimra schonk een goed glas wijn in en sprak de zegespreuk.

'Ik bewonder hoe jij met Yitschak omgaat,' zei Josjoea. 'En nu schenk je hem ook nog Cordovero's werken!'

Zimra glimlachte mysterieus en kolkte smakelijk de wijn weg.

'Die gift is slechts een bescheiden investering in de toekomst. Yitschak zal het nog dubbel en dwars terugbetalen. Ik wil je iets toevertrouwen, Josjoea,' sprak hij geheimzinnig.

'Vertel,' zei Josjoea gretig.

'Natuurlijk ga ik naar Abessinië om de stam van *Dan* te zoeken,' begon Zimra. 'Maar daarnaast heb ik een nog veel belangrijker missie. Ik heb in een oud Abessijns geschrift, de *Kebra Nagast*, aanwijzingen gevonden dat zich in het land van de Abessijnen de *Ark des Verbonds* bevindt.'

Josjoea verslikte zich in een olijf.

'De Ark des Verbonds? In Abessinië? Hoe zou dat kunnen?' vroeg hij hoestend. Zimra sloeg hem een paar keer stevig op de rug en legde toen zijn dikke handen op Josjoea's schouders.

'Daarvoor moeten we ver terug in de geschiedenis,' vertelde Zimra, die blij was zijn ontdekkingen met iemand te kunnen delen. 'Naar de tijd van koning Salomo om precies te zijn. Onze koning Salomo, die de eerste tempel van Jeruzalem liet bouwen met midden in de tempel een prachtige kamer, het *Heilige der Heiligen*. Een kamer om de Ark des Verbonds in te bewaren. En in die schitterende met goud beklede Ark de door God zelf geschreven wet zoals hij die aan Mozes in de woestijn gaf.'

Zimra benadrukte zijn vertelling met stevige knepen in Josjoea's stramme schouders. Josjoea genoot van het verhaal en zag het helemaal voor zich.

'In die tijd woonde in Abessinië de mooiste vrouw van de wereld, de *koningin van Sheba*. Zij hoorde over de legendarische wijsheid van Salomo en wilde hem ontmoeten. Ze maakte de lange reis, overlaadde hem met geschenken en alle raadsels die ze hem voorlegde, kon hij oplossen. Zij was diep onder de indruk van zijn wijsheid, zijn prachtige tempel waarin de Ark rustte en zijn ontroerende liefdesgedichten. Ze werd verliefd op hem en hij op haar. Vele maanden later, toen ze al terug was in Abessinië, baarde ze zijn zoon, *Menelik*. Een knappe jongen, een halfbloed, met haar gelaatstrekken en zijn wijsheid. Steeds weer hoorde deze jongen over zijn wijze vader en het verlangen groeide om hem te ontmoeten. Toen hij twintig werd, was het zover. Hij ondernam de lange reis. Salomo riep uit: "Jij bent mijn echte zoon," en hij bedolf de jongeman onder liefde en geschenken. Menelik verbleef één jaar aan het hof van zijn vader. Maar de hovelingen werden jaloers op hem. Ze drongen er bij Salomo op aan dat hij hem terug naar zijn moeder zou sturen. "Als jullie mij mijn zoon willen ontnemen, dan wil ik ook dat jullie zonen naar Abessinië vertrekken," antwoordde Salomo. En dat gebeurde. Samen met alle belangrijke zonen van het hof vertrok Menelik weer naar huis. Zo ook *Azarius*, de zoon van de hogepriester. En die nam iets heel kostbaars uit Jeruzalem mee...'

'De Ark des Verbonds,' raadde Josjoea.

'Precies! En ze waren al een heel eind onderweg toen Menelik dit hoorde. Hij was verbijsterd. Hij wist dat God zelf woonde in de Ark.

Hij wist dat de Ark de joden onoverwinnelijk had gemaakt. Dat ze de oorzaak was van de dood van duizenden mensen.'

'Ja,' vulde Josjoea hem verrukt aan en maakte strijdlustige bewegingen met zijn mes. 'Met de Ark als wapen versloegen wij de volkeren aan de andere kant van de *Jordaan*. De Ark deed zelfs de muren van *Jericho* instorten!'

'Ja,' zei Zimra en hij genoot van de roes van deze legendarische overwinningen. Hij ging tegenover Josjoea zitten, gooide een beker wijn achterover en vervolgde fluisterend zijn verhaal: 'Menelik twijfelde of hij de Ark zou meenemen.'

'Begrijpelijk,' riep Josjoea. 'De Ark verpulvert iedereen die haar benadert. Het was levensgevaarlijk om met de Ark te reizen.'

'Klopt,' zei Zimra slim, 'maar omdat de zoon van de hogepriester de Ark alleen maar had kunnen stelen met instemming van God, nam Menelik aan dat dit voorbestemd was. Azarius was ingewijd door zijn vader en kende de geheime naam van God. Hij en hij alleen zou voor de Ark zorgen.'

Josjoea werd stil. Alle joden hadden al duizenden jaren hun verlangen opgegeven ooit de Ark des Verbonds terug te vinden. Ze hadden hun hoop gesteld op de Messias. Pas bij zijn komst zou de Ark weer verschijnen en zouden ze de tempel van Jeruzalem voor de derde en laatste keer herbouwen.

'Maar,' realiseerde hij zich plots met een schok, 'als dit verhaal klopt en jij vindt de Ark, dan...'

'Dan ben ik de Messias,' zei Zimra bescheiden.

Josjoea floot tussen zijn gouden tanden.

'Nu begrijp ik dat je niet ontzettend treurt dat je niet de nieuwe leider van de kabbalisten bent geworden.'

'Ik geloof dat het allemaal het plan van God is,' verklaarde Zimra vroom. 'Hij wil dat ik de afstammelingen vind van koning Salomo en de koningin van Sheba. De bewaarders van de Ark des Verbonds.'

Zimra schonk tevreden zijn beker vol en spoelde zijn mond met de rode droesem.

'Ik wilde dat ik met je meekon,' zei Josjoea dromerig. 'Wat een avontuur.'

'Nee, uitgesloten,' zei Zimra streng terwijl hij zijn beker weer vulde. 'Jij hebt een andere belangrijke taak. In de laatste geschriften van Cordovero heb ik een toespeling gevonden dat Yitschak de Geheime Naam van God in de Tora ontdekt heeft. Wie die naam correct kan uitspreken, wordt beschermd en gezegend door de Ark. Net zoals de hogepriester, die als enige eenmaal per jaar, op *Jom Kipoer*, in het Heilige der Heiligen kwam en de naam van God uitsprak. Ik moet deze naam kennen om de Ark aan onze zijde te krijgen. Ik wil dat je de lessen van Yitschak blijft volgen en heel goed oplet of hij zijn geheim laat ontglippen.'

'Dat wil ik heel graag voor je doen, Zimra.'

'Bedankt,' zei hij. 'Hier is de sleutel van mijn huis zodat je de manuscripten aan Yitschak kunt bezorgen. Je bent een echte vriend. Tot binnenkort.'

'Maar je hebt helemaal niets gegeten,' zei Josjoea.

Zimra nam nog een flinke teug wijn.

'Het spijt me maar ik heb geen honger. Ik ben te opgewonden voor mijn reis morgen. Het ga je goed, Josjoea.'

Pas buiten voelde hij hoe de wijn hem naar het hoofd was gestegen. Hij voelde zich groots. De man die Jeruzalem terug aan de joden zou geven. De man die de islamieten zou verjagen. De Messias. Hij voelde het dronken bloed door zijn aderen stromen. Wat zou het fijn zijn om dit glorieuze vooruitzicht met een vrouw te delen. Opeens moest hij denken aan het knappe meisje dat hij vanmiddag op de Arabische markt had gezien. Nadat hij een oplawaai had gekregen van een marktkramer omdat hij haar had lastiggevallen, was hij haar stiekem naar haar huis gevolgd. Knappe vrouwen hadden ze wel, die Moren. Eens kijken of ze me nog herkent, dacht hij grinnikend.

25 להח Lamed Hej Chet: **de God van de naastenliefde**

Het kostte Chaim geen moeite afscheid te nemen van zijn kamer. Hier in Tsfat had hij geen toekomst meer. Toen hij eenmaal dit besluit had genomen, werd zijn gemoed wat lichter. Vannacht nog zou het gebeuren. Voor dag en dauw zou hij vertrekken. Hij hoefde niets te regelen. Abraham zou wel merken dat hij niet meer op zijn werk kwam en het zou niet moeilijk zijn een vervanger voor hem te vinden. Voor Anna had hij een paar maanden huur op tafel uitgeteld om haar schadeloos te stellen. Aan haar liet hij bovendien zijn hutkoffer met boeken en geschriften na, zijn enige waardevolle bezit. Misschien kon ze die verkopen. Behalve geld nam hij niets mee. Hij wist niet waar hij naartoe ging.

Zachtjes sloop hij de trap af. Hij wilde niet dat Anna plots voor hem zou staan en een scène zou maken. Behoedzaam sloot hij de deur en keek nog eenmaal naar het bouwvallige huis dat hij zo lang zijn thuis had genoemd. Hij voelde er nu niets meer bij. Zonder Francesa was het een huis als elk ander.

Chaim liep door de donkere straatjes van Tsfat. Hij voelde geen behoefte om nog een laatste keer langs de plaatsen te lopen waar hij veel herinneringen aan had. Hij wilde weg. Elke mooie herinnering was een nare geworden. Het boek was uit. Het was tijd voor een nieuw leven dat voor hem lag. Hij zou in een andere stad opnieuw beginnen. Anoniem. Of misschien wel de rest van zijn leven zwerven. Het kon hem niet veel schelen. Alles was beter dan hier blijven.

Toen hij via de hoofdstraat het joodse kwartier verliet en in de Arabische wijk bijna de stadspoort naderde, hoorde hij plots een hartverscheurend gejammer. Hoewel hij wilde doorlopen, werd hij opgeschrikt door de schimmige gedaante van een grote man die wegvluchtte. Even vergat hij zijn eigen zorgen. Het gevoel dat er iemand in nood was, deed hem zijn pad verlaten.

Voorzichtig ging hij op het gehuil af. In een van de zijstraatjes kwam hij bij een huis waar de deur ingetrapt was. Hij ging naar binnen. Het was een armzalige woning. Het gesnik kwam van boven. Hij liep de trap op en vond een kamer die volledig was vernield. Een vrouw met gescheurde kleren die op de grond lag, begon te gillen. In een hoek lag een kind te krijsen. De vrouw dacht dat haar belager was teruggekomen. Ze kroop naar haar zuigeling toe en krijste in het Arabisch om met rust te worden gelaten. Even aarzelde Chaim of hij weg zou gaan, maar hij kon deze vrouw in nood toch niet aan haar lot overlaten? Met de eenvoudige woorden Arabisch die Chaim sprak, probeerde hij het vertrouwen van de vrouw te winnen. Toen zei ze plots: 'Chaim?'

Nu zag Chaim het ook. Hij kende deze vrouw. Het was Fatima, zijn collega. Wat was haar overkomen? Zonder nadenken trok Chaim zijn jas uit en reikte hem aan Fatima. Hij draaide zich discreet om zodat ze zich kon bedekken. Toen pas vroeg hij wat er was gebeurd.

Fatima stond op en koesterde het jongetje dat totaal van slag was. Ze hield hem dicht tegen zich aan en probeerde met een krop in haar keel een Arabisch kinderliedje te zingen. Tussendoor verhaalde ze stukje bij beetje haar noodlot.

'Er werd op de deur geklopt, Chaim, maar ik deed niet open. Wie klopt er nu midden in de nacht op de deur? Het gebonk hield niet op. Ik was bang. Mijn man is dood en ik zorg alleen voor mijn kleintje. We verstopten ons in de slaapkamer. Toen werd beneden de deur ingetrapt. Ik hoorde zware voetstappen de trap opkomen. De kleine Jozef verraadde ons met zijn gehuil en de slaapkamerdeur werd ingestampt. Er kwam een grote man naar binnen. En... walgelijk.'

Fatima kromp ineen toen ze weer dacht aan wat de man met haar gedaan had. Chaim knielde bij haar. Hij merkte hoe ze door zijn kalme aanwezigheid weer een beetje tot rust kwam.

'Hij heeft onterende dingen gedaan. Ik dacht alleen maar aan mijn kleine Jozef. "Doe wat je wilt, maar laat hem met rust," brulde ik. Het was een beest. Een dronken, vadsig beest. Toen heeft hij al mijn geld gevraagd. Mijn juwelen. "Geen juweel verbergt je paarse vlek, Moorse hoer," zei hij. Ik heb niets van waarde meer, Chaim. Ook de gift van Abraham die ik opgeborgen had voor Jozefs toekomst, heeft hij gevonden. Maar ik laat hem mijn leven niet kapotmaken. Ik heb geen andere keuze. Ik moet voor Jozef zorgen. Ik zal hem laten zien dat het er niet om gaat hoe vaak je valt. Wat telt is hoe vaak je weer opstaat.'

'Weet je wie het is, Fatima? Ken je hem?' vroeg Chaim.

'Hij is heel groot en afstotelijk dik. Hij heeft mij vanmiddag ook lastiggevallen op de markt. Hij moet me gevolgd zijn daarna.'

'Dat heb ik gezien! Ik zag dat jouw belager een dreun werd verkocht door een marktkoopman. Ik ken hem ergens van maar hij was al verdwenen voor ik goed kon kijken. Wat vreselijk, Fatima.'

'Het is een zegen dat jij er bent, Chaim,' zei Fatima en ze keek hem aan. Het kind was tegen haar borst in slaap gevallen. Ze zaten met zijn drietjes bij elkaar op de grond. Op een wrange manier had het zelfs iets gezelligs. Gekwetste zielen die bij elkaar waren gekropen.

'In mijn jaszak zit geld,' zei Chaim. 'Dat mag je houden.'

Toen stond hij snel op en liep weer naar buiten. Meer kon hij niet betekenen voor Fatima. Het voelde ook goed zo om alles wat hij had en bezat hier achter te laten. Hij liep naar de stadspoort. Chaim sidderde maar ditmaal niet om zijn eigen lot.

26 ומב Vav Mem Bet: **de God die het water schiep**

Voorbij de stadspoort passeerde hij het gebouwtje waarvoor nog niet eens zo lang geleden de lofredes uitgesproken werden voor zijn enige grote meester Cordovero. Op die plek had hij de grijze wolk gezien. Hij was er toen van overtuigd dat ze alleen voor hem was verschenen. Dat zijn grootste droom waarheid geworden was. Dat Cordovero een teken uit de hemel zond om hem als grootste kabbalist aan te wijzen. Waarom had Chaim niet geroepen: 'Kijk, er hangt een wolk boven Cordovero!' Yitschak was hem voor geweest. Chaim had zijn kans gemist. Hoewel hij het wel wilde bespreken met Yitschak, had hij het niet gedurfd. Chaim had zich er meteen bij neergelegd dat Yitschak de meester was en hij de leerling. Met open ogen was hij in zijn val getrapt. Wat had alles anders kunnen lopen als Chaim zelf als nieuwe meester was aangeduid. Yitschak zou gesmeekt hebben of hij met Francesa had willen trouwen. Want hij was alleen uit op het verwerven van aanzien in Tsfat. Meeheulen met de partij die hem het meeste voordeel kon brengen, dat was zijn strategie.

Langs de grafstenen liep Chaim de heuvel af. De begraafplaats strekte zich uit langs de gehele zijde van de berg. De graven van wijze mannen en vrouwen waren blauw geverfd. Chaim schudde onbegrijpend zijn hoofd bij de gedachte dat hij vaak gefantaseerd had met een uitzonderlijk vroom leven een blauwe grafsteen te willen verdienen. In ruil voor de liefde van Francesa zou hij nu meteen tekenen voor grauwe rotsblokken.

Plots hoorde hij wat verderop een plons. Meteen daarna gevolgd door het kabaal van iemand die met kracht in en uit het water sprong. Aan de rand van de begraafplaats lag het mikwe, het rituele bad uitgehouwen in de rotsblokken. Iemand die om deze tijd een zuiverend bad nam, moest wel een bijzonder slecht geweten hebben. Zou het de aanrander van Fatima kunnen zijn? Chaim was bevreesd maar besloot toch te gaan kijken. Als het de misdadiger was, kon hij misschien terwijl deze in het bad zat de bezittingen van Fatima terugnemen. Chaim was geen held doch op dit punt in zijn leven kon het hem niets schelen dat hij gevaar liep. Zo stil mogelijk probeerde hij tussen de kasseien te manoeuvreren om ongezien het mikwe te bereiken. Maar hij struikelde over een kei en de man in het bad keek om.

'Chaim? Chaim, kom hier. Je hoeft niet bang te zijn.'

Voorzichtig kwam hij dichterbij maar toen hij zag wie er in het bad stond, verbleekte hij. Het was hem liever geweest als de rover hem had aangekeken. Hij wilde meteen rechtsomkeer maken.

'Ik ben het, Yitschak. Loop niet weg.'

Chaim draaide zich om.

'Ben jij het die Fatima beroofd heeft,' snauwde hij Yitschak toe. Hij liep naar de rand van het bad en doorzocht de witte kleren van Yitschak. Die belachelijke witte kleren die Yitschak elke sjabbat droeg. Met afgrijzen had Chaim gezien hoe de leerlingen die eerst Zimra trouw waren, zich nu in navolging van Yitschak in het wit kleedden op sjabbat. In zijn broekzakken zat niets onopvallends.

'Waar heb je de buit verstopt?'

Yitschak lachte.

'Chaim, wat bezielt je? Waar heb je het over?' Hij wilde uit het bad klimmen maar Chaim stampte op zijn hand zodat hij zich meteen terug liet zakken.

'Wat doe je hier, Yitschak?'

'Maar Chaim, ik kom hier elke nacht. Voor ik les ga geven, maak ik altijd een wandeling op de begraafplaats. Om kracht op te doen. Er liggen hier zo veel wijze mannen begraven. Velen al lang vergeten. Ik ga met uitgestrekte armen en benen op hun grafsteen liggen, mijn gezicht naar het gezicht van de overledene. Zo verenigt mijn ziel zich met die van hen. Ze helpen me.'

'Wie rond deze tijd een ritueel bad neemt, doet dat alleen als hij gemeenschap heeft gehad met een vrouw,' verweet Chaim hem machteloos. Enkele weken geleden had hij hier zelf nog midden in de nacht zijn ziel gesterkt tegen zijn boze dromen.

'Dat klopt,' zei Yitschak. 'Is het niet de plicht van elke joodse man zich op Sjabbat met zijn vrouw te verenigen?'

Chaim pakte de kleren van Yitschak en hield ze boven zijn hoofd om ze in het water te gooien.

'Voor de laatste keer, Yitschak, heb jij Fatima's kleren gescheurd?'

'Wat denk je zelf, Chaim?'

Hij liet zijn armen zakken. Chaim wist ook wel dat hij Yitschak van iets onzinnigs beschuldigde. Maar zijn afgrijzen voor deze man was zo groot dat hij hem alle zonden van de wereld toeschreef. Hij gooide de kleren neer, spuwde in het water en liep weg.

'Chaim. Je hebt een groots werk volbracht. Je zoekt mij niet voor niets nu op.'

Hij hield halt. Over welk groots werk had hij het?

'Ik weet niet wat je gedaan hebt maar je ziel is door de poort gegaan. Terwijl de hele wereld om jou draaide, heb je jezelf toch weggecijferd. Je bent aan jezelf ontstegen. Je hebt een grote correctie in je balans van goed en kwaad tot stand gebracht.'

Hij draaide zich om naar Yitschak.

'Waarom heb je me dat aangedaan, Yitschak? Ik hield van haar. Jij die alles weet, wist dat toch ook?'

Yitschak klom uit het bad. Het koude water liep langs zijn krachtige lichaam.

'Het was louter lust die jullie bond, Chaim. Seksueel verlangen hoort een verlangen te zijn van de vonk van het goddelijke in de ene met de vonk van de andere om samen een hemelse eenheid te manifesteren op aarde. Waar twee zielen elkaar echt herkennen, zijn ze als een man die in een vijver zijn spiegelbeeld herkent. Jij hield niet van haar ziel, maar van haar jongemeisjeslijf.'

'Dat is niet waar. Ik hield van haar. Ik heb nooit van een ander meisje gehouden dan van haar.'

Yitschak liep op hem af en pakte met zijn grote handen zijn gezicht stevig vast.

'Chaim, je hebt de voorbije weken in leegte doorgebracht. Je hebt niet meer gestudeerd. De boeken die altijd je ziel voedden, heb je laten verstoffen. Je werd verteerd door woede en afgunst. Je wilde alleen maar Francesa om je verlangen te stillen.'

'Omdat ze bij me hoort, Yitschak, omdat ze mijn zielsverwante is.'

'Je bent net op tijd ontwaakt uit de leegte, Chaim. De sjabbat geeft ons gelegenheid om stil te staan bij het leven. Om ons dagelijks bestaan te reflecteren en opnieuw te richten naar de Schepper. Maar er staat geschreven "wie de sjabbat schendt moet onverbiddelijk ter dood worden gebracht". Jouw leegte was een schending van de sjabbat. En de doodstraf voltrok zich vanzelf. Je ziel bloedde dood. Wat heeft je gered, Chaim?'

Chaim snikte en viel op zijn knieën.

'Niets. Ik wil weg uit Tsfat. Ik heb niets meer. Ik heb alles wat ik had, gegeven aan een vrouw die het meer nodig heeft dan ik. Aan Fatima.'

'Wees haar dankbaar, Chaim. Wat je haar hebt gegeven, is zoveel heilzamer dan al je wensen die je tot de Schepper richtte. Echte goedheid is wanneer je iets doet, wat je niet hoeft te doen. Hij heeft je gehoord. Nu je al je wensen verbonden hebt met zijn enige wens om alleen maar te geven, zullen ook al jouw wensen verhoord worden.'

'Maar ik heb niets meer, Yitschak, geen bezit, geen doel om voor te leven, geen vrouw om van te houden. Niets.'

'Al je wensen zullen in vervulling gaan. In grotere mate dan dat jij je nu kunt voorstellen. Je bent gezegend, Chaim,' sprak Yitschak rustig. 'Je was een ingeslapen koetsier met een mank paard en een gammele koets. Maar nu ben je wakker. Nu moet je jouw paard en koets verzorgen en richting aan je leven geven. Je naam betekent niet voor niets 'leven'. Wanneer je jouw eigen naam in jezelf openbaart, word je de koetsier van jezelf en de universele krachten. Iedere keer dat iemand je naam noemt, is dat een intense ervaring. Het is een ontsluiering van je eigen mysterie. De essentie van iemands leven zit vervat in zijn naam. De combinatie van letters geeft aan wat iemands levenstaak is. Zo zul je groeien tot je op een dag echt Chaim bent. Het leven. De boom des levens. *Etz Chaim*.'

'Wat gebeurt er allemaal met mij, Yitschak? Sinds jij in mijn leven bent gekomen, is het een puinhoop geworden. Wat beweegt je? Waarom doe je me dit aan?'

Yitschak ging bij de waterput zitten.

'Geloof me, Chaim, ik heb het allerbeste met je voor. Mijn dromen over jou zijn groter dan wat jij in je stoutste verbeelding durft te wensen. Jij zult de wereld veranderen. Met dezelfde kracht waarmee Mozes de zee in tweeën spleet. Kom, trek je kleren uit. Door je onder te dompelen in dit water, kun je terugkeren naar je bron. Dan kun je zelf ervaren hoe een mikwe op dit uur van de nacht als een hergeboorte is.'

Willoos trok Chaim zijn kleren uit en liep naar de rand van het bad. Zonder nadenken sprong hij erin. Het koude bergwater deed zijn hart ineenkrimpen. Hij maakte zich klein onder water en sprong vervolgens met alle kracht naar boven. Dat herhaalde hij zeven keer zoals het ritueel gebruik wilde. Hij voelde de zuurstof door zijn lichaam stromen. Het water leek even alle zorgen weg te spoelen. Proestend keek hij naar Yitschak die lachend aan de rand stond. Yitschak sprong naast hem in het water en duwde hem kopje onder.

'Deze had je nog van mij te goed. Voor mijn gemolesteerde hand!'

Voor het eerst kwam er een kleine glimlach om de lippen van Chaim. Nog steeds wist hij niet of hij deze man kon vertrouwen. Waarom hij in zijn leven was gekomen. Yitschak leek zijn gedachten te lezen.

'Ga mee naar mijn les, Chaim. Ik heb je gemist.'

27 לאו Lamed Alef Vav: **de God die het kwaad verdrijft**

Chaim liet zich door Yitschak meevoeren naar de synagoge. De leerlingen keken vreemd op toen ze Chaim weer in het leslokaal zagen en begroetten hem afstandelijk.

'Vanaf vandaag zullen we op sjabbat onze zonden aan elkaar bekennen,' begon Yitschak de les. 'Door uit eigen beweging je fouten te belijden, ontmoedig je het slechte in jezelf om verder te woekeren. Een groep als de onze is een veilige plek om eerlijk te zijn. Het zal vreugde en troost in je hart brengen.'

Er ging een golf van onwennigheid door de groep. Zonden deelde je misschien met je beste vriend, soms met je vrouw, maar met een groep?

Yitschak vervolgde: 'We komen allemaal uit dezelfde bron. Al onze zielen samen zijn God. We identificeren ons zo met ons lichaam dat we denken dat we alleen zijn. Dat we moeten vechten voor het welzijn van ons individuele wezen. Dat we daardoor de ander schade moeten berokkenen. Door te delen, zullen we ontdekken hoe zeer we op elkaar lijken. We zullen merken dat het kwade dat we een ander aandoen, altijd onszelf treft. Maar – belangrijker nog – we zullen ondervinden dat elke weldaad die we iemand bezorgen, de grootste zegen voor ons zelf is.'

De mannen voelden zich ongemakkelijk. Men was eraan gewend geraakt dat de lessen bestonden uit luisteren. Maar nu leek het of Yitschak hen wakker schudde. Dat ze zichzelf nu bloot moesten geven met iets waar niemand graag over sprak. Alsof de theorie nu praktijk werd. Niemand had zin om zijn zwaktes tentoon te spreiden.

'Yehoeda, wil jij beginnen?' vroeg Yitschak.

Het was een van de zeldzame momenten dat Yehoeda wakker was geweest.

'Mijn zonden? Help, hebben jullie een paar dagen,' probeerde hij zich met een grapje ervanaf te maken.

Yitschak bleef hem afwachtend aankijken. Yehoeda zag geen enkele ontsnappingsmogelijkheid.

'Goed. Als u het echt wilt weten. Mijn grootste zonde is wellicht hoe slecht ik over u denk. Ik vind uw lessen slaapverwekkend. Ik snap er helemaal niets van. Het lijkt u ook niet te kunnen schelen of ik slaap of niet. Ik blijf alleen maar komen omdat ik moet van mijn vader. En vanwege het huwelijk dat u beiden gearrangeerd hebt. Ook over dat huwelijk heb ik nachtmerries. Francesa is een geweldig meisje maar ik voel me niet tot haar aangetrokken. Ik lijk wel een schaakstuk in jullie machtsspel. En dat Francesa gisteren niet op haar eigen verlovingsfeest was, zegt genoeg.'

Iedereen zat verstijfd naar Yehoeda te kijken. Dit had niemand verwacht. Yehoeda had er in een keer uitgegooid wat iedereen al wel eens had gedacht.

'Goed zo, Yehoeda. Ik ben blij dat je zo eerlijk bent,' zei Yitschak.

Men was razend benieuwd hoe Yitschak hierop zou reageren. Hij leek niet in het minst uit zijn evenwicht gebracht.

'Het was me niet ontgaan dat mijn lessen niet je favoriete bezigheid waren. Ik denk dat het ook beter is om niet meer te komen. Er zijn vele wegen naar de Schepper. En dat jouw pad anders is dan het mijne, is prima. Ik weet zeker dat er hier meer zijn die zich vervelen. Die niets begrijpen van wat ik zeg. Maar die blijven komen, omdat hen dat aanzien geeft. Ik vind het onverstandig om urenlange lessen bij te wonen die je niet begrijpt. Het geloof gaat boven het verstand. En met jouw geloof is niets mis, Yehoeda. Dat wist ik het eerste moment dat ik je zag.'

Yehoeda was verbaasd door de milde reactie van Yitschak. Hij werd in zijn waarde gelaten en Yitschak behandelde hem niet als een dom jongetje dat er niets van begreep.

'Wat je huwelijk morgen met Francesa betreft, slechts dit. Noch ik noch je vader hebben jullie bij elkaar gebracht. Dat hebben jullie zelf gedaan. Was het niet jouw idee om mij te bezoeken?'

Yehoeda gaf toe dat hij inderdaad aan zijn vader een bezoek aan Yitschak had voorgesteld. Maar dat was helemaal niet met de intentie geweest om zijn dochter te ontmoeten. Die kende hij niet eens.

'Niet jouw bewuste intentie, maar wel die van je ziel. Net zoals Francesa's ziel zich geroepen voelde om bij onze kennismaking te blijven zitten. Jullie zouden elkaar toch ontmoet hebben. Zelfs als wij in Egypte waren blijven wonen, had het lot jou en Francesa op een dag bij elkaar gebracht. Ik snap dat jij je afvraagt wie ik ben om dat te kunnen zeggen. Mijn enige antwoord is: een oude ziel die dat weet.'

'Maar als ze elkaar nu niet willen,' gooide Chaim er hoopvol uit. Hij had er nooit bij stilgestaan dat Yehoeda wel eens net zo ongelukkig met de gang van zaken zou kunnen zijn als hijzelf. Voor het eerst voelde hij sympathie voor de jongen die in zijn dromen alleen als akelig fabeldier optrad.

'Je weet toch beter, Chaim,' zei Yitschak begripvol. 'Yehoeda en Francesa zijn beiden erg aan het lichamelijke gehecht. Zij krijgen dit leven de kans om met elkaar verdieping te zoeken. Het zijn jonge zielen. Daar is niets mis mee. Ze hebben er zelf voor gekozen om een stapje verder te komen. Gelukkig is de man die het pad van de waarheid bewandelt zodat zijn ziel zijn oorspronkelijke levensgezel vindt. Daarin vindt hij zijn volmaaktheid die de hele wereld zegent.'

'Behalve mij,' zei Chaim.

'Ook jou zal dit huwelijk zegeningen brengen, Chaim. Het zal je dichter brengen bij jouw zielsgenoot. Ik wil je om een bijzondere gunst vragen. Wil jij Francesa's tweede getuige zijn bij haar huwelijk?'

'Wat!' riep Chaim uit. Hij geloofde zijn oren niet. Hoe kon hij hem nog meer vernederen? Hoe zou hij het kunnen opbrengen om te getuigen van een liefde die geen liefde was. Van een liefde die hem toebehoorde.

'Je hoeft nu niet te antwoorden, Chaim. Ik vraag je alleen om het goed te overwegen.'

'Wie zegt dat u die zielsverwantschap van uw dochter met Yehoeda niet verzint om uw familie te verbinden aan die van rechter Karo,' mengde *Datan*, een van de leerlingen, zich in de discussie.

'Hoe kun je zoiets zeggen van onze meester,' zei Josjoea verontwaardigd. Hij probeerde, zoals Zimra had gevraagd, met gevlei de gunst van Yitschak te winnen. De pijn die zijn broer Chaim leed omwille van zijn onmogelijke liefde voor Francesa, bezorgde hem een merkwaardig plezier.

'De enige reden van mijn komst naar Tsfat was om Chaim te ontmoeten, Datan. Ik had een prima leven in Egypte. Maar ik kreeg een teken. Naar tekenen moet je altijd luisteren. Chaims lot en het mijne zijn onverbrekelijk met elkaar verbonden. Hij is de enige die mijn lessen écht begrijpt. Eigenlijk geef ik mijn lessen alleen opdat hij ze zal horen.'

Chaim werd rood. Hij wist niet dat hij zo belangrijk gevonden werd door Yitschak.

'Ik wil dat je de schrijver van mijn kennis wordt, Chaim.'

'Wat?'

'Ik heb het geduld niet om te schrijven,' verklaarde Yitschak. 'De snelheid van mijn gedachten verhoudt zich niet tot de traagheid van mijn hand. Nog voor de inkt opgedroogd zou zijn van de zin die ik aan het schrijven was, zou mijn hoofd al op het einde van het hoofdstuk zijn. Jij bent een schrijver. Daarom was het nodig dat wij elkaar zouden ontmoeten.'

Chaim was overrompeld. Dit was de kans waar hij zijn hele leven van had gedroomd. Hij wilde het boek schrijven dat alle kabbalakennis bevattelijk zou maken voor de mensheid. Maar het ontbeerde hem aan kennis. Deze leraar had waar hij naar op zoek was, maar kon niet schrijven. Toch kon Chaim zijn wantrouwen niet zomaar loslaten en vroeg stug: 'En is dat de reden waarom je naar Tsfat bent verhuisd?'

'Ja, al wist ik dat toen zelf nog niet. Als een oude man je iets influistert, dan moet je luisteren, ook al begrijp je niet waarom. Dus geloof me, Datan, wie in Tsfat de scepter zwaait, is niet iets wat mij ooit geboeid heeft. Ook niet nu ik het zelf ben.'

De bewieroking van Chaim en de minachting voor de Tsfatse hiërarchie zette kwaad bloed bij Datan en enkele van zijn kompanen.

'Volgens mij doet u opzettelijk zo ingewikkeld omdat u er zelf niets van begrijpt. Is de ware meester niet diegene die het onbegrijpelijke begrijpelijk kan maken?' vroeg Datan uitdagend.

'Jouw meester misschien wel, Datan,' antwoordde Yitschak. 'Misschien moet jouw meester jou nog vinden.'

'Ik hoef deze lessen niet meer. Je hebt gelijk, Yehoeda, het is onzin.'

Met veel herrie stond Datan op, gevolgd door *Abiram* en nog enkele andere studenten die zich al weken hadden afgevraagd wat ze zichzelf toch aandeden door elke ochtend te vechten tegen de slaap.

'Ik bewonder jullie moed,' zei Yitschak. 'Het is niet gemakkelijk om voor je eigen weg te durven kiezen. Ik wens dat jullie zullen vinden wat jullie zoeken.'

Toen stond ook Yehoeda op.

'Ik denk dat ik ook maar ga, meester. Of het nu van de Schepper, of van u en mijn vader komt, mijn huwelijk is onontkoombaar. Ik zal proberen er het beste van te maken,' zei hij.

'Wijze woorden, Yehoeda. Je toont je een man door je lot niet uit de weg te gaan.'

'Het is de eerste keer dat iemand me een man noemt,' zei Yehoeda glimlachend.

Het was de vooravond van het huwelijk. Nadat haar ouders het huis hadden verlaten om de laatste uren van de sjabbat te vieren op het veld net buiten de stad, had Francesa al haar onschuld in de strijd gegooid bij het nieuwe dienstmeisje. Uiteindelijk had ze haar ervan weten te overtuigen dat ze tot inkeer was gekomen. Ze wilde niets liever dan naar het mikwe gaan.

'Ik wil me zo graag zuiveren voor mijn huwelijk morgen,' had ze gesmeekt. 'Dat is toch de plicht van elke joodse bruid?'

Het dienstmeisje had haar losgemaakt en ontroerd geholpen bij het inpakken van haar wasgerei.

'U zult er alle ellende achter u kunnen laten,' had ze gezegd. 'Uw ouders zullen zo trots zijn.' Maar de aanstaande bruid had hele andere plannen dan het nemen van een zuiverend bad.

'Waarom heb je niets ondernomen,' vroeg Francesa keer op keer aan Chaim.

Hij wist het niet. Hij vertelde over zijn levenloze weken en hoe hij het mikpunt van spot was geweest. Hoe hij dag en nacht alleen maar over haar gefantaseerd had. Hoe hij op de stoep van de synagoge naar Yehoeda's Toralezing had geluisterd en toen besloten had om de stad te verlaten. Hoe Yitschak hem hiervan had weerhouden en hem gevraagd had het boek met zijn kennis te schrijven. Het boek waar hij al een leven lang van droomde. Hij was misschien laf geweest, ja. Hij had misschien een plan moeten bedenken. Haar ontvoeren of misschien zelfs met Yehoeda een verbond moeten sluiten. Maar hij had niets gedaan. Hij begreep nu, de laatste nacht voor de noodlottige dag, niet waarom.

'Misschien had mijn vader toch gelijk,' zei ze. 'Misschien hield je niet echt van mij. Was het slechts een verliefdheid omdat ik me aan je aanbood. Maar voor mij was het meer, zoveel meer.'

'Zeg dat niet, Francesa. Ik kan je niet beschrijven hoeveel ik geleden heb.'

'En nu?' vroeg ze uitdagend. 'Als je nu de kans kreeg om het lot naar je hand te zetten? Ik ben per slot van rekening nog niet getrouwd.'

Hij keek haar verschrikt aan. Had ze opnieuw een plan bedacht?

Dit meisje bleef hem verbazen. Ze was zoveel moediger dan hij. Misschien was hij haar daarom wel niet waard?

'Neem me mee naar Jeruzalem. Of Cairo. Of waar dan ook. Ik zal je overal volgen.'

Zijn hart kromp ineen. Zo simpel was het inderdaad. Ze zouden samen de stad kunnen verlaten. Samen zijn. Voor altijd. In een nieuwe stad een nieuwe toekomst opbouwen. Het lot gaf hem een kans. Een kans die hij kon grijpen. Hij zou voor altijd de hare zijn. Haar beminnen dag en nacht.

'O Francesa...' zei hij, hij liep op haar toe en sloot haar intens in zijn armen. Hij rook haar geparfumeerde haar waar hij zo van had gedroomd. Hij voelde haar zachte, opwindende lichaam gedrukt tegen het zijne. Dit meisje was voor hem geschapen. Er was niets belangrijker in zijn leven dan deze liefde te volgen. Hij zou zijn eigen legende leven. De prijs betalen voor zijn dromen. Overwon liefde niet alles? Hij keek in haar stralende ogen en bracht langzaam zijn mond naar de hare die zich verlangend opende. Elke porie van elkaars gelaat verkenden ze met hun vingertoppen. Hun hart stond in lichterlaaie. Als vonkende vuurstenen duwden hun bekkens verlangend tegen elkaar. Hun passie werd aangewakkerd door het avontuur dat voor hen lag. Chaim voelde zich als *Simson* die touwen kon breken alsof ze door vlammen werden verteerd. En al was Francesa misschien zijn Delila die hem zijn haren en daarmee zijn kracht zou ontnemen, voor haar was hij bereid te sterven. Met zijn begerige handen trok hij de rode jurk van Francesa omhoog. Hij voelde de gladde, smeulende huid van haar rug.

Toen werd er op de deur geklopt.

'Anna,' fluisterde Chaim.

'Doe niet open,' siste Francesa.

'Maak je geen zorgen. Ze is te vertrouwen. Echt,' stelde Chaim haar gerust en liep naar de deur.

'O Anna,' zei Chaim verhit, 'ik ga eindelijk mijn hart volgen. Francesa en ik gaan ervandoor. We vertrekken vannacht.'

'Zo,' zei Anna droog. 'Dat moeten we dan maar vieren. Ik heb de wijn al bij me.'

Ze gingen rond het bureau van Chaim zitten. Chaim en Francesa lieten elkaar geen moment los. Ze speelden met elkaars handen, streelden door elkaars haren, over elkaars rug en zoenden elkaar te pas en te onpas.

'Zal ik jullie toekomst lezen,' vroeg Anna.

'Nee,' zei Francesa verschrikt. 'Wat er ook in onze handpalm geschreven staat, we bepalen vanaf nu ons eigen lot. We vertrouwen op de barmhartigheid van de Schepper. Hij is de enige die wat in de sterren geschreven staat, kan herschrijven.'

'Maar hij had ons toch geen handlijnen geschonken als ze niet bedoeld waren als richtingaanwijzers voor ons leven? Wellicht staan al deze gebeurtenissen in onze handpalm,' zei Chaim, 'dan zal het ons steun en kracht geven.'

'Put je niet genoeg kracht uit onze liefde?' vroeg Francesa bits.

'Het maakt toch niet uit, Francesa. Ons besluit staat toch vast,' besloot Chaim en hij gaf zijn hand aan Anna.

Francesa liet Chaim los en keek de andere kant op. Ze wilde hier niets mee te maken hebben. Anna keek langdurig naar zijn handpalm. Met haar vingers streelde ze zacht langs de lijnen in zijn hand. Maar ze zei niets. Chaim zag dat haar ogen vochtig werden. Hij werd week in zijn buik. Was het schrijven van een boek toch belangrijker dan de liefde van je leven? Het stichten van een gezin was toch een heilige taak die beschouwd werd als de voornaamste verdienste die een man op zijn naam kon zetten?

'Vooruit dan, Anna. Houd me niet langer in spanning. Wat zie je?'

'Francesa heeft gelijk, Chaim. Jullie zouden hier niets mee opschieten. Jullie hebben jullie besluit genomen. Een droom moet je volgen tegen beter weten in.'

'We moeten gaan, Chaim. Men zal mij missen. Me komen zoeken. We moeten haast maken.'

Francesa stond op en liep vastbesloten naar de deur.

Chaim keek Anna vragend aan. Hij wilde haar bevestiging, haar zegen dat dit een wijs besluit was. Anna wilde hem niet beïnvloeden. Ze probeerde zo neutraal mogelijk te kijken maar toch knikte haar hoofd onwillekeurig eventjes 'nee'.

'Vooruit, Chaim, waar wacht je op,' drong Francesa aan.

Anna deed de amulet af die ze altijd droeg en hing hem om de hals van Chaim.

'De drie engelen op deze amulet zullen je beschermen. Ga nu maar.'

Chaim bedankte haar en liep naar de deur.

'Pas op voor Lilith, Chaim,' zei Anna zachtjes.

Hij keek verschrikt naar Francesa. Plots zag hij niet het spannende, jonge meisje voor zich maar de oude, tandeloze vrouw met verscheurde borsten.

'Luister niet naar haar,' klonk het rauw.

De tandeloze vrouw stak haar tong uit en bracht die naar Chaims gezicht. Hij was doodsbang.

'Ik wil je. Vrij met me. Ik wil je zaad.'

Haar knokige hand streelde zijn geslacht.

Hij schreeuwde en gaf de oude vrouw een klap. Maar het was Francesa die met bebloed hoofd tegen de deurpost lag.

'Ben je gek geworden!' riep ze. 'Luister niet naar Anna. Ze heeft je behekst. Zij is Lilith!'

Hij keek naar Anna die strak voor zich uitkeek alsof ze zichzelf leek te beschermen voor het boze.

'Wees een vent. Neem me. Neem me.' Francesa's stem klonk bezopen. Haar zachte ogen spuwden drakenvuur en ze trok haar jurk omhoog en spreidde haar behaarde benen voor hem.

'Ga weg, Francesa, ga weg!' brulde hij, en hij probeerde het meisje uit zijn kamer te duwen. Maar ze had de kracht van een sterke man en worstelde. Hij trok haar aan de haren en zij krabde en beet overal waar ze kon. Anna keek roerloos toe.

'Ik wil je, Chaim,' bleef ze herhalen. 'Al is het maar een keer. Ik wil je in me. Ik wil jouw addergebroed dragen. Ik wil je melken, Chaim.'

Hij gaf haar een harde klap waardoor haar neus bloedde maar zij giechelde alleen maar als een onschuldig schoolmeisje.

'Ja, laat me bloeden, Chaim. Laat mijn maagdenbloed voor je stromen. Lekker dier.'

Chaim kreeg een blinde waas voor zijn ogen en vergat dat hij aan het vechten was met het meisje van wie hij zo hield. Hij zette haar klem, tilde de spartelende Francesa die spuwde en obscene taal uitsloeg op, en droeg haar naar de hal. Hij liep met haar de trap af terwijl ze krijste en vocht als een leeuwin en gooide haar met alle kracht die hij nog in zich had, op straat. Snel sloeg hij de deur toe. Francesa krabbelde meteen overeind en bonkte hysterisch op de deur. Chaim vluchtte de trap op en rende naar zijn kamer. Daar zat Anna nog steeds onbewogen. Hij wilde door de ruitjes kijken of Francesa er nog was maar op dat moment vloog er een kei door het gekleurde glas die hem op zijn voorhoofd trof. Het bloed gutste uit de wond. Toen pas werd het stil.

29 אומ Alef Vav Mem: **de God van de verbondenheid**

Het huwelijk werd voltrokken in de feeërieke tuin van Yitschak. De zilverkaarsen en herfstasters stonden in volle bloei en dronken het zonlicht met hun geopende kelken. De gerafelde stammen van de twee metershoge palmbomen vormden de palen van een blinkend satijnen *choepa*. De baldakijnen waren getooid met gouden koorden. Door het open dak was de onbewolkte lucht te zien. Zo herdacht men de zegening over het vruchtbare zaad van de stamvader *Abraham*. Zaad dat net zo talrijk was als de sterren in de hemel. Yehoeda wachtte onder dit symbolische huis waar hij met zijn vrouw zou gaan wonen, op zijn bruid. De jongen keek ernstig. Hij had besloten zijn noodlot waardig te dragen. Zijn knappe, gebruinde gezicht verried geen enkele emotie.

Iedereen hield de adem in toen Francesa, begeleid door haar vader, door de tuindeuren naar buiten kwam. Ze zag er beeldschoon uit in haar oogverblindend witte jurk van fijne Egyptische zijde. Haar decolleté was laag uitgesneden en afgezet met kleine witte roosjes en pareltjes. Onder het strakke lijfje zat een klokvormige hoepel die de jonge vrouw iets majesteitelijks gaf. Haar hoofd was verborgen onder een fijn geborduurde crêpesluier.

Yehoeda had even daarvoor haar zelf gesluierd om zo volgens de traditie te controleren of hij de juiste vrouw zou trouwen. Toen ze elkaar in de ogen keken, herkenden ze de treurnis in de ander. Ze hadden elkaar niets te verwijten maar waren lotgenoten. Beiden speelden een tragische rol in de verheven dromen die hun vaders over hen koesterden. Voor hen was dit geen huwelijk tussen twee jonge verliefde mensen die er alleen maar naar verlangden om samen het levensavontuur aan te gaan. Het was een bruiloft waarin de geopenbaarde Tora en de verborgen kabbala zich met elkaar verenigden. Rechter Karo en Yitschak waren het huwelijkspaar. Niet zij. Voor Yehoeda de sluier omlaag haalde, had hij bemoedigend naar Francesa geknipoogd. Ze had met een moedig hoofdknikje zijn blik beantwoord.

Langzaam liep Francesa nu op de man af met wie ze haar leven voortaan zou delen en cirkelde toen zeven maal rond hem. Zo zou ze de zeven poorten van zijn ziel slopen waardoor hij zich geheel met haar zou kunnen verbinden. Het was een dans van kosmische schoonheid die met open mond werd gadegeslagen. Het meisje had met haar gracieuze sierlijkheid alle gasten in de ban. Nog nooit had men een bruid met een dergelijke zelfbewustheid dit ritueel zien volbrengen.

De geciteerde verzen uit de psalm klonken alsof ze voor deze gelegenheid waren geschreven. Met trotse stem sprak Karo: 'Koningsdochters zijn onder uw schonen, statig, rechts van u, uw gemalin in het glanzende goud van *Ofir*.'

Rechter Karo leidde zelf de ceremonie. De oude vader sprak krachtig de zegening over de wijn uit en nodigde het bruidspaar uit te drinken.

'Toen God de wereld schiep,' zei Karo met stralende ogen, 'was de mens een androgyn wezen. Hieruit maakte hij man en vrouw. Twee wezens die vanuit hun afgescheidenheid telkens weer verlangen om één te worden. Ik wens dat jullie net zo exclusief van elkaar zullen houden zoals Adam en Eva deden op het moment dat zij de enige mensen waren op aarde.'

Francesa draaide haar met bloemen getooide hoofd zelfbewust naar Yehoeda.

Chaim, die als getuige vlak bij het bruidspaar stond, wendde zijn ogen af toen Yehoeda ingetogen een eenvoudige, gouden ring om Francesa's rechterwijsvinger schoof. Schlomo, de tweede getuige, kneep even in zijn hand.

'Francesa, met deze ring ben je vanaf nu aan mij toegewijd volgens de wetten van Mozes en Israël.'

Terwijl Karo de *Ketoeba*, het huwelijkscontract, voorlas, keek Yehoeda strak voor zich uit. Hij had zich voorgenomen onbewogen de artikelen te aanhoren waarin hij beloofde zijn vrouw kleding, voedsel en lichamelijk plezier te verschaffen. Zonder aarzeling plaatste hij zijn handtekening onder het document. Karo vroeg het paar een tweede maal van de bruidswijn te drinken. Francesa en Yehoeda namen de glazen en dronken ze in één teug leeg alsof ze zich moed indronken.

Nadat Karo samen met enkele gasten de zeven zegeningen uitsprak, verzocht hij zijn zoon om het glas te breken onder zijn rechtervoet. Met dit ritueel zouden ze niet alleen de vernietiging van de tempel van Jeruzalem herdenken maar ook de breekbaarheid van het huwelijk en hun vereniging als man en vrouw symboliseren. Yehoeda's eerste poging faalde. Hoewel hij met alle kracht op het glas had getrapt, bleef het heel. Iedereen hield gespannen de adem in toen Francesa het probeerde. Maar ook bij haar bleef het glas ongeschonden. Haar heldere lach brak de spanning en alle gasten grinnikten sympathiserend mee. Ze deden gezamenlijk een derde poging. Ditmaal brak het glas in duizend scherven en iedereen juichte: '*Mazzel Tov*! Mazzel Tov.'

Karo, die vervuld was van trots, wenkte Yitschak om ook een toespraak te houden. Yitschak probeerde de trilling in zijn stem te verbergen.

'De mens is geschapen als een microkosmos van de wereld. Elke dag schept God een wereld door de juiste paren bij elkaar te brengen. Hij vormt de kracht van de nakomelingen nog voordat ze worden geboren. In vroegere tijden koos een man twee getuigen bij de verloving als hij zei: "Verenig u nu met mij in overeenstemming met de wetten van Mozes en Israël." Het paar had gemeenschap en ging daarna voor twaalf maanden uit elkaar om het huwelijk voor te bereiden. De verloving was een periode waarin de aanstaande bruid zich helemaal kon richten op haar verbinding met die ene man en zich kon afsluiten voor alle andere mannen. Dat was het ware doel van de verloving. Zo dadelijk zullen jullie, Yehoeda en Francesa, jullie huwelijk definitief voltrekken. Door jullie lichamelijke vereniging zullen jullie één ziel worden. Dat wat in de geschiedenis voor altijd gescheiden leek te blijven, wordt in jullie voor eeuwig verbonden. Francesa die de geheimen van de Tora symboliseert en Yehoeda als de stenen tafelen die Mozes op de berg van God ontving.

Chaim en Schlomo mogen trots zijn dat zij zullen kunnen getuigen van dit kosmische huwelijk. Dat hun liefde de roem van Tsfat, als plaats waar de Tora zijn geheimen blootgaf, wereldwijd moge verspreiden.'

Sarah wilde zo graag weten wat haar kind nu dacht en slikte de brok in haar keel weg. Ze had haar man tijdens zijn woorden onbegrijpend aangekeken. Zij wist hoe haar kind tegen deze verbintenis had gestreden. Ook zij had ooit rechts van haar man onder de choepa gestaan als symbool voor de belofte dat ze haar hele huwelijk pal naast haar man zou staan om hem te helpen. Deze belofte was haar nooit zwaarder gevallen dan vandaag.

Rechter Karo bedankte Yitschak en nam weer de leiding. Hij nodigde Sarah uit om eindelijk de bruid te ontsluieren en te tonen aan de gasten. Het selecte gezelschap slaakte een zucht van bewondering. Francesa's gezicht straalde. Ze leek een godin die met haar schoonheid de mensen verblindde. Aan niets was te merken dat ze gisteren nog van plan was geweest met een andere man de stad te ontvluchten. Ze keek verlangend en stapelverliefd naar haar bruidegom, die even van zijn stuk gebracht werd door haar gloed.

Sarah omhelsde haar dochter en haar ogen maakten vochtvlekken op de schouders van de bruidsjurk.

'Je blijft altijd mijn lieve kind,' fluisterde ze. 'Ik zal je in alles bijstaan. Vergeef me voor wat ik niet goed heb gedaan.'

Daarna volgde Yitschak. Hij kuste en omhelsde zijn schoonzoon.

'Jullie zijn voor elkaar geboren. Geloof me,' fluisterde hij hem toe. Yehoeda keek hem frank aan alsof hij zeggen wilde: hoe kunt u dat in godsnaam weten?

De omhelzing met Francesa was kil. Haar lichaam verkrampte toen haar vader haar in zijn armen sloot. Yitschak vond geen woorden. Het lichaam van zijn dochter vertelde een verhaal dat door merg en been sneed.

Nadat alle gasten het bruidspaar gefeliciteerd hadden, nam rechter Karo opnieuw het woord.

'Dan vraag ik nu de twee getuigen, Schlomo en Chaim, om toe te zien op de uiteindelijke voltrekking van het huwelijk, de *Yichoed*. En terwijl Francesa en Yehoeda zich verenigen, wordt u hier allen uitgenodigd om een goed glas wijn op het bruidspaar te drinken.'

Francesa en Yehoeda gingen onder applaus het statige huis in, gevolgd door Schlomo en Chaim.

'Een bruiloft zonder muziek is nog erger dan een begrafenis zonder tranen,' riep de *badchen*, de ceremoniemeester. Het orkestje zette vrolijke dansmuziek in. Karo legde zijn arm rond de schouder van Yitschak en onder handgeklap van de vrolijke gasten probeerden zij de maat te vinden.

'Zeg niet dat de muzikanten niet kunnen spelen, als u zelf niet kunt dansen,' riep de badchen lachend.

30 לוו Lamed Vav Vav: **de God van het gebed**

De kleine bruidsstoet vervolgde zwijgend haar weg door het huis langs de statige wenteltrap naar de slaapkamer van Francesa. Dit had het hoogtepunt van de bruiloft moeten zijn. Francesa voelde zich als een lam dat naar de offerplaats wordt gevoerd. Het bruidspaar en de twee getuigen keken recht voor zich uit.

Chaim had na alle heftige gebeurtenissen van de avond daarvoor, het gevoel ontwaakt te zijn uit een wekenlange nachtmerrie. Hij voelde zich voor het eerst een man die het leven zonder vrees in de ogen kon kijken. Elke grote droom vroeg een offer. Om zijn levenstaak te volbrengen, mocht hij nu geen twijfel tonen. Ondanks zijn moed viel dit onderdeel van zijn taak hem niet licht.

Ze betraden de slaapkamer van Francesa. Haar moeder had haar bed bedekt met witte rozenblaadjes. De gordijnen waren dichtgeschoven en op verschillende plaatsen stonden glazen schalen met drijfkaarsjes die de kamer romantisch verlichtten. Hier moest het huwelijk fysiek voltrokken worden om geldig te zijn. Er hing een gespannen stilte. Oppervlakkig inspecteerden Chaim en Schlomo de slaapkamer om vast te stellen dat er niemand anders aanwezig was zodat het bruidspaar echt voor het eerst alleen kon zijn. Net toen ze de kamer gehaast wilden verlaten, zei Francesa: 'Jullie hebben toch de woorden van mijn vader gehoord? Vroeger zagen de getuigen erop toe dat de gemeenschap wel degelijk plaatsvond. Ik wil dat jullie blijven.'

'Maar dat bedoelde hij niet zo, Francesa,' stamelde Schlomo. 'Zelfs in vroegere tijden was het uitzonderlijk. En de getuigen waren alleen aanwezig wanneer de bruidegom zijn intentie uitsprak.'

'Zijn jullie bang,' vroeg ze uitdagend. 'Bang om getuige te zijn van een kosmisch huwelijk?'

Ze liep naar de deur, klapte ze dicht, draaide de sleutel om en gaf die aan Yehoeda die vol ongeloof keek naar het meisje dat hij bijna getrouwd had. Probeerde ze op deze manier toch nog het huwelijk te voorkomen? Chaim en Schlomo keken elkaar besluiteloos aan.

Toen sloot Francesa even haar ogen alsof ze zich concentreerde alvorens de sprong in het diepe te maken. Ze stapte naar voren en schonk de drie mannen haar mooiste lach. Ze draaide rond haar as en ademloos keken de mannen naar haar uitwaaierende rok.

Francesa draaide haar rug langzaam naar Yehoeda. Hij keek onzeker naar de twee getuigen, die zich ook geen houding wisten te geven.

'Help me,' zei ze.

Aarzelend knoopte Yehoeda haar jurk los die met ontelbare fijne knoopjes dichtgeregen was langs de ranke naad van haar ruggengraat. Met kippenvel sloegen Chaim en Schlomo het langzame ritueel gade. Uit de tuin klonken weemoedige joodse muziek en het gelach en gepraat van de gasten. Schlomo trachtte ieder detail van dit tafereel vol pijnlijke schoonheid in zijn geheugen op te slaan. Hij wist dat hij dit moest schilderen. Als hij erin zou slagen de gelaagdheid van deze gebeurtenis op het doek te vangen, zou het een schilderij worden vol zinderende treurigheid.

Toen Yehoeda halverwege de eindeloze rij knoopjes was, liet Francesa traag en beheerst de jurk van haar schouders glijden. Drie paar ogen zogen zich vast aan de naakte rug van het meisje. De ranke schouders en de gespannen huid als het onontgonnen landschap van het beloofde land. Ze stapte uit haar hoepel, draaide zich om en toonde zich nu zonder schaamte in haar volle schoonheid. Eva in de Tuin van Eden had haar gelijke gevonden.

'Francesa, geef de sleutel. Jullie hoeven niet...' zei Chaim die het allemaal te veel werd.

'Het huwelijk moet bezegeld worden,' onderbrak Francesa hem en haar ogen rustten even op het amulet van Anna dat om Chaims hals hing. Wat is ze mooi, dacht hij. Het lichaam van de jonge vrouw ademde verlangen en hartstocht. Haar vormen waren volmaakt en de bloei van haar jeugd had haar hoogste punt bereikt. De natuur had in deze vrouw een overtreffende trap van de kracht van haar expressie uitgedrukt.

Francesa was zich bewust van de gegeneerde maar tevens hunkerende blikken die op haar lichaam rustten. Langzaam liep ze naar haar bed. Daar vleide ze zich neer tussen de vele zachte kussens en gooide de rozenblaadjes als een zachte lenteregen omhoog. Een voor een druppelden ze neer op haar zacht ademende huid.

'Kom Yehoeda,' zei ze, 'doe wat een man en echtgenoot moet doen.'

Tergend langzaam ontdeed Yehoeda zich van zijn kleren. Chaim had medelijden met hem. Wat moest deze jongen dit moment hebben gevreesd. Yehoeda had een gespierd, gebruind lichaam. Een jongenslichaam dat nog niet volgroeid was en hier en daar in een nog te corrigeren verhouding was uitgetekend. Zijn geslacht verborg zich hulpeloos tussen zijn benen. Hij ging naast Francesa op de kussens liggen en met zijn bange ogen gericht op Chaim sloeg hij een arm om haar heen.

Chaim legde zich neer bij deze beschamende situatie en nam zich voor zijn blik niet af te wenden. Hij wist dat dit de enige manier was om de laatste etter uit de wonde van zijn hart schoon te wassen. Hij moest dit onder ogen zien.

Francesa draaide zich op haar zij en kuste Yehoeda met overgave. Onwillig beantwoordde hij de kus. Ze sloeg haar been om hem heen en beklom hem. Vrijmoedig omklemde ze als een amazone met haar heupen zijn flanken. Met haar tong streelde ze zijn borstkas en haar handen gleden over zijn sidderende lichaam. Yehoeda deed niets. Hij onderging de liefdesdans van het jonge meisje maar kon die niet beantwoorden. Zijn hele lichaam protesteerde en kon niet liegen. Zijn vlees schreeuwde de pijnlijke waarheid en hoe Francesa zich ook als een getalenteerde courtisane op haar prooi stortte, het leek of zijn mannelijkheid er alleen maar levenlozer door werd. Door de ramen heen klonk enthousiast applaus.

Schlomo kon het uiteindelijk niet langer aanzien. 'Ik heb genoeg gezien,' zei hij, 'voor mij zijn jullie man en vrouw.' Gehaast zocht hij de sleutel in Yehoeda's broekzak en verliet de kamer. Yehoeda bedekte beschaamd zijn gezicht.

Toen de deur in het slot viel, keek Francesa hulpeloos naar Chaim. Vroeg ze hem een allerlaatste keer om haar te redden van dit huwelijk? Als Chaim zou verklaren dat het huwelijk niet voltrokken was, zou het nietig worden verklaard. Huiverend sloot ze even haar ogen toen de beelden van het gevecht de vorige avond op haar netvlies schroeiden. Het was de schuld van die frigide oude vrijster. Vanaf het moment dat ze Anna voor het eerst ontmoet had op de trap, had ze geweten dat ze op haar hoede moest zijn. Zij was een rivale die niet streed met haar vrouwelijkheid maar met haar zogenaamde wijsheid. Ze had Lilith erbij moeten halen om deze slag te winnen. Natuurlijk was het ook zwak dat Chaim zich door haar had laten bang maken. Maar Francesa wist als geen ander hoe de verbeelding met mannelijke mystici op de loop kon gaan. Daarvan had ze thuis genoeg staaltjes meegemaakt. Francesa had zichzelf aangeboden als laatste redmiddel om dit huwelijk te verhinderen. Maar het had verkeerd uitgepakt. In plaats van een gepassioneerde minnaar had ze een exorcist getroffen die haar als de duivel zelf beschouwde. O God, laat hem nu toch tot rede komen, bad ze. Chaim en Francesa keken elkaar minutenlang aan.

'Help me,' zei ze.

Chaim wendde zijn blik af van het verschrikkelijke tafereel.

Terwijl hij de kamer verliet, zei hij: 'Gefeliciteerd. Jullie zijn nu man en vrouw.'

In de tuin klonk gejuich van het goede nieuws dat Schlomo zojuist had verkondigd. Terwijl Chaim de trap af liep, bad hij tot de Schepper dat hij Lilith voorgoed verslagen mocht hebben. Een gebed is een brandende pijl die het oor van God tracht te treffen, had Chaim ooit gelezen. Als de pijl in de roos was, dan werd het verhoord. Maar wanneer de pijl miste, was het maar de vraag of hij een ander doel had geraakt of slap en krachteloos naar beneden tuimelde.

Deel 4

Tsfat 1570. Herfst, zeven weken later (*joodse jaartelling: 5330*)

31 מנד Mem Noen Dalet: **de God van de moed**

Op het eind van Chaims laatste werkdag had Abraham al het personeel bij elkaar geroepen. In de lauwe oranje gloed van de vooravond hing Chaim net de laatste slierten wol te drogen die hij had geverfd, toen hij verrast werd door het melancholische koorgezang van zijn collega's. Hij genoot met volle teugen van dit afscheidsgebaar op de uit krijtstenen opgetrokken binnenplaats waar hij zovele jaren had doorgebracht. Een tikkeltje ongemakkelijk stapte Abraham naar voren.

'Beste Chaim, Yitschak vroeg ons onlangs in de les: "Als je nog een dag te leven had, wat zou je die laatste dag dan doen? Als je dat vandaag niet doet dan faal je voor de Schepper, voor je ziel, voor je leven op aarde." Jij kiest er vanaf vandaag voor om precies dat te doen wat je moet doen, je boek schrijven. We zullen je missen, Chaim. Ik was gezegend met een toegewijde medewerker als jij. We zullen je niet vergeten.'

Abraham was geen spreker. Bij zijn personeel was er niemand die gewend was om iets in het openbaar te zeggen. Chaim schraapte daarom zijn keel en besloot zelf de onbeholpen stilte te doorbreken.

'Dank jullie wel allemaal. Dat ik elke dag met plezier naar mijn werk ben gekomen, was aan jullie te danken. Dit huis was een tweede thuis voor mij.'

Aangemoedigd door een welwillend applaus vervolgde hij: 'Abraham, ik dank je dat je mij al die jaren in staat hebt gesteld mezelf te kunnen voeden, te kunnen kleden en te kunnen huisvesten. Maar het belangrijkst van al is dat ik daardoor in mijn vrije tijd in staat was mezelf volledig op mijn studie te kunnen concentreren. Een man die geldzorgen heeft, kan alleen maar aan zijn lege maag en niet aan God denken. Het staat zelfs in de *midrasj:* "Niets in het heelal is erger dan armoede; het is het ergste van alle leed." U hebt van mij een rijk man gemaakt. Een man die de tijd had de rijkdom van de Tora te verwerven.'

'Mooi gezegd, jongen,' riep Ruth en ze zette haar mollige handen op elkaar. Een langdurig applaus volgde dat zowel Chaim als Abraham eerde. De woorden van Chaim herinnerden hen er allemaal aan hoe gezegend ze waren met een dak boven hun hoofd. Dat ze met hun loon hun kinderen konden grootbrengen en elke ochtend een reden hadden om op te staan. Toch gebruikte geen van hen allen de vrije tijd om zich ook verder nog te ontwikkelen. Sommigen vroegen zich voor het eerst af waar toch al hun tijd aan op ging. Wat deden ze als ze thuis waren en niet hoefden te werken? Eten, drinken, af en toe vrijen en slapen. Het vervullen van lichamelijke behoeftes. Dat was het zo'n beetje. Hun leven was niet zoveel anders dan dat van wilde dieren. Alleen gingen zij niet op jacht, maar naar hun werk. Waar was het avontuur van hun bestaan? Waarom zochten ze niet meer naar de antwoorden op de grote vragen die ze als kind aan hun ouders stelden: waarom zijn we hier, wat is de zin van ons leven, wat is onze bestemming? Ze bewonderden Chaim, die wel nog die jongensachtige gloed in zijn ogen had. Die durfde te kiezen voor onzekerheid en zijn hart volgde. Hij was de ontdekkingsreiziger van een reis die ze zelf niet durfden te maken.

Terwijl Chaim al zijn applaudisserende collega's aankeek, werd hij verlegen van de gevoelige bewondering die hij in hun ogen vond. Zijn blik bleef het langst rusten bij Fatima, die aangedaan leek door zijn vertrek. Ze werd naar voren geduwd door Ruth en gaf hem een pakje.

'Dit is een warme jas voor de winter. Van ons allemaal. En dit is nog een cadeautje van mij,' zei ze.

Ze haalde een rood geverfd touwtje wol uit haar voorschoot.

'Dit werd door jou geverfd. Ik geef het je als herinnering. Maar het touwtje is nu gezegend. Bij de tombe van *Rachel.*'

Het graf van Rachel in *Bethlehem* was een pelgrimsoord dat zowel door islamieten als joden druk werd bezocht. Het was gebruik om een rode sliert wol zeven maal om de graftombe te wikkelen onder het zingen van een psalm en het reciteren van gebeden. Daarna werd de lange draad in stukjes geknipt tot armbanden.

'Ik hoop dat deze armband je met ons blijft verbinden. Wanneer hij door iemand vastgeknoopt wordt die je liefheeft, beschermt hij je tegen het boze oog. Kijk uit voor mijn oom *Haman.*'

'Wat bedoel je?'

'Jullie sjabbatvieringen bij de *johannesbroodboom* op zijn erf, irriteren hem mateloos. Ik ben wel eens bang dat hij... Dit armbandje zal je in elk geval beschermen.'

Chaim kon zich niet voorstellen dat de oude Arabische boer op wiens veld ze inderdaad elke vrijdagavond de sjabbat verwelkomden, hem kwaad zou berokkenen. Het was een opvliegende man maar meestal liet hij hen na een flinke scheldpartij met rust.

Terwijl het Moorse meisje met zeven knopen het armbandje rond Chaims linkerpols vastmaakte, vertelde ze het moedige verhaal van de bijbelse Rachel.

'Rachel hield van Jacob. Maar op haar bruidsnacht werd ze door haar vader verwisseld voor haar zus *Lea*. Jacob protesteerde de volgende dag en haar vader beloofde dat als Jacob zeven jaar voor hem zou werken, hij ook met Rachel mocht trouwen. Rachel klaagde nooit. Als herderin hield ze haar kudde schapen bij elkaar door hun poten te verbinden met een lange sliert rode wol. Op dezelfde manier hield ze ook de grote familie bij elkaar. Omdat hij haar ware Jacob was, verzorgde ze de kinderen van Lea alsof zij ze zelf gebaard had. En zelfs de zonen die Jacob bij hun slavinnen had gekregen, vonden in haar een moeder.'

Chaim sprak een verlegen dankwoord uit voor haar gebaar van genegenheid. Toen stapte hij op zijn collega's af. De mannen gaf hij een voor een een hand of een schouderklopje. De vrouwen knikte hij warm toe.

'Nu kun je niet meer in de verf spartelen met jonge meisjes, Chaim,' zei Ruth, terwijl ze met haar schele oog een vette knipoog gaf. Iedereen lachte. Nadat hij de laatste hand had geschud, verlieten ze de binnenplaats. Morgen zou hun leventje weer gewoon doorgaan. Met als enige verschil dat er een nieuw gezicht zou staan bij het rode verfbad. Ze susten zichzelf dat ze het best voor elkaar hadden. En hadden zij geen gezin waar ze voor moesten zorgen? Chaim had met niemand rekening te houden. Het zou dwaasheid zijn als ze hun dromen zouden volgen. Ze waren zelfs vergeten wat hun grootste verlangen ooit geweest was. Wie zou nog gedachten schenken aan de dwaze jongensdroom een overzeese reis te maken? Welke vrouw wilde aan haar meisjesdroom herinnerd worden ooit een prinsesje te zijn dat een gefantaseerd land met liefde regeerde? Dat was allemaal kinderlijke onzin geweest. Ze waren tevreden met de baan die ze bij Abraham hadden gevonden. Tevreden met het rechtvaardige loon waardoor ze hun kinderen te eten konden geven. Het najagen van idealen was iets voor toneelpersonages, niet voor mensen van vlees en bloed.

Chaim bleef alleen achter met Abraham.

'Ik bewonder je,' zei Abraham. 'Jij betaalt de prijs voor je dromen. Jij volgt je hart. Het is heel onverstandig wat je doet maar uit onverstandige mensen zijn de grootste dingen voortgekomen.'

Hij schonk Chaim een glas van zijn beste wijn. Ze gingen aan het houten tafeltje zitten waar Fatima haar prachtige handwerk altijd maakte.

Chaim proostte en zei: 'Soms denk ik wel eens dat ik een figuur uit een roman ben waarvan de laatste bladzijde al is geschreven.'

'En ben je dan nieuwsgierig hoe het afloopt?' vroeg Abraham.

'Ja, natuurlijk,' zei Chaim. 'Maar toch wil ik niet op de laatste bladzijde kijken om me het plezier van de vele pagina's niet te misgunnen.'

'Denk je dat je de hoofdstukken die je nog te gaan hebt, kunt herschrijven door je leven?' leek Abraham meer aan zichzelf dan aan Chaim te vragen.

Deze vraag had Chaim ook eens aan Yitschak gesteld. Die had hem geopenbaard dat in de geheimcode van de Tora alle levenslopen van alle mensen staan opgetekend. Alsof dat alleen al niet ongelooflijk genoeg was zouden ook nog eens alle alternatieve levenslopen kunnen gevonden worden. Chaims leven had alleen al de laatste maanden op zovele cruciale punten een andere wending kunnen nemen. Wat als hij de wolk had aangewezen en niet Yitschak? Wat als hij toch met Francesa de stad had verlaten om elders een nieuwe toekomst op te bouwen? Wat als hij toch als wolverver bleef werken in plaats van voor een onzekere toekomst te kiezen waarin hij zich geheel aan de kabbala wilde wijden? Veranderingen van je uiterlijke omstandigheden begonnen altijd bij een verandering van binnen. Was een leven zonder verandering niet hetzelfde als al dood zijn tussen de levenden? In zijn dagboek had hij zijn leven wel eens beschreven als een wandeling door een doolhof waarbij hij iedere keer voor de keuze kwam te staan een donker of een licht pad in te slaan. Zouden verschillende keuzes ook verschillende levensromans opleveren? Of zouden het slechts wendingen zijn die in essentie toch tot dezelfde finale leidden? Of vonden al die levens tegelijkertijd plaats en ervoer hij alleen deze ene variant?

'De essentie waar mijn levensboek over gaat, en waar dit alles echt toe leidt, dat is het verhaal van God. Dat staat in zijn handpalm geschreven,' zei Chaim stelliger dan zijn overtuiging was. 'Dat heeft de Schepper van mijn schrijver allang en voor eeuwig vastgelegd. Misschien bestaan er wel verschillende realiteiten naast elkaar en hangt het van onze eigen keuzes en handelingen af in welke wereld we leven. In een wereld die onze dromen vervult of in een wereld van kommer en kwel.'

Beide mannen zaten zwijgend bij elkaar. In de stilte van de koele avond was alleen het zachte, opwindende geklop te horen van hun hunkerende harten die verlangden naar een verbluffende apotheose.

'Jij weet in elk geval dat je nog tweeëntwintig jaren voor de boeg hebt,' zei Chaim.

'Ja,' zei Abraham en hij dacht weer aan zijn wonderlijke gebeurtenissen in Jeruzalem. De eerste drie dagen na zijn aankomst had hij zich, gekleed in lompen, in een kamer opgesloten en gevast, gebeden en gehuild. Toen pas durfde hij de Westelijke muur op te zoeken, zoals Yitschak hem opgedragen had. De muur was nauwelijks zichtbaar door al het vuilnis dat de inwoners er gestort hadden. Maar voor Abraham was de stortplaats precies de juiste omgeving. Hij knielde neer tussen het afval en weende en bad. Toen hij na uren zijn ogen even opsloeg zag hij boven op de muur een vrouw staan die de rug naar hem toegekeerd had. Tegen niemand had hij achteraf haar fabelachtige verschijning willen beschrijven uit respect voor de

Schepper. Hij gooide zich neer op het vuilnis en schreeuwde: 'Moeder, Moeder van Zion, wee mij dat ik uw prachtige verschijning heb gezien.' Hij trok de haren uit zijn hoofd en baard en viel na lange tijd snikkend in slaap. In zijn droom kwam de Shechina, de vrouwelijke God, naar hem toe, legde haar ene hand op zijn voorhoofd en met de andere veegde ze zijn tranen schoon. Ze zei: 'Troost je Abraham, mijn zoon, er is hoop voor jou en het joodse volk. Nog tijdens jouw leven zal de Ark des Verbonds zich openbaren aan een uitverkorene.'

Toen Abraham dit verteld had aan Yitschak, zei deze: 'Je bent gezegend met het mogen aanschouwen van de Shechina, de vrouwelijke kant van God. Je kaïnsteken is verdwenen. Je zonden zijn weggewassen. Je bent verzekerd van nog tweeëntwintig gezonde levensjaren.'

'Gelukkig zie ik je 's ochtends nog bij de lessen,' verbrak Abraham zijn dagdroom. 'Hier, dit is nog voor jou van mij.'

Hij gaf Chaim twee zilverstukken. Daar zou hij de eerste weken mee vooruit kunnen. Daarna lag een grote onzekere toekomst voor hem open.

Tsfat 1570. Late herfst, 16 dagen later (*joodse jaartelling: 5330*)

32 מ'כ Mem Joed Chaf: **de God van het ontkiemende zaadje**

De koude wind blies door Chaims winterjas. Het was al diep in de herfst en de groene vallei was nu verkleurd tot een rosbruine lappendeken. Chaim had urenlang gewandeld met Yitschak en ze zaten op de heuveltop van de berg Meron, die tegenover de heuvel lag waar Tsfat op was gebouwd. Yitschak nam, nu Chaim niet meer werkte, hem steeds vaker mee op lange wandelingen. Hij verkoos zijn lessen op deze manier te geven in plaats van in de behaaglijkheid van de synagoge. Chaim was van nature geen fervente wandelaar maar de tochten met Yitschak waren excursies door de Schepping. Hij leerde Chaim met andere ogen naar de wereld kijken.

'Alles in deze wereld is geroepen. Elke bloem, elk dier en natuurlijk elke mens. Alles en iedereen heeft een missie. Er is geen onkruid dat niet in een bepaalde toepassing het enige kruid is dat een bepaalde ziekte kan genezen,' vertelde Yitschak. 'Iedere grasspriet heeft een beschermengel die hem aanmoedigt om te groeien.'

Het leek of hij contact had met elk levend wezen dat hun pad kruiste. Hij begreep de koude in de bomen. Hij voelde hoe ze het water terugtrokken uit hun takken en de nerven van de bladeren. Hoe het hen triest stemde hun groene zo liefdevol opgebouwde tooi van dorst te laten sterven. Hoe de bomen oude mannen werden die in zichzelf keerden en in hun onbeweeglijkheid leken te sterven. Een schijndood om na de totale rust uit de baarmoeder van de aarde weer herboren te worden. Een eeuwige cyclus van leven, dood en hergeboorte. In hetzelfde ritme van de ziel van de onsterfelijke mens. De hele wereld was een levend organisme met een gezamenlijk streven te groeien en te overleven in zijn rijkst mogelijke potentie. Yitschak had een grenzeloos ontzag voor elk levend wezen waarin hij de grandeur van de Schepper zag. Alles op aarde was voor hem een uitdrukking van de onbegrensde veelzijdigheid van de scheppende kracht. Het was niet de zon zelf die hij aanbad maar de kracht van de Schepper die zich door de zon manifesteerde. Hij had nog nooit een mug gedood die hem uit zijn slaap hield.

'Alles is in perfecte samenhang verbonden met elkaar. Het kappen van een enkele boom, verandert voor altijd de levens van ontelbare wezens. Niets is zonder reden geschapen.'

Met mededogen en liefde keek hij zelfs naar de rotsblokken die in hun schijnbare levenloosheid de voorlopige uitdrukking waren van processen die hen in miljoenen jaren tijd hadden gevormd tot wat ze nu waren. De perfecte uitdrukking van hun wezen.

Ze zaten bij het graf van Sjimon Bar Jochaj, de man die hen veertien eeuwen geleden was voorgegaan in de ontcijfering van de Tora. Het was een van de lievelingsplekken van Yitschak. Hier kon hij contact maken met Bar Jochajs ziel. Een *tzaddik* of een heilige stierf nooit volgens de kabbalisten. Zijn levensenergie bleef altijd voelbaar op aarde. Yitschak werd vervuld van nieuwe inzichten die hij deelde met zijn volgeling.

Maar Chaim was afwezig vandaag. Het einde van de derde week van zijn nieuwe leven naderde. Hoewel hij zuinig had geleefd, zou hij het nog hooguit een week redden en dan was al zijn geld op. Toen hij ontslag nam, had hij niet willen nadenken over hoe hij in zijn levensonderhoud zou voorzien. De drang om zijn boek te schrijven was vele malen groter geweest dan de zorgen over hoe hij dat zou realiseren. De voorbije weken waren dan ook de gelukkigste van zijn leven geweest. Hij deed eindelijk waarvoor hij wist dat hij was voorbestemd. Zijn hele leven stond in het teken van zijn levensvervulling. Hij kwam tijd tekort. 's Ochtends volgde hij de lessen, vaak gingen ze daarna urenlang wandelen en praten, thuis werkte hij zijn aantekeningen uit en bestudeerde de heilige geschriften. Hij kon zich haast niet meer voorstellen dat hij deze levenstaak zo lang gecombineerd had met een voltijdse dagtaak. Maar nu begon de realiteit zich op te dringen. De winter stond voor de deur en Chaim had geen bron van inkomsten en geen spaarpot waarop hij kon teren. Hoewel hij zich schaamde, zag hij geen andere mogelijkheid dan Yitschak om hulp te vragen.

'Je wilt geld van mij,' had Yitschak het lange, onhandige verzoek van Chaim samengevat.

'Ja,' antwoordde Chaim aarzelend.

'Ik heb geld. Meer geld dan ik mijn leven lang op zou kunnen maken. Ik heb er nooit voor hoeven werken. Soms geef ik Sarah een advies, bijvoorbeeld dat dit het goede moment is om witte peper in Sumatra te laten inschepen en aan te bieden op de Amsterdamse markt. Dat is alles wat ik doe om rijkdom op mijn pad te vinden. Ik zou je geld kunnen geven. Zoveel je wilt. Maar ik doe het niet.'

Chaim rilde. Yitschak was zijn enige reddingsboei in dit moeras van geldgebrek. Hij dacht dat ze vrienden waren. Mooie vriend die hem de ogen uitstak met zijn eigen weelde en koudweg zijn bescheiden verzoek afwees. Bij elke dienst in de synagoge schonk Yitschak vier zilverstukken aan liefdadigheid. Een maandloon voor Chaim. Hij wilde het lenen, niet krijgen. Alles zou hij terugbetalen. Chaim was gekwetst. Hij trok zijn wollen muts diep over zijn ogen zodat hij even niet naar zijn 'vriend' hoefde te kijken.

'Ik zou je niet helpen door je geld te geven, Chaim,' zei Yitschak terwijl hij vuur maakte in het hout dat ze hadden gesprokkeld.

Toch wel, dacht Chaim chagrijnig.

De blauwe vlammen likten zich een weg door het vochtige hout dat zich knetterend van woede gewonnen gaf.

'Op een dag hoorde Sjimon Bar Jochaj hoe een vriend de Romeinse bezetters prees vanwege de knappe bouw van hun kuuroorden, bruggen en wegen,' begon Yitschak te vertellen. 'Sjimon wees hem terecht: "Die wegen leggen ze alleen aan om hun legers sneller te kunnen verplaatsen. Ze verrijken zich met het heffen van tolgelden op de bruggen en de kuuroorden zijn voor hun eigen vermaak." De Romeinen kwamen de kritische uitlatingen van Sjimon ter ore en ze spraken de doodstraf over hem uit. Sjimon en zijn zoon vluchtten. Ze vonden een schuilplaats in de grot in deze berg.'

Chaim schrok. Yitschak had het over dezelfde grot waar vlakbij zijn vader naar beneden was gestort. De grot die het grootste geheim van zijn leven verborg. Zou Yitschak zijn misdaad al op zijn voorhoofd hebben gelezen? Uitgesloten, suste Chaim zichzelf, het was geen moord maar een ongeluk, een spijtig ongeluk.

'De Romeinen bleven ononderbroken op Sjimon jagen,' ging Yitschak onverstoord verder met zijn verhaal. 'Dertien jaar lang moesten ze zich verborgen houden. Men zegt dat Sjimon en zijn zoon zich voedden met de vruchten van een johannesbroodboom die voor de grot groeide. Ik denk dat dit maar de halve waarheid is. Sjimon en zijn zoon gebruikten alle tijd voor het bestuderen van de Tora. Daar schreef hij de Zohar. Het was niet het johannesbrood dat hen in leven hield maar de keuze om hun levensvervulling te volgen. Een schitterend juweel te schrijven dat de wereld verlicht, in een donkere grot.'

Gevaarlijk sloegen de vuurtongen hun vlammen uit naar alle windrichtingen in de koele lucht. Chaim stond op. Hij wist niet wat hij met dit verhaal aan moest. Maar omdat zijn muts nog steeds voor zijn ogen zat, stapte hij midden in het kampvuur.

'Kijk uit,' riep Yitschak; hij trok hem opzij en klopte het smeulende vuur op de broekspijp van Chaim uit. Geschrokken deed Chaim zijn muts omhoog. Hij keek recht in de helblauwe ogen van Yitschak.

'Waarom ik?' vroeg Chaim. 'Waarom heb je mij uitverkoren om dit boek te schrijven? Er zijn in Tsfat knappere koppen en bekendere schrijvers dan ik.'

'Weet je, Chaim, dat heb ik me ook afgevraagd. Je hebt gelijk. Er zijn hier meerdere heren die meer respect en aanzien genieten dan jij. Denk je niet dat het voor mij als dwaasheid voelde, om na al die jaren van zelfverbanning, mijn eiland te verlaten? Mijn vrouw en dochter mee te nemen uit Cairo, de stad die hun lief was, om hier dicht bij een jonge wolverver te gaan wonen?'

Chaim kon nog steeds niet geloven dat Yitschak werkelijk omwille van hem naar Tsfat was gekomen. Goed, hij besteedde veel tijd aan hem maar hij was niet zijn enige student.

'Maar weet je, Chaim,' vervolgde Yitschak, 'nu mijn roem zich zo snel heeft verspreid, heb ik ze allemaal ontvangen, die gerespecteerde heren. Ze hebben wijze boeken geschreven, zijn onbesproken rabbijnen, vrome en rechtvaardige mannen. Althans dat denken we. Maar niet een van hen leeft waar hij voor staat. In het holst van de nacht verbergen ze hun donkere schaduwkant. Het zijn schijnbaar volmaakte porseleinen beeldjes met aan de binnenkant scheurtjes die vroeg of laat het beeld verminken.'

Yitschak had gelijk, wist Chaim. Hij was vaak gechoqueerd over de smeuïge tragedies van ongelukkige echtgenotes die Anna in haar spreekkamer aanhoorde. Gerespecteerde rabbijnen die de katjes in het donker knepen. Vrome leraren die het bed deelden met hun jonge studenten. Geen zonde die Mozes had beschreven, of ze werd bedreven op de heilige berg.

Maar al snel waren zijn gedachten vervuld van zijn eigen zonden. Zijn jaloerse natuur, zijn hoogmoedige ambities en zijn ontuchtige fantasieën waren slechts het begin van een opsomming van zijn onvolkomenheid.

'Niet dat jij perfect bent,' raadde Yitschak zijn gedachten. 'Daarom ben je ook hier. Daarom ben je een mens, net als ik. Als je ziel al geheel was verlicht, zou je deze ervaring van het leven niet nodig hebben. Maar je bent wel een oude ziel. Een ontwikkelde ziel die als een boom het licht kan opvangen dat ik erop uitstrooi. En het opzuigt.'

Chaim glimlachte. Mooiere complimenten kon hij zich niet wensen. Yitschak had hem in één adem een schrijver en een ver ontwikkelde ziel genoemd. Maar toen herinnerde hij zich weer de brute afwijzing om hem geld te lenen. Hoe zou hij met schrijven ooit geld kunnen verdienen? Zijn glimlach bevroor.

'Maar in mijn grot staat geen johannesbroodboom,' zei hij nukkig.

'O, jawel,' zei Yitschak en stampte het vuur uit. 'Wacht maar af.'

'Slurp niet zo,' zei Anna geïrriteerd.

Chaim keek haar arrogant aan.

'Je bent mijn moeder niet,' antwoordde hij.

'Nee, maar je behandelt me wel zo. Je schrokt elke avond je maaltijd naar binnen, zegt nauwelijks iets, en dan vlieg je weer naar boven, zonder een eenvoudig dankjewel.'

Chaim probeerde zo stil mogelijk de grote slok kippensoep die hij zo net naar zijn mond had gebracht, op te drinken. Hij legde de lepel neer.

'Maar ik ben verliefd, Anna, begrijp dat dan toch.'

'Jij bent altijd verliefd de laatste tijd. Is het niet op hekserige meisjes dan wel op blonde heren die je hoofd op hol brengen.'

'Je begrijpt er niets van,' riep Chaim boos. 'Ik ga een belangrijk werk schrijven. Een werk dat de mensheid zal veranderen.' Hij liep naar de deur toe.

'Zie maar dat je eerst jezelf eens verandert, je bent niet meer te genieten. En bovendien betaal je geen huur!'

'Zodra ik geld heb, krijg je het. Ook voor het eten.'

'Als je morgen niet betaalt, vlieg je eruit. Hier, je kippensoep!'

Ze griste de kom soep van tafel en smeet hem met alle kracht van haar tengere lichaam naar de deur. Chaim kon net op tijd de deur achter zich toetrekken en de kom spatte uiteen.

Hij vluchtte de trap op naar zijn kamer en deed de deur op slot. Het was er ijskoud. Hij kon wolkjes voor zijn mond zien bij iedere ademhaling. Chaim had geen geld meer voor de houtkachel en geen tijd om zelf hout te sprokkelen. Hij trok de winterjas aan die hij van zijn collega's had gekregen.

'Ze wordt vast ongesteld,' mompelde hij. Hij kroop in bed met zijn aantekeningen, trok de deken over zich heen en probeerde verder te gaan waar hij was gebleven.

Op een dag zal ze trots zijn dat ik met haar in huis heb gewoond. Dat ze voor mij mocht koken, broeide het in zijn hoofd.

Beneden veegde Anna met een trillende onderlip de scherven bij elkaar. Ze haatte Chaim. Hij was zo veranderd sinds hij onder de volledige invloed van die Yitschak stond. Met lede ogen had ze aangezien dat hij zijn baan opzegde. Ze had niet gevraagd hoe hij dacht zijn huur te betalen maar al na een paar dagen had hij botweg gesteld dat hij de eerstkomende maanden geen geld had om aan zijn verplichtingen te voldoen. Van niemand anders zou ze dit pikken. Maar ze had een zwak voor Chaim. Ze wist dat hij een droom volgde die zij niet wilde kortwieken. Op een vreemde manier had ze vertrouwen in hem. Ze geloofde dat hij vroeg of laat wel op zijn pootjes terecht zou komen. Maar al snel ging het bergafwaarts met Chaim. Hij vermagerde en verzorgde zichzelf niet meer. Vroeger was hij altijd piekfijn gekleed maar nu leek het hem niet te deren wat hij aan had. Toen ze hem de week daarvoor gezien had terwijl de marktkramers hun waren inpakten, en hij stiekem het rottende fruit verzamelde dat zij op de grond lieten liggen, had ze het niet langer kunnen aanzien. Ze schotelde hem dezelfde avond een uitgebreide maaltijd voor op zijn kamer en als een hongerig beest had hij alles opgeslokt. En nu was het al dagen een gewoonte geworden dat hij rond etenstijd bij haar aanschoof en dat ze samen aten. Het was hun kleine geheim. Niemand hoefde te weten dat ze zoveel tijd met elkaar doorbrachten in één ruimte zonder getrouwd te zijn. Zijn aanwezigheid had iets gezelligs, maakte ze zichzelf wijs. Anna was gewend haar leven lang voor zichzelf te zorgen, en at op een enkele gelegenheid na, altijd alleen. Voor hem koken was een missie geworden. Iets wat haar vervulling gaf. De hele dag bedacht ze wat ze die avond zou klaarmaken en of hij dat lekker zou vinden. Er was een gevoel in haar ontwaakt dat ze zelf niet kon thuisbrengen. Iets verzorgends. Maar tegelijkertijd verzette ze zich ertegen dat het moedergevoelens waren die ze voor hem koesterde. Vandaag waren haar ogen echter opengegaan. Hij behandelde haar wel degelijk als een moeder. Een ondankbare zoon die het vanzelfsprekend vond dat het eten op tijd op tafel stond. Een stuurse zoon die zij moest leren om de Schepper te danken voor de maaltijd. Omdat ongezegend voedsel misschien wel het lichaam maar niet de ziel sterkt. Een zoon die alleen praatte als hij daar zin in had. Die nooit complimenten maakte over de gerechten die zij met zoveel zorg bereidde. Ze had getracht zich in te houden. Geprobeerd om respect te tonen voor waar hij mee bezig was en zichzelf getroost dat het schrijven van een boek geen eeuwigheid zou duren. Maar vanavond had ze het eruit gegooid. Had ze hem eruit gegooid. Ze vervloekte hem, maar tegelijkertijd miste ze hem nu al. Ze zou er niet meer aan kunnen wennen alleen te eten, dacht ze.

Ze dweilde de kippensoep op.

In bed bedacht Chaim dat hij de volgende dag wel een aardigheidje voor haar zou kopen. Maar toen realiseerde hij zich zelfs geen geld te hebben om inkt te kopen. Met onzekere ogen keek hij zijn donkere kamer in.

34 אלד Alef Lamed Dalet: **de Godin van de bescherming**

Het zilveren winkelbelletje aan Josjoea's deur rinkelde niet vaak. In de loop der jaren had hij zich eigen gemaakt de hele dag in een staat van passieve concentratie te zijn. Zodra het belletje klonk kon hij zichzelf activeren tot grote scherpte van geest. Zoals een kat die minutenlang roerloos naar een knagende muis kon kijken, om dan met een klap van haar poot het reddeloze diertje naar zich toe te schuiven. Zijn ogen werden glashelder en zijn gouden tanden lachten alsof ze de toegangspoort tot de hemel waren.

'Goedemorgen, dames. Uw schoonheid doet mijn zilverwerk verbleken.'

Josjoea was een van die mannen die het voorrecht gegeven was ongegeneerd vrouwen complimenten te maken. Uit zijn mond klonk het niet alsof hij hen het hof wilde maken maar als van een gelijke. Iemand die de vrouwelijke natuur kende en haar zucht tot behagen en schoonheid. Een kenner die oprecht meedacht over de beslommeringen van de vrouw.

Sarah glimlachte terwijl Francesa meteen naar de glazen toonbank liep en ernstig de uitgestalde zilverstukken bestudeerde.

'We zoeken een ring voor Francesa,' zei Sarah.

'Een ring,' herhaalde Josjoea en nam voorzichtig doch onbeschaamd de hand van Francesa in de zijne, die dit afwezig liet gebeuren. 'Het zal niet gemakkelijk zijn om een ring te vinden die de elegantie van deze hand kan accentueren.'

Alsof ze van porselein was, legde hij de hand terug op het glas van de toonbank.

'Hier liggen mijn mooiste stukken. Is er een bij die je bevalt?'

Francesa keek erg kritisch naar de zorgvuldig tentoongestelde ringen die elkaar overtroefden in pronkerigheid. Ze waren bezet met de zeldzaamste steensoorten en overladen met sierlijke graveringen en uitsnijdingen. Uiteindelijk wees ze naar een ring met een rode robijn die verblindend glinsterde.

'Je dochter heeft smaak, Sarah,' glimlachte Josjoea. 'Al weet ik niet of je daar blij om moet zijn.'

'Ze is jarig,' verontschuldigde Sarah zich. 'Ze wordt zestien vandaag en ik wil haar een mooi cadeau geven. Zeker nu haar verjaardag samenvalt met *Chanoeka.*'

'Gefeliciteerd, Francesa,' zei Josjoea terwijl hij met de grootste voorzichtigheid de ring uit de toonbank haalde. Hij begeleidde de dames naar een notenhouten tafeltje in de winkel, schonk hen een kopje koffie, en draaide toen de ronde spiegel zo dat hij precies de hand van Francesa reflecteerde. Zilverwerk verkopen was sfeer creeren, wist Josjoea. Het was de klant met de grootst mogelijke omzichtigheid een gevoel van belangrijkheid en luxe geven. Hij had dit spel in zijn vingers.

Hij trok witte handschoenen aan en schoof toen heel langzaam de schitterende ring rond Francesa's vinger.

'Wat een perfecte keuze,' zei hij ontroerd. 'Het lijkt of deze ring gewacht heeft om aan jouw hand zijn volle schittering te tonen.'

'Hij staat je heel mooi,' zei Sarah. Ze hoopte door het geven van een overdadig verjaardagsgeschenk iets van de vriendschap terug te winnen die ze ooit met haar dochter had. Waar was de tijd, dacht ze, dat haar hoofdje nog kleiner was dan de borst waarvan ze dronk. Dat ze onbedaarlijk lachte als ze haar buikje kietelde en er in haar ogen een grenzeloos vertrouwen was te lezen. Inmiddels was ze een zestienjarige, getrouwde vrouw. Het vertrouwen van haar meisje leek voorgoed geschonden door haar gedwongen huwelijk.

'Ik vind hem niet mooi,' zei Francesa. 'Kom mama, we gaan.'

Josjoea schrok. Het had hem geleken of hij het koordje al om de hals van het vogeltje had gelegd en alleen nog maar de strik moest dichttrekken. Zijn hersenen draaiden op volle toeren. De ring die

Francesa gekozen had, was de duurste uit zijn hele winkel. Deze ring verkopen zou zijn hele jaar goedmaken. Maar Francesa had Sarah al meegetrokken tot aan de deur.

'Wacht,' riep Josjoea. 'Je hebt ook helemaal gelijk, Francesa. Mijn echt exclusieve ringen die staan niet in mijn winkel. Dat is te gevaarlijk. Ga zitten, dan ga ik ze even halen.'

Voor het eerst glimlachte Francesa. Ze had op voorhand geweten dat dit zou gebeuren. Toen haar moeder haar verrast had en ze alles mocht kiezen als verjaardagsgeschenk, had ze zonder aarzelen 'een ring' gezegd. Dit was haar kans om de broer van Chaim te laten doen wat zij wenste. Een plannetje waar ze al een paar dagen op broedde. Ze ging samen met haar moeder weer zitten op de met gouddraad beklede stoelen bij het tafeltje.

Josjoea haalde nog eenmaal diep adem en kwam toen met zijn verleidelijkste lach weer de winkel binnen. Op een zilveren schaal had hij drie kunstzinnige ringen geplaatst die met elkaar wedijverden in tijdloze eenvoud. De ringen schreven in zilver drie Hebreeuwse letters die het hart troffen wanneer je ze las.

'Dit is de Godin van de bescherming. Alef. Lamed. Dalet. Dit is de Godin van de onvoorwaardelijke liefde. Hej. Hej. Ajin. En dit is de Godin van de genezing. Mem. Hej. Sjin.' Josjoea stelde de ringen plechtig voor. 'Het spijt me dat ik ze je niet meteen heb getoond maar ik wilde je moeder sparen. En eigenlijk was ik niet van plan ze te verkopen.'

Sarah gaf een bemoedigende knipoog aan Josjoea nu ze zag hoe verrukt haar dochter naar de ringen keek. Het maakte haar niets uit hoeveel het geschenk zou kosten. Een lach op het gezicht van haar dochter was haar alles waard.

Aandachtig luisterde Francesa naar de drie verhalen die Josjoea bij de ringen vertelde. De drie ringen stelden drie *geheime namen van God* voor die Yitschak tijdens zijn lessen had onthuld. Drie van de tweeënzeventig geheime namen. Zoals Zimra had gevraagd, was Josjoea bijzonder alert tijdens de lessen zodat hij alle namen kon verzamelen. De ringen had hij eigenlijk voor zichzelf gemaakt. Omdat hij zo geraakt werd door de schijnbaar willekeurige combinatie van letters die kracht uitstraalden.

'Alleen al als je met je vinger over de letters glijdt,' legde Josjoea vurig uit, 'voel je de energie van liefde, bescherming of genezing.'

Pas toen Josjoea echt niet meer wist wat nog meer te vertellen over de ringen, maakte Francesa haar keuze. Koket wees ze naar de Godin van de bescherming. Josjoea's hart sloeg over. Weer had dit meisje de duurste ring uitgekozen. Een ring waarin hij op geraffineerde wijze vijf metaalsoorten met elkaar verbonden had: goud, zilver, koper, tin en lood. Volgens de voorschriften uit een oud kabbalistisch boek had hij de ring bij het volle maanlicht gemaakt in een nacht na sjabbat en ervoor gezorgd dat het werk klaar was voor het kraaien van de haan. Zijn handen trilden toen hij dit meesterwerk om haar vinger deed. De drie letters Alef, Lamed en Dalet schitterden aan haar vinger als briljante diamanten.

'Deze ring beschermt je tegen het boze oog dat kwaadwillende mensen op je richten. En bovendien doet het je eigen kwade gedachten en blik naar anderen verdwijnen,' zei Josjoea.

'Wat mooi,' zuchtte Sarah.

'Te mooi,' zei Francesa, en ze schoof de Godin van de bescherming kordaat van haar vinger. 'Ik vond de eerste ring met die robijn ook beeldschoon, mama. Ik wilde je pesten. Het spijt me. Ik zou heel blij zijn als ik die kreeg.'

Terwijl zijn adamsappel snel op en neer ging, verwerkte Josjoea deze tweede verrassende wending. Weer leek het of de prooi hem op het laatste moment ontglipte. Bliksemsnel wikte en woog Josjoea of hij wat moest zeggen of zou zwijgen.

'Maar Francesa, deze ring overtreft toch op alle punten de rode robijn? Ze zijn niet te vergelijken. Ik wil dat je deze neemt. Hoeveel kost de Godin van de bescherming, Josjoea,' vroeg Sarah.

Hij schraapte even zijn keel, wat hem respijt gaf om in een fractie van een seconde zijn vraagprijs op te voeren.

'Zeshonderd zilverstukken, Sarah,' zei Josjoea, die deze zelfde ring tien minuten geleden nog voor vijfhonderd verkocht zou hebben.

Sarah schrok. Dit was wel heel veel geld. Zelfs voor haar.

'Maar,' zei Josjoea met perfecte timing, 'omdat ik zo dankbaar ben de lessen van uw man te kunnen volgen, wil ik hem u aanbieden voor vijfhonderdvijftig zilverstukken.'

'En hoeveel kost de rode robijn,' vroeg Francesa.

'Tweehonderdvijftig,' antwoordde Josjoea te snel, waardoor hij de prijs niet verhoogd had, overvallen als hij was door deze vraag.

'We nemen de Godin,' zei Sarah gedecideerd.

'En nu moet je ophouden, mama,' haalde Francesa onverwacht fel uit. 'Blijf je de rest van mijn leven alle keuzes voor mij maken? Is het niet genoeg dat ik niet zelf mijn man heb mogen kiezen?'

Sarah werd rood. Francesa had gelijk. Het was haar cadeau, zij mocht kiezen. Sarah wilde alleen maar de duurste ring kopen om van haar schuldgevoel bevrijd te worden. Al wist ze heel goed dat dit met geen enkele ring af te kopen was. Een veel grotere gift zou het zijn om Francesa haar keuze geheel en al zelf te laten maken.

'Het spijt me, Francesa,' zei Sarah, 'Weet je wat? Voor beide ringen heb ik onvoldoende geld bij me. Blijf jij hier om de twee ringen nog eens te passen. Ik ga thuis extra geld ophalen.'

Francesa omhelsde haar moeder. 'Dankjewel, mama.'

Nu Sarah de winkel had verlaten, moest Josjoea al zijn charme inzetten om het jonge meisje te overtuigen van de duurste keuze. Maar nog voor hij zijn offensief kon inzetten, nam Francesa het initiatief.

'Spannende ochtend voor jou, Josjoea,' zei Francesa.

'Ik wil alleen maar een tevreden klant zien. Ik wil dat de ring die je kiest je gelukkig maakt, Francesa.'

'Denk je dan dat een ring iemand gelukkig kan maken?' vroeg ze brutaal.

Josjoea was sprakeloos. Dit meisje was zijn moeilijkste prooi ooit. Hij had het gevoel dat ze een spelletje met hem speelde. Elke strategie leek op dit meisje af te ketsen.

'Stel dat iemand dreigt het dak boven zijn hoofd te verliezen. Iemand die al dagen kou lijdt en zijn eten bij elkaar moet stelen... zou die gelukkig worden als hij deze ring kreeg?' vroeg Francesa.

Dit meisje was iets van plan, wist Josjoea nu zeker.

'Nou, de ring zou hem in elk geval beschermen. Hij zou hem zelfs kunnen verkopen,' antwoordde hij op zijn hoede. 'Daarmee zou hij zijn problemen kunnen oplossen.'

'Verkopen,' zei Francesa bewonderend terwijl ze langs het prachtige zilverwerk liep dat overal uitgestald stond. 'Dat is een goed idee, Josjoea. Maar wie zou hem willen kopen van een bedelaar? Zou niet iedereen denken dat hij die ring alleen zou kunnen bezitten door diefstal? Wie zou daar zijn vingers aan willen branden?'

'Het zou een erfstuk kunnen zijn,' zei Josjoea.

'Briljant,' riep Francesa en ze draaide zich om naar de transpirerende Josjoea. 'Daarmee zou de koper zijn schuldgevoel kwijt zijn en zijn angst om mogelijk betrokken te raken in een illegale transactie. Stel dat die bedelaar met dat verhaal zich bij jou meldt, Josjoea. Hoeveel zou je hem bieden?'

Josjoea kreeg een vermoeden waar Francesa naartoe wilde. Dit meisje had de scherpte van haar vader, al zette ze die voor andere doeleinden in. Hij was overbluft en besloot eerlijk te zijn.

'Vijftig,' zei hij, 'omdat ik toch zou twijfelen aan dat verhaal over een erfstuk.'

Stralend keek ze hem aan.

'Met die vijftig zilverstukken zou jij een prachtig stuk verwerven dat je voor het tienvoudige kunt verkopen. Maar je zou ook een goede daad hebben verricht. De bedelaar zou zich plotsklaps een rijk man voelen met vijftig zilverstukken.'

De lach op Josjoea's gezicht was verstrakt tot een zure grimas.

'Bedoel je misschien Chaim als je het over die arme bedelaar hebt?' vroeg hij.

'Wat scherpzinnig. Exact. Jouw broer, Chaim. Kun jij je voorstellen wat vijftig zilverstukken voor hem zouden betekenen?'

Josjoea was zich heel goed bewust van de armzalige toestand van zijn broer. Geen seconde had hij overwogen om hem te helpen. Verteerd van jaloezie was hij, omdat Chaim weer een uitverkoren plaats had weten te krijgen bij Yitschak. Dat hij ondertussen afgleed als een bedelaar, bezorgde hem genoegen. Een bewijs dat het leven toch enigszins eerlijk was. Maar nu wilde Francesa dat hij Chaim zou helpen. Een opdracht die bijna niet was te volbrengen. Op dat moment kwam Sarah weer de winkel binnen.

'En heb je een keuze gemaakt, Francesa?' vroeg ze hoopvol.

'Bijna,' zei Francesa terwijl ze vragend naar Josjoea keek.

De zakenman in Josjoea won. Er waren maar weinig gelegenheden dat hij zo'n duur stuk kon verkopen. Het ging hem niet zozeer om die vijftig zilverstukken die hij zou inleveren, wel dat hij ze aan zijn broer moest schenken. Maar misschien bedacht hij nog wel iets.

Hij knikte bevestigend naar Francesa. Hij ging akkoord.
'Ik wil de Godin van de bescherming, mama,' zei Francesa.
'Daar ben ik zo blij om,' zei Sarah en kuste haar.
'Ik ook, mama,' zei Francesa, 'ik ook.'

35 ירת Joed Rejsj Tav: **de God die in stilte bij u is**

Fluitend had Josjoea zich een weg gebaand door het dikke pak sneeuw waaronder Tsfat was bedolven. Zo heet als het in de zomer kon zijn, zo bar koud waren de winters in het bergdorpje. Josjoea had besloten meteen zijn stille belofte aan Francesa in te lossen. Eerder zou hij toch niet kunnen genieten van de enorme som geld die hij vandaag had verdiend. Met de vijfhonderd zilverstukken zou hij zijn verborgen passie maandenlang ongebreideld kunnen uitoefenen.

Zijn broer zou raar opkijken wanneer hij voor de deur stond. Hij bekeek hoofdschuddend het vervallen huis waar Chaim een kamer huurde. Hoe had zijn vader ooit meer vertrouwen kunnen stellen in de toekomst van zijn jongere broertje dan in de zijne. Moest je toch eens kijken. Dit was een schande voor de familie. Wat had hij nu graag zijn vader opgezocht en hem verteld over de enorme transactie deze ochtend. Misschien zou zijn vader voor de eerste keer in Josjoea's volwassen leven hebben gezegd dat hij trots op hem was. Maar zijn vader was er niet meer. Precies zeven jaar geleden was hij omgekomen tijdens dat tragische ongeluk. Zelfs de laatste uren van zijn leven had hun vader aan Chaim besteed. Josjoea had altijd het gevoel gehad dat Chaim iets met het ongeluk te maken had. Een vermoeden dat hij nooit had durven uitspreken.

Hij wreef zijn natte neus droog aan zijn mouw en belde aan. Omdat hij niet meteen gestommel op de trap hoorde, trok hij ongeduldig en langdurig aan de bel.

'Josjoea,' zei Anna blij verrast toen ze de deur opende, 'heb je nieuws over Chaim? Hoe gaat het met hem?'

'Dat zul jij beter weten dan ik,' zei Josjoea, beledigd dat ze niet eerst naar zijn welzijn informeerde. 'Ligt hij te slapen midden op de dag dat hij de deur zelf niet openmaakt?'

'Hij is hier niet. Ik dacht...' Op hetzelfde moment besefte ze reeds de radeloosheid van haar kortstondige hoop. 'Ik dacht dat hij bij jou was.'

'Bij mij? Kom nou, Anna, het is zeker voor jou geen geheim dat we niet de deur bij elkaar platlopen,' lachte Josjoea zijn gouden tanden bloot.

'Wat vreselijk. Waar is hij dan?' vroeg Anna ongerust.

'Ben ik mijn broeders hoeder,' citeerde Josjoea Kaïn. 'Ik kwam naar hier om het jou te vragen. Wanneer heb je hem voor het laatst gezien?'

De bezorgdheid op Anna's gezicht maakte dat ook Josjoea een naar voorgevoel kreeg. Misschien was het wel geen toeval dat hij net vandaag, op de sterfdag van hun vader, door een samenloop van omstandigheden voor het eerst in jaren zijn jongere broertje opzocht. Anna keek even om zich heen of er geen nieuwsgierige toehoorders op straat rondliepen. Ze trok Josjoea aan zijn mouw naar binnen in de gang en sloot de deur.

'We hebben gisteren ruzie gehad,' biechtte Anna bedremmeld op. 'Hij betaalde zijn huur niet meer. Hij had niets te eten en daarom kookte ik elke dag voor hem.'

'De profiteur,' viel Josjoea haar bij.

'Dat vond ik ook. Daarom zei ik dat hij maar moest verhuizen,' ging Anna verder. 'Waar ik eigenlijk meteen al spijt van had. Een paar uur later bood hij zijn excuses aan. Hij zei dat hij zich schaamde dat hij de huur niet kon voldoen.'

'Laat hij dan ook werken,' zei Josjoea verontwaardigd. 'Dat moeten we toch allemaal.'

'Hij werkte wel. Dag en nacht zelfs. Hij was net aan een boek begonnen.'

Geïrriteerd gooide Josjoea zijn handen in de lucht.

'Een boek,' snauwde hij. 'Dat is geen werk. Niemand kan leven van het schrijven van boeken. Laat hij dat in zijn vrije tijd doen en er niemand mee lastigvallen.'

Anna zweeg. Ze had geen zin hierover met Josjoea in discussie te gaan om Chaim te verdedigen. Ze was dodelijk ongerust. Ze had de hele dag al intens berouw over de verwijten die ze Chaim had gemaakt. Maar ze troostte zichzelf met de onzinnige gedachte dat hij misschien een slaapplaats zou vinden bij Josjoea. Bij wie zou hij anders terecht kunnen? Yitschak had hem al eens hulp geweigerd. En net nu in de week voor Chanoeka, het feest van de lichten. Nu iedereen vreedzaam thuis elke avond een nieuwe kaars ontstak van de Chanoekija, de negenarmige kandelaar. Nu iedereen vol was van verwachting van mirakelen die zich in hun leven zouden voltrekken.

'Hij had al zijn spullen ingepakt en zei dat hij niet langer van mij wilde profiteren. Op een dag zou hij zijn achterstallige huur komen betalen, bezwoer hij me.'

'Je bent veel te goed voor hem geweest, Anna,' zei Josjoea ernstig.

'Toen is hij vertrokken midden in de nacht. Ik was nog te boos en koppig om te vragen waar hij naartoe ging,' zei Anna nu bijna in tranen.

'Bij mij had hij natuurlijk onderdak gekregen,' zei Josjoea grootmoedig. 'Maar ja, hij is zo eigenwijs.'

Omstandig greep hij in de zakken van zijn jas.

'Zeg me hoeveel je schade is, Anna, ik zal het je vergoeden. Ik wil de schande van mijn familie ongedaan maken.'

'O nee, Josjoea,' zei Anna beledigd en duwde zijn hand met geldstukken weg. 'Dat wil ik niet. Het gaat mij helemaal niet om het geld.'

Met een monsterende blik naar de vervallen trappenhal zei Josjoea arrogant: 'Nou, zo te zien zit je er toch ook niet al te warmpjes bij. Neem het nu maar van mij aan.'

Anna begreep nu maar al te duidelijk waarom Chaim zo'n hekel had aan zijn broer. Het was ook dwaasheid van haar geweest om te denken dat hij bij hem hulp zou zoeken. Haar ogen spuwden vuur toen ze zei: 'Hou je geld bij je. Ik heb alle vertrouwen dat Chaim zijn woord zal houden. Het enige wat nu telt, is waar hij rondhangt. Straks vriest hij nog dood.'

Met opgetrokken wenkbrauwen liet Josjoea het geld weer in zijn zak vallen.

'Dood is hij in elk geval niet. Hij was vanochtend in de synagoge bij de les van Yitschak.'

Zie je wel dat wonderen bestaan, dacht Anna opgelucht.

Josjoea had nauwelijks opgelet tijdens de ochtendles de volgende dag. Hij had alleen maar oog gehad voor zijn jongere broertje Chaim. Hoewel die zienderogen vermagerd was en slordig gekleed, leek hij niet aan de afgrond te staan. Integendeel, er lag een begerige gloed in zijn ogen waarmee hij alles wat Yitschak over Chanoeka doceerde, leek op te slokken.

'Het is het jaar 165 voor hun jaartelling. De Grieken hebben Jeruzalem bezet en hebben de Tempel van Salomo ontheiligd. Ze hebben er Griekse altaren gebouwd en ons gedwongen om er varkens te offeren aan Zeus. De moed van één man is voldoende om de geschiedenis te herschrijven. Judas Makkabeus. Drie jaar lang vecht hij met zijn trouwe soldaten tegen de Grieken. Tot de Grieken op de vlucht slaan. In de Tempel doen ze echter een schokkende ontdekking. De zevenarmige kandelaar die altijd in de Tempel brandde, is gedoofd. Ze zoeken de hele Tempel af naar de speciale olie om de kandelaar weer te ontsteken. Maar ze vinden slechts een onbeduidend kruikje met net genoeg olie voor één dag. Het maken van nieuwe olie duurt acht dagen, weten ze. Toch steken ze de kandelaar aan en vertrouwen op God. En dan gebeurt er een mirakel. Het kleine beetje olie blijft acht dagen lang branden, net lang genoeg om een nieuwe voorraad te maken. Daarom ontsteken wij op dit inwijdingsfeest elke dag een kaars meer op de kandelaar. Van rechts naar links. Omdat rechts de kant van God is en wij daarom ook van rechts naar links schrijven. Zo herdenken we het mirakel dat zich voltrok en zich ieder jaar weer opnieuw in ons eigen leven kan voltrekken. Als ons vertrouwen grenzeloos is en absolute zekerheid zich in ons vestigt.'

Zonder naar zijn papier te kijken, kraste Chaims ganzenveer onophoudelijk elk woord dat gesproken werd door zijn meester. Wat is het toch een vreemde jongen, dacht Josjoea. Hij lijkt wel in een andere wereld te leven. Hij vroeg zich af of hij ook zo'n hekel aan hem zou hebben als hij niet zijn halfbroer was. Was het de bloedband die alle haat zo intensiveerde; zou hij hem anders koud hebben gelaten? Pas op het einde van de les kon Josjoea zijn van afschuw vervulde blik van Chaim afwenden, en luisterde hij ontsteld naar de woorden van Yitschak.

'Deze Chanoeka staat er misschien een nog grootser mirakel te gebeuren,' zei Yitschak zachtjes. 'Een kans die slechts eenmaal in de paar honderd jaren voorkomt. Een kans die ons te beurt valt als we ons met dezelfde overtuiging als Judas Makkabeus op onze taak storten.'

'Wat dan,' stamelde Schlomo. 'Wat moeten we doen?'

'De vernietigde Tempel van Salomo herbouwen,' antwoordde Yitschak.

De mannen waren geschokt. Het herbouwen van de derde tempel was voorbehouden aan een uitverkoren generatie. Het zou gebeuren wanneer de Messias de mensheid waardig vond om te verschijnen. Met hem zou de Ark des Verbonds weer op aarde komen en een plek krijgen in het Heilige der Heiligen. Het joodse volk zou zegevieren en voor de hele wereld optreden als ambassadeur van God. Ze konden zich niet voorstellen dat zij die uitverkoren generatie waren.

'We hebben nog enkele dagen om Jeruzalem tijdig te bereiken op Chanoeka. Onderweg zal ik jullie alle tweeënzeventig geheime namen van God leren die op de juiste wijze gecombineerd die ene onuitspreekbare naam zijn. De naam die de hogepriester van de Tempel eenmaal per jaar met ontzag uitsprak om de verblindende verschijning van de Shechina te weerstaan. Want zij verbleef toen nog tussen de twee kerubs op de Ark in de donkere kamer van de Tempel. Het Heilige der Heiligen. Met die naam zullen wij als groep krachtig genoeg zijn om bij de Ark des Verbonds vergeving te vragen en de komst van de Messias voor te bereiden.'

'Beweer je dat de Ark zich nog steeds in Jeruzalem bevindt,' vroeg Josjoea gretig.

Yitschak glimlachte mysterieus maar negeerde zijn vraag.

'Als je op de juiste plaats bent, met de juiste intentie en de juiste mensen, dan kun je enorme zaken tot stand brengen. Alsof je rechtstreeks van hier op aarde een stap zet door de poorten van het universum die tot nu toe gesloten leken. Het is alsof je ziel zich losmaakt van je lichaam en zich gedurende een eeuwigheid baadt in het oneindige licht. Je kunt je voorstellen wat een enorme ontwikkeling je dan doormaakt. Een ontwikkeling die alle menselijke zielen naar een hoger plan tilt. Wij kunnen een grootse ommekeer tot stand brengen. Door onze gemeenschappelijke verheffing zullen we de aanzet geven tot het herbouwen van de derde en laatste tempel van Jeruzalem. Denk na of je klaar bent voor deze gigantische sprong. Als je volmondig "ja" zegt, dan spreken we morgen af bij de johannesbroodboom, waar we elke sjabbat de ondergaande zon verwelkomen.'

Er hing een kille stilte terwijl de studenten de synagoge verlieten. Tot nu toe was het bestuderen van de kabbala een serieuze, toegewijde zaak geweest maar nog nooit eerder voelde het zo concreet. Ontwikkeling leek een langzaam rijpingsproces, zoals wijn die jaren moest liggen om op smaak te komen. Je kon niet zeggen op welke dag precies de wijn op zijn best was. Dat gebeurde onmerkbaar in de donkerte en stilte van de kelder. Zo ervoeren de leerlingen ook hun groei naar wijsheid. Dat ze met het klimmen der jaren onmerkbaar beter werden, zonder dat ze zouden kunnen zeggen op welke dag ze welk stadium hadden bereikt. De meesten verwachtten ook niet om in dit leven de vervolmaking van dit proces mee te maken. Hoe enorm de sprongen waren sinds ze de lessen van Yitschak volgden, even vaak hadden ze het gevoel terug bij af te zijn en alles opnieuw te moeten leren. Zoals iemand na een ernstig ongeluk opnieuw moest leren lopen.

Nu Yitschak hen voor deze unieke gebeurtenis uitnodigde, werden ze bang. Wilden ze wel zo'n blinde sprong in het diepe maken? Waar zouden ze eindigen? Zouden ze zichzelf nog herkennen? Zou al waar ze hier op aarde aan gehecht waren, hun familie, hun vrienden, hun beroep, nog waarde hebben als ze zo gezuiverd zouden worden? Zouden ze nog wel mens tussen de mensen zijn? Of zouden ze zoals Yitschak worden? Een man die met niemand was te vergelijken. Een ziel, zo verheven boven alle hem omringende zielen, dat hij naar hun gevoel ontzettend eenzaam moest zijn. Hij had hier op aarde niets meer te leren. Niets meer te verwezenlijken. Hij was hier uitsluitend om nog te geven. Was dat wat zij ook wilden? Ze verlangden wel naar een verandering in hun leven maar het vooruitzicht dat ze dan zelf moesten veranderen, beangstigde hen. Al wisten ze dat het doel van het leven verandering was.

Josjoea's bezwaren waren meer van praktische aard. Gisteren had hij zijn winkel al een tijdlang gesloten om tevergeefs Chaim thuis op te zoeken. Als hij de volgende dag met Yitschak naar Jeruzalem zou vertrekken, dan zou zijn zaak bijna een week dicht zijn. Net tijdens Chanoeka. Nu het eerste mirakel hem al overkomen was. Geluk kwam nooit alleen, wist Josjoea, net als ongeluk. Hoeveel klanten zou hij niet mislopen. Zelfs al had Yitschak het gehad over een groots mirakel dat zich slechts eens in de honderden jaren aftekende aan het hemelgewelf, als een scheur naar een andere dimensie, dan nog hield Josjoea te veel van de mirakelen die zich aan deze kant van de hemelboog voltrokken.

Josjoea verschool zich achter een kromme olijfboom die voor de ingang van de synagoge stond. Het was donker en ijskoud. Maar hij was vastbesloten uit te vinden waar Chaim woonde nu zijn hospita hem eruit had gezet. Pas na een lange tijd verlieten Yitschak en Chaim pratend de synagoge. Josjoea wachtte tot ze uit het straatje verdwenen waren om vervolgens de achtervolging in te zetten. De krakende sneeuw zou hem verraden als hij hun te dicht op de hielen zat.

Yitschak en Chaim praatten honderduit terwijl ze door de stadspoort de stad verlieten en over de bergpaadjes naar de vallei liepen. Af en toe hielden ze even halt en wees Yitschak iets aan.

'Hier ligt de schoonvader van Sjimon Bar Jochaj begraven,' onthulde hij. 'Hij was zo bescheiden dat hij een grafsteen weigerde.'

Yitschak en Chaim cirkelden zeven maal rond de rotsblokken terwijl ze in een psalm Gods machtige bescherming aanriepen: 'Hij is het die u bewaart voor de strik van de vogelvanger, bewaart voor de gruwelijke pest. Met zijn wieken zal hij u dekken, gij vindt onder zijn vleugelen toevlucht.'

Josjoea's twijfel sloeg toe. Hoe lang wilde hij deze achtervolging nog voortzetten? De koude was in zijn botten gekropen en zijn tenen vroren weg in zijn gelooide geitenleren schoenen. Door het opkomende daglicht werd de kans dat ze hem zouden ontdekken, alleen maar groter. Misschien moest hij maar snel terug naar zijn zilverwinkel en het morgen gewoon vragen. Toch won de drang dit mysterie op te lossen het van de ijzige koude die door zijn lichaam sneed.

Yitschak en Chaim waren inmiddels de vallei overgestoken en begonnen aan de beklimming van de Meron. Het irriteerde Josjoea dat die twee geen moment hun mond hielden. Het leek of Yitschak de heuvel las als een open boek waarvan hij alleen de woorden wist.

Al was dat misschien tegelijkertijd Josjoea's redding en hoorden ze daardoor niet het geklapper van zijn tanden en het af en toe warm stampen van zijn voeten. Pas toen de zon op zijn hoogste punt stond in deze kortste dagen van het jaar namen de twee vriendschappelijk afscheid van elkaar.

'Ik wandel nog even wat verder,' hoorde Josjoea Chaim zeggen.

Yitschak omhelsde Chaim en sloeg bemoedigend op zijn rug. Chaim bleef achter en Yitschak wandelde het pad terug naar beneden. Snel verschanste Josjoea zich achter de stam van een naaldboom.

Toen Yitschak passeerde zei die bijna afwezig: 'Dag Josjoea, ook aan het wandelen? Wat is het koud, hè.' En vervolgde zijn weg.

Josjoea schaamde zich. Waar hield hij zich ook mee bezig? Niet meer trachtend heimelijk te doen rende hij het pad op. Chaim was uit beeld verdwenen. Waar kon hij zich in 's hemelsnaam ophouden? Naarstig doorzocht Josjoea de dichtbegroeide plekken rond het pad. Tot hij de geur van smeulend vuur opsnoof. Hij volgde zijn neus langs een zijpaadje dat verscholen lag achter rotsblokken en daar in de verte zag hij de schim van Chaim.

Chaim die vuur maakte voor de ingang van een grot.

37 חעמ Chet Ajin Mem: **de God die geeft om te delen**

Als een verdwaalde woestijnreiziger die na dagen een oase ontdekt, strompelde Josjoea naar het flakkerende kampvuur dat Chaim had gemaakt. Hij ging zo dicht mogelijk gehurkt bij het vuur zitten maar de hitte ketste af op het ijs dat zich op zijn gelaat en in zijn baard had vastgekoekt. Ook Chaim zat te klappertanden bij het vuur. Pas heel langzaam ontdooiden de twee sneeuwmannen tot de hitte in hun gelaat ondraaglijk werd in contrast met hun ijzige ruggen. Als een lam dat gelijkmatig geroosterd wordt boven het haardvuur draaiden ze langzaam om hun as. Toen pas ontdooiden ook hun hersenen.

'Ik was toch in de buurt, dus ik dacht, ik wip even langs,' zei Josjoea.

Chaim lachte. Hij had niemand, zelfs Yitschak niet, verteld dat hij hier in de grot bivakkeerde. Josjoea was wel de laatste van wie hij verwacht had dat die zijn schuilplaats zou ontdekken.

'Welkom in de grot van Sjimon Bar Jochaj,' zei Chaim.

'Is dit de grot?'

'Ja, hier heeft hij de Zohar geschreven.'

Onbegrijpend schudde Josjoea met zijn hoofd.

'Ik weet van Anna dat je platzak bent. Hoe ben je aan eten gekomen?'

'Ik heb een johannesbroodboom geplant voor de grot,' zei Chaim verlegen.

'Een johannesbroodboom,' reageerde Josjoea ongelovig. 'Maar Chaim, weet je hoe lang het duurt voordat zo'n boom vrucht draagt?'

'Jazeker, zeventig jaar,' mompelde Chaim haast onverstaanbaar.

'En je hebt er niet bij stilgestaan of dat jouw honger op de korte termijn wel zou stillen!' riep Josjoea uit.

'Als vader en grootvader nooit de moed hadden gehad een johannesbroodboom te planten, dan hadden wij ons ook nooit kunnen voeden met zijn vruchten. Ook al zou ik er zelf nooit van geprofiteerd hebben, ik zag het als mijn plicht een boom te planten voor mijn nakomelingen.'

'Je moet enorme honger hebben,' zei Josjoea. 'Ik wil je niet beledigen, Chaim, maar er komt een muffe, doodse geur uit je mond. Je moet echt wat eten. Je lichaam brandt helemaal op bij deze koude.'

'Na een paar dagen gaat het ergste hongergevoel over,' antwoordde Chaim schouderophalend. Maar het holle gerommel uit zijn buik, als het gegrom van een beer die in zijn winterslaap wordt gestoord, vertelde een ander verhaal.

'Ik kan je alleen maar een kop ijswater met notensmaak aanbieden,' zei Chaim die twee bekers vulde met bij elkaar gezochte noten en sneeuw en ze bij het vuur zette om te ontdooien.

'Ik kan me niets lekkerders voorstellen,' zei Josjoea. Hij knoopte zijn jas open en haalde uit de binnenzak een gevulde beurs met klinkende geldstukken. Hij wierp de beurs naar Chaim.

'Hier, voor jou, van je grote broer.'

Onverschillig keek Chaim naar de beurs die voor zijn voeten lag.

'Dat wil ik niet aannemen,' zei hij en hij wierp de beurs terug.

'Doe nu niet eigenwijs, broertje. Vader zou gewild hebben dat ik je hielp.'

'Hier is het gebeurd,' zei Chaim.

Hij keek strak voor zich uit. Precies op deze plaats had zich zeven jaar geleden het gevecht afgespeeld. Hij hoorde de kreet van zijn vader terwijl die neerstortte.

'Het ongeluk?'

'Ja,' zei hij emotieloos. 'Daar is hij gestruikeld en uitgegleden.'

Josjoea ging schuifelend aan de rand van de klip kijken. Het duizelde hem voor zijn ogen.

'Mijn God,' zei hij, 'zo'n smak overleeft niemand. En waar was jij?'

'Ik liep een eindje achter hem. Ik moest uitkijken om zelf niet uit te glijden. Je ziet toch zelf hoe glad het hier is. Het was een ongeluk, een tragisch ongeluk,' probeerde Chaim zich zo rustig mogelijk te verantwoorden. 'Kom terug voor je zelf ook valt.'

Josjoea geloofde hem niet. Bij dergelijk weer zouden ze dicht bij de rotswand gebleven zijn en nooit langs de rand van de ravijn hebben gelopen.

'Het is door jou dat we hier in Tsfat wonen,' zei Josjoea. 'Ik had een onbezorgde jeugd in Italië. Tot de rabbijn tegen vader zei dat hij gezegend zou worden met een bijzondere zoon als hij naar Tsfat verhuisde. Op slag was mijn zorgeloze leventje voorbij. Vader vond mij niet bijzonder genoeg blijkbaar. Om jou te verwekken, kwam hij naar hier. Weet je wel hoeveel verdriet je vader hebt gedaan met je alchemistische obsessie?'

'Kom je daarom hier?' viel Chaim uit. 'Om me de les te lezen? Ik bestudeer nu toch de kabbala? Zoals hij gewild zou hebben. Ik ben hier om het ultieme kabbalistische boek te schrijven.'

'Nu heb je helemaal de kolder in je kop gekregen,' riep Josjoea ongelovig. 'Denk je dat je hier een beter boek schrijft?'

Chaim keek verlegen in het vuur. Hij besefte dat het hopeloos romantisch moest klinken maar dat was inderdaad zijn overweging geweest toen hij zijn kamer had verlaten. Hij had zich geïdentificeerd met de voor zijn leven schuilende Bar Jochaj en besloten dat de enige plek waar hij veilig was de grot moest zijn waar Bar Jochaj het dertien jaar lang was.

'Om eerlijk te zijn, is er van schrijven niet veel gekomen tot nu toe. Niet alleen mijn vingers maar ook mijn inkt is bevroren.'

Beide broers lachten om de onbeholpen situatie van Chaim.

'Hoe gaat het met jou?' vroeg Chaim om de aandacht van zijn stuntelige missie af te leiden.

Even werd Josjoea getroffen door de zachtheid in Chaims ogen. Dezelfde zachtheid die hun vader in zijn blik had. Josjoea aarzelde of hij Chaim in vertrouwen zou nemen. Hoe druk zijn sociale leven ook was in de betere kringen van Tsfat, echte vrienden had hij niet. Elke welgestelde was een potentiële klant waardoor hij zich nooit echt aan iemand bloot kon geven. Hij was net als Chaim niet getrouwd en had daar ook geen enkel verlangen naar. Hij kende de inhaligheid van vrouwen die hun man in zijn winkel tot de duurste inkopen verleidden. Hij was een bondgenoot bij het leegschudden van de portemonnee van hun echtelieden. Hij speelde hun spel en kende hun taal. Maar doordat hij zich zo in de natuur van hun begeertes had verdiept, dat het tijdens de duur van een verkoopgesprek zijn begeertes leken, hadden vrouwen hun mysterie verloren. Geen enkele vrouw zou haar geraffineerde verleidingstrucs ooit succesvol op hem kunnen toepassen. Dat was de prijs voor zijn succes. Zijn geld was zijn minnares geworden. Het geld waarmee hij zijn dure passie kon uitleven. Maar nu hij zo trots was op de verkoop van zijn allerduurste kunstwerk ooit, won toch de behoefte het met iemand te delen.

'Ik heb fantastische zaken gedaan,' begon hij. 'Ik had de afgelopen weken drie ringen gemaakt die al mijn andere werk overtroffen. Ze schitterden van eenvoud. Ik had niet gedacht ze ooit te kunnen verkopen. Niemand zou in staat zijn om ze te betalen. Daardoor waren ze eigenlijk waardeloos. Maar eergisteren werd ik geholpen door de mirakelkracht van Chanoeka. Ik verkocht de mooiste ring voor een prijs die zelfs mijn verbeelding overtrof...'

Chaim klapte in zijn handen. Hij stond op en omhelsde zijn broer.

'Wat geweldig voor je, Josjoea. Ik ben zo trots op je,' zei hij.

Josjoea werd week in de knieën. Wat had hij lang verlangd om deze woorden te horen. Even leek het of hij de stem van zijn vader had gehoord. En toen er een donkere vlinder uit de grot naar buiten dwarrelde, even om de twee mannen cirkelde en toen in het niets leek te verdwijnen, wist hij het zeker. Een tweede chanoekamirakel had plaatsgevonden. Sommige dingen gebeuren eenmalig, wist Josjoea. Maar als iets twee keer gebeurt, dan zal het zeker ook een derde keer gebeuren. Het verschijnen van een vlinder was altijd de voorbode van een grote verandering. Zoals niemand bij het zien van een rups zich de vlinder kon voorstellen, zo ongemerkt voltrok zich het proces van transformatie in een mens. Het moeizaam afwerpen van je cocon om dan je vleugels uit te slaan. Josjoea kon niet wachten tot er zich een derde chanoekamirakel zou voltrekken. Hij nam de beurs uit de sneeuw.

'Ik zal je dit niet schenken, maar lenen.'

Nieuwsgierig keek Chaim hem aan. Een geldlening zou hem verlossen van al zijn ontberingen. Hij zou terug naar Anna kunnen gaan, zijn schulden kunnen inlossen en weer kunnen schrijven aan zijn boek. Maar was dat niet kiezen voor de weg van de minste weerstand? Zou zijn boek niet meer diepte krijgen als hij het schreef terwijl hij leed?

Josjoea werd ongeduldig van de piekerende Chaim.

'Met rente. Ik leen het je met rente. Dat is mijn laatste aanbod.'

Nu glimlachte Chaim. Hij wist dat het moeilijk zou worden om het geld terug te betalen. Met rente werd de lat nog hoger gelegd. Het zou hem dwingen het uiterste van zijn kunnen te vergen. Om én een boek te schrijven, én geld te verdienen om een lening met rente terug te betalen.

'Hoeveel is het?' vroeg Chaim.

'Vijftig zilverstukken.'

Zoveel geld had Chaim nog nooit bij elkaar gezien. Daar zou hij ruim een jaar van kunnen leven.

'De rente is acht procent per maand,' blufte Josjoea, terwijl hij Chaim een vriendschappelijk schouderklopje verkocht. 'Ik verwacht dat je over een jaar begint met terugbetalen. En denk niet omdat je mijn broer bent, dat ik een zachte rentmeester zal zijn. Ik heb er ook hard voor gewerkt.'

'Ik neem je aanbod aan, Josjoea. Dankjewel,' gaf Chaim uiteindelijk toe. 'Maar, we moeten het wel allemaal op papier zetten.'

Josjoea had gehoopt als een gulle mecenas een goede daad te kunnen verrichten. Hij had zich een beter mens gevoeld als Chaim gewoon het geld had aangenomen. Daarmee had Josjoea zich zelfrespect kunnen kopen. Maar nu leek het of hij weer de verliezende partij was.

De zware hutkoffer gevuld met alle bezittingen van Chaim achter zich aan slepend liepen de twee broers door de kille vallei terwijl de sneeuw in hun gezicht stoof.

'Aan wie heb je trouwens die ring verkocht?' verbrak Chaim de lange stilte tijdens hun tocht.

'Dat gaat je niets aan. Dat is beroepsgeheim,' antwoordde Josjoea wrokkig.

38 יבמ Joed Bet Mem: **de God van orde in de chaos**

Ze waren slechts met zijn drieën de volgende nacht: Yitschak, Chaim en Schlomo. De heldere, volle maan weerkaatste de deken van maagdelijke sneeuw die onaangeroerd over de weilanden lag. Het veld lag net buiten de stadsmuur en overlapte zowel het joodse als het Arabische grondgebied. Het behoorde toe aan Haman, een oude Arabische boer die aan de rand een grote boerderij had. Haman had Yitschak en zijn leerlingen al vaak verjaagd van zijn weide. Het was een starre, ouderwetse man die het onverdraaglijk vond dat joden op zijn grond hun bijeenkomsten hielden, al was het braak land dat hij niet bewerkte. Toch bleef Yitschak met zijn klas elke feestdag en elke sjabbat naar dezelfde plek komen.

'Waarom blijven we deze stakker sarren?' had Jonathan wel eens gevraagd. 'Hij krijgt nog eens een hartaanval zo druk als hij zich maakt door onze aanwezigheid.'

'Omdat het bij zijn levensverhaal hoort,' had Yitschak geantwoord. 'Omdat hij hier gekomen is om de deugd van verdraagzaamheid te leren.'

De drie mannen zaten op een rotsblok bij elkaar onder de dorre takken van een johannesbroodboom en genoten van de sprookjesachtige stilte van de witte nacht. Chaim dacht aan Anna, die hem gisteren als een koning had onthaald. Alsof ze hem jarenlang niet had gezien. Ze had hem zo innig omhelsd dat Josjoea, geshockeerd door zo'n openlijk blijk van vriendschap, zonder afscheid te nemen zijn weg had vervolgd. Anna had een feestmaaltijd voor Chaim bereid. Toen hij op het eind van de avond vertelde dat hij de volgende dag naar Jeruzalem zou vertrekken, was Anna stil geworden.

'Wat een rusteloze natuur heb je toch,' had ze gezegd.

'Waarom zijn de anderen zo laat?' vroeg Schlomo na een tijdje.

'Ze komen niet,' zei Yitschak simpelweg.

'Hoezo, ze komen niet?' riep Chaim verbaasd.

'Ze zijn gisteren allemaal bij Sarah geweest. Ze hadden de prachtigste verhalen waarom ze niet mee konden gaan. Jonathan zei dat hij zijn zoontje geen week kon missen. Abraham voelde zichzelf te minderwaardig om een tweede maal Shechina, de bruid van God te aanschouwen. Samuel beweerde dat zijn schoenen in reparatie waren zodat hij niet zo'n lange tocht kon ondernemen. En dan jouw broer Josjoea,' zei Yitschak. 'Hij zei dat hij een groot chanoekamirakel verwachtte en daarom echt niet meekon.'

'Maar je had het over het grootste chanoekamirakel dat slechts eens in de paar honderd jaren kan plaatsvinden...' stamelde Schlomo ongelovig.

'Precies,' lachte Yitschak.

'Je schijnt dit allemaal grappig te vinden,' zei Chaim geïrriteerd.

Schlomo ijsbeerde boos door de sneeuw. Hij vond het onverdraaglijk dat de andere leeuwenwelpen, zoals ze zich sinds kort met zelfspot noemden, verstek hadden laten gaan. Besefte dan geen van hen hoe uitverkoren ze waren om van Yitschak les te krijgen? Hoe toegewijd was je als kapotte schoenen een excuus waren om af te zien van de belangrijkste taak die een jood in zijn leven kon volbrengen? Was het voor hen dan enkel een spel? Iets wat hen interessant maakte voor hun omgeving? Zoals iemand anders in zijn vrije tijd raadseltjes oplost. Hij kon het niet vatten dat ze niet juist nu hun verantwoordelijkheid namen.

De razernij van Schlomo wakkerde ook Chaims onrust aan. Maar... het was toch nog niet te laat?

'Waarom gaan we niet met zijn drieën?' vroeg hij.

'Omdat onze kans al voorbij is,' antwoordde Yitschak rustig. 'Alleen als al onze zielen vreugdevol waren opgestaan en zich verenigd hadden in deze ene missie, hadden we kans van slagen. Elk lid van een broederschap moet zich verbinden met de anderen als de gewrichten van hetzelfde lichaam. De leden van een groep moeten voor elkaar door het vuur gaan, elkaar steunen, voor elkaar bidden, in elkaar vertrouwen. De leeuwenwelpen hebben gefaald.'

Chaim viel verslagen naast Schlomo in de sneeuw. Hij wist dat sommige werken te groots waren om door een of enkele zielen verricht te worden. De kracht van de groep was nodig geweest om dit wereldwerk te volbrengen. Eens temeer besefte hij hoe alles en iedereen in een fijnmazig net met elkaar was verbonden. Hoe elk besluit dat een individu nam de wereld kon veranderen. Dat de verheffing van de menselijke natuur afhankelijk was van de verheffing van de zwakste schakel. Dat iedereen één was, en elk ander mens aspecten vertegenwoordigde van onze eigen kracht en zwaktes.

'Maak je maar niet zo druk,' suste Yitschak hen. 'We spelen allemaal onze rol in de Schepping. Enkelen zijn zich bewust van hun rol en leiden een leven vol verwondering. Maar de meesten gaan zo op in hun rol dat ze denken dat ze ook werkelijk zijn wie ze spelen. In hun levensdrama vinden ze alleen maar chaos. En trouwens, in de eeuwigheid zijn honderden jaren een vingerknip. Tijd is slechts de afstand tussen oorzaak en gevolg.'

'Bedoel je dat er een nieuwe kans komt? Een nieuwe mogelijkheid om de tempel te herbouwen?' vroeg Chaim.

'Toen ik gisteren terugkwam van onze wandeling en langs de begraafplaats liep,' sprak Yitschak kalm, 'vond ik rechter Karo die jammerend op de grafsteen van Cordovero lag. Ik vroeg hem wat er aan de hand was. Hij zei dat hij na wekenlang studeren op enkele onbegrijpelijke verzen van de Tora hun betekenis had doorgrond.'

'Dat is toch juist reden om blij te zijn,' onderbrak Chaim hem.

'Dat zei ik hem ook. Maar Karo had een van zijn studenten gevraagd om dezelfde passage aan hem uit te leggen. Tot zijn verbazing gaf de student precies dezelfde interpretatie als waar Karo weken over had gepiekerd. Karo's zelfbeeld wankelde. Hij was misschien niet zo'n wijze rechter als hij zelf altijd dacht. Zo was hij wanhopig bij het graf van Cordovero gekomen om te smeken hem een teken te zenden.'

'Die arme, oude man,' zei Schlomo. 'Het had hem zijn leven kunnen kosten. Met dit weer een dergelijke tocht ondernemen.'

'Was jij het teken waar hij om smeekte?' vroeg Chaim.

'Ik vertelde hem over een kleine stad waar het enige water te vinden was in een bron op een berg,' vervolgde Yitschak. 'Er was slechts één man in die stad die genoeg kracht had om de berg te beklimmen en met twee emmers geschept water zijn stadsgenoten te bevoorraden. Het was een dagelijkse klim van vele uren. Wanneer hij terugkwam op het stadsplein, vulden de bewoners hun bekers met water uit de emmers. Zelfs een kreupele man kon moeiteloos zijn beker vullen.'

'Ik snap het,' zei Chaim. 'Al doet slechts één iemand van de hele mensheid zijn geestelijke arbeid, dan opent dat de kennis voor alle mensen op aarde. Volgens de Zohar is er maar één rechtvaardig mens nodig om de balans van de weegschaal naar de andere kant te doen uitslaan en de mensheid te redden.'

'Maar nu waren we met een groep in staat om tientallen emmers naar beneden te sjouwen. Wat een effect zou dat niet hebben. We zouden de tempel herbouwen. De olielamp weer aansteken. Het licht van de Scheppende kracht uitstrooien over de wereld,' riep Schlomo wanhopig.

Hij liet zich op zijn knieën vallen in de sneeuw. Tranen stroomden uit zijn grote bruine ogen.

Vaderlijk sloeg Yitschak zijn stevige armen om Schlomo.

'Wees niet zo bedroefd,' zei hij. 'Jij hebt een krachtig geloof en daar kun je bergen mee verzetten. Jij hebt een vurig kunstenaarshart. Je bent een artiest, een Oman zoals wij in het Hebreeuws zeggen. Het woord Oman is naar mijn gevoel verwant met het woord Amen, dat geloof betekent.'

'Ik had een lied geschreven om tijdens onze reis te zingen,' snikte Schlomo terwijl zijn hete tranen de sneeuw doorboorden.

'Zing het Schlomo,' moedigde Yitschak hem aan. 'Zing het voor ons.'

Met gebroken stem snotterde Schlomo een lied dat de sterrenhemel leek te betoveren.

'Sjabbat, o Sjabbat, mijn bruid,
Charmant en lieflijk van stralend licht
Hoor uw bruidegom, o bruid,
Laat mij u zien, toon uw gezicht
O Schone Vrouwe, al wie u schaadt
Moge hij boeten voor die daad
O Schone Vrouwe, geschonken door God
Het Geschenk van de joden in 't Vijfde Gebod
Ach mooie Bruid, toe huil toch niet
Laat ons troost zijn in uw verdriet
En liefhebben als toegewijd echtgenoot
Verliefd rust ons hoofd in uw vrouwenschoot
In 't vallen van de avond en in 't ochtendrood

Ontroerd zwegen de drie mannen een lange tijd en ze zaten bij elkaar in de natte sneeuw.

'Dit lied zal zijn weg vinden naar elke plaats door de eeuwen heen waar mensen bij elkaar komen om sjabbat te vieren,' zei Yitschak.

Hij kuste Schlomo op zijn beide wangen. 'Je hebt je ultieme kunstwerk gemaakt, Schlomo. Jouw leven is volmaakt. Dit was nog niet de juiste tijd voor het allergrootste chanoekamirakel dat ooit zal plaatsvinden. Maar wij drieën zullen ieder op onze manier een emmer water naar beneden dragen.'

Yitschak stond op en hielp Chaim overeind. Schlomo keek met een gelukzalige glimlach naar de glinstering van de sneeuw.

'Kom we gaan,' zei Yitschak tegen Chaim.

'Maar Schlomo...'

'Hij wil alleen zijn nu,' zei Yitschak terwijl de hemel zijn zwart verruilde voor donkerblauw. 'De weg naar Jeruzalem moet hij alleen gaan.'

Onbegrijpend liet Chaim zich meevoeren. Schlomo bleef roerloos achter en neuriede zijn lied. Het lied dat hij *Lecha Dodi* had genoemd, 'Kom, mijn beminde'...

Haman werd wakker van het lallende gezang dat van buiten kwam. Hij was bang. Je hoorde zoveel nare verhalen over plunderaars de laatste tijd. Zijn bloedeigen nichtje was nog niet eens zo lang geleden slachtoffer geweest van een roofoverval midden in de nacht. Fatima, zijn goedhartige, verre nichtje. De enige die af en toe wat verlichting in zijn eenzaamheid bracht.

Haman sliep altijd met een riek onder zijn bed. Hij mocht dan wel oud zijn maar hij zou zijn bezittingen kranig verdedigen. Hij was trots op het land van zijn vader dat hij had geërfd. Het was misschien wel het beste stuk land in de wijde omgeving. Zijn leven lang had hij geleefd van de opbrengst van deze grond. Het was een deel van hemzelf. Hij was fier op de rijpe oogsten. Overvloedige oogsten waardoor hij wat hij zelf niet nodig had, kon verkopen aan de marktkramers. Hij zou zijn land desnoods met zijn leven verdedigen.

Haman sloop naar het roosvenster. Hij zag de gestalte van een lange, magere man die luidkeels zong en danste. Het moest een van die joden zijn die elke vrijdag weer de brutaliteit hadden om op zijn land bij elkaar te komen. Maar dat ze nu ook al midden in de nacht kwamen. En zoveel lawaai maakten, dat moest een provocatie zijn. Ze wilden hem sarren. Ze wilden hem klein krijgen. Maar dan kenden ze Haman nog niet. Nu gingen ze te ver.

Zijn angst had plaatsgemaakt voor woede. Hoewel Fatima hem vaak had gezegd dat hij zich niet zo druk moest maken over die sjabbatvieringen, kon hij er onmogelijk mee leven. Dat de joden zijn profeet *Mohammed* ontkenden, dat was al moeilijk genoeg te verkroppen. Maar nu kwamen ze zelfs op zijn heilige stukje land met hun heidense gezang aan. Hij zag het als zijn moslimplicht zich daartegen te verzetten.

Haman trok zijn schoenen en jas aan, en gooide de deur open. Hij hield zijn riek dreigend de lucht in en riep: 'Ga van mijn land af! Scheer je weg! Ik zeg het maar één keer.'

Schlomo keek even afwezig op naar de roepende man. Maar hij was te zeer in extase om tot zich door te laten dringen wat de boer wilde. De diepe teleurstelling dat de reis naar Jeruzalem niet doorging, was omgeslagen in euforie. Hij was zo gelukkig geweest met de voorspelling die Yitschak over zijn lied deed dat hij het alsmaar luider en luider was gaan zingen. Het lied had hem in een euforische roes gebracht. In zijn hoofd zongen duizenden met hem mee die hij opzwepend dirigeerde.

Zoals elke kunstenaar had hij zijn hele leven gestreefd naar het ultieme kunstwerk dat hem onsterfelijk zou maken. Elk schilderij was een nieuwe poging geweest om het onvermogen van zijn laatste schilderij te doen vergeten. Maar iedere keer stelde hij zichzelf teleur. Al loofden mensen zijn werk, hij kon alleen de imperfectie zien. Nu had hij voor het eerst een gedicht geschreven omdat hij niet kon slapen van opwinding om naar Jeruzalem te gaan. Het was alsof het gedicht hem was gedicteerd. Alsof hij op aarde was gekomen, om enkel deze regels te schrijven. Pas bij het dichten van het laatste woord ontdekte hij dat de eerste letters van elk vers samen zijn naam vormden: Schlomo Halevi. Voor het eerst kon hij ongegeneerd genieten van iets wat hij zelf had gecreëerd. Het gedicht was zijn geschenk aan de mensheid. O God, wat hoopte hij dat Yitschaks woorden uit zouden komen. Zijn taak zou volbracht zijn.

Schlomo hoorde de schreeuwende Haman niet die nu vlak voor hem stond te roepen en tieren terwijl hij zich vrolijk in de sneeuw rolde. Toen hij hem uiteindelijk wel zag, was hij ervan overtuigd dat Haman de woorden van zijn lied meeschalde. We zijn allemaal zonen van dezelfde aartsvader Abraham, dacht Schlomo, en we worden allemaal verenigd in dit lied.

Het ontging hem dat Haman zijn riek de lucht instak met de drie ijzeren punten gericht op zijn buik.

'Laat mij u zien, toon uw gezicht...' zong hij onafgebroken.

Zelfs toen de drie tanden zijn buik doorboorden, keek hij slechts even verbaasd naar de dikke bloeddruppels die de sneeuw rood kleurden, maar hij bleef zijn lied zingen.

Het felle maanlicht verblindde zijn ogen en hij baadde in een gloed van schitterend licht waarin hij langzaam verdronk.

Haman zat verbijsterd bij het dode lichaam. Hij was geen moordenaar. Hij wist niet wat hem had bezield. Hij trok de riek uit de man alsof hij daarmee zijn daad ongedaan kon maken. Maar de man bleef levenloos in de sneeuw liggen met een hemelse glimlach op zijn gelaat.

In de verte keek een ontstelde jonge vrouw toe met de handen voor haar mond geslagen.

40 ערי Ajin Rejsj Joed: **de God van de kracht van de geest**

Mismoedig ontstak Josjoea bij het vallen van de avond de achtste chanoekakaars. Het was nog nooit zo stil in zijn winkel geweest als de afgelopen week. Niet één keer had het zilveren belletje gerinkeld. Toch had hij elke dag vol vertrouwen en met onwankelbare zekerheid op het vinkentouw gezeten achter zijn toonbank. Eén kans was voldoende. Slechts één klant kon het verschil maken. Wie het ook zou zijn, hij zou zijn prooi niet loslaten. Hij zou als een kat zijn tanden in het nekvel van het slachtoffer zetten, en ermee schudden en spelen tot ze hem zou smeken de duurste ring te mogen kopen. In gedachten had hij alle mogelijke draaiboeken doorgenomen. Op elke aarzeling had hij zijn naadloze argumenten paraat om het beslissende duwtje in de goede richting te geven. Hij zou zelfs bereid zijn een afbetalingsregeling te accepteren als de klant niet voldoende middelen had. Maar wie er ook door de deur van zijn zilverwinkel binnen zou komen, die zou weer naar buiten gaan in het bezit van de Godin van de onvoorwaardelijke liefde of de Godin van de genezing.

Hij hield zichzelf voor alert te blijven. Geen moment toe te geven aan twijfels. Hij vertrouwde erop dat het hele universum samenspande om zijn wens te realiseren. Zijn mate van geloof en zekerheid bepaalde de intensiteit waarmee zijn gedachten werkelijkheid zouden worden. Nooit eerder had hij zo intens al zijn wilskracht ingezet voor het bereiken van een helder, concreet doel als deze keer. Aanhoudend prevelde hij het bijbelvers: 'Niet door macht en niet door kracht, maar door Mijn Geest, zegt de Eeuwige.'

Twee mirakelen hadden zich voltrokken. Hij had al een ring verkocht en zijn vader had in de vorm van een vlinder zijn zegen gegeven. Het kon niet anders of het derde mirakel draaide zich nu om in de baarmoeder, klaar om te worden geboren.

De hele toonbank had hij ontruimd om plaats te maken voor de twee peperdure sieraden. Ook het andere zilverwerk op de rekken had hij zoveel mogelijk naar achteren gebracht zodat klanten door niets afgeleid konden worden. Zijn winkelwaar bestond uit twee producten. Dat was de enige keuze die hij zijn droomklant liet. Het was of de liefde of de genezing. Andere smaken verkocht hij niet.

Langzaam verstreek de tijd. Zijn winkel werd alleen nog verlicht door de negen flakkerende vlammetjes van de kaarsjes. Op straat passeerden bijna geen mensen meer. Alle andere winkeltjes hadden al lang hun deuren gesloten. Josjoea probeerde de enorme teleurstelling te onderdrukken. In gedachten probeerde hij het uitblijven van een mirakel te vergoelijken. Waarom zou het per se vanavond moeten gebeuren? De kosmos liet zich niet regisseren in tijd en ruimte. Zijn vertrouwen werd op de proef gesteld. Nu moest hij bewijzen dat hij het waard was de mirakelkracht te ontvangen.

Voor het bereiken van elk groot doel kwam altijd de ultieme vuurproef. Dat wist hij toch? In het zicht van de eindstreep kwam de vrees van de overwinning. De laatste meters sloegen de twijfels toe. Het ongeloof het waard te zijn een grote zegening te ontvangen. Dat was het moment waarop atleten struikelden of werden ingehaald. Met de overwinning binnen handbereik. Alleen zij die geen spoor van onzekerheid toelieten, zelfs al leek de afloop rampzalig, werden gehoord. Het laatste stukje was het zwaarst voor iedereen die het onmogelijke mogelijk wilde maken. Daarom waren er zo weinig echte winnaars. Zelfs een vleugje twijfel kon alles vernietigen waar men een leven lang voor had gewerkt. Zo meedogenloos waren de wetten van het heelal. Het leven was niet lieflijk maar een strijd der titanen. *David* die het opnam tegen *Goliath*. De mens die zijn werkelijkheid wilde veranderen moest de kracht in zich opbouwen om hemellichamen van baan te doen veranderen.

Uitgeput viel Josjoea in slaap met zijn hoofd op de toonbank. Geen seconde had hij overwogen om op te geven. Zijn heilige geloof had hem geen moment verlaten en waakte zelfs over hem nu hij sliep. De kaarsjes waren uitgegaan en alleen het bulderen van de wind maakte geluid.

Toen klonk midden in de nacht de zoete klank van het winkelbelletje. In een tel was Josjoea wakker en probeerde in de donkerte te ontwaren welk slachtoffer hij voor zich had.

'Gelukkige Chanoeka,' galmde het door de winkel, gevolgd door een rollende lach die maar van één man afkomstig kon zijn.

'Zimra?' vroeg Josjoea onzeker.

'Jazeker, je goede vriend Zimra,' antwoordde Zimra terwijl hij Josjoea zocht achter de toonbank om hem stevig te omhelzen.

'Hoe wist jij dat mijn winkel nog open was?'

'Ik kom net terug van mijn reis. En jij hebt mijn sleutel nog als het goed is, vriend! Ik dacht laat ik eens kijken of deze zwerver bij Josjoea onderdak vindt. Ik heb geen zin in mijn koude huis vannacht. En kijk, warempel, je hebt zelfs de deur voor me opengelaten,' lachte Zimra. 'Help je even mijn spullen binnen te slepen?'

Voor de deur stond een reiskoets volgeladen met koffers en kratten. Terwijl Zimra de koetsier joviaal beloonde met een fooi, droeg Josjoea de spullen zijn winkel in.

'En nu heb ik wel trek in een wijntje,' zei Zimra nadat Josjoea de winkeldeur had afgesloten en Zimra had meegenomen naar zijn woonkamer, die volgepropt stond met zilverwaar uit de winkel.

'Wat ben je snel terug, Zimra,' zei Josjoea glunderend. 'Ik had verwacht dat je nog wel een paar maanden langer zou wegblijven.'

'Voor de Messias zijn drie maanden ruim voldoende om zijn missie te volbrengen,' zei Zimra en hij schaterde het uit.

'Heb je de Ark gevonden?' vroeg Josjoea met grote ogen.

Zimra ging op het randje van zijn stoel zitten en sprak toen samenzweerderig: 'Ik heb grootse ontdekkingen gedaan van historisch belang. Ik heb de afstammelingen van koning Salomo en de koningin van Sheba teruggevonden in het land van de Abessijnen.'

'Wat!' riep Josjoea uit. 'Vertel!'

'Ze worden *Falasha's* genoemd, indringers,' ging Zimra verder, 'maar zelf noemen ze zich Beta Israël, het huis van Israël. Ze zijn maar liefst met vijfhonderdduizend.'

'Vijfhonderdduizend? Terwijl hier in Tsfat maar zesduizend joden wonen!'

'Ja, maar toch vormen ze daar een minderheid. Ze worden uitgeroeid door het leger van keizer *Sarsa Dengel.* Al zeven jaar lang voert hij een kruistocht tegen hen om ze te bekeren tot het christelijke geloof. Terwijl het overtuigde joden zijn met tot op zekere hoogte dezelfde rituelen die wij belijden. De Falasha's hebben zich teruggetrokken in moeilijk te belegeren bergen. Toen ik daar was, viel de Falashakoning in handen van de keizer. Ik was er getuige van dat de keizer zijn leven wilde sparen op voorwaarde dat hij Maria om genade smeekte. De Falashakoning zei: "Liever verruil ik een wereld vol leugens voor een wereld van gerechtigheid. Geef me licht in plaats van donkerte. Dood me, en doe het snel." Met één klap werd hij onthoofd en het zwaard sneed zelfs dwars door zijn knieën. Zijn geloof geeft de nog steeds strijdende Falasha's de moed om niet op te geven al ziet het er heel slecht voor ze uit. Maar het is een ongelooflijk moedig volk. Ik zag vrouwen die zich van de rotsen wierpen terwijl ze God aanriepen. Ze plegen liever zelfmoord dan in handen van het leger te vallen en verkracht te worden.'

Josjoea was trots dat hij als eerste dit fascinerende verhaal hoorde.

'Hoe weet je zeker dat die Falasha's afstammen van koning Salomo en de koningin van Sheba?'

'Sinds wanneer vieren wij *Poerim*?'

'Zo'n tweeduizend jaar,' schatte Josjoea. 'Sinds Esther verhinderde dat Haman de Perzische joden afslachtte?'

'Juist. En de Falasha's kennen het Poerimfeest niet. Dus ze hebben al minstens tweeduizend jaar geen contact met andere joden. Nu heb ik ontdekt dat hun geschiedenis nóg ouder is. De Falasha's zijn nakomelingen van Mozes.'

'Van Mozes?'

'Ja, Mozes groeide op aan het hof van de farao van Egypte.'

'Ja, natuurlijk,' spoorde Josjoea hem aan.

'Maar wat je wellicht niet wist, is dat hij als jongeman een belangrijke krijgsheer was. Als generaal leidde hij de Egyptische troepen die Abessinië wilden veroveren.'

'Hoe weet je dat?'

'Uit de boeken van *Josephus Flavius*, onze belangrijkste geschiedschrijver. Abessinië voelde zich veilig omdat de woestijn, waar Mozes' troepen doorheen moesten trekken, wemelde van de gifslangen. Maar Mozes stuurde een grote kolonie ibissen voor zijn leger uit die de slangen verdreven. Zo kon hij ongedeerd en onverwacht de Abessijnse steden innemen. *Tharabis*, de dochter van de koning, was diep onder de indruk van Mozes' slimheid en kracht. Ze bood Mozes de hoofdstad *Saba* aan als hij haar zou huwen. En dit gebeurde! Tharabis werd zwanger van Mozes en haar zoon werd de eerste van een lange reeks Abessijnse koningen die afstammen van Mozes.'

'Wat een verhaal,' zuchtte Josjoea. 'Dus was de koningin van Sheba, op wie koning Salomo verliefd werd, een verre kleindochter van Mozes?'

'Precies, daarom kon de Ark des Verbonds op een veilige manier van Jeruzalem naar Abessinië vervoerd worden door Menelik. De Ark bleef in joodse handen en God vond het blijkbaar goed.'

'En is de Ark nog steeds in joodse handen?'

'Ja en nee,' zei Zimra raadselachtig. 'Menelik bracht de Ark des Verbonds naar het Abessijnse eilandje *Tana Kirkos* in het *Tanameer.* De Ark heeft daar meer dan duizend jaar gestaan in een tent! Eenmaal per jaar werd hij met bloed besprenkeld, precies zoals in de Tempel van Salomo gebeurde. Maar twaalfhonderd jaar geleden bekeerde een Abessijnse koning, *Ezana*, zich tot het christendom. Hij liet in het hele land kerken bouwen en wilde dat de Ark in één van die kerken werd ondergebracht. Maar in alle andere kerken liet hij replica's van de Ark plaatsen.'

'Het is dus onbegonnen werk om te zoeken in welke kerk ze staat?'

'Ja, waar kun je een boom beter verstoppen dan in een bos?'

Zimra pauzeerde.

'Maar,' vervolgde hij met een grote glimlach, 'volgens de Falasha's hebben de joodse priesters van Tana Kirkos een replica gezonden naar hun koning en is de echte Ark des Verbonds in veiligheid gebracht.'

'Terwijl de christenen denken dat ze de echte hebben,' lachte Josjoea opgelucht.

'Ja, hun "echte" Ark zou in de kerk van de *Heilige Maria van Zion* hebben gestaan. In *Axum.* Maar die kerk is vijfendertig jaar geleden verwoest door de islamieten.'

'Waar hebben die joodse priesters dan de échte Ark des Verbonds naar toe gebracht?' vroeg Josjoea ongeduldig.

Met snelle, beweeglijke ogen monsterde Zimra Josjoea. Deze hongerige nieuwsgierigheid was waarop hij had gerekend. Nu was het een kwestie van Josjoea op een sluwe manier voor zijn karretje te spannen.

'Hoe gaat het met de zaken?' veranderde hij van onderwerp.

Josjoea zuchtte. Het fantastische verhaal van Zimra had hem zijn eigen droom even doen vergeten. Hij vertelde Zimra hoe hij ervan overtuigd was deze Chanoeka een mirakelverkoop te realiseren. Nu het bijna licht werd, zag het er echter vrij somber uit. Zimra's slimme oogjes blonken.

'Laat me die ringen eens zien die je zo graag kwijt wilt.'

Josjoea haalde zijn kostbare bezit uit de winkel. Zimra nam de ringen een voor een behoedzaam in zijn hand. Zijn bewondering leek haast oprecht.

'Het zijn twee geheime namen van God die Yitschak ons heeft geleerd. Ik heb goed opgelet, zoals ik je beloofd heb. Volgens Yitschak bestaat de onuitspreekbare naam van God uit *tweeënzeventig namen* in een bepaalde volgorde. Af en toe komt er zo'n naam ter sprake in zijn lessen. Trouwens, enkele dagen geleden had Yitschak een dwaas plan. Hij riep ons op om Chanoeka in Jeruzalem te vieren. Wij zouden de tempel herbouwen, zei hij.'

Ditmaal hing Zimra aan Josjoea's lippen.

'Heeft hij iets over de Ark gezegd?'

'Nee, ik heb hem zelfs gevraagd of hij dacht dat die in Jeruzalem was. Maar hij gaf geen antwoord. Denk jij dat de Ark in Jeruzalem is?'

Zimra glimlachte.

'Ik heb veel gereisd, Josjoea, en ik heb de meest verfijnde smeedkunst gezien in alle uithoeken van de wereld, maar dit overtreft alles.'

Hij wil me omkopen, dacht Josjoea. Hij heeft me nodig. De hele week had Josjoea ernaar verlangd om deze sieraden te verkopen. Nu, op de valreep, in het donkerste uur van de nacht, deed zich een onwaarschijnlijke mogelijkheid voor zijn droom te vervullen. Maar hij zou er een prijs voor moeten betalen. Zoals voor alle diepgekoesterde wensen van het hart.

'Wat wil je van me Zimra?' vroeg Josjoea ijzig.

'Ik wil dat jij je verzoent met Chaim.'

'Wat?'

'Je moet zorgen dat hij gelooft dat jullie rivaliteit over is. Hij moet je helemaal vertrouwen. En dan op de dag dat ik het zeg, moet je hem verraden...'

‘Elke ring kost duizend zilverstukken,’ zei Josjoea zakelijk.

Zimra knikte onbewogen.

‘En ze zijn alleen als paar te koop,’ voegde Josjoea eraan toe, en hij probeerde zo rustig mogelijk te blijven terwijl het bloed in zijn lichaam tintelde.

‘Verkocht,’ zei Zimra lachend. ‘En haal nu nog maar eens een fles van die goede wijn van je. Deze is op.’

41 דמב Dalet Mem Bet: **de God van de verdraagzaamheid**

De Turkse gouverneur die over Tsfat en omstreken heerste, Aboe Siffien, reed op zijn Arabische paard, met in zijn gevolg tien soldaten, het veld op waarover zoveel werd gesproken.

‘Daar,’ riep een van de soldaten en hij wees met zijn zwaardpunt naar de vijftien meter hoge boom aan de rand van het veld. Stapvoets naderde het paard van Aboe Siffien de geschubde boomstam en brieste onrustig. Hij sloeg de hoef van een van zijn gespierde benen driftig op de grond alsof hij wilde graven. Ook de andere paarden moesten met strenge soldatenhand gemend worden om de rijzige boom te naderen.

Verbluft keek Aboe Siffien met zijn vurige, zwarte ogen naar de kroon van de boom. Ondanks de strenge winter en de dikke pakken sneeuw stond de johannesbroodboom in volle bloei. De knoestige, laag hangende takken waren zwanger van de dikke rode peulen en verspreidden hun kenmerkende muffe geur. Een penetrerende walm, die hij zo vaak als kind in zijn vaderland had geroken op de plantage van zijn vader.

Aboe Siffien trok zijn gekromde gouden zwaard, bezet met edelstenen, uit de schede en sneed een flinke *kirat*, zoals de *Arabieren* de peulen noemden, af. Hij scheurde de rode boon, die nog het meeste weg had van een flink langwerpig brood, in tweeën en zette er zijn hagelwitte tanden in. Wellustig proefde hij de smaak van cacao toen hij het vlees fijnmaalde tussen zijn tanden. Met een boog spoog hij een van de twaalf zaden die elke kirat rijk was, uit en hij ving hem met zijn hand op in de lucht. Hij woog het zaad in zijn hand. De Grieken hadden al ontdekt dat elk zaad uit de kirat precies 0,18 gram woog. Zij stelden de kirat in als betrouwbare meeteenheid voor goud. En ook nu gebruikten alle volkeren nog de kirat, soms karaat genoemd, als peilgewicht om goud af te meten. Ontstemd gooide Aboe Siffien het zaad tegen de leerachtige stam. Dit was een mysterie. Aboe Siffien was ongeduldig met mysteriën. Zijn wiskundige geest vertelde hem dat voor alles een verklaring moest zijn. Alles was oorzaak en gevolg. Dus ook dit buitengewone verschijnsel moest verklaard kunnen worden.

Twee ruiters hadden inmiddels hardhandig Haman van zijn bed gelicht. De oude man werd zelfs geen tijd gegund iets warms aan te trekken en hij werd blootsvoets voorgeleid aan de gouverneur.

'Is deze boom van jou?' vroeg Aboe Siffien vriendelijk, terwijl hij zijn zenuwachtige paard tot kalmte maande.

'Ja, gouverneur,' zei Haman schichtig.

'Dan ben ik benieuwd naar jouw geheim. Iedereen weet dat de johannesbroodboom pas weer in de lente vrucht draagt. Hoe komt het dat jouw boom nu in volle bloei staat?'

Met de ogen neergeslagen, antwoordde Haman: 'Ik weet het ook niet, gouverneur. Gisteren gebeurde het gewoon. Toen ik 's ochtends uit het venster keek, schrok ik me een beroerte. Het is een wonder. Maar het zijn veel te veel vruchten voor een man alleen, daarom heb ik ze op de markt te koop aangeboden. Voor een eerlijke prijs, gouverneur. Ik wil geen extra munt slaan uit de zegening die *Allah* mij heeft geschonken.'

Het was precies het verhaal dat door de Arabische gemeenschap gonsde en al snel ook de gouverneur had bereikt. Maar hij vertrouwde het niet. Een boom die midden in de winter zo kwistig zijn vruchten schonk, daar moest iets mee aan de hand zijn. Aboe Siffien hield van het oplossen van geheimen. Hij was vastbesloten het raadsel van deze boom te ontsluieren. Met zijn slimme ogen monsterde hij de oude boer. Zijn ervaring als krijgsman vertelde dat deze man iets verborgen hield.

'Ik geloof je niet,' zei Aboe Siffien bars terwijl hij zijn paard imponerend liet steigeren. Haman kromp ineen.

'Dit is goede grond, Aboe Siffien,' jammerde Haman terwijl hij met zijn handen in de sneeuw groef om een handvol vastgevroren aarde aan de gouverneur te tonen. 'Het heeft mijn familie generaties lang rijkdom gebracht. Deze grond is met liefde bewerkt. Dat is toch een verdienste, geen misdaad?'

Aboe Siffien gaf zijn gitzwarte hengst de sporen en galoppeerde langs de uitgestrekte landerijen van Haman. Toen hij weer halthield bij de bevende man, die vastbesloten was zijn tanden op elkaar te houden, zei hij: 'Je liegt. De rest van je velden zijn afgestorven en dor. Precies zoals het hoort in de winter. Er moet een reden zijn waarom alleen deze boom vruchten draagt.'

'Ik weet het echt niet,' loog Haman.

'Soldaten,' beval Aboe Siffien.

Twee ruiters stapten van hun paard en liepen op Haman af. Ze smeten hem in de sneeuw en reten met hun zwaarden zijn rug open langs de gehele lengte van zijn ruggengraat. Haman schreeuwde het uit. Het waterige bloed kleurde het oude vel van de man lichtrood.

'Genade, genade gouverneur. Ik zal u de waarheid vertellen.'

Tevreden knikte Aboe Siffien naar de soldaten ten teken dat ze de boer weer overeind mochten helpen.

'U moet weten, gouverneur, dat elke Sjabbat er een groep joden rond deze boom komt bidden en zingen. Talloze keren heb ik ze verjaagd maar iedere vrijdag waren ze er weer. Dit is mijn grond. Ik wil hier geen jodenfeesten gevierd zien.'

Haman hapte naar adem. Schuw keek hij of Aboe Siffien zijn woede deelde en net zo verontwaardigd was als hij over de ontheiliging van zijn grond. Maar Aboe Siffien knikte alleen maar ten teken dat hij verder moest gaan.

'Enkele nachten geleden werd ik opgeschrikt door gezang midden in de nacht. Het was een van die joden die er ook altijd vrijdags bij was. Ik heb hem drie keer gewaarschuwd dat hij weg moest gaan maar hij zong luidkeels zijn smerige gebed midden in mijn gezicht. Hij wilde me sarren. Ik werd woedend. Het gebeurde in een blinde waas. Ik weet dat ik het niet had moeten doen maar... ik heb hem vermoord.'

Aboe Siffien luisterde nog steeds onbewogen, alsof de bekentenis van de moord hem niets uitmaakte.

'Ik snap niet wat dat met deze boom heeft te maken,' zei hij nors.

'Ik heb zijn lijk bedekt met mest, hier bij deze boom. De volgende dag is het wonder begonnen en waren de takken bezaaid met rossige bloemen. 's Middags al, alsof de tijd werd versneld, groeiden ziende-rogen kiratten uit de bloemen.'

Aboe Siffien keek ontevreden. Hij zag nog steeds geen helder verband tussen het begraven van een vermoorde man en de bloeiende boom.

'Wie was die man?' vroeg hij.

'Ik ken zijn naam niet. Hij is kunstenaar, geloof ik. Hij hoort bij die groep van Yitschak Luria, die door de joden zo op handen wordt gedragen.'

Aboe Siffien trok verbaasd zijn dikke, zwarte wenkbrauwen op. Hij had al veel verhalen gehoord over Yitschak en had hem opgezocht, geprikkeld als hij was door alles wat gewone mensen miraculeus noemden. Gewillig had Yitschak gehoor gegeven aan zijn verzoek wat meer te vertellen over de kabbala. Als rekenwonder was Aboe Siffien geïntrigeerd door de numerologische waarde die de kabbalisten aan letters schenen te geven.

'Men heeft mij verteld dat de kabbala de wiskunde van het menselijke brein wordt genoemd. De algebra van het geloof. Dat het zielsproblemen oplost met dezelfde logica als die van vergelijkingen. Klopt dat?'

'U bent een rationeel ingestelde man,' had Yitschak hem gezegd. 'U zou de kwaliteiten hebben om een grote kabbalist te zijn. U hebt een scherpe intuïtie waarop u te weinig durft te vertrouwen. De kabbala combineert het verstand en het geloof. Elke Hebreeuwse letter heeft een getalswaarde. Zo vertelt de Tora ons behalve een literair ook een wiskundig verhaal. De schoonheid van de wiskunde is zijn exactheid. Het is een heldere taal die geen ruimte laat voor interpretatie. Daarom heeft God de wetmatigheden van het heelal in deze perfecte taal opgeschreven. Neem nu de getalswaarde van het woord Tora, dat is 611. De getalswaarde van wetenschap, Mada in het Hebreeuws, is 114 en van Umanut, het woord kunst, is 497. Als we die twee optellen...'

'Dan is dat 611, het getal van de Tora,' had Aboe Siffien geamuseerd geantwoord, 'dus u benadert uw bijbel vanuit een kunstzinnige en wetenschappelijke benadering.'

Zonder er echt in te geloven was Aboe Siffien onder de indruk van de wiskundige schoonheid van de Tora. Een schoonheid die zelfs uitgedrukt werd door de allereerste en de allerlaatste letter van de vijf boeken van Mozes samen te voegen. De letters Bet en Lamed vormden samen het woord Lev, Hebreeuws voor 'hart'.

Yitschak had hem bij het afscheid gezegd: 'Wat je gelooft, creëert de wereld waarin je leeft.'

Geheel tegen zijn rationele natuur in vermoedde Aboe Siffien dat er een verband moest zijn tussen de begraven kabbalistische kunstenaar en de vruchten van de boom. Maar zijn hersenen konden het mysterie niet kraken en dat ontstemde hem.

'Heb je nog familie?' vroeg hij.

Verbaasd over deze vraag antwoordde Haman: 'Alleen Fatima, een nichtje dat in de stad woont.'

'Dan mag die zich gelukkig prijzen,' grijnsde Aboe Siffien. 'Zij erft deze vruchtbare grond en jouw boerderij.'

Haman werd lijkbleek. Erven? Betekende dit dat hij...

Aboe Siffien gaf een soldaat het bevel om Fatima in de stad te zoeken om haar dit nieuws te verkondigen en richtte zich toen weer tot Haman. In het aangezicht van de dood, wist hij, waren de meeste mensen bereid de waarheid te spreken. Misschien hield de boer nog iets achter waardoor hij grip kon krijgen op dit onverklaarbare natuurverschijnsel.

'Jij zult hangen. Als je een man gedood en begraven hebt, die volgens jou een dergelijk mirakel veroorzaakt, dan moet dat een heilige geweest zijn. Daarvoor bestaat maar één straf: de doodstraf.'

Hamans ogen sprongen uit zijn kassen van schrik. Nog voor hij iets kon uitbrengen, voelde hij de strop, die hardhandig om zijn keel werd gelegd. Een soldaat sleepte hem mee naar de boom en bevestigde het koord aan de dikke takken. Ze wachtten het bevel van hun gouverneur af.

'Heb je nog iets toe te voegen aan je bekentenis?' vroeg Aboe Siffien koel.

'Het spijt me, gouverneur. Ik heb een grote fout gemaakt. Straf me, maar laat me alstublieft mijn leven. Ik ben een opvliegend man. Ik had me moeten beheersen. Ik had verdraagzamer moeten zijn.'

Onverschillig gaf de gouverneur een hoofdknikje aan zijn soldaten, draaide zijn paard en stoof weg.

Met twee man hesen ze Haman op. Het touw sneed in zijn hals en blokkeerde zijn luchtpijp. Zijn voeten spartelden terwijl hij uitkeek over het land van zijn vaderen. Zijn longen liepen leeg en zijn lichaam raakte in paniek. De soldaten hadden allang het weiland verlaten terwijl Haman nog zijn doodstrijd streed. De paniek en woede maakten plaats voor rust. In de laatste seconden van zijn bewustzijn besefte hij opeens dat het land waar hij overheen keek nooit van hem of van zijn voorvaderen was geweest. Het was het land van de Schepper en hij had het alleen maar in bruikleen gekregen om van te leven. Dankbaar stootte hij zijn laatste adem uit. Zijn lichaam hing slap en bewegingloos aan het koord.

Fatima, noch haar zoontje Jozef, werden door de soldaten gevonden. Hun huis was ontruimd en niemand van de buren had hen de laatste twee dagen gezien. Ook haar baas Abraham begreep er niets van dat de betrouwbare medewerkster plots niet meer was komen opdagen.

De gouverneur liet verkondigen dat zolang Fatima zich niet meldde, het vruchtgebruik van de grond en de boerderij toekwam aan Esther, de weduwe van Schlomo.

42 כלי Chaf Lamed Joed: **de God van de vruchtbaarheid**

Meteen nadat Chaim het tragische nieuws had gehoord van de moord op Schlomo, spoedde hij zich naar diens weduwe om haar te condoleren.

Maar Esther, een sensuele Italiaanse, was allesbehalve bedroefd. Deze in het katholieke Italië opgegroeide vrouw had een bedenkelijke reputatie in Tsfat. Er werd over haar gefluisterd dat ze het niet al te nauw nam met de huwelijkse trouw en op de markt trokken vrouwen hun echtgenoten bij de arm mee wanneer zij in de buurt was. Ze kleedde zich altijd opzichtig en pronkte met haar vormen alsof het om marktwaren ging.

Chaim wist zich niet goed raad met haar luchthartigheid.

'Jullie kabbalisten geloven toch in *reïncarnatie*, wel dan, waarom moet ik dan triest zijn? Hij is al teruggekomen als een prachtige oogst aan de johannesbroodboom. Vruchten vol met zaden. Zijn Schepper heeft alsnog zijn gebeden verhoord,' zei ze glimlachend.

Chaim werd rood. 'Bedoel je...'

'Dat hij wel wilde maar niet kon, ja. Het was een gouden man en mijn allerbeste vriend. Wat hebben wij gelachen samen en feestgevierd. Tot hij weer in een sombere bui verviel. Dat duurde soms maanden. Omdat hij nooit kinderen zou krijgen, hoopte hij dat zijn schilderijen hem zouden overleven. Maar hij was nooit tevreden. Ja, eventjes, als hij weer eens van iemand een compliment kreeg. Dan leefde hij op als een jongetje met snoep. Het gelukkigst was hij als iemand een schilderij van hem kocht. Die leraar van jullie, Yitschak, die heeft toen hij hier net kwam wonen, een groot werk gekocht. Een prachtige voorstelling van de levensboom. Etz Chaim. Voor een hele goede prijs trouwens. Drie dagen lang hebben we schranspartijen aangericht, gedronken en gefeest.'

Plots brak haar opgewekte, hese stem die de herinneringen ophaalde en brulde ze als een gevaarlijk beest in barensnood.

'De ellendeling,' vloekte ze. 'Ik zal hem zo missen.'

'Hij heeft een prachtig lied nagelaten,' probeerde Chaim haar te troosten.

'Ik weet het. Moet hij zijn laatste nacht hebben geschreven. Ik was niet thuis,' zei ze treurig met de ogen neergeslagen. Om daarna weer levendig te vervolgen: 'Ik vond het op zijn bureau. Hij was zo vol van jullie voornemen om naar Jeruzalem te gaan. Om daar Chanoeka te vieren. Het was een man die het enthousiasme van het kind in zich nog niet had verraden.'

Esther leek in het geheel niet op het beeld dat van haar werd geschetst, dacht Chaim. Hij prees zich gelukkig zich nooit vrolijk gemaakt te hebben over de opmerkingen die zijn medeleerlingen over haar maakten. Het standaardgrapje als iemand te laat in de les kwam, luidde: 'Zo, ben je Esther onderweg tegengekomen?' Schlomo liet al die praatjes over zich heen gaan. Chaim begreep dat het mysterie van zielsverwantschap zich alleen in al zijn rijkdom openbaarde aan de mensen om wie het ging. Alle roddels ten spijt was er geen betere vrouw denkbaar geweest voor Schlomo.

'Laten we drinken op Schlomo,' zei Esther met haar rauwe keelgeluid en ze schonk twee bekers wijn vol.

'Op Schlomo,' zei Chaim met een weemoedige glimlach en hij had spijt dat hij nooit moeite had gedaan hem beter te leren kennen.

Esther goot het glas in een teug achterover, en streek de druppels van haar volle lippen weg met haar tong. Met haar heldere groene ogen keek ze geamuseerd naar Chaim.

'Jij bent toch die schrijver?' vroeg ze.

Chaim bloosde. Zolang er geen boek in de wereld was waarop zijn naam prijkte, vond hij het ijdel zich hardop een schrijver te noemen. Maar toch had hij een innerlijke zekerheid verworven dat hij zijn doel zou bereiken. Hij had de heilige overtuiging dat hij het boek zou schrijven dat de geheimen van het universum aan de mensheid zou openbaren. In zijn hart bestond het boek al.

'Ja,' zei hij voor de eerste keer hardop alsof hij daarmee zijn toekomst manifesteerde, 'ik ben de schrijver.'

'Ik had je me anders voorgesteld. Ouder,' zei ze plagerig, 'en lelijker. Ik zou wel eens wat van je willen lezen.'

'Het duurt nog wel even voor mijn boek af is,' antwoordde Chaim.

'Een boek moet je in een ademtocht schrijven, Chaim,' bezwoer ze terwijl ze vooroverboog en een hand op zijn knie legde. 'Het is net als een zwangerschap. Als je eenmaal bevrucht bent, is er geen weg terug. Het kind gaat een eigen leven leiden in je buik. Al wat jij moet doen, is het voeden met wat jij tot je neemt. En dan, op een dag, moet het eruit. Je krijgt weeën. Je denkt dat je sterft en dat nog nooit iemand op aarde zoiets bovenmenselijks heeft doorstaan. Het baren is het pijnlijkste gedeelte. Maar als het eenmaal op je buik ligt, hoef je alleen nog maar trots te zijn en de navelstreng door te knippen.'

Chaim voelde dat ze gelijk had. Dat ze perfect de weg beschreven had die voor hem lag.

'Hoe weet jij dat, jij...'

'...die zelf niet eens een kind gebaard heeft,' vulde ze aan. 'Ik heb het zo vaak bij Schlomo gezien. Het maken van een kunstwerk is de conceptie van een universele waarheid. Zoals elk mens dat geboren wordt, een bron van wijsheid is. Een bron die alle geheimen van het leven in zich heeft opgeslagen. Schlomo vertelde eens dat gedurende de zwangerschap er de hele tijd een engel met een kaars bij de baby is die hem alle wijsheid van het universum influistert. Maar bij de geboorte geeft de engel een kus op de bovenlip van de baby waardoor alle vergaarde kennis onbewust wordt. Dat geeft de mens een doel om die waarheid zelf te ervaren en te herinneren in zijn leven, op een bewuste manier. Het kleine kuiltje in het midden van onze bovenlip herinnert ons daaraan. De mens hoeft niets meer te ontdekken, alleen te herontdekken.'

'Je beschrijft precies het verlangen dat in mij leeft, met mijn boek. Alsof ik in de krochten van mijn ziel graaf en dat op papier tracht te vangen,' stamelde Chaim.

Esther kneep bemoedigend in zijn knie.

'Je boek is er al, Chaim. Net zoals een kind al weken bij een moeder is, vooraleer het in haar buik komt. Je moet het alleen nog schrijven.'

'Kom,' verbrak ze plotsklaps de intieme sfeer en ze stond op. 'Ik laat je het atelier van Schlomo zien.'

Hij volgde haar een trapje af naar een kelderetage. De grote ruimte was propvol doeken, nonchalant aan de muur, rug aan rug gestapeld in nissen, en half afgewerkte schilderijen op ezels. De kamer rook naar het zwoele aroma van verf, terpentijn en de geur van wijn.

Chaim keek zijn ogen uit. Hij zag bijbelse taferelen, met kracht en passionele halen weergegeven. Lange hoofdstukken uit de Tora tot hun essentie teruggebracht in een aangrijpend beeld.

'Doodzonde dat hij zovele van deze werken nooit kon tonen,' zei Esther, 'met jullie dwaze joodse verbod om figuren af te beelden. Hij droeg het met zich mee als zijn grote geheim. Maar hij kon niet anders.'

Chaim herkende landschappen waar hij met Yitschak had gewandeld, in kleuren die de werkelijkheid overtroffen. Portretten van mensen die hij kende die levensechter waren dan de mensen zelf. Hoe was het mogelijk om uit een kleurenpalet het leven zelf te toveren? Alsof niet hun uiterlijk maar hun ziel was vereeuwigd. En zelfs de stillevens van fruit en bloemen vertelden met branie een verhaal vol levenslust. Chaim realiseerde zich plots dat het woord kabbala behalve 'ontvangen' ook 'het ontdekken van parallellen' betekende.

De kunst van Schlomo bracht de ingewikkeldste theorieën van de kabbala terug tot eenvoudige beelden die ruimte, tijd en bezieling samenbalden. Zou het daarom zijn dat Sjimon Bar Jochaj zijn lezers van de Zohar zo vaak opriep om hun ogen te openen en werkelijk te zien? Wie door de ogen van Schlomo keek, zag een werkelijkheid die waarachtiger was dan de werkelijkheid zelf.

Het leek of Chaim voor het eerst ervoer wat schoonheid, een van de tien eigenschappen van de Schepper, werkelijk betekende. Het was niet Schlomo, de kunstenaar, die schoonheid had gecreëerd. Hij had slechts de schoonheid die al bestond opgevangen in een beker van inspiratie en uitgegoten over een doek. De artiest was slechts een instrument om uitdrukking te geven aan de universele schoonheid van de Schepping. Door zijn talent om kleuren en lijnen samen te voegen tot een goddelijk spiegelbeeld van de werkelijkheid. Een menselijke creatie die de Schepping naar de kroon stak.

Chaim werd in zijn overpeinzingen opgeschrikt toen hij een hoek zag waar alleen maar naakten in al hun schaamteloosheid waren afgebeeld. Mooie vrouwen in vrijmoedige houdingen die hij zelfs in zijn dromen nog niet had aanschouwd. Esther moest lachen om de blos die op zijn wangen verscheen.

'Hier hebben heel wat vrouwen die een officieel portret wilden uiteindelijk in hun blote billen gestaan,' zei ze geamuseerd. 'Schlomo had iets onschuldigs, iets hartveroverends. Elke vrouw kon hij uit de kleren praten. Hij maakte steeds twee portretten van ze. Eén dat ze aan hun echtgenoot konden laten zien, en één dat hij hier bewaarde.'

Chaims ogen werden gezogen naar een groot doek dat naast het kelderraam hing. Het leek alsof er een hand hardhandig in zijn maag kneep. Op het schilderij zag hij de gespannen, naakte rug van een meisje van wie de witte jurk achteloos afgleed tot net boven haar heupen. Het leek of ze hem over haar schouder rechtstreeks aankeek. Haar blik was vol afgrijzen, vol haat, vol verlangen en vol angst tegelijkertijd. De reebruine gloed van deze oogopslag zou hij uit duizenden herkennen. Het waren de ogen van Francesa. Haar woordeloze kreet die Schlomo en hem zo pijnlijk trof voor ze haar huwelijk met Yehoeda voltrok. Het was een kras die in zijn hart gegrift stond en door Schlomo met alle sensitieve intensiteit uit zijn kleurenpalet was geborsteld.

'Dat is het dochtertje van jullie leraar,' zei Esther, die merkte dat Chaim gebiologeerd naar het schilderij keek.

De kleurenpracht werd troebel door het water dat zich als bij overstromende vijvers ophoopte op zijn ooglenzen. Esther legde een arm om zijn schouder.

'Je houdt van haar, hè?' zei ze.

'Ja, maar het kan niet,' zei hij. 'Yitschak heeft gezegd dat er een andere vrouw voor mij is bestemd.'

'Daar kun je alleen maar achter komen als je het zelf hebt ondervonden,' zei Esther zacht.

Chaim schudde meewarig zijn hoofd. 'Ze is getrouwd.'

Esthers volle lippen krulden vertederend bij zoveel onschuld.

'Je mag het schilderij hebben,' zei ze en ze haalde het van de muur. 'Ik weet zeker dat het geen betere plaats verdient dan bij jou.'

Met het grote, in jute verpakte doek onder de arm wandelde Chaim door de slijkerige straten naar huis. Vastbesloten zijn boek te schrijven en zijn leven te leven.

Deel 5

Tsfat 1571. Late herfst, 52 weken later (*joodse jaartelling 5331*)

43 מנק Mem Noen Koef: **de God van de verantwoordelijkheid**

Het hele huis geurde naar het zoete aroma van krokante latkes. Anna had zorgvuldig de sappigste aardappelen uitgezocht op de markt. Ze had ze geraspt en vermengd met fijngesneden ui en geklutste eieren. In haar mooiste porseleinen schaal stonden de in olie gebakken aardappelkoeken te dampen op tafel. De schemering had al ingezet maar Anna besloot zich niet druk te maken omdat Chaim zich blijkbaar weer onbewust was van tijd en ruimte.

Ze had zich feestelijk gekleed in een voor haar erg gewaagde blauwe jurk en koesterde dit jaar haar eigen grote chanoekawens. Haar vriendschap met Chaim was het afgelopen jaar bijzonder verdiept. Elke avond aten ze samen en hadden levendige gesprekken over bijna alles wat hun hart beroerde. Er waren wel dagen dat Chaim zwijgzaam was, wanneer hij worstelde met een passage uit zijn boek waarvan hij de essentie niet kon vatten, maar meestal was hij opgewekt en deelde vol vuur zijn vorderingen. Ze voelde zich bevoorrecht deelgenoot te mogen zijn van zijn avontuur en moedigde hem aan op de zeldzame momenten dat hij even zijn geloof leek te verliezen. Haar wantrouwen ten opzichte van zijn meester Yitschak had plaatsgemaakt voor geamuseerde nieuwsgierigheid. Maar ze haalde hem wel elke keer van zijn roze wolk wanneer hij zich vergaloppeerde in de lof voor zijn meester.

'Hij is echt niet de Messias, Chaim, al denkt hij dat misschien wel.'

Ze hoorde Chaim de trap afkomen en ging snel quasi-nonchalant aan de feestelijk gedekte tafel zitten, met de Tora opengeslagen.

'Ja,' riep ze zo onverschillig mogelijk toen hij aanklopte.

Chaim kwam binnen met een enorme bundel bij elkaar gebonden papier. Hij plaatste hem met een klap op de tafel neer en zei trots: 'Het is af!'

Verwachtingsvol keek hij Anna aan. Alsof ze gestoord werd in een spannende passage, sloeg ze ongeïnteresseerd haar ogen op en deed of ze hem niet begreep.

'Wat kijk je nu raar, Anna? Heb je me niet gehoord? Het is af! Mijn manuscript is klaar!'

'En mijn latkes zijn bijna koud,' sneerde ze terwijl ze dat op hetzelfde moment al betreurde.

'Gelukkige Chanoeka, Chaim,' voegde ze eraan toe.

'Ja, jij ook,' zei hij plichtsgetrouw. 'Maar kijk eens, dit is het, mijn boek. Het bestaat! Het is niet langer een droom.'

Bezorgd dat de olie van de latkes op zijn boek zou druppelen, zette hij de schaal opzij. Geïrriteerd stond Anna op, torste de riem papier van tafel en smeet hem naast de open haard. Daarna zette ze de schaal precies weer op de plaats waar ze hoorde. Maar toen ze het teleurgestelde gezicht van Chaim zag, smolt ze.

'Ik ben trots op je Chaim, echt waar. Alleen, ik heb zo mijn best gedaan...'

'Dit is echt het beste kabbalaboek dat ooit is geschreven,' onderbrak hij haar weer, helemaal opgeklaard terwijl hij aan tafel ging zitten. 'Op de Zohar na dan misschien. Dat gaan we vanavond vieren, Anna. Vooruit, steek de chanoekakaarsen aan.'

Anna liep naar de schoorsteenmantel om de rechterkaars van de kandelaar te ontsteken. Maar nog voor ze vuur kon maken, riep Chaim: 'Pas op, geen kaars in de buurt van mijn boek! Stel je voor.'

Met haar rug naar hem toe haalde ze diep adem om haar opborrelende woede onder controle te krijgen. Ze nam de kandelaar van de schoorsteen, plaatste hem in de vensterbank en ontstak gedecideerd de kaarsen.

'Mooi. Nou, ik heb honger als een leeuw. Laten we maar snel beginnen, Anna. Want die latkes hebben bijna hun beste tijd gehad.'

Anna's uitbarsting werd geremd door het donkere geschel van de zware, koperen bel in de gang. Ook dat nog, dacht Anna, vast een of andere wanhopige ziel die nog snel zijn toekomst in de kaarten wil laten lezen. Ze wilde niet opendoen maar Chaim was al de trap afgerend.

'Josjoea?' hoorde ze Chaim beneden verbaasd uitroepen. 'Wat een verrassing, kom binnen.'

De twee broers waren voor hun doen erg kameraadschappelijk met elkaar omgegaan het afgelopen jaar. Josjoea had zich aan zijn belofte aan Zimra gehouden. Zijn rivaliteit had plaatsgemaakt voor andere zorgen. Het enorme fortuin dat hij had verdiend, stelde hem in staat zich mateloos over te geven aan zijn geheime passie. Zijn verslavende, dure passie die al zijn gedachten was gaan beheersen. En hem nu ook in de klem had gekregen.

Anna voelde zich even de ongelukkigste vrouw op aarde. Nadat Josjoea de kamer binnenkwam, bleef hij enkele seconden verbluft staan om naar Anna te kijken. Met zijn beroepsglimlach liep hij op haar af en zei: 'Anna, God heeft jou in gedachten gehad, toen hij de vrouw schiep. Wat zie je er verrukkelijk uit in die blauwe jurk. Dit is helemaal jouw kleur.' Hij vervolgde met een knipoog: 'Een mooie ring aan deze vingers, zou het plaatje vervolmaken. Je moet maar eens langskomen in mijn winkel.'

'Wat een charmeur die broer van mij, vind je niet Anna?' lachte Chaim.

Ik wenste dat je dat met hem gemeen had, dacht Anna.

'Josjoea, ik heb groot nieuws,' verkondigde Chaim terwijl hij op zijn stoel ging staan.

'Gaan jullie trouwen?' vroeg Josjoea verbaasd, waarna hij een pijnlijk getroffen blik van Anna opving.

Chaim lachte. 'Grapjas! Nee, mijn manuscript is klaar. Kijk. Daar ligt het.'

'Mooi,' zei Josjoea, 'dan kun je nu weer aan het werk.'

'Nou, dat kun je wel zeggen,' viel Chaim hem enthousiast bij terwijl hij van de stoel stapte. 'Want dit is natuurlijk nog maar de eerste versie. Ik moet nog tal van verbeteringen aanbrengen en over de structuur ben ik ook nog niet tevreden. Maar de basis is er en die is goed.'

'Mag ik,' vroeg Josjoea aan Anna terwijl hij op haar plaats ging zitten.

Waarom niet, dacht Anna. Ik hang er hier toch maar bij als een blauw gordijn aan de ramen. Josjoea haalde uit zijn binnenzak een zorgvuldig opgerold vel perkament, dat hij langzaam ontrolde.

'Herken je dit, Chaim?'

'Ja, natuurlijk,' zei Chaim vrolijk. 'Ons contract. Goed dat je er zelf over begint. Ik wilde morgen bij je langskomen om het te laten verlengen.'

'Verlengen?'

'Ja, ik heb nog een half jaar nodig om het manuscript helemaal te polijsten. Dus ik wilde wat extra geld lenen.'

Josjoea monsterde Chaim verbaasd.

'Enig idee hoeveel geld je me vandaag bent verschuldigd?'

'Jazeker,' zei Chaim. 'Je hebt me vijftig zilverstukken geleend tegen een rente van acht procent. Dat is precies vierenvijftig zilverstukken.'

'Arme Chaim,' zei Josjoea met medelijden in zijn stem. 'Ik weet dat rekenen nooit je sterkste zijde was, maar dit is wel een erg pijnlijke misrekening...'

Anna trok het contract uit Josjoea's handen en las het door. Begrijpend knikte ze.

'Hier staat, acht procent per maand, en rente op rente. Dat is... honderdvijfentwintig zilverstukken en negenentachtig centiemen,' zei Anna.

Verbaasd keken de beide broers naar Anna.

'Ik heb een talent voor cijfers,' haalde ze arrogant haar schouders op.

Chaim floot tussen zijn tanden. Hij zag door het kleurige raam de vlokken sneeuw naar beneden dwarrelen. Het beloofde zo'n mooie avond te worden. Hij liep de trap op en kwam even later terug met twee zilverstukken in zijn hand.

'Dit is alles wat ik nog overheb,' zei hij.

Josjoea nam de twee zilverstukken en liet ze in zijn zak glijden. Hij stond op en plaatste deftig zijn hoed weer recht op zijn hoofd. Beleefd knikte hij naar Anna en hij richtte zich toen droog tot Chaim: 'We leggen het probleem morgen voor bij de rechtbank. Zij zullen vast wel een oplossing weten. Gelukkige Chanoeka.'

Verslagen zat Chaim aan tafel. Anna kwam achter hem staan en legde troostend haar warme handen op zijn schouders.

'Ik heb nog wel wat geld,' bood ze aan terwijl ze zijn stramme spieren masseerde. 'Niet het hele bedrag, maar toch...'

'Nee, dat wil ik niet, Anna,' zei Chaim ongemakkelijk door haar toenadering. 'Ik wil zelf de prijs voor mijn dromen betalen.'

'Zie het als bruidsschat,' fluisterde ze.

'Het is nu geen tijd voor grapjes,' antwoordde hij geïrriteerd. 'Ik moet een oplossing bedenken.'

Hij stond op en liep naar de deur.

'En het eten?' vroeg Anna.

'Het spijt me. Ik heb geen trek meer,' zei hij terwijl hij de deur achter zich sloot.

Anna pakte een uitgedroogde latke uit de schaal, zegende hem, en zette er haar tanden in.

44 ילה Joed Lamed Hej: **God, de barmhartige rechter**

Lekker onderuitgezakt in de zachte kussens op de bank die bij het grote raam stond in de blauwe synagoge, luisterde Zimra aandachtig naar het pleidooi van Josjoea.

Zimra was erin geslaagd zich in het voorbije jaar een bijzonder goede naam te verwerven in Tsfat. In het openbaar liet hij zich uitsluitend lovend en met het grootste respect uit over zijn gewezen rivaal Yitschak. Met zijn talrijke gulle donaties aan barmhartige werken vergrootte hij zijn populariteit. Als ultiem blijk van nederigheid had hij geheel gratis zijn kennis en diensten aangeboden aan Karo om als hulprechter op te treden. De aanvankelijke scepsis van Karo had plaatsgemaakt voor enthousiasme. Zimra, die veertig jaar lang rabbi en rechter in Egypte was geweest, bleek op een integere manier recht te spreken en nam Karo heel wat werk uit handen.

In het volste vertrouwen had de oude rechter hem de zaak toegewezen van de twee broers over het terugbetalen van een lening. Karo was enkel als formaliteit, ter bekrachtiging van de uitspraak, aanwezig.

Toen Josjoea klaar was met zijn betoog en zelfvoldaan naar Zimra keek, richtte deze zich tot Chaim.

‘Wat heb jij hieraan toe te voegen?’ vroeg hij.

‘Helemaal niets,’ antwoordde Chaim. ‘Mijn broer heeft helemaal gelijk. Alleen, ik heb het geld niet.’

Josjoea glunderde in het vooruitzicht van de zege. Hij wist ook wel dat zijn broer het geld niet had. Maar door het aan de rechtbank voor te leggen, hoopte hij dat zijn vriend Zimra zijn nood zou ledigen. Want hij had het geld nodig. Zijn dure liefhebberij was uit de hand gelopen en zijn schuldeisers waren geen jongens met wie je spotte. Daarnaast was er de honger om zijn broer te verslaan. Eenmaal officieel als winnaar uitgeroepen te worden. Al was het dan niet door hun vader, dan toch door de rechtbank, die niet minder dan de Tora zelf vertegenwoordigde.

Zimra las zorgvuldig het contract.

‘Wie heeft dit geschreven?’ vroeg hij.

‘Ik, rechter Zimra,’ antwoordde Chaim. ‘Josjoea heeft het gedicteerd, en ik heb het opgeschreven.’

‘En dat heb je bij je volle bewustzijn gedaan, zonder dwang?’

‘Absoluut, rechter Zimra. Ik heb zelf aangedrongen om onze afspraken op papier te zetten,’ bevestigde Chaim.

Zimra trok bedenkelijk zijn wenkbrauwen op en schonk een veelzeggende blik aan Karo, die zijn ganzenveer had neergelegd en belangstellend de zaak volgde.

‘Ongehoord,’ bromde Zimra. ‘Je weet toch dat de joodse wet het verbiedt om tegen jezelf te getuigen? Zowel jouw lichaam als jouw leven zijn geschenken van de Schepper. Je beledigt Hem door zo ondankbaar met die gift om te gaan. Je moest je schamen.’

Karo was wel gecharmeerd door de fatale eerlijkheid van Chaim. Het kwam maar zelden voor dat een beschuldigde partij niet alles uit de kast trok om zijn daad te verantwoorden. Het had hem vaak verbijsterd hoe mensen zelfs de gruwelijkste misdaad die ze hadden begaan, voor zichzelf konden rechtvaardigen. Het meest fascinerende was dat die kromme redeneringen toch ook altijd ergens hout sneden en een nieuw licht op de zaak wierpen. Karo was na die duizenden processen die hij had geleid, tot de conclusie gekomen dat elke misdaad zijn bestaansrecht had. Maar het was Yitschak geweest, die hem voor het eerst haarfijn had uitgelegd, wat hij zelf allang vermoedde. Geen enkel crimineel misdrijf was een toevallige, ongelukkige gebeurtenis. In elke moord, diefstal of verkrachting lag een verborgen, wijze les voor zowel de dader als het slachtoffer. Gelukkig hoefde hij zich daarover niet uit te spreken. Zijn belangrijkste streven in zijn slotpleidooi was altijd om de twee partijen elkaar te laten vergeven. Haat met haat bestraffen, loste niets op. Juist in de haast onmogelijke taak je vijand lief te hebben als jezelf, lag de open weg naar een betere wereld. Een wereld waarin mensen elkaar uiteindelijk geen kwaad meer zouden aandoen, omdat het hunzelf het meeste kwaad berokkende.

'Ik ken jou als een verstandige jongeman,' zei Zimra met een smalend lachje tegen Chaim. 'Maar het opschrijven en ondertekenen van deze afspraken lijken wel in een vlaag van zinsverbijstering te zijn gebeurd. Ons Hebreeuwse woord voor rente, "nesjech", betekent niet voor niets "beet". Wanneer een slang je bijt, is dat onaangenaam, maar het wordt pas echt pijnlijk en misschien zelf dodelijk wanneer die beet gaat opzwellen en je ziek maakt. Hoe had je ooit gedacht in één jaar tijd honderdzesentwintig zilverstukken bij elkaar te sparen om aan je verplichtingen te kunnen voldoen?'

'Ik heb er niet over nagedacht, rechter Zimra,' bekende Chaim. 'Ik had er gewoon vertrouwen in dat het wel goed zou komen.'

'Ik zou het eerder domme naïviteit noemen, in plaats van vertrouwen,' zei Zimra. Josjoea grinnikte. Hij vond het heerlijk dat zijn verstandige broertje in zijn hemd werd gezet. 'Bovendien heb je maximaal profijt uit dat enorme kapitaal van vijftig zilverstukken kunnen halen. Het kwam mij ter ore dat je een boek hebt geschreven.'

'Dat klopt,' beaamde Chaim.

'Een boek dat er niet geweest zou zijn zonder de hulp van je broer.'

'Ik ben hem dan ook eeuwig dankbaar, rechter Zimra.'

'Maar,' vervolgde Zimra met een air van strengheid terwijl hij zich tot Josjoea richtte, 'bij het afsluiten van een contract zijn beide partijen net zo verantwoordelijk. Het is de taak van de schuldeiser om bij het opstellen van een overeenkomst te onderzoeken of de schuldenaar in staat zal zijn, zijn verplichtingen na te komen. Had jij gegronde aanwijzingen dat Chaim in één jaar tijd dit enorme bedrag zou vergaren?'

'Nee,' bekende Josjoea.

Tevreden stond Zimra op. Hij voelde zich het meest in zijn element als hij zijn macht als rechter kon combineren met de ijdelheid als leraar. Hij vond het heerlijk om de ogenschijnlijk zo abstracte Tora concreet en toepasbaar te maken. Met de zilveren *jad*, de aanwijsstok waarmee de Tora werd gelezen, behendig jonglerend, wandelde hij naar de ark waar de Torarollen lagen opgeslagen.

'Denken jullie dat God vage afspraken maakte toen hij de Tora aan Mozes dicteerde? Tot in de kleinste details heeft God de afspraken vastgelegd die hij met de mens in zijn verbond sloot. Glasheldere afspraken die niet mis zijn te verstaan. Omdat elke handeling van de mens de hele wereld en het hele universum beïnvloedt. God nam het opstellen van een contract uiterst serieus,' zei hij terwijl hij met zijn stok tegen de ark tikte. 'Was dat ook niet jullie plicht?'

Josjoea en Chaim knikten bevestigend als twee schooljongens die de les werd gelezen. Alsof hij God zelf was, beklom Zimra de zes trappen van de *bima*, het spreekgestoelte in het midden van de synagoge, om uitspraak te doen. Elke trap symboliseerde een dag van de week. Want elke dag opnieuw moest de mens ernaar streven een hoger spiritueel niveau te bereiken.

'Elk contract is heilig,' bulderde Zimra's stem door de synagoge terwijl hij op het platform stond dat het zevende en hoogste spirituele niveau uitdrukte. 'Zelfs dit onbezonnen stuk papier. Ik veroordeel je tot het maandelijks aflossen van twee zilverstukken tot je schuld is voldaan.'

Chaim zuchtte. Twee zilverstukken was een fors bedrag. Net zoveel als zijn huur. Het betekende hoe dan ook dat hij opnieuw om werk zou moeten vragen bij Abraham. Maar zelfs als die hem zou helpen, hield hij niets over om van te leven.

Maar ook Josjoea was ontevreden. Hij had honderdvijfentwintig zilverstukken nodig. En snel.

Net toen Zimra wilde afdalen van het spreekgestoelte, stond rechter Karo op.

'Waarde confrater, ik heb je rechtspraak met belangstelling en bewondering gevolgd. Maar ik heb toch nog een vraagje...'

'Natuurlijk,' zei Zimra gul. 'Twee weten altijd meer dan een, zeg ik maar.'

'Dank je. Wel, als ik het goed gevolgd heb, is Chaim het bedrag van honderdvijfentwintig zilverstukken schuldig aan zijn broer. Met twee zilverstukken per maand duurt het bijna drieënzestig maanden vooraleer Josjoea zijn geld terug heeft. Een lange tijd, nietwaar?'

Josjoea glorieerde nu zelfs Karo hem bijviel. In het verleden had hij al vaker zijn dubieuze zaakjes voor Karo bepleit. Ontevreden klanten die het gewicht aan zilver dat Josjoea berekend had, in twijfel trokken. Maar Josjoea was steeds bereid tot een minnelijke schikking en werd daardoor nooit veroordeeld. Karo leek hem nu te willen belonen voor zijn inschikkelijkheid.

'Ik wilde de zaak niet op de spits drijven, rechter Karo,' vleide Josjoea. 'Het is ten slotte mijn broer. Maar u hebt wel een punt, vind ik. Bovendien staat in ons contract dat de rente blijft doorlopen tot de laatste cent is terugbetaald.'

'Ik ben blij dat je dit inbrengt, Josjoea,' glunderde Karo. 'Dat geeft me de gelegenheid je een vers uit *Exodus* te citeren. Er staat geschreven: "Indien je iemand uit mijn volk, de arme die bij je is, geld leent, wees dan niet een harde schuldeiser voor hem, leg hem geen rente op." De Tora verbiedt dus dat wij joden rente aan elkaar berekenen.'

'Maar ik heb het geaccepteerd, rechter Karo, door het contract te ondertekenen,' verdedigde Chaim zijn broer.

'Precies, en daarom heeft mijn eerbiedwaardige collega Zimra je ook veroordeeld om de rente tot en met vandaag af te lossen. Al bestaat er ook nog een andere oplossing. Mag ik, confrater?'

'Natuurlijk,' zei Zimra met een geboetseerde glimlach.

Gespannen keken Chaim en Josjoea toe hoe de oude Karo op zijn beurt de bima beklom. Chaim wilde alleen maar verder werken aan zijn boek. Het voorbije jaar was het betoverendste uit zijn leven geweest. Hij had precies gedaan waarvoor hij hier op aarde was gekomen. Het schrijven had hem totaal vervuld. De gedachte opnieuw wol te moeten kleuren, maakte hem wanhopig.

'Als jij je overtreding van de Tora werkelijk ongedaan wilt maken, Josjoea,' sprak Karo ernstig terwijl hij zijdelings Zimra aankeek alsof hij zijn goedkeuring vroeg, 'dan zou jij je broer zijn hele schuld kunnen kwijtschelden.'

Josjoea lachte verontwaardigd. 'Waarom zou ik dat doen, rechter

Karo, me dunkt dat hem meer schuld treft dan mij.'

'Je zou je lening kunnen omzetten in geld dat je belegde in een *hetter iska*.'

'In een investering?' riepen beide broers verbaasd uit.

'Een hetter iska,' herhaalde Karo. 'De lening heb je dan belegd in je broer Chaim. Je wordt bij wijze van spreken aandeelhouder in het bedrijf Chaim Vital. In ruil daarvoor krijg je jaarlijks een deel, bijvoorbeeld tien procent, van de winst die Chaim dat jaar heeft gemaakt.'

'Maar rechter Karo,' protesteerde Josjoea, 'hij verdiende bij dat textielatelier 48 zilverstukken per jaar. Dan zou ik slechts 4,8 zilverstukken per jaar krijgen. Het duurt dan tien jaar voordat ik alleen nog maar mijn zogenaamde hetter iska heb terugverdiend, laat staan enige winst heb gemaakt!'

'Misschien onderschat jij je broer. Chaim staat bekend als de meest briljante kabbalastudent van Tsfat. Nietwaar, rabbi Zimra?'

Onwillig knikte hij met zijn dikke hoofd ter bevestiging.

'Het kan niet anders of op een dag kan hij zijn geestelijke rijkdom verzilveren. Dat is een wet van het universum,' vervolgde Karo. 'Dat zou jou dan geen windeieren leggen. Misschien verdien je zelfs het veelvoudige van wat je nu met rente hoopte te verdienen.'

Dit gaat totaal de verkeerde kant op, dacht Josjoea paniekerig. Zijn ogen zochten steun bij Zimra, die in een vlugge blik duidelijk maakte dat hij verder ook machteloos was. Dit was geheel niet de uitspraak waar Josjoea op had gerekend. In plaats van te zegevieren, moest hij nu horen hoe ook Karo weer de loftrompet over Chaim afstak. Hoe Karo zijn broer zelfs een rijk leven toedichtte, terwijl rijkdom nu net het punt was waarop Josjoea zijn broer altijd had verslagen.

'Ik ga akkoord,' zei Josjoea ten slotte en gaf onwillig een hand aan zijn broer. 'Je ontspringt mooi de dans, broertje. Maar let wel op, ik houd mijn investeringen goed in de gaten.'

Met een afgemeten knikje naar Karo en een woedende blik naar Zimra verliet hij weer niet als winnaar en zonder het verwachte geld de synagoge.

Karo en Zimra daalden langs beide trappen van de bima naar beneden.

'Wat een briljante toevoeging,' zei Zimra afgemeten. 'Maar als je me wilt excuseren, ik heb nog een afspraak.' Hij haastte zich de synagoge uit.

Karo legde zijn oude, magere hand op de schouder van Chaim.

'Dat contract was heel dom van je, Chaim,' zei hij. 'Misschien zit je wel te veel met je hoofd in de wolken, en wordt het tijd om ook met je twee voeten op aarde te staan.'

Chaim knikte.

'Ik wil dat je vanavond bij me komt eten. Ik wil je iets vragen.'

Verrast keek Chaim in de oude, blinkende ogen van Karo.

Josjoea spoedde zich intussen voort door de drukke straten van Tsfat. Ik moet geld hebben, hield hij zichzelf voor, terwijl hij tegen een straatkat schopte die hem voor de voeten liep.

'Josjoea,' riep Zimra die hem achternagelopen was. 'Josjoea, het spijt me. Ik kon niet ingrijpen. Maar waarom ben je niet naar mij gekomen als je zo om dat geld verlegen zit? Ik heb je toch gevraagd om vriendschappelijk met Chaim om te gaan?'

'Een jaar lang ben ik vriendelijk geweest, Zimra. Maar ik zit in de problemen. Ik heb dringend geld nodig.'

'Wat is er dan aan de hand?'

'Dat gaat je niets aan,' zei Josjoea verschrikt.

'Rustig maar,' stelde Zimra hem gerust. 'Loop maar mee naar mijn huis dan geef ik je het geld. Maar blijf vriendelijk tegen Chaim. Je weet toch dat men de ware grootheid van een man kan afmeten aan hoe hij iemand behandelt die niets goeds voor hem vertegenwoordigt. Trouwens, je hebt het me beloofd.'

'Goed,' zei Josjoea opgelucht dat hij zijn schuld zou kunnen inlossen...

45 אי״ע Alef Joed Ajin: **de God van de verlangens**

De enorme eetzaal waar die dag weer honderden studenten van Karo hun maag hadden gevuld met de wintersoep van Rebecca, was leeg op de middelste tafel na, waar Chaim druk discussieerde met de oude rechter. Karo toonde zich een uitmuntende gastheer waardoor

Chaim al snel zijn beleefde gereserveerdheid liet vallen. Hij praatte vrijuit over zijn boek, zijn studie en zijn vriendschap met Yitschak.

'Ik wist wel dat het goed met je zou aflopen,' zei Karo vaderlijk en kneep hem in de wang. 'Al heb jij je vader menige slapeloze nacht bezorgd.'

Het was een ongeluk, kon Chaim alleen maar denken, een tragisch ongeluk.

'Ik heb hem in die tijd altijd gerustgesteld. Terwijl jij je verloor in de alchemie, deed ik jouw vader een voorspelling. Ik had vertrouwen in jouw uitmuntende aanleg. Ik zei hem...'

Rebecca legde een vermanende vinger op zijn lippen en knipoogde.

Hij beet even speels in haar vinger en vervolgde toen verliefd: 'Je hebt gelijk, lieverd. Ik loop op de zaken vooruit. Maar ik wil het ook zo graag vertellen.'

Liefkozend drukte ze haar volle lippen op zijn dunne mond. Om zich een houding te geven stapelde Chaim de lege borden op elkaar.

'Hoe dan ook, Chaim,' richtte Karo zich weer tot zijn gast, 'toen je eenmaal de kabbala ging bestuderen, heb ik je toenmalige leraar, rabbi *Alschich*, opgezocht. Ik zei hem dat hij uitzonderlijk zorgvuldig en behoedzaam moest omgaan met jouw ontwikkeling. Ik heb altijd geweten dat jij voor iets groots was voorbestemd.'

Chaim zwol van trots. Sinds hij voor zichzelf bewezen had dat hij een boek op de wereld kon zetten, voelde hij zich oppermachtig. Net zoals een moeder die een kind had gebaard. Hij had geen idee dat Karo hem al zo lang in de gaten hield en zelfs als een beschermengel was opgetreden.

'Je bent gezegend om de uitverkoren student van Yitschak te zijn, begrijp je dat wel?' zuchtte Karo. 'Enkele weken geleden heb ik hem gevraagd of hij ook mij les wilde geven. Beleefd zei hij dat hij vereerd was maar dat de boeken van Cordovero betere leerstof voor me waren. "Denk je dat mijn eenentachtigjarig verstand niet meer scherp genoeg is?" zei ik. Maar hij had gelijk. Zodra hij op dreef was, begon ik te knikkebollen en viel in slaap. Ach, die arme Yehoeda, ik heb hem vaak verweten dat hij weer had liggen slapen tijdens Yitschaks lessen.'

Weemoedig keek Karo in zijn glas dieprode wijn. Rebecca streelde door zijn spaarzame haren.

'Hoe gaat het nu met Yehoeda?' vroeg Chaim uit wellevendheid. Eigenlijk wilde hij helemaal niet weten hoe het met hem, laat staan met zijn vrouw Francesa, ging. Hij had hartstochtelijk zijn best gedaan hen voorgoed uit zijn gedachten te bannen. Soms dacht hij tevreden dat hij daarin was geslaagd, tot ze weer opdoken in zijn dromen en hij zwetend wakker werd. Hij wist dat Yehoeda niet alleen de zwakke plek van hemzelf maar ook van Karo was.

Er werd aan de poort geklopt. Rebecca haastte zich door de zaal om open te maken.

'Vraag het hem zelf,' glimlachte Karo veelbelovend. 'Hij en zijn bekoorlijke vrouw voegen zich vanavond bij ons.'

Chaim voelde zijn nekhaar overeind komen toen hij de vertrouwde stem van Francesa hoorde die haar schoonmoeder begroette. In al haar onaangetaste gratie heupwiegde ze door de lange eetzaal, recht op Chaim af. Ze stak haar hand naar hem uit.

'Sjalom, Chaim. Dat is lang geleden,' zei ze luchthartig.

'Ja,' was alles wat hij kon uitbrengen terwijl hij naar haar vinger keek waaraan de schitterende Godin van de bescherming pronkte. Direct begreep hij dat zij de fortuinlijke klant moest zijn geweest waarover Josjoea hem vorig jaar vertelde. Aan haar dankte hij dus indirect zijn lening. Ze moest een vermogen hebben neergeteld. Dankbaar keek hij naar de jonge vrouw van wie elk detail in zijn herinnering stond geëtst. Het meisje dat hem iedere avond aankeek vanaf het pijnlijke schilderij van Schlomo dat boven zijn bed hing. Haar schoonheid was nu tot volle wasdom gekomen in de rijpheid van bevallige echtgenote. Alleen haar ogen glansden iets minder dan hij zich herinnerde en verrieden een onbestemd verdriet.

Yehoeda had inmiddels zijn vader omhelsd en stond al een poosje met uitgestoken hand naar Chaim, voor wie de tijd stilstond. Zijn hand vastgevroren aan de warme huid van Francesa die hem ontdooide. Zijn blik uitgeworpen als een schietlood dat de waarde van hun geschiedenis probeerde te peilen.

'Als ik jullie even mag onderbreken,' zei Yehoeda. Allen lachten en Chaim omhelsde kameraadschappelijk de man die met zijn grote liefde was getrouwd.

Ongeduldig wachtte Karo tot Rebecca ook de nieuwe gasten had ingeschonken en beduidde haar toen bij hem te komen zitten. Zijn knokige vingers omstrengelden de hare toen hij het woord weer nam: 'Ik heb hier lang met Rebecca over gepraat en uiteindelijk heb ik een beslissing genomen. Omdat het een beslissing is die jullie allen aangaat, heb ik jullie hier vanavond uitgenodigd.'

Met wijde pupillen staarde Chaim Karo aan. Zou hij nu zijn voorspelling aan zijn vader onthullen? En wat had dit te maken met Yehoeda en Francesa? Zou hij hun huwelijk willen ontbinden, vroeg Chaim zich plots net zo bevreesd als hoopvol af.

'Yehoeda, mijn zoon,' sprak Karo met een dikke tong. 'Ik ben een slechte vader voor je geweest. Ik heb je in een keurslijf willen dringen, dat je niet past. In mijn dromen tekende ik een leven voor je uit dat jij alleen nog maar hoefde in te vullen. Maar in al mijn zogenaamde wijsheid was ik vergeten dat jij een eigen ziel had, met eigen verlangens en een eigen wil. Veel te lang heb ik hiertegen gevochten. Dankzij je stiefmoeder Rebecca ben ik langzaam tot dat inzicht gekomen.'

Verwonderd keek Yehoeda naar Rebecca. Zou uitgerekend deze vrouw, die hij nooit had gemogen, zijn wanhopige gespartel om proberen te voldoen aan de maatstaven van zijn vader hebben herkend? Hoe hij een rol trachtte te vertolken die hem geheel niet lag? Hoe hij zijn ware natuur onderdrukte? En zou zijn vader hem dan nu ontslaan van zijn huwelijkse plicht met Francesa?

'Rebecca opende me de ogen,' ging Karo ontroerd verder. 'Zij wees me op je voortdurende strijd om mijn goedkeuring te winnen. Zij toonde me je grote ziel die door mij werd geketend. Maar nu ben ik blij dat ik vanavond je handboeien kan losmaken zodat jij je vleugels uit kunt slaan.'

Francesa's klamme handen zochten onder tafel naar zowel de hand van Yehoeda als die van Chaim. Glunderend keek ze naar de beide mannen van haar leven, in afwachting van de bevrijdende woorden van Karo.

De oude man schraapte zijn keel. 'Mijn beslissing zal jullie drie levens beïnvloeden.'

'Toe, maak het niet zo spannend, lieverd, zeg het dan,' moedigde Rebecca haar man aan met een stralend gezicht.

'Goed,' zei Karo. 'Yehoeda, ik ontsla je van mijn verwachting om mij op te volgen in de rechtbank. Ik weet nu pas echt dat je warm noch koud wordt van de joodse wet. Jij hebt andere grootse talenten. Ik wil dat je de kans krijgt om die ten volle te ontplooien, gesteund door je voorbeeldige vrouw.'

Verbijsterd keek Yehoeda zijn vader aan. Hij wist niet wat hij het meest ongelooflijke vond. De totale ommezwaai in de obsessie van zijn vader om hem tot zijn opvolger op te leiden. Of de verscheurende teleurstelling dat zijn vader nog steeds blind was voor zijn nog grotere hartenpijn door getrouwd te zijn met iemand van wie hij niet hield.

'Chaim,' ging Karo onverstoord verder na een flinke teug van zijn glas wijn nu het hoge woord eruit was. 'Het voorval met Josjoea vanochtend heeft me ervan overtuigd dat het goed voor je zou zijn om voeling te houden met de concrete wet van de Tora. Gerechtigheid geeft de mens kracht. Als je een spel niet kunt verliezen omdat er geen regels zijn, kun je het spel ook niet winnen, precies om dezelfde reden. Daarom is de wet zo belangrijk. Dankzij de wet kun je een verschil maken in deze wereld. Wat toch jouw grote droom is? Alles wat je onderneemt is of een overtreding of een vervulling van de Tora. Of het schaadt deze wereld, of het helpt hem vooruit. De wet is wat de mens richting geeft. Ik wil jou aannemen als assistent zodat ik je kan opleiden als mijn opvolger. Precies zoals ik je vader voorspelde. Wat zeg je daarvan, jongen?'

Chaims mond viel open. Het vuur van zijn passie dat zo opgestookt was de laatste minuten, leek met een emmer water sissend gedoofd. Hij was verbouwereerd dat er nog zoveel harstocht voor Francesa in hem smeulde. De grootse aanbieding om Karo's assistent te worden, een positie waar honderden studenten van droomden, leek futiel nu Francesa hem weer ontglipte. Een paar minuten lang had hij zich de held van een verhaal gewaand die als in een sprookje eindelijk de prinses kreeg. Sprakeloos staarde hij naar Francesa, wier ogen gebroken waren als de stukgeslagen zuilen van de tempel van Jeruzalem.

Karo voelde zich geïrriteerd door de stilte waarmee de jongelui zijn grote nieuws ontvingen. Hij schonk zijn glas bij en keek weifelend naar Rebecca.

'Ik denk dat ze alle drie het nieuws nog tot zich moeten laten doordringen,' zei ze bemoedigend. 'Misschien moeten we ze ook maar alleen laten.'

Karo glimlachte bewonderend om deze wijze woorden van zijn vrouw.

'Je hebt gelijk, Rebecca. Ik laat de jeugd, de jeugd.'

Hij sloeg zijn glas achterover en Rebecca hielp hem overeind.

'Ik heb ook veel meer gedronken dan goed is voor een mens,' mompelde hij. 'Wanneer leer ik toch eens de deugd van de matigheid.'

'Kom, schat, we gaan,' zei Rebecca, die wist dat als ze nu niet ingreep Karo uitgebreid zijn beklag zou doen dat hij zijn lichamelijke geneugtes maar niet kon beteugelen en vervolgens zijn fantasie uit zou spreken ooit op een brandstapel te sterven.

'O ja, Chaim,' voegde Karo toch nog snel toe terwijl hij de fles wijn van tafel griste. 'Je verdient vier zilverstukken per maand. Dat is niet veel. Maar het leert je om op een bescheiden manier recht te spreken over mensen die veel minder of veel meer dan jij verdienen. Als je me eenmaal echt opvolgt, zul je goed de kost verdienen.'

Nagestaard door de drie teleurgestelde jonge mensen liep Karo beschonken naar de aan de eetzaal grenzende privévertrekken met een ondeugende, bevende hand op Rebecca's ronde billen.

46 שׂאה Sjin Alef Hej: **de God van de zielsverwantschap**

Anna las op het puntje van haar schommelstoel, naast het knetterende haardvuur, de laatste woorden van Chaims manuscript. 'Zij die dit boek lazen met hun verstand en geloof, zullen het echt begrijpen.'

Ze liet het vel papier naar beneden dwarrelen en schommelde rustig op en neer. Het leek of het boek al haar zintuigen had versterkt. Alsof ze het middelpunt van het universum was dat alles met elkaar verbond. Het had een kracht in haar bevrijd die duizelingwekkend was. Net alsof ze jaren als een blinde door landschappen had getrokken die ze nu als bij toverslag in hun volle kleurenpracht kon aanschouwen. Het boek leek de sleutel te zijn naar een koffer vol kennis die ze altijd had meegezeuld maar nooit had kunnen openen. Haar hele lichaam gloeide van geluk om het besef dat alles in het leven betekenis had. Dat niets zich voltrok zonder dat daar eerst een oorzaak voor was. Dat het leven smaakte als een overvloedige feestmaaltijd waarbij elke smaak de andere beïnvloedde. Elk ingrediënt definieerde zichzelf iedere keer opnieuw door alle mogelijke combinaties en zo werd het leven een copieus diner.

Ze sprong uit haar schommelstoel en wilde de trap oprennen. Maar ze bedacht zich toen dat het misschien toch fatsoenlijker was een kamerjas aan te trekken boven haar oudroze, doorzichtige nachtkleed. Met vlugge streken haalde ze een borstel door haar haren en zag tot haar verrassing een stralende vrouw in de spiegel. Ze vond het plots jammer dat ze zo zelden aandacht aan haar uiterlijk had geschonken. Zelfs als jong meisje al verdiepte ze zich liever in de besognes van haar vriendinnen dan dat ze zichzelf afvroeg wat haar het meest zou flatteren. Ze liep naar het schatkistje waar ze de betalingen van haar klanten in bewaarde. Esther, de weduwe van Schlomo, had haar consult laatst betaald met een nieuwerwetse uitvinding uit Italië. Het was een zilverkleurig doosje met rode crème en Esther had uitgelegd dat het de bedoeling was om hiermee de lippen te kleuren. Anna had het ontzettend grappig gevonden. Maar ze was ervan overtuigd dat het wel in haar kistje zou blijven zitten tot ze het op een dag aan een vriendin zou schenken. Door de levenslust die het boek in haar ontwaakt had, besloot ze het gewoon eens te proberen. Zorgvuldig verfde ze haar lippen. Ze sierde haar haren met een kleurig lint en dat oudroze nachtkleed... dat accentueerde best aardig haar mooie vormen.

'Chaim, Chaim,' riep ze ongeduldig terwijl ze op de deur hamerde. Ze hoorde een geschrokken gebrom en gestommel. Slaperig deed Chaim de deur open.

'Wat is er?' vroeg hij. 'Droom ik? Jij ziet er zo gek uit!'

Ze had er geen moment bij stilgestaan dat het al diep in de nacht was. Anna lachte om Chaims verweerde hoofd. Hij rilde in zijn korte nachthemd.

'Chaim, je bent een wijze man,' zei ze.

'O,' zei hij, 'fijn om te horen.'

Hij wilde de deur dichtslaan maar Anna zette een voet tussen de opening en volgde hem naar binnen. Hij kroop terug in bed en trok de dekens over zich heen terwijl Anna een kaars ontstak.

'Ik heb net je boek gelezen,' viel ze met de deur in huis.

Chaim ging rechtop in zijn bed zitten. Al twee dagen wachtte hij ongeduldig op respons van Anna. Ze had met geen woord over het boek gerept. Hij zelf was te trots om ernaar te vragen. Morgen neem ik het boek mee terug naar mijn kamer, had hij die avond nog gedacht, toen hij zag dat zijn manuscript nog steeds onaangeroerd bij het haardvuur lag.

'En?' vroeg hij en hij probeerde zo ongeïnteresseerd mogelijk te klinken.

'Ik was zo bang om het te lezen. Ik zou niet tegen je kunnen liegen. Ik dacht, als ik het niet goed vind, dan kan ik je niet meer onder ogen komen. Ik weet hoeveel het voor je betekent.'

'En?' herhaalde Chaim.

'Ik heb het in één ruk uitgelezen, ik kon niet stoppen. Dit boek heeft zoveel kracht, draagt zoveel rijkdom in zich. Je bent een held, Chaim.'

Dit was alles wat hij wilde horen. Zolang het boek tussen zijn vier muren woonde, kon het alles zijn wat hij er zelf over droomde. Maar sinds hij het aan Anna had gegeven, leek het een weerloze prooi geworden. Het boek moest nu op eigen kracht overtuigen. Geen enkel minder goed gekozen woord kon hij nu nog corrigeren. Het boek was een zelfstandig wezen geworden dat met een eigen stem sprak tot zijn lezers.

'Vertel, wat heeft je aangesproken, wat vond je zo goed?' vroeg hij, hongerig naar meer complimenten.

Anna schoof de stoel dichter bij het bed van Chaim en plaatste de kaars tussen hen beiden. Zijn kinderlijke zucht naar bevestiging ontroerde haar. Een hevige hagelbui kletterde tegen de broze glas-in-loodruitjes.

'Je mooiste hoofdstuk vind ik dat over zielsverwantschap. Hoe je een verband legt met de planeet Saturnus, de planeet van de reincarnatie. Dat de negenentwintigjarige cyclus van *Saturnus* om de zon overeenkomt met de eerste negenentwintig jaar van een mensenleven. Ik heb zo vaak gemerkt dat mensen tot hun negenentwintigste dolenden lijken. Alsof ze nog worstelen met hun verdriet uit een vorig leven. En dat na dit diepe dal van het hart pas de tijd aanbreekt voor een hergeboorte. Het kan gewoon geen toeval zijn hoeveel mensen rond die leeftijd niet meer weten van welk hout pijlen te maken. Maar nog veel opvallender is dat zij die hun zielenleed weten te helen, beloond worden met het vinden van hun zielsgenoot. Ik leg het misschien onhandig uit...'

'Helemaal niet,' onderbrak Chaim haar snel. 'Je vat het perfect samen. Het is geweldig om uit jouw mond te horen wat ik probeerde op te schrijven. Ik probeerde er zelf ook alleen maar woorden voor te vinden. Ik schreef slechts de wijsheid van Sjimon Bar Jochaj en Yitschak neer.'

'Wat is wijsheid waard als die niet gedeeld wordt, Chaim? Het is jouw taak om deze kennis in de wereld te brengen. En dat doe je op een sublieme manier,' sprak Anna vurig.

'Zodat jij het zelfs begrijpt,' plaagde Chaim haar.

Anna trok arrogant haar wenkbrauwen op. 'Jij wordt toch bijna zevenentwintig? Nog flink wat werk voor de boeg, Chaim,' was haar weerwoord.

'Het was heel belangrijk voor me dat jij het zou lezen,' vergoelijkte Chaim. 'Jij bent de enige die ik op dit punt mijn werk toevertrouw. Maar vooruit, ik heb hier een jaar aan gewerkt, ik wil meer horen!'

'Mag ik dan even bij je onder de dekens komen, Chaim? Het is hier zo koud.'

'Natuurlijk,' zei Chaim, overrompeld door haar vraag.

'Zie je niets anders aan mij,' vroeg ze terwijl ze met de kaarsvlam haar gezicht verlichtte.

'Je lippen,' riep hij, 'wat is er gebeurd? Heb je iets verkeerds gegeten?'

Anna zette de kaars neer en kroop bij hem in het smalle eenpersoonsbed. Chaim probeerde wanhopig de situatie zo normaal mogelijk te vinden. Het was midden in de nacht. Het was koud. Ze hadden een gesprek. Natuurlijk kroop je dan naast elkaar in bed. Hij schoof zo dicht mogelijk tegen de muur, zodat ze hem niet zou aanraken. Anna trok de deken naar zich toe waardoor hij half onbedekt kwam te liggen. Maar hij durfde niet terug te trekken omdat ze daar misschien wat achter zou zoeken. Ze luisterden naar de hagel die met stormvlagen tegen de ruitjes sloeg.

'Nou dan,' durfde Chaim ten slotte met droge keel te vragen. 'Barst los over mijn boek!'

'Het is zo'n wonderlijk besef dat je schrijft dat veertig dagen voor iemands geboorte al een keuze wordt gemaakt wie je zielsgenoot op aarde zal zijn,' zei ze zacht.

'O, waarom dan,' vroeg hij quasi-onverschillig.

'Dat iedere man en iedere vrouw wordt geboren als de helft van een ziel die op aarde vereniging zoekt. Niemand wordt geboren om alleen te zijn. Alleen, hoe vind je die zielsverwant, hoe herken je hem,' fluisterde ze.

Ze draaide zich op haar zij en keek naar de contouren van het gezicht van de man die zoveel van haar gedachten in beslag nam. Zijn scherpe neus, zijn krullende haar, zijn glanzende ogen die zelfs in het donker licht weerkaatsten.

Anna verborg haar gezicht in zijn hoofdkussen. Zoals de hete gloed van vee tegen het gezicht slaat bij het betreden van een stal, zo werd ze met welbehagen overvallen door de dominante geur van zijn warme, krachtige mannenlichaam. Ze drukte instinctmatig haar heupen tegen de matras en voelde zich als een tulp die voor het eerst haar kelk opent om gulzig van het regenwater te drinken.

'Je schrijft zo mooi dat als iemand zijn zielsverwant eindelijk tegenkomt, het voelt of je thuiskomt van een lange reis. Dat het dan nauwelijks nodig is om met elkaar te praten omdat je elkaar woordeloos begrijpt. Dat je alleen maar kan glimlachen omdat je haar al zovele keren eerder bent tegengekomen in je leven, maar haar toen niet herkende. Dat die twee zielen elkaar dan vinden, omdat ze twee helften van een geheel zijn.'

'Ja,' was alles wat Chaim kon uitbrengen. De fluisterende stem van Anna en haar lichaam dat zachte bewegingen maakte, joegen hem angst aan. Vanuit zijn ooghoeken zag hij dat ze op haar buik lag en nauwelijks merkbaar wiegde met haar lichaam.

Ze voelde zijn blik en draaide haar hoofd naar hem toe. Haar stem klonk droog.

'Je hebt zo gelijk dat je het vitale belang beschrijft om je zielspartner te vinden in dit leven. Dat het jezelf, je geliefde en je toekomstige kinderen verheft. Hoe alle krachten uit de spirituele wereld samenspannen om twee zielen op aarde bij elkaar te brengen. Dat we allemaal zielen zijn op een oneindige reis. Dat je alleen maar je ogen moet opendoen, bidden en kijken naar de tekens die het leven je geeft.'

'Soms maken mensen de verkeerde keuze,' gromde Chaim. 'Vaak heeft dat met een vorig leven te maken. Dat je nog iets hebt uit te zoeken met die ziel en zodra dat gebeurd is, je als vrienden je huwelijk kunt ontbinden. Ik denk dat dit de reden is waarom Yehoeda en Francesa met elkaar moesten trouwen. Wat zij met elkaar moeten uitvechten, weten zij alleen. Al begrijpt de rest van de wereld er niets van. Zij zullen pas naar hun echte zielsverwant op zoek kunnen gaan, als ze het met elkaar hebben opgelost.'

Anna voelde zich als een plas water die in luttele seconden in het woestijnzand verdampte. Er liep een ijskoude rilling over haar rug die net nog zo warm van verlangen was geweest. Ze gleed uit bed. De ogen van Francesa keken haar triomfantelijk aan vanaf het schilderij boven zijn bed. Het was opgehouden te hagelen. Alleen het geluid van verdwaalde voetstappen door de smeltende hagelplassen klonk door de straten.

'Mag ik je hand even zien?' vroeg ze.

Hij stak vanuit de verte zijn hand uit. Bijgelicht door de kaars bestudeerde ze de lijn die horizontaal van de pink naar de middelvinger loopt. De hartlijn.

'Je liefdeslijn heeft drie vertakkingen naar boven,' zei ze. 'Dat betekent dat er drie vrouwen in je leven zijn die dingen om je gunst. Om te ontdekken wie van hen jouw zielsgenoot is, moet je verbinding maken met het pure gevoel van je eerste verliefdheid. De vrouw die dezelfde onschuld in je wakker maakt als toen je een jongetje was, dat is jouw ware.'

Chaim trok de deken over zijn verkleumde lichaam heen. Hij zag nog net een glimp van de uitgelopen verf op Anna 's lippen terwijl ze de kaars uitblies. Zonder iets te zeggen, verliet ze zijn kamer.

Chaim kon zich voor Francesa geen meisjes herinneren waar hij verliefd op was. De enige vrouw van wie hij veel had gehouden, was zijn moeder. Maar elke gedachte aan haar wilde hij liefst verdringen.

Tsfat 1572. Begin van de zomer, zeven maanden later
(*joodse jaartelling: 5332*)

47 לאו Lamed Alef Vav: **de God die bevrijdt van hebzucht**

Onder het toeziende oog van Chaim en rechter Karo plaatsten Yitschak en Esther hun handtekening onder het contract.

Esther had zich anderhalf jaar lang bezwaard gevoeld met de haar toegewezen grond en de boerderij van Haman. Ze kon het niet opbrengen het veld te bezoeken waar haar man was vermoord. Ze had tevergeefs gehoopt dat Fatima zou opdagen om haar erfenis op te eisen. Maar die had taal noch teken gegeven. Om van de ongelukkige erfenis af te komen was het idee ontstaan het vruchtgebruik te schenken aan Yitschak en zijn leerlingen. Ze was ervan overtuigd dat ze daar Schlomo het meest door eerde.

'Schlomo gaf weinig om bezit,' verklaarde ze. 'Wanneer hij geld had, moest het ook meteen weer rollen. Toen wij trouwden had hij geen geld voor een ring voor mij. In plaats daarvan gaf hij mij een schilderij waarin hij zijn liefde voor me uitdrukte. Mijn vader, een erg welgestelde huizenbezitter, zei dat hij zich geen rijkere schoonzoon kon wensen.'

Chaim had een uiterst zorgvuldig contract opgesteld dat Esther altijd de mogelijkheid gaf haar eigendom opnieuw in bezit te krijgen.

Rechter Karo was ingenomen met het werk van Chaim. Ondanks hun grote leeftijdsverschil inspireerden ze elkaar. De Tora en de kabbala reikten elkaar de hand wanneer zij tweeën voorovergebogen de teksten bestudeerden. Urenlang discussieerden ze over de mens die op elk moment van zijn leven de keuze had tussen waarachtigheid en leugenachtigheid. Hoe verleidelijk het was je eigen leugens voor jezelf als eerlijkheid te verantwoorden. En dat het de Schepper in zijn oneindige vertrouwen niets uitmaakte welke keuze je maakte. Hij had de eeuwigheid. Hij keek met barmhartigheid en gaf je ieder moment weer een nieuwe kans. Desnoods nog vele levens lang. Ze streefden ernaar met diezelfde barmhartigheid recht te spreken. De misstap zelf werd ondergeschikt aan het waarom ervan. Wat had iemand in die fractie van een seconde doen besluiten voor het verkeerde te kiezen in plaats van voor het goede? Wat had hij daar fundamenteel uit te leren?

Chaims hart groeide door zich dagelijks over deze vragen te buigen. Niet langer was zijn eigen navel het centrum van de wereld. Hij ontwikkelde compassie en mededogen met de minst bedeelden. Zijn natuur werd zachter. Hij werkte hard en nauwgezet. Het zich verdiepen in de strikte letter van de wet had Chaim wortels gegeven.

'Om God te ontmoeten moet je met je voeten op de grond staan, en met je hoofd naar de hemel reiken. Zo kun je de goddelijke energie in je dagelijks leven laten stromen,' had Karo hem gezegd.

Zelfs Zimra toonde zijn appreciatie voor de snelle ontwikkeling die Chaim doormaakte. 'Mocht de dood je komen halen, Karo, wat God verhoede, dan is je rechtbank in goede handen.'

'Deze overeenkomst moet nog wel geautoriseerd worden door de gouverneur,' besloot Karo de ondertekening. 'Want het eerste recht op het eigendom komt nog steeds toe aan Fatima. Maar ik geloof niet dat Aboe Siffien voor moeilijkheden zal zorgen.'

Esther en Yitschak bezegelden de overdracht met een handdruk.

'Elke vrijdagavond zingen we Schlomo's lied bij de johannesbroodboom om de sjabbat als bruid te verwelkomen,' zei Yitschak.

'Wat mooi,' glimlachte Esther droevig. 'Elke kunstenaar wil graag na zijn dood in zijn werk voortleven. Hoe gaat het met jouw boek, Chaim?'

'Het is klaar,' antwoordde hij trots.

Yitschak keek hem verbaasd aan. 'Klaar? Dat heb je me niet verteld?'

'Ik heb mijn eerste versie helemaal verbeterd,' verontschuldigde Chaim zich. 'Ik ben nu nog wat aan het polijsten. Maar Karo overstelpt me zo met werk, dat mijn boek nachtarbeid is geworden.'

'Ik heb je nooit een gemakkelijk baantje beloofd,' zei Karo. 'Maar je bent jong en je hebt geen gezin om voor te zorgen.'

'Geef het boek aan mij, Chaim,' beval Yitschak ernstig. 'Ik zal het wel corrigeren. Per slot van rekening...'

'Nee,' zei Chaim feller dan hij zelf wilde. 'Ik wil het zelf afmaken. Ik weet precies wat eraan moet gebeuren.'

Yitschak zweeg en keek een paar tellen met zijn hypnotiserende blik in Chaims ogen. Toen gleed er een vriendelijke lach om zijn lippen.

'Chaim schrijft mijn boek,' verklaarde hij aan Karo. 'Ik heb er het geduld niet voor. Hij heeft het talent om mijn lessen op schrift vast te leggen.'

Verbouwereerd keek Chaim zijn meester aan. Zei hij nu dat het zijn boek was? Dat Chaim alleen als een soort secretaris fungeerde? Of reageerde hij overgevoelig?

'Ik dacht toch dat jij het over een eigen boek had dat je aan het schrijven was?' vroeg Esther verwonderd.

Dankbaar knikte hij haar toe. Hij had het dus niet verkeerd begrepen maar hij vond de woorden niet om zich te verdedigen. Hij wilde in het bijzijn van Karo en Esther niet kinderachtig redetwisten over zijn auteurschap. Maar wat bezielde Yitschak opeens?

De gespannen stilte werd verbroken door gejouw dat van buiten kwam. Het leek wel of er iemand publiekelijk werd geradbraakt.

Ze spoedden zich met hun vieren de synagoge uit en zagen dat een boze menigte zich verzameld had op het iets verder gelegen marktplein. Boze vuisten werden opgestoken naar een vrouw die op het houten staketsel van een marktkraampje stond.

'Houd die krankzinnige praatjes toch voor je, toverkol,' riep een woedende groenteboer.

'Je jaagt al onze klanten weg met je onheilstijdingen,' viel een magere schoenmaker hem bij.

'Ze heeft mijn toekomst perfect voorspeld,' riep een jonge moeder. 'Zes zonen, zei ze. Wel, kijk dan.' Ze toonde haar kroost aan de mensen om haar heen. 'Waarom zou ze het dan nu niet bij het rechte eind hebben?'

'Waarom zou ik liegen?' zei de vrouw op het staketsel, die moed kreeg door deze steunbetuiging.

Nu pas hoorde Chaim dat het de heldere stem van Anna was die de consternatie van al deze mensen opwekte. Mijn God, ze is maanziek geworden, ik moet haar helpen, dacht hij. Hij vocht zich een weg naar voren tussen de bijeengepakte massa.

'Geloof me dan toch,' riep Anna wanhopig. 'Het einde is nabij. Tsfat gaat binnen een maand ten onder! Velen van jullie zullen het niet overleven. Onze stad wordt getroffen door de grootste ramp sinds tijden. Vlucht! Vlucht nu het nog kan. Het onheil kan ons ieder moment treffen. Red jullie levens!'

Karo had zich in het kielzog van zijn jonge hulprechter naar voren gedrongen. De mensenzee week toen hij duidelijk maakte dat hij het woord wilde nemen.

'Waarom dan,' richtte Karo zich tot Anna. 'Waarom zou onze stad getroffen worden door een ramp?'

Nu de wijze rechter deze krankzinnige vrouw serieus nam, sloeg velen de angst pas echt om het hart. Allen keken Anna aan, in bange afwachting van haar antwoord.

'Ik heb een voorspellende droom gehad, rechter Karo,' zei Anna gespannen. 'En mijn dromen bedriegen me nooit. Ik heb gedroomd van een leeuw wiens honger niet gestild kan worden. In zijn vraatzucht verscheurt hij iedereen die op zijn pad komt. Pas wanneer de leeuw zal gaan slapen, zal er weer rust komen in de stad. Meer weet ik ook niet. Alleen dat het niet meer lang zal duren. Nu is de tijd om je in veiligheid te brengen. Daarna zullen de stadspoorten gesloten zijn en zal iedereen moeten wachten tot de leeuw is uitgeraasd.'

Alle ogen richtten zich weer op Karo. Hij keek Anna indringend aan. Zijn instinct vertelde hem dat deze vrouw meende wat ze zei. Hij wist dat dertig dagen voor een stad ten val komt in deze wereld, deze gebeurtenis wordt afgekondigd in de andere wereld. Als de stad het verdient, wordt deze ramp aan de rechtvaardige leiders geopenbaard uit de monden van kinderen, eenvoudige mensen, soms zelfs door tussenkomst van een vogel. Zodat de leiders kunnen oproepen tot berouw en de ramp alsnog kunnen afwenden. Maar het was absurd een stad te evacueren omwille van een droom van een kaartlegster. Karo zocht bevestiging bij Yitschak maar die was verdwenen in de massa. Hij moest op zijn eigen oordeel vertrouwen.

'Ik geloof dat je de waarheid spreekt,' zei hij aarzelend.

Een schok ging door de menigte.

'Maar ik geloof niet dat vluchten een oplossing is. Net wanneer onze stad getroffen wordt door rampspoed moeten wij als gemeenschap onze handen ineenslaan. Dan moeten we moedig ons lot dragen en eensgezind het tij keren. Voorlopig spreek je over een onzichtbare vijand. Een hongerige leeuw die gevoed moet worden. Wat dat ook moge betekenen, laten we de dag dat de leeuw zich vertoont ervoor zorgen dat we zijn honger stillen met ander voedsel dan mensenvlees.'

De menigte begon te applaudisseren. Niemand had zin om Tsfat te verlaten. Men hield van de stad die iedereen welvaart bracht. Men kon zich niet voorstellen dat er een vijand was die deze stad klein kon krijgen. Tsfat was een heilige plaats, omringd door een kring van helder licht rond de heuveltop. Deze bescherming zou hen ook door moeilijke tijden heen helpen. Karo had gelijk. Vluchten was voor lafaards. Als de nood aan de man was, zou men zijn stad met hart en ziel verdedigen.

'Jullie begrijpen het niet,' probeerde Anna het applaus te overschreeuwen. Pas toen Karo zijn hand weer uitstrekte, werd het stil.

'Ik roep de komende maand uit tot vastenperiode. Laat ons deze profetie aangrijpen als tijd voor bezinning. Onze stad kent grote welvaart. Maar dat is een zegen die ook een vloek kan zijn. Wanneer het nastreven van winstbejag ons obsedeert, verdrukken we het spirituele streven in ons. Is alle winst die jullie maken, jullie eigen verdienste? Zoek harmonie met de schepper door dankbaarheid te voelen bij het kunnen delen van je overvloed. Geef het weg aan diegenen die met minder geluk gezegend zijn. Liefdadigheid is gerechtigheid. Door een maand te vasten en extra aan liefdadigheid te schenken zullen de rechtvaardigen de kans krijgen hun leven te sparen.'

Ditmaal kwam er geen applaus. Een maand vasten was een extreem lange tijd. Zeker nu de dagen zo lang waren en men dan pas kon eten wanneer de zon verdwenen was. Ook in het extra geven van aalmoezen hadden velen geen zin. Ze gaven al meer dan genoeg, vonden ze. Moesten ze nu om zo'n dwaze droom hun zuurverdiende centen zomaar wegschenken? De bevolking was verdeeld. De ene helft besloot zich aan Karo's adviezen te houden. De andere helft geloofde dat het allemaal niet zo'n vaart zou lopen met de voorspelde rampspoed.

Niemand besteedde nog aandacht aan Anna. Terwijl iedereen weer aan het werk ging, liep Chaim op de buiten zichzelf zijnde waarzegster af. Hij hielp haar van het staketsel en bracht haar naar huis.

'Geloof jij me, Chaim?' vroeg ze. 'Geloof jij me dan, alsjeblieft. Je bent in gevaar. Vlucht, samen met mij.'

'Ik geloof je, Anna, echt waar,' suste Chaim haar. 'Maar Karo heeft gelijk. Oog in oog met het gevaar mogen we niet vluchten.'

48 מצר Mem Zadik Rejsj: **de God van de vrijheid**

Chaim bracht Anna naar huis en raadde haar aan om in bed te kruipen om bij te komen van de heftige gebeurtenissen. Daarna ging hij naar Yitschak. De manier waarop Yitschak over zijn boek had gesproken, zat hem dwars. Hij kon zich niet voorstellen dat Yitschak het boek als zijn eigen werk zou beschouwen. Misschien was hij overdonderd door het feit dat het al zo ver gevorderd was zonder dat Chaim hem dit had verteld. Maar Chaim wilde hem verrassen. Hij wilde het boek helemaal klaarmaken, laten drukken en dan het eerste exemplaar aan zijn meester overhandigen. Met op de openingspagina de opdracht: 'aan de leeuw van de kabbala'.

Chaim werd uit zijn sombere getob gewekt toen hij Yitschaks straat inliep. Twee voormalige leerlingen, Datan en Abiram, die sinds ze Yitschaks lessen verontwaardigd hadden verlaten niets anders dan roddels verspreidden, stonden te schelden en wezen naar de ivoorwitte poort van Yitschaks huis.

'De vloek van die kaartlegster heeft alles met jou te maken,' schreeuwde Abiram, de grootste van de twee.

'Je brengt de hele stad in gevaar met je mystieke gedoe,' brulde Datan.

Yitschak kwam de straat op lopen en de mannen zochten steun bij elkaar. Maar ze vatten moed, omdat Yitschak verder niets ondernam en begonnen een nieuwe scheldkanonnade.

'Je rijkdom zal wel de vrucht zijn van je zwarte magie,' siste Datan.

'En dat Egyptische vrouwtje van jou is nooit in de synagoge. Voelt ze zich te goed?' treiterde Abiram.

Chaim zag hoe de woede zich in zijn meester opstapelde en als het kokende water van een oprispende warmwaterbron naar boven spoot.

'Dat jullie verslonden mogen worden door de grond onder jullie voeten. Wanneer gaan jullie eindelijk eens berouw tonen voor jullie ongeloof? Hebben jullie je lesje dan nog steeds niet geleerd? Ik zal de grond boven jullie hoofden aanstampen!'

De mannen leken versteend door Yitschaks gruwelijke verwensing en vluchtten meteen daarna de straat uit. Chaim was gechoqueerd. Nog nooit had hij zijn meester kwaad gezien. De zachtaardigheid die hem getroffen had op het eerste moment dat hij Yitschak ontmoette, was altijd gebleven. Niet dat hij geen kracht had. Hij had zoveel overtuigingskracht dat het voor hem nooit nodig was om zijn stem te verheffen. Chaim had niet vermoed dat in die vriendelijke man een boosaardig wild dier huisde. Voorzichtig kwam hij dichterbij. Yitschak stond nog steeds met vlammende ogen midden op straat alsof hij de vluchtende schaduwen van Datan en Abiram levend opslokte.

'Yitschak,' vroeg Chaim voorzichtig, 'gaat het?'

'Kom binnen, Chaim,' zei hij alsof er niets gebeurd was. 'We hebben belangrijk werk te doen.'

Hij draaide zich om en liep geheel ontspannen door de poort naar zijn tuin, op enkele meters afstand gevolgd door Chaim.

Het was zacht zomerweer en ze gingen bij de houten tafel bij de palmboom zitten waarop een schaal met malse aardbeien stond.

'Wat was dit,' begon Chaim aarzelend. 'Ik heb je nog nooit zo gezien. Ze riepen lelijke dingen maar wat jij zei...'

'Luister Chaim,' zei Yitschak ernstig. 'Je hospita had gelijk vanmiddag op de markt. Er staat een grote ramp te gebeuren. Datan en Abiram zijn incarnaties van de opstandelingen tegen Mozes. Ze verwijten mij dat ik me gedraag als de uitverkorene van God. Ze zijn jaloers en dat is een kwalijk gif. Ze kunnen niet geloven dat een mens inzichten heeft ontwikkeld die hun verstand te boven gaan. Bij Mozes zijn ze levend verzwolgen door het woestijnzand maar ook nu wacht hun een vreselijke dood als ze niet tot berouw komen. Want weet je wat het kwaad is, Chaim? Weet je wie de farao van Egypte is? Het is een onzichtbare vijand in jezelf. Het is de duisternis in jezelf. Je egoïsme. Die oude zwerver in Cairo had gelijk toen hij me zei dat er in Tsfat grootse dingen staan te gebeuren. De strijd van licht en duisternis is begonnen. Het is een huiveringwekkende strijd die vele slachtoffers zal eisen. Ik moet je aanraden om ook een maand lang te vasten en jezelf te zuiveren.'

'Natuurlijk,' zei Chaim.

Hij huiverde. Yitschak was geen pessimist. Hij sprak altijd vol hoop over de wereld. Maar dit leek wel een apocalyptische voorspelling. Alsof de eindtijd was ingezet. Was het ook Chaims donkere zijde die in deze strijd was betrokken? Waarom maakte hij zich zo druk over wie met de eer van zijn boek ging strijken? Moest hij niet eerlijk toegeven dat hij zonder Yitschak nooit in staat zou geweest zijn, zijn wijsheid te beschrijven? Hij voelde zich schuldig. Hij laafde zich ongegeneerd aan Yitschaks bron maar nu hem gevraagd werd waar hij dat levenbrengende water vandaan had, weigerde hij de waterput aan te wijzen.

'We hebben niet veel tijd meer samen, Chaim,' kwam Yitschak ter zake. 'Ik moet je nog heel veel leren zodat je mijn boek kunt afmaken.'

Jouw boek, wilde Chaim uitroepen, het is mijn boek! Maar meteen dirigeerde hij als een dierentemmer het donkere beest in zichzelf naar de kooi. Hij slikte moeizaam zijn woorden in. Beschaamd sloeg Chaim zijn ogen neer.

Yitschak sloeg de Tora open bij Exodus, hoofdstuk 14. Hij wees met zijn vinger vers 19 aan.

'Lees,' beval hij Chaim, die onmiddellijk gehoorzaamde.

'De Engel van God, die het leger van Israël voor was gegaan, trok weg van daar en ging achter hen aan. De wolkzuil trok weg van hun front en ging achter hen staan.'

Het was de passage waarin het joodse volk vastliep op het strand aan de Rode Zee in hun vlucht voor het Egyptische leger.

'Dit vers telt tweeënzeventig letters,' zei Yitschak. 'Lees nu vers 20.'

'Ze kwam tussen het leger van Egypte en het leger van Israël: daar was bewolking en duisternis en hier verlichtte ze de nacht. De een kon niet bij de ander komen, heel de nacht.'

'Ook tweeënzeventig letters,' zei Yitschak kordaat. 'Vers 21.'

'Toen strekte Mozes zijn hand uit over de zee en de Eeuwige liet de zee leeglopen door een de hele nacht aanhoudende sterke oostenwind, waardoor Hij de zee drooglegde en het water gekliefd werd,' las Chaim. 'Ook tweeënzeventig letters neem ik aan?'

Yitschak glimlachte.

'Precies. Want in deze drie verzen zijn de tweeënzeventig namen van God verborgen,' onthulde Yitschak triomfantelijk.

Chaim trok onbegrijpend zijn wenkbrauwen op.

'Kijk, als je een combinatie maakt van de eerste letter van het eerste vers, de laatste letter van het tweede vers en de eerste letter van het derde vers, dan komt de eerste geheime naam van God te voorschijn.'

'Vav, Hej, Vav,' spelde Chaim.

'Exact,' bevestigde Yitschak, 'en dat geldt dus voor alle tweeënzeventig combinaties van letters.'

'En dat zijn de namen van God waarvan je er al een aantal onthulde in de lessen?' stamelde Chaim verbluft.

'Ja. Maar jou leer ik nu als enige alle namen. Want elke naam draagt de kracht in zich om een rode zee in jezelf te splijten. Om al je zwaktes te overwinnen. De namen zijn scherp als beitels en als je op ze mediteert, doorklieven ze alle hindernissen in je leven.'

'Ongelooflijk,' zuchtte Chaim. De letters dansten voor zijn ogen. Ontelbare keren had hij deze passage gelezen onbewust van het onvoorstelbare geheim dat zij in zich droeg. Hij wees lukraak een letter aan in het eerste vers. De letter Mem. Hij rekende uit dat het de zestigste letter was, en zocht in de twee andere verzen naar de corresponderende zestigste letters. Mem. Zadik. Rejsj.

'Dat is een mooie,' zei Yitschak, 'de God van de vrijheid. Met deze naam kun je jezelf totaal bevrijden van de duisternis. Het joodse volk was niet op de vlucht voor de Egyptenaren. Het woord "Egypte" is een synoniem voor "de donkere kant in jezelf". De mens die een slaaf is van zijn zelfzuchtigheid. De joden waren nog maar net door Mozes van de farao bevrijd of ze klaagden tegen hem in de woestijn. Datan en Abiram jutten hen op. Sommigen verlangden zelfs terug naar Egypte in plaats van te vluchten. Hun slavernij was altijd een dankbaar alibi geweest om hun donkere zijde te verantwoorden. Nu beseften ze dat de vrijheid hun ook verplichtte zich op het licht te richten. Hun geloof was te zwak om geheel op de Schepper te vertrouwen. Liever kozen ze voor de zekerheid van hun slavernij. Zelfs Mozes werd op de proef gesteld toen ze voor de Rode Zee stonden. Hij smeekte God om hulp. Maar God antwoordde: "Vooruit, loop de zee in." Mozes moest het absolute vertrouwen en de zekerheid in zichzelf vinden dat met zijn geloof de zee in tweeën zou splijten. Zo overwon hij Egypte.'

'De duisternis die hij achter zich liet,' vulde Chaim hem aan. 'En alle tweeënzeventig namen hebben zo'n enorme kracht in zich?'

'Ik zal ze je allemaal leren,' zei Yitschak. 'Als me genoeg tijd is gegund. Wie de geheime namen van God kent, weet alles wat er te weten valt. Alleen dan zul jij het boek kunnen schrijven dat alle wijsheid en kennis bevat.'

'Jouw boek, bedoel je. Mijn loon is anonimiteit,' zei Chaim beduusd.

Yitschak keek Chaim indringend aan. Hij wist hoe Chaims hart hunkerde naar erkenning. Hoe Chaim verlangde om onsterfelijk te worden door zijn wijze geschriften. 'Niemand zal weten dat ik het heb geschreven,' zei Chaim mistroostig.

'Schrijf je dit boek voor jezelf of voor de mensheid?' vroeg Yitschak.

Het was dezelfde vraag die Cordovero hem lang geleden had gesteld. Hij wist het niet. Moest hij dan dat waar hij het meest trots op was, zomaar wegschenken? Was dat het ultieme geven dat hij moest leren? Hij wist dat hij dit niet zou kunnen. Zijn hele leven had hij verlangd om het boek te schrijven met alle wijsheid waar de zoekende mens naar verlangde. Dat boek groeide nu onder zijn handen als een kind in een buik. Nooit zou hij het kunnen afstaan. Hoe zou hij iemand anders de vader kunnen noemen van wat hij met zoveel liefde had grootgebracht?

'Schrijf nu maar gewoon verder aan het boek,' zei Yitschak. 'Maak je geen zorgen over wat ermee gebeurt. Zorg eerst maar dat het af raakt.'

Maar het is zo goed als af, wilde Chaim roepen. De glimlach van zijn meester snoerde hem de mond.

'Je hebt gelijk,' gaf hij toe. 'Als ik dit geheim niet in mijn boek onthul, dan is het een krentenbrood zonder krenten.'

Yitschak zette zijn tanden in een sappige aardbei.

'We hebben nog veel te doen samen, Chaim.'

Tot diep in de nacht ontsluierde Yitschak de betekenis van een aantal namen. Chaims hersenen kraakten. Zijn hoofd zat zo vol dat er even geen ruimte meer over was om zich te bekommeren over wiens naam op de kaft van het boek zou komen.

Tsfat 1572. Zomer, 27 dagen later (*joodse jaartelling: 5332*)

49 ילי Joed Lamed Joed: **de God van het licht en de duisternis**

Op de zevenentwintigste dag van zijn vastentijd, in het midden van de zomer, knapte Chaim. Zijn lichaam werd niet wakker om twee uur 's nachts. Het zonlicht scheen al vol door de ramen toen hij zijn ogen opende. Een blinde paniek overviel hem. Hij wilde uit zijn bed springen om zich naar de rechtbank te haasten, maar zijn benen gehoorzaamden niet. Alles deed pijn en voelde zwaar. Zijn hoofd gloeide van de koorts. Hij had dorst maar zelfs de kracht om naar de beker water naast zijn bed te grijpen, ontbrak hem. Het werd meteen weer zwart voor zijn ogen en hij verzonk opnieuw in een onpeilbaar diepe slaap.

Mocht Anna nog in huis hebben gewoond, dan had zij beslist geweten dat er iets niet klopte. Maar toen Chaim 's nachts thuiskwam de dag dat ze haar voorspelling had gedaan, vond hij een briefje op zijn bed.

'Lieve Chaim, ik kan hier niet langer blijven. Ik ga naar *Tiberias*, bij familie logeren. Als je wilt, ben je er zeker ook welkom al weet ik wel dat je me niet zult volgen. Ik heb altijd je vrijheid gerespecteerd maar in dit geval ben je echt beter af als je naar me zou luisteren. Je zult anders een verschrikkelijk moeilijke periode tegemoet gaan. Wat je ook doet, Chaim, weet dat ik aan je denk en voor je bid. Ik kom meteen terug wanneer de leeuw uitgeraasd is om te kijken hoe het met je gaat. Wees voorzichtig. Ik zal je missen. Ik hoop zo dat we elkaar weerzien als alle ellende achter de rug is. Je Anna.'

Hij had geglimlacht om haar pathetische vertrek. Maar toch was het huis leeg zonder haar. Hun gezamenlijke maaltijd was altijd een moment geweest van warmte. Van thuis zijn. Van het delen van wat je meemaakte. Wat je bezighield. Nu was er niemand om zijn verhaal aan kwijt te kunnen. 'Wat is wijsheid die niet gedeeld wordt,' had Anna hem gezegd. Zo voelde hij het ook. Hij wilde zo graag de inzichten delen die hij leerde. Kennis werd pas echt als je zelf in staat was die aan iemand anders over te dragen. Het was het universele principe van geven om te ontvangen. Nu had hij alleen zijn denkbeeldige lezers om zijn inzichten mee te delen. Maar die leken nog zo ver weg. Hij voelde zich zoals de Schepper zichzelf omschreef in de Midrasj: 'Als jullie mijn getuigen zijn, dan ben ik de Schepper. Maar zonder getuigen ben ik niets.' Chaim voelde zich vaak niets.

Door het aanhoudende geklingel van de zware koperen bel werd hij uren later wakker. Het was schemerdonker in zijn kamer en het duurde even voor hij zich realiseerde dat de bel in werkelijkheid schelde en niet in zijn dromen. Het lukte hem weer niet om op te staan. Ik ben verlamd, dacht hij hulpeloos. Toen probeerde hij zijn armen te bewegen. Hoewel die als lood voelden, slaagde hij erin de dekens van zich af te gooien. Met de kracht van zijn armen, sleepte hij zijn lichaam door de kamer. Hij had het benauwd en het zweet brak uit al zijn poriën. Het irritante geklingel verhoogde zijn koorts. Hij lag voor het raam en probeerde de vensterbank te grijpen om zich op te tillen. Het leek of zijn rug in tweeën brak en zijn schouders scheurden toen hij zich met alle kracht optrok. Hij duwde het raam open en toen werd alles weer zwart voor zijn ogen.

Yitschak had het uiterste gevergd van zijn weerstand. Met een onderhuidse nervositeit had hij zijn lessen geïntensiveerd alsof hij al zijn kennis in één keer aan Chaim wilde uitstorten.

'Zonder dagelijkse discipline is de kabbala slechts een vrijetijdsbesteding,' motiveerde hij zijn leerling. Hij wachtte hem 's avonds op aan de rechtbank en zonder hem zelfs te begroeten vervolgde hij dan de les, waar hij 's ochtends gebleven was. Hoewel Chaim jong, krachtig en hongerig was, had hij soms het gevoel dat zijn hoofd knapte. Ook Karo vergde het uiterste van zijn geestelijke mogelijkheden en er was geen moment van rust meer.

Wanneer hij 's avonds laat thuiskwam, probeerde hij zoveel mogelijk van wat hij die dag had geleerd, op te schrijven. Elke dwalende ziel die zijn huis rond middernacht passeerde, kon zijn wilskrachtige geprevel horen. Chaims taak was haast onmogelijk. Het was te veel en de tijd ontbrak om het rustig uit te werken.

Zijn lichaam raakte gewend aan het uithongeren en kon gaandeweg nauwelijks nog voedsel verdragen. Alles spuugde hij bijna onmiddellijk weer uit. Alleen soep en water hield hij binnen. Chaims ooit zo trotse lichaam was een schim geworden van vroeger. Zijn skelet was zichtbaar door zijn vel. Zijn ogen waren dof en lagen diep in de ingevallen oogkassen. Zijn haar was dun geworden en zijn gelaatskleur grauw. Hij had een slaaptekort en vocht de hele dag tegen de vermoeidheid.

Door de overvloed van nieuwe lessen van Yitschak vond hij sommige geschreven hoofdstukken banaal geworden. Achter elk inzicht lag een nieuwe betekenislaag, precies zoals een ui zich schil na schil ontblootte. Ook waren er totaal nieuwe onderwerpen die in zijn eerste versie niet aan bod waren gekomen. Onderwerpen die eigenlijk voldoende stof boden voor een boek op zich maar die hij toch in zijn manuscript wilde integreren. Wat was hij overmoedig geweest toen hij tegen Josjoea had gezegd nog een half jaartje werk te hebben aan zijn boek. Nu vroeg hij zich wel eens af of een lang leven wel voldoende tijd zou bieden om alles wat hij ontving op papier te zetten.

Bijna elke nacht viel hij boven zijn bureau in slaap om stipt om twee uur weer wakker te worden en zich naar het mikwe op de begraafplaats te haasten waar Yitschak hem reeds opwachtte. Daar dompelden de leraar en de leerling zich zeven maal onder in het ijskoude water en brulden dan als een credo voor een geheime jongensclub de verzen uit Exodus waarin Mozes de Rode Zee spleet.

Josjoea schrok toen hij zijn broer bewusteloos uit het raam zag hangen.

Hij deed wat hij al verschillende keren had overwogen maar niet durfde. Hij zette zijn schouder tegen de deur en brak met alle kracht het fragiele slot. Josjoea rende naar boven en vond het gloeiende, bewusteloze lichaam van Chaim dat weer op de grond was gezakt.

'Chaim, Chaim, wat is er aan de hand!' riep Josjoea.

Hij greep de kan water en smeet het in het gezicht van zijn broer. Chaim opende vermoeid zijn ogen.

'Help me,' was alles wat hij kon uitbrengen.

Josjoea was in slaap gevallen op de stoel naast Chaims bed. De dokter had hem opgedragen de hele nacht de wacht te houden omdat de situatie er somber uitzag.

'Ik weet niet of hij het redt,' mompelde de dokter. 'Hij reageert nergens op. Zijn oogwit is geel en hij heeft bijna geen polsslag meer. Het enige wat ik nu kan doen is een aderlating.'

Op Chaims zwetende borst werden wel minstens twaalf bloedzuigers gezet die zich volzogen met zijn zieke bloed. Maar er was geen zichtbare verbetering. Integendeel, zijn huid werd bleker en zijn ademhaling leek af en toe helemaal weg te vallen.

'Als de toestand vannacht verslechtert, moet je me komen halen,' had de dokter bij wijze van afscheid gezegd. 'Geef hem iedere keer dat hij wakker wordt een lepel van dit drankje van *kwassiehout* en *ricinuszaad*. Dat helpt om de slechte sappen uit te drijven. Ik kom in elk geval morgenochtend weer langs.'

Zowel Yitschak als Karo hadden Josjoea verzocht poolshoogte te nemen toen Chaim niet was komen opdagen. Josjoea had gewacht tot na sluitingstijd. Hij had geen zin klanten mis te lopen om te gaan onderzoeken wat er nu weer met zijn aanstellerige broertje aan de hand was. Maar toen hij hem in deze miserabele staat had aangetroffen, voelde hij zich schuldig. Wanneer hij vroeger was gegaan, had de dokter misschien meer kunnen doen. Nu stond hij op het punt zijn broer te verliezen. Zijn broer die hem een leven lang had geconfronteerd met zijn eigen zwaktes. Josjoea zou blij moeten zijn van zijn demon verlost te worden maar in plaats daarvan voelde hij alleen maar woede. Zelfs in de dood zou Chaim hem overtreffen. Heel Tsfat zou rouwen om de te vroege dood van de veelbelovende jongeman. De man die ongetwijfeld ooit de nieuwe kabbalistische leider zou zijn geworden. De man die op deze jonge leeftijd aan boeken werkte waar anderen pas aan het eind van hun leven toe kwamen. De mythe rond zijn broer zou alleen maar groeien. Niets greep mensen meer aan dan de plotse dood van iemand in de bloei van zijn bestaan. Jonge mensen hoorden niet te sterven. Het confronteerde ieder met zijn eigen sterfelijkheid.

Josjoea gruwde van de gedachte dat Chaims graf een bedevaartplaats zou worden waar kabbalisten zich op de blauwe steen stortten om contact te maken met zijn heilige ziel. Tegelijkertijd schaamde hij zich over de jaloezie die hem verteerde terwijl zijn broer naast hem de doodstrijd streed. Al leek zijn broer een vreemde doordat ze niet dezelfde moeder deelden, het was toch eigen vlees en bloed. Ze deelden misschien niet hun karakter maar wel hun herinneringen. Niemand anders had oog voor de kleine gewoontes van hun vader die ze in elkaar herkenden. Een zachte blik, de manier waarop ze hun hoed opzetten, de stevige pas bij het lopen. Flarden van hun vader die verder leefden in de motoriek van de twee broers.

Josjoea schrok wakker door de piepende deur van Chaims kamer. Een volumineuze gestalte stapte hijgend naar hem toe en knielde voor zijn stoel.

'Josjoea, vriend, ik heb het slechte nieuws gehoord van de dokter.'

Josjoea haalde opgelucht adem toen hij de stem van Zimra herkende.

'Ik ben meteen naar hier gekomen. Het is blijkbaar een familietrek om de deur 's nachts te laten openstaan. Hoe gaat het nu?' fluisterde Zimra.

Josjoea gaf een teken dat hij stil moest zijn en nam hem mee de kamer uit. Ze gingen naar de praktijkruimte van Anna op de eerste etage. Josjoea maakte wat water warm om hem een kop koffie aan te bieden.

'Wat aardig van je, Zimra, dat je langskomt. Ik weet het niet. De dokter zegt dat ik me ernstig zorgen moet maken. Het ziet er niet goed uit.'

Zimra schonk Josjoea een meelevende blik terwijl hij zijn adem weer onder controle probeerde te krijgen.

'Is dit de kamer van...'

'Die toverheks, ja,' glimlachte Josjoea. 'Ze heeft de stad verlaten na haar doemvoorspelling.'

Zimra knikte.

'Dus komt de verzorging van je broertje op jou aan,' zei hij behoedzaam. 'Dat zal niet meevallen met je winkel.'

'Ja,' zei Josjoea terwijl hij de koffie neerzette. Daar had hij nog niet bij stilgestaan. Hij had nog niet verder gedacht dan de volgende ochtend. De vraag was of zijn broer het daglicht zou halen. In wezen had hij hem al opgegeven. Hij had wel gepiekerd over de uitvaart maar geen moment overwogen dat het ziekbed nog wel even zou kunnen duren. En dat er dan inderdaad van hem werd verwacht, dat hij voor zijn broer zou zorgen. Hoe moest het dan met zijn winkel? Die kon hij toch niet voor onbepaalde tijd sluiten?

Zimra was tevreden met de verwarring die hij bij Josjoea had gezaaid. Hij moest behoedzaam te werk gaan in het succesvol voltrekken van de ware reden van zijn bezoek.

'Daar gaat je investering,' deelde hij zijn tweede speldenprik uit.

'Investering,' vroeg Josjoea, die zich nog druk maakte over hoe hij zijn winkel de komende dagen zou openhouden, afwezig.

'Je hebt toch je geld in Chaim geïnvesteerd? Je hebt dankzij rechter Karo toch recht op een deel van de winst die hij elk jaar maakt? Zoals het ernaar uitziet, wordt dat niets.'

Waarom herinnerde Zimra hem aan die pijnlijke nederlaag voor de rechtbank, vroeg Josjoea zich af. Een nederlaag waar Zimra medeverantwoordelijk voor was.

Zimra wist dat hij nu even moest doorzetten. Hij moest toeslaan op het moment van de grootste verwarring.

'Maar jij bent nu wel de enige erfgenaam van Chaim,' zei Zimra met een uitgestreken gezicht.

Verbluft keek Josjoea hem aan.

'Erfgenaam,' schamperde hij. 'Alsof er iets te erven valt van mijn broer. Bovendien is hij nog niet dood.'

'Toch zou zijn tragische dood jou geen windeieren kunnen leggen,' zei Zimra.

'Zeg me waar je naartoe wilt, Zimra. Ik vind het onsmakelijk om over de erfenis van mijn broer te praten, terwijl hij boven nog aan het vechten is voor zijn leven,' viel Josjoea uit.

'Goed. Ik zal er niet omheen draaien. Ik wil zijn boek.'

'Zijn boek?'

'Ik heb van Karo gehoord dat Yitschak alle tweeënzeventig geheime namen van God aan jouw broer heeft geopenbaard. Chaim vertelde hem trots dat hij die namen in zijn boek zal onthullen. Misschien weet hij zelfs de juiste combinatie van die namen die samen de onuitspreekbare naam van God vormen. Je weet dat ik die naam nodig heb om de kracht van de Ark te trotseren. Jij zou me daarbij helpen. Dat herinner jij je toch?' zei Zimra geslepen.

Josjoea walgde van Zimra, die hem op dit moment aan zijn afspraak kwam herinneren. De afspraak om zijn broer te verraden. Bij zijn sterfbed. Als een aasgier die bij een gewond dier wacht tot het zijn laatste adem uitblaast.

Zimra wist dat hij zich nu hard moest opstellen.

'Luister, Josjoea. Het is nu niet het moment om sentimenteel te gaan worden. Het is geen geheim dat noch jij noch ik ooit veel sympathie voor je broer hebben gekoesterd. Ik wil zijn boek, vanavond. Als hij overlijdt, zal Yitschak de eerste zijn die zijn boek opeist en toegewezen krijgt van Karo. Dan staan jij en ik met lege handen.'

Hij pauzeerde even om de stand van zaken tot Josjoea te laten doordringen. Toen haalde hij als ultieme argument een grote beurs uit zijn jaszak. Achteloos gooide hij die op tafel.

'Nog eens tweeduizend zilverstukken. Geef me het boek, Josjoea. Het behoort jou toe. Zonder jouw geld had Chaim het nooit kunnen schrijven.'

Er brak iets in Josjoea. Hoezeer hij zijn broer ook had gehaat, dit ging hem te ver. Hoe zou hij zichzelf ooit in de ogen kunnen kijken wanneer hij terwijl zijn broer nog niet eens dood was, zijn erfenis verkwanselde. Het boek was het levenswerk van zijn broer geweest. Hij moest nu zijn broer verdedigen.

'Ga weg, Zimra,' schreeuwde Josjoea. 'Ik wil niets met je te maken hebben. Je bent een monster dat je me zoiets durft voor te stellen. Wat is er met jou gebeurd sinds je die obsessie voor de Ark hebt gekregen? Je bent een gevaarlijke gek.'

Zimra wachtte onbewogen tot Josjoea was uitgeraasd. Toen zette hij als een begenadigde gokker zijn laatste kaart in. Een kaart die hij liever niet had gespeeld, maar de belangen waren te groot. In de oorlog en in de liefde golden geen wetten, alleen de overwinning.

'Stel je niet aan, Josjoea,' zei hij kalm. 'Ik weet dat jij deze beurs hard kunt gebruiken. Ik weet hoe duur je levensstijl is en waar je jouw centjes aan opmaakt.'

Het leek of Josjoea een dreun in zijn maag kreeg. Dit kon niet waar zijn. Niemand wist waar hij zoveel geld voor nodig had. Niemand kende zijn verborgen passie. Hij had het geheim dat hij met zich meedroeg, zo diep verborgen dat het zelfs voor hem zelf leek of het over iemand anders ging. Het kon niet dat Zimra hiervan iets wist.

'Ik weet niet waar je het over hebt,' stamelde Josjoea.

'Dat weet je heel goed, Josjoea,' ging Zimra ongevoelig verder. 'En al die jongetjes uit de Arabische wijk van veertien, vijftien jaar die hun eer duur aan jou verkochten, zullen dat ook nooit vergeten. Ze zullen wel blij geweest zijn met jouw rijkelijke zwijggeld maar de krassen op hun ziel van de vernederingen die jij hun liet ondergaan, verdwijnen nooit.'

'Je liegt!' overschreeuwde Josjoea zich machteloos. 'Je wilt me kapotmaken. Ga weg!'

'Waarom vijftienjarige jongetjes, Josjoea?' vroeg Zimra sardonisch. 'Omdat Chaim op die leeftijd jou in de schaduw stelde? Dat je toen niet meer bestond voor je vader? Moeten die Arabische jongetjes daar nu voor boeten? Je kon toch weten dat ze vroeg of laat wraak zouden nemen?'

Josjoea kokhalsde. Het was onmogelijk dat iemand zijn geheim wist. Hij voltrok zijn perverse praktijken met de grootste voorzorgsmaatregelen. Hij betaalde zijn Arabische leverancier vorstelijk om alle sporen te wissen. Voor iedere uitspatting had hij slimme alibi's. Hij droeg een lederen masker dat ervoor zorgde dat hij onherkenbaar was. De locaties waren nooit hetzelfde en zijn afspraken vonden plaats in het holst van de nacht. Bovendien gaf hij al zijn geld uit aan de Arabier die hem afperste. De Arabier die elke dag kwam afrekenen onder het dreigement alles bekend te maken. Hij moest het lek zijn. Hij moest gezwicht zijn voor het geld van Zimra om zijn belofte van geheimhouding te breken. Josjoea's afschuwelijke schaduwzijde was onthuld. Zijn masker afgerukt. Hij voelde de brandende pijn van de walging over zichzelf die hij altijd had onderdrukt. Hij wist dat hij een verlamd vogeltje was dat nu volledig was overgeleverd aan de grillen van Zimra. Ergens had hij wel geweten dat hij vroeg of laat de afrekening zou krijgen voor zijn daden. Iedere keer nadat hij zijn bevrediging had botgevierd, wist hij dat hij met dit korte genot een helse toekomst creëerde. Iedereen betaalt ooit de prijs voor zijn misstappen. Hij keek naar de natte lippen van zijn aanklager die hem deden denken aan een drakenmuil die hem zou verscheuren.

'Ga het boek halen, Josjoea. En ik zwijg hierover. Beloofd.'

Nooit had hij gedacht dat het Zimra zou zijn die hem aan de schandpaal zou nagelen. Zimra beschouwde hij als zijn enige vriend. Nu bleek dat die vriendschap al die tijd een zeepbel was geweest. Zimra had hem gebruikt. Maar was hij zelf wel zo onbaatzuchtig geweest in zijn vriendschap, vroeg hij zich af. Was zijn deel van de vriendschap er niet op gebaseerd om via Zimra aanzien te verwerven en zijn broer te wreken? Nu stond hij voor de ultieme mogelijkheid zijn broers leven uit te wissen.

'Je broer is slechts een offer,' zei Zimra minzaam. 'Een klein offer voor de bevrijding van het joodse volk.'

Josjoea raapte zichzelf bij elkaar en als een veroordeelde die het schavot moest beklimmen, sleepte hij zich de trap op.

51 דני Dalet Noen Joed: **de God van het ultieme**

Zimra had alles zorgvuldig voorbereid. Op het graf van Sjimon Bar Jochaj had hij met rotsblokken een geïmproviseerde oven gebouwd. Boven de oven hing, aan een behendige constructie van aan elkaar gebonden boomstammen, het manuscript van Chaim. De vlammen in de oven klommen begerig naar boven om het kostbare document te verslinden. Het manuscript hing aan een dun koordje. Met het gereedliggende mes zou hij in één beweging de stapel papier in de oven kunnen doen belanden.

Grinnikend zag hij hoe Yitschak de Meron beklom op weg naar hun afspraak. Hij had een boodschapper een briefje laten afgeven dat als hij een persoonlijke audiëntie wilde bij de Messias, hij zich die middag naar het graf van Sjimon Bar Jochaj moest begeven.

Hoewel Zimra al meer dan een uur geleden was aangekomen, was hij nog steeds buiten adem. Het lijkt wel of mijn longen met de dag krimpen, vloekte hij, en hij wuifde de rook weg die in zijn gezicht waaide. Hij probeerde zijn benauwdheid weer onder controle te krijgen terwijl hij toekeek hoe Yitschak het laatste steile stuk van de Meron beklom.

Zijn leerling die hem naar de kroon had gestoken. Het viel niet te negeren dat Yitschaks roem zich razendsnel verspreidde onder het joodse volk. Op zijn terugreis uit Abessinië had hij zich verbaasd over de mirakelverhalen die zelfs in Jeruzalem de ronde deden over Yitschak.

Door Yitschak werd de Westelijke muur op de Moriaberg een bedevaartplaats. Voor die oude muur toonden de joden daarvóór geen enkele belangstelling. Sterker nog, het was de schutmuur van de stortplaats van Jeruzalem. De muur kreeg een heilige status nadat de textielhandelaar Abraham er de Shechina had gezien. Zijn verhaal dat hij daardoor gezegend werd met tweeëntwintig extra levensjaren, had zich als een lopend vuurtje verspreid. Het gaf hoop dat de verdreven Shechina, het vrouwelijke deel van God, spoedig zou terugkeren en zich weer zou vestigen op de Ark in de Tempel. De joden zouden weer vrij worden en een eigen land bezitten. Daarom kwamen ze nu bidden bij de *klaagmuur*, zoals de moslims de muur spottend noemden, en hun smeekbeden uitroepen. Aboe Siffien, de gouverneur, onderzocht waarom de joden plots zoveel ontzag toonden voor de stortplaats. Nadat hij had vernomen dat Yitschak die oude schutmuur als restant van de Tempel van Salomo had aangeduid, strooide hij enkele beurzen met zilverstukken uit tussen het vuilnis. Meer dan tienduizend armen graaiden een maand lang op zoek naar het geld en zo werd het vuilnis opgeruimd. Toen liet Aboe Siffien de muur met rozenwater wassen. Als gebaar van goede wil en uit het respect dat de gouverneur voor Yitschak koesterde.

'Sjalom, Zimra,' riep Yitschak met een gulle lach op het gezicht. 'Dus jij bent de Messias.'

'Sjalom, Yitschak,' antwoordde Zimra net zo joviaal. 'Het doet me plezier dat je mij eindelijk erkent. Het getuigt van wijsheid dat je de Messias van dienst wilt zijn.'

Yitschak lachte hartelijk.

'Eerlijk gezegd had ik me de Messias iets anders voorgesteld. Maar als ik kan, wil ik je graag helpen, Zimra.'

'Dat is mooi,' zei Zimra alleraardigst. 'Ik heb wat onderzoek naar je gedaan. Wat opmerkelijke zaken ontdekt.'

'Aha, vertel!'

'Voor jij je hier in Tsfat vestigde, heb je eerst geprobeerd om in Jeruzalem een groepje volgelingen bij elkaar te krijgen. Maar daar was men iets nuchterder dan hier. Pas toen je daar faalde, ben je naar Tsfat gekomen. Waar je meer succes had.'

'Dat klopt,' zei Yitschak. 'Ik had beter naar de oude zwerver moeten luisteren die me opdroeg meteen naar Tsfat te gaan. Vanaf het moment dat ik me hier vestigde, vond ik de geschikte voedingsbodem voor mijn ideeën.'

'En ging je jezelf de Messias wanen,' vulde Zimra aan. 'Op zich best menselijk. Wanneer je een groepje achter je krijgt dat zich voor jou in het vuur zou storten. En het is je zelfs gelukt om van hieruit ook Jeruzalem aan je voeten te krijgen.'

'O ja?'

'Je weet toch dat de Westelijke muur die jij aanduidde als laatste restant van de Tempel nu wordt aanbeden?'

'Ja.'

'Wel, dankzij dat knappe stukje intuïtie van jou, was ik in staat de exacte plaats van de Ark des Verbonds aan te duiden. Toen ik terugkeerde van mijn reis uit Abessinië heb ik in Jeruzalem wat onderzoek gedaan. Met jouw muur als oriëntatiepunt heb ik een kelder gevonden in de Dom onder de *Rots van de Fundering*. In die kelder was een ronde marmeren steen en dat moet de ingang zijn naar het Heilige der Heiligen.'

Yitschak zuchtte en keek Zimra bedroefd aan. Hij ging op een rotsblok naast hem zitten. Het vuur van de door Zimra gebouwde haard maakte lichte schroeivlekken op de onderste pagina van de bundel gebonden papier.

'Ik weet niet of het je bedoeling is, Zimra, maar dat papier kan elk moment vlam vatten,' waarschuwde Yitschak.

'O dat,' zei Zimra. 'Dat is het manuscript van jouw leerling, Chaim. Ik heb het gekocht maar het is van weinig waarde voor mij. Een aardig werkje hoor, maar toch niet precies wat ik zocht. Ik had gehoord dat hij in dit boek de tweeënzeventig namen van God onthulde, maar blijkbaar werd hem de tijd daarvoor niet gegund. Jammer. Dit leek me een mooie plek om het in de hens te steken.'

Yitschak wilde opstaan en de bundel van het vuur redden maar Zimra greep zijn mes en dwong Yitschak weer te gaan zitten.

'Ik weet dat dit boek je lief is,' glimlachte Zimra. 'Je hebt vele talenten maar schrijven kun je jammer genoeg niet. Als klein jongetje al moest ik je dwingen om notities te maken. Je haatte schrijven.'

'Je hebt gelijk,' bekende Yitschak. 'Ik heb Chaim nodig om mijn kennis op te schrijven. Het is onmogelijk omdat alles verband houdt met elkaar. Wanneer ik over een onderwerp begin is het alsof er een zee buiten zijn oevers treedt. Hoe zou ik ooit kunnen uitdrukken wat mijn ziel weet? Hoe zou ik dat ooit in een boek kunnen vatten? Chaim is de enige die de stroom kan kanaliseren en helder uiteenzetten op papier.'

'Was de enige,' smuilde Zimra quasi-gevoelig. 'Het ziet er niet naar uit dat hij langer dan drie, vier dagen leeft, zei de dokter me vanochtend.'

Yitschak wist dat Zimra de waarheid sprak. Chaims lot hing aan een zijden draadje. Hij stond machteloos in het gevecht dat Chaim om zijn leven leverde. Hij had zijn studenten opgeroepen om voor Chaim te bidden maar hij wist als geen ander dat Chaims tijd was gekomen.

Vreemd genoeg zou alleen een misdaad Chaims leven kunnen redden. Een groot onrecht dat zijn tijd op aarde zou verlengen. Maar in ruil voor zijn leven zou hij hard moeten lijden. Hij zou een leven lang nodig hebben om het hem aangedane onrecht te accepteren als een zegening. Als een ultieme correctie van zijn ziel die hem grotere zegeningen in de oneindigheid zou brengen dan de aardse roem waar hij naar snakte. Yitschak wist dat er maar één iemand gemachtigd was een dergelijk groot onrecht te verrichten: Yitschak zelf. Hij keek naar de smeulende brandplek die de onderste pagina onleesbaar dreigde te maken.

'Dit boek mag niet verloren gaan, Zimra,' stelde Yitschak.

'Het lot van dit boek ligt in jouw handen,' zei Zimra strak. 'Vertel me de tweeënzeventig geheime namen van God zodat ik de Ark kan trotseren. Als Messias van het joodse volk. Dan krijg jij je boek.'

'De Ark? Zimra, alle goddelijke intelligentie van het universum ligt opgeslagen tussen de twee draagbalken van de Ark. Je begrijpt toch zelf dat je inmiddels te veel zonden beging om het waard te zijn de wijsheid van de Ark te onthullen.'

'Ja, ja,' antwoordde Zimra gespannen. 'Dat lees je op mijn voorhoofd zeker.'

'Stond er maar iets op je voorhoofd, Zimra.'

'Wat bedoel je?'

'Het is onbeschreven. Weet je wat dat betekent?'

Zimra werd lijkbleek.

'Op jouw voorhoofd staat geen enkele letter, Zimra. Je zult binnen de dertig dagen de dood ontmoeten. Je tijd is op. Tenzij je uitzonderlijk grote daden verricht als schadeloosstelling en berouw.'

'Wat dan?' probeerde Zimra zo onverschillig mogelijk te vragen.

'Eerst het manuscript,' eiste Yitschak die zag hoe het rode vuur zich rond de brandvlek uitspreidde en een weg zocht naar de volgende pagina's.

'Nee, eerst de geheime namen,' blufte Zimra, die zich ontzettend benauwd voelde door de door Yitschak voorspelde dood.

'Al zou ik je de namen leren, Zimra. Het zou je niet helpen.'

Zimra werd woest. Yitschak was de enige die hem kon helpen. Maar zelfs met de smeulende erfenis van zijn levenswerk naast zich was hij niet te overtuigen. Dan maar radicale middelen, besloot Zimra. Hij haalde het mes van Yitschaks borst en sneed in een beweging het dunne koordje door midden. Met een doffe plof viel het zware pak papier in de haard waardoor de vlammen even platsloegen. Meteen daarna krulden ze zich langs de randen van de dikke stapel. Yitschak sprong op om het manuscript te redden, maar Zimra's mes zwaaide terug en maakte een lelijke snee over Yitschaks borst. Even schrok Yitschak van het bloed dat zijn witte hemd rood kleurde, wat Zimra de gelegenheid gaf weer uit te halen met zijn mes. Net op tijd sprong Yitschak opzij en Zimra's pompeuze lichaam verloor zijn evenwicht en viel naar voren. Yitschak gaf een flinke schop tegen het lemmet en het mes rolde van de berg af. Hij wilde op het vlam vattende manuscript af lopen maar Zimra gooide een handvol gruis in zijn ogen dat hem verblindde. Terwijl Yitschak zijn ogen uitwreef, trok Zimra met een krachtige beweging aan zijn been. Yitschak viel voorover boven op de likkende vlammen die aan de bundel papier knabbelden. Niet bekommerd om de pijn van het hete vuur duwde hij de blokken van de haard omver en graaide naar het dikke boekwerk dat op het punt stond te worden verteerd. Met blote handen sloeg hij de vlammen lam en trok toen pas zijn smeulende en bebloede hemd uit. Piepend keek Zimra toe hoe het manuscript werd gered.

Toen de laatste schroeivlekken waren gedoofd, richtte Yitschak zich weer tot Zimra.

'Geef je zoektocht naar de Ark op, Zimra.'

'Nooit. En wat kan jou het schelen? Je hebt je boek terug. Waar ben je bang voor?'

'De Ark zou je neerbliksemen en slechts een handvol as zou alles zijn wat er van jou restte.'

'Jij en ik zijn hetzelfde, Yitschak. Je bent net zo ambitieus als ik. Daar ben je bang voor. Er kan er slechts één de Messias zijn. En wat een nachtmerrie voor je als ik dat blijk te zijn.'

Yitschak stak een hand uit om Zimra overeind te helpen. Geknield ging hij voor hem zitten.

'Het is bijna te laat voor je, Zimra. Alsjeblieft, kom tot inkeer. Voor iemand als jij die zo lang in de duisternis is geweest, is het noodzakelijk dat hij in het licht komt. Door oprecht berouw zal er een opening voor je worden gemaakt, zo klein als het oog van een naald. Geleidelijk zal dit groter worden tot je het volle licht kunt verdragen.'

Zimra begon smakelijk te lachen.

'Wat vind je zo grappig?'

'Ik zag de Engel des Doods op je schouder tikken, beste vriend. Het valt nog maar te bezien wie van ons tweeën het langst te leven heeft.'

Yitschak tilde met een stoïcijns gezicht het geblakerde manuscript op maar de koude rillingen liepen over zijn rug toen hij de berg afliep.

Diezelfde avond nog vertrok Zimra met de dood op de hielen naar Jeruzalem. Vastbesloten binnen de dertig dagen zijn levenstaak te volbrengen. De geheime namen zelf in de Tora te vinden. Vastbesloten binnen de dertig dagen de Ark des Verbonds te vinden.

Deel 6

Tsfat 1572. Zomer, zeven uur later (*joodse jaartelling 5332*)

52 הרח Hej Rejsj Chet: **de God van zo boven, zo beneden**

Net toen Yitschak met lezen wilde beginnen, kwam Sarah zijn studeerkamer binnen. Geïrriteerd keek hij op.

'Ja? Wat is er, liefje?'

Sarah kwam nooit in zijn studeerkamer. Zoals hij zich zeven jaar lang, zes dagen per week, had afgezonderd in zijn huis op de Nijl, zo was deze kamer zijn eiland in Tsfat. Hij wilde nooit worden gestoord. Sarah respecteerde dat. Ze kende hem al van kinds af en had nooit anders geweten. Met deze man was alles anders. Zijn hele leven stond in het teken van het doorgronden van de kabbala. Zelfs wanneer ze de liefde bedreven, en dat dan nog alleen op sjabbat, was zij een kosmisch instrument dat de vrouwelijke goddelijke kracht vertegenwoordigde die zich verenigde met het mannelijke element. Hij noemde haar 'een rib van mijn rib, vlees van mijn vlees'. Door het huwelijk schonk de vrouw de verloren rib terug en was de man weer compleet. Hij beminde niet alleen om haar en zichzelf te bevredigen maar om in de bovenwerelden een verbintenis tot stand te brengen tussen de Schepper en de Shechina. Zo boven, zo beneden. Hij inspireerde God om voor zijn Shechina weer een tempel te bouwen op aarde. Zelfs de houding waarin hij lag tijdens het vrijen, refereerde aan de oorspronkelijke houding van *Adam Kadmon* bij de creatie. Adam Kadmon was voor de kabbalisten 'de eerste Adam', een soort van bovennatuurlijk wezen dat de tien eigenschappen van God bezat. Een reus die zich zoals de boom des levens uitstrekte met een reusachtig hoofd naar het oosten dat reikte naar het zenit, zijn voeten naar het westen, de rechterhand naar het zuiden en de linkerhand naar het noorden. Dat Yitschak vooraf gebeden reciteerde en na de daad zich ritueel reinigde, was voor haar de gewoonste zaak van de wereld. Ze had zich met haar ziel verbonden met deze man en al zijn eigenaardigheden had ze lief.

Maar nu, voor het eerst, begreep ze hem niet. Hardop las ze de titelpagina van het lijvige boek dat op zijn bureau lag.

'"*Etz Chaim, de boom van het leven*, door Yitschak ben Solomon Ashkenazi Luria, ook wel de Ari genoemd. *De leeuw...*" Yitschak, waar ben je mee bezig?'

'Dit is mijn boek,' zei hij op een vastberaden toon die geen tegenspraak duldde. Zelfverzekerd schudde hij zijn blonde haren zoals de koning van de wildernis zijn manen schudt.

'Ik dacht dat dit het boek van Chaim was,' zei ze terwijl ze spottend op precies dezelfde wijze haar blinkend zwarte haren liet golven.

Strak keek Yitschak uit de openstaande ramen van zijn studeerkamer. In de tuin zaten honderd jonge mannen, schouder aan schouder, het boek van Chaim over te schrijven. Hij had deze studenten geronseld bij Karo. De jongens waren maar wat blij gedurende vierentwintig uur wat te kunnen bijverdienen.

Yitschak stond op en draaide zich naar Sarah toe. Zijn gebruinde gezicht straalde een warme gloed van liefde uit. O nee, dacht Sarah, niet die blik, daar ben ik niet tegen opgewassen. Ze wendde haar ogen af voor hij haar hart kon vangen. Ze liep naar het raam en keek naar de ijverige mannen.

Iedere jongeman had hij zes willekeurige pagina's gegeven die niet op elkaar volgden. Zo zou niemand van hen precies weten wat ze kopieerden. Hun opdracht was om gedurende een volledig etmaal hun zes bladzijden zo vaak als mogelijk over te schrijven. Ze werden betaald per aantal kopieën die ze af zouden leveren. Daarnaast hadden ze allemaal een verklaring getekend die het hun verbood om met iemand over deze opdracht te praten. Als jonge rechtenstudenten kenden ze de waarde van een geschreven overeenkomst. Yitschak had er alle vertrouwen in dat ze hun discretie zouden bewaren.

'Ik dacht dat hij je vriend was. Je beste vriend.'

'Dat is hij ook,' antwoordde Yitschak rustig. 'Ik maak hem onsterfelijk. Ik verbind met dit boek zijn naam voor eeuwig aan die van mij.'

Hij toonde haar de eerste kopie die de verzamelde mankracht had afgeleverd. Liefkozend streek hij met zijn vingers over de bundel papier. Hij genoot van de geur van vers opgedroogde inkt. Naar dit boek had hij zijn hele leven verlangd. Hoe vaak had hij zich niet wanhopig afgevraagd tijdens zijn vrijwillige verbanning op het eilandje wat hij met alle kennis moest die hem werd geopenbaard. Wat was die wijsheid waard als alleen hij haar kende? Koning was je bij de gratie van het bezit van een land om het te regeren. Vaak had hij pogingen ondernomen om te schrijven. Maar nooit kwam hij verder dan een enkele regel. Hij had het dan ook als een grote zegening ervaren dat de oude zwerver in de synagoge hem naar Tsfat stuurde. Hij wist dat vroeg of laat de Schepper zijn onmacht om zijn geopenbaarde kennis te vereeuwigen zou oplossen. Dat zijn schrijver een wolverver zou zijn, had hij niet kunnen bevroeden. De tekenen die hij op zijn levenspad aantrof, vertrouwde hij onvoorwaardelijk. Al had hij nog nooit een letter van deze jonge aspirant-schrijver gelezen. Tot vandaag. Vandaag zou hij eindelijk kunnen zien hoe Chaim zijn lessen op papier had vertaald.

'Het voelt zo fout,' zei Sarah terwijl ze haar ogen op de mannen in de tuin gericht hield. Door een schrijnwerker had Yitschak lange houten tafels en banken laten maken waaraan de jongens hun werk konden doen. Hij genoot van de ambitieuze ijver waarmee ze, in diepe concentratie, zijn opdracht vervulden. Yitschak had hun op het hart gedrukt behalve snel ook zorgvuldig te werken. Zelfs als naar hun idee in het origineel fouten zaten, was hun opgedragen deze fouten letterlijk te kopiëren.

De dienstmeisjes voorzagen de jonge mannen van drank en eten. Yitschak had voor fakkels en kaarsen gezorgd zodat ze, zolang ze hun vermoeidheid de baas bleven, aan de slag konden blijven. Het liefst de hele nacht.

Hij legde zijn grote handen op Sarahs gracieuze armen, die beefden.

'Zoals de Ark de goddelijke wijsheid vertegenwoordigt in de Tempel,' zei hij, 'zo is de vrouw in het huis van de man. Jij bent mijn Shechina, mijn goddelijke bruid. Door met jou te trouwen, heb ik mij verenigd met mijn vrouwelijke ziel. Door het evenwicht dat jij mij schenkt, kan ik mij in de wereld manifesteren. Het huiselijke geluk dat jij creëert, inspireert de Schepping om ook harmonie te zoeken. Want ook God zoekt voortdurend naar verbinding met zijn Shechina, zijn goddelijke wederhelft. Onze verbintenis is een spiegel van de mannelijke en vrouwelijke krachten van de natuur. Wanneer wij uit balans geraken, raakt de hele Schepping uit balans. Maar wanneer wij ons verenigen herscheppen we letterlijk het moment van de Schepping.'

Verdrietig keek ze hem aan. Ze wist dat hun huwelijk voor hem een sacrale aangelegenheid was. Ze wist dat hij meer van haar vrouwelijke essentie hield, dan van haar als vrouw van vlees en bloed. Wat verlangde ze ernaar om door hem gewoon te worden liefgehad. Bemind te zijn als schoonheid en niet als godin.

'En zo snoer je me iedere keer de mond,' zei ze zacht. 'Je hoeft me niet te vertellen dat we zielsverwanten zijn. Mijn hele leven heb ik niets anders gedaan dan jou gekoesterd om je te laten herinneren wie je bent. In de liefde voor jou en onze dochter vond ik mijn essentie. Maar misbruik mijn onvoorwaardelijke liefde niet. Wat is de trouw van een man waard die zijn allerbeste vriend besteelt en bedriegt?'

Sarah maakte zich los uit zijn greep. Ze zag dat hij sprakeloos was. Dat noch de Tora, noch de Zohar hem nu van een antwoord voorzagen. De onbeholpenheid van het grote mannenlichaam ontroerde haar. Heel eventjes was hij geen meester, geen reiziger tijdens een spirituele queeste. Maar een echtgenoot. Een man die gekwetst was door de vrouw van wie hij hield.

53 וול Vav Vav Lamed: **de God van de veerkracht**

Het was heet in de kamer. Benauwd. Josjoea zat met ontbloot bovenlijf naast het bed van Chaim. Zweetdruppels parelden op zijn schouders en uit de poriën van zijn oksels dampte een penetrante geur. De ramen stonden wijd open maar er stond geen zuchtje wind dat verkoeling bracht. De misselijkmakende hitte vermengd met de stank van ziekte, verderf en zweet maakten hem onpasselijk.

Chaim zat rechtop in zijn bed en staarde met wijd opengesperde ogen naar de muur. Josjoea hield zijn hand vast en praatte onafgebroken. Met zijn mantra van bekentenissen probeerde hij het onherstelbare te lijmen. Door te biechten hoopte hij het verleden te kunnen weggummen. De etterende wond van jaloezie die de broers uit elkaar had gedreven, te helen. Het machteloze streven om Chaim naar de kroon te steken. Hij wilde de ranzige beelden van jonge Arabieren die hem om genade smeekten, uitkrassen. Het droevig verschoten zaad dat hem altijd treurigheid had gebracht in plaats van vervulling. De afgrijselijke schaamte wanneer hij door de donkere straten weer naar zijn huis vluchtte. De eeuwige angst om ondanks alle voorzorgsmaatregelen toch door iemand herkend te zijn. De littekens op zijn rug van de dagelijkse geselingen waarmee hij zijn kwaadaardige drift tevergeefs probeerde te temperen. Het lederen masker dat verborgen lag onder twee planken van zijn winkelvloer. Hij zwoer de Schepper zijn verslavende hunkering te overwinnen in ruil voor het leven van zijn broer.

Maar Chaim reageerde nergens op. Hij vertoefde in een andere wereld. Josjoea was radeloos. Dit waren de laatste levensuren van zijn broer.

Even leek het of Chaim zijn laatste levensadem uitblies. Hij opende zijn mond krampachtig alsof met een enorme geluidloze schreeuw zijn ziel zijn lichaam verliet. Maar na een tijdje was hij weer gaan ademen. Josjoea depte zijn voorhoofd met water en probeerde hem te laten drinken. Chaim leek versteend. Zelfs zijn ogen knipperden niet. Ze staarden onafgebroken met holle blik naar de afgebladderde muur.

Als straks de zon ondergaat, begint de sjabbat, dacht Josjoea. Gezegend zijn zij wier ziel op sjabbat weer naar de Schepper ging. Josjoea zong met geschuurde stem de woorden die Schlomo had geschreven. Het lied dat ze na zijn dood elke vrijdagavond gezongen hadden onder de johannesbroodboom.

'Sjabbat, o sjabbat, mijn bruid. Charmant en lieflijk van stralend licht. Hoor uw bruidegom, o bruid. Laat mij u zien, toon uw gezicht. O Schone Vrouwe, al wie u schaadt, moge hij boeten voor die daad.'

Chaims huid was perkamentwit. Zijn lippen waren geschilferd en zijn wangen ingevallen. Zijn hand voelde ijskoud aan. Het zou niet lang meer duren. Dit waren de laatste minuten van zijn leven.

Josjoea staarde naar de onpeilbare blik van Francesa op het schilderij. Het meisje dat zijn broer had bemind maar nooit gekregen. Moest hij haar niet gaan halen in dit stervensuur? Zou het niet de laatste wens zijn van Chaim met haar hand in de zijne de wereld te verlaten?

Plots begon Chaims lichaam te schokken. Hij boog onafgebroken naar voren alsof er een hoogwaardige persoon voor hem stond die hij groette. Hij kwijlde en leek helemaal van slag.

'Wat is er, Chaim?' riep Josjoea ongerust uit. 'Wat zie je?'

'Twee zuilen van vuur,' raaskalde Chaim, 'de ene rood en de andere groen als gras. Vader. Moeder. Ze vlammen naar het hemelgewelf. Ze verbranden me.'

Josjoea verkoelde Chaims gezicht en probeerde zijn trillende lichaam te kalmeren. Maar Chaim beefde als een riet. Zijn hele knokige lijf schudde en trilde.

'Het is mijn tijd nog niet, zegt vader. Mijn huis is nog niet klaar. Er wordt nog hard aan gewerkt. Het is een groot huis. Het is nog niet af.'

Toen viel hij slap neer op de matras.

Josjoea voelde zijn pols. Pas na een lange tijd voelde hij een zachte en onregelmatige hartslag. Chaim verzonk weer in een comateuze slaap. Liefdevol veegde Josjoea het spuug weg van zijn kin.

'Laat me niet alleen, Chaim,' zei hij met betraande ogen. Hij wilde het leven van zijn broer vasthouden. Hij kroop bij hem in bed en omklemde zijn kille lijf. Uitgeput van het lange waken viel hij zo in een diepe slaap.

Vroeg in de ochtend werd hij wakker door een hand die zijn gezicht betastte. Hij schrok en slaakte een kreet.

'Wie is dit?' vroeg een vermoeide stem.

'Chaim,' riep Josjoea uitgelaten. 'Ben je wakker?'

Chaim hing voorovergebogen in bed naast Josjoea.

'Ben jij dat, Josjoea?'

Hij omhelsde zijn broer.

'Wat doe je hier?' vroeg Chaim met hese stem. 'In mijn bed? Midden in de nacht?'

Josjoea probeerde hem rechtop te zetten. 'Het is al dag. Doe je ogen open. Kijk naar me.'

Toen pas zag hij dat Chaim al de hele tijd zijn ogen wijd open had. Glazig keken ze om zich heen maar ze leken geen straaltje licht te vangen.

'Het is zo donker, Josjoea, zwart. Ik zie niets. Zeg me alsjeblieft dat het nacht is.'

'Ik haal meteen de dokter om naar je ogen te kijken. Ga maar weer slapen.'

Chaim hield Josjoea bij zijn arm tegen. 'Het lijkt of mijn lenzen verschroeid zijn door vuur. Ik hoef nu geen dokter, Josjoea. Ik wil naar Yitschak. Nu meteen. Ik ben al te laat voor de ochtendles.'

'Het is al te laat voor de ochtendles. Het is sjabbat vandaag, Chaim. Je hebt drie dagen op bed gelegen. Je moet rusten. Je ziet er verschrikkelijk uit, broertje.'

'Ik moet Yitschak zien,' zei Chaim in een koortsige roes. 'Mijn boek, waar is mijn boek? Ligt mijn boek nog in de hutkoffer, Josjoea?'

'Ik zal even kijken,' antwoordde Josjoea zo onbewogen mogelijk en liep naar de koffer. 'Ja, het ligt er nog, Chaim. Waarom zou het ook weg zijn?'

'Ik wil het voelen, laat het me voelen.'

Josjoea sleepte de hutkoffer naar Chaims bed. Geheel onverwacht had Yitschak hem de vorige middag het gestolen manuscript bezorgd toen hij op ziekenbezoek kwam.

'Leg dit terug op de plaats waar je het vandaan hebt gehaald,' had hij streng gezegd.

Josjoea had niet durven vragen hoe hij eraan kwam. Maar hij was intens dankbaar dat hij zijn diefstal ongedaan kon maken. Chaim hoefde het nooit te weten als hij het zou overleven.

Hij opende de koffer en leidde Chaims hand naar de stapel papier. Chaim betastte met zijn vingertoppen de vellen papier.

'Het ruikt verbrand, wat is ermee gebeurd?'

'Je beeldt het je in, Chaim. Je hebt vast nachtmerries gehad over vuur. Vannacht zei je ook dat je twee vuurzuilen zag. Weet je dat nog? Je riep om vader en moeder.'

'Moeder?' vroeg Chaim.

'Ja, kun je je dat herinneren? Wat weet je nog, Chaim? Weet je wat ik je allemaal heb verteld?'

'Mijn boek.'

'Er is niets met je boek aan de hand.'

Josjoea klapte het deksel dicht en schoof de koffer buiten het handbereik van Chaim.

'En nu je medicijnen en dan weer slapen.'

'Breng me naar Yitschak, Josjoea, nu.'

'Je mag niet naar buiten, Chaim, je bent nog...'

'Nu,' beval Chaim.

Josjoea zuchtte. Hij had vaak verhalen gehoord dat stervenden nog een opleving kenden voor ze de wereld verlieten. Kon hij zijn broer zijn laatste wens weigeren? Tegensputterend hielp hij Chaim zich aankleden. Josjoea begeleidde hem de trap af en gearmd liepen ze door de hoofdstraat van het zonnige Tsfat. Om de paar meter werd Chaim slap in de knieën en moest op een stoepje bijkomen. De straat was verlaten. Rond deze tijd zat iedereen in de synagoge.

Halverwege de trappen die alle dwarsstraten op de verschillende hoogtes met elkaar verbonden, kruiste hun weg die van Yitschak.

'Chaim,' riep hij geëmotioneerd. 'Wat zie jij eruit! Kom hier, beste vriend.'

Hij sloot Chaim in zijn stevige armen en kuste hem. Chaim hing slap in zijn armen.

'Hij ziet niets,' legde Josjoea uit. 'Het is ook waanzin dat hij rondloopt. Maar hij wilde per se naar jou toe.'

Yitschak voelde zijn pols. Zoals een dokter de gezondheidstoestand van een patiënt in een polsslag las, zo kon Yitschak de ernst van de ziekte van de ziel voelen.

'Laat hem maar aan mij over,' wimpelde Yitschak Josjoea af. 'Ik zorg wel voor hem.'

'Maar...'

'Ga maar, Josjoea. Sarah geeft vanmiddag een grote feestmaaltijd op de boerderij voor alle families van onze groep. Wat ontspanning zal je goed doen. Ga.'

Onwillig liet Josjoea zijn broer bij Yitschak achter. Zou dit de laatste keer zijn dat hij hem zag? Wat was Yitschak van plan? Hij was doodsbenauwd dat hij zou onthullen dat hij het was die het boek had gestolen en aan Zimra had gegeven. Waarom was hij ook niet eerlijk geweest toen Chaim erom had gevraagd? Dan had hij zijn versie van de feiten kunnen geven. Dan had hij zijn diefstal kunnen verantwoorden en de nadruk leggen op het feit dat hij het ook was die het boek had teruggelegd. Ongerust keek hij toe hoe Yitschak hem met een stevige arm onder zijn oksels de trappen afleidde.

54 מהש Mem Hej Sjin: **de Godin van de genezing**

Het was al ver voorbij het middaguur toen Yitschak en Chaim in de vissersplaats Tiberias arriveerden. Er stond een frisse wind die de bloedhete middagzon draaglijk maakte. Chaims uitgeteerde lichaam beefde. De lange tocht had hem nog meer uitgemergeld. Yitschak had zijn blinde vriend zelfs af en toe over zijn schouder gedragen bij het afdalen van de berg om in het dal te komen waar het meer zich uitstrekte. Jachtig alsof de dood hen op de hielen zat had hij Chaim meegesleept. De hele tijd had hij niets gezegd. Chaim was uitgeput en voelde zich ellendig. Maar de onvermoeibare Yitschak hield stevig de pas erin. Hij voerde Chaim mee naar de vissershaven.

Een jonge visser zat triest op de kade voor zich uit te staren. In stilte bad hij tot de Schepper voor verlossing uit zijn desastreuze bestaan. Yitschak stapte op hem af.

'Zou ik je sloep mogen lenen?' vroeg Yitschak.

Wantrouwend keek de jonge visser naar Yitschak en de doodzieke man die op de grond lag. Wie ging er nu 's middags nog het water op? De zon stond loodrecht op het wateroppervlak en binnen de kortste keren zou je verbranden. Bovendien, waarom zou hij zijn roeiboot uitlenen aan twee vreemdelingen. Misschien brachten ze hem wel nooit meer terug. Dan zat hij nog dieper in de problemen.

Maar Yitschak bleef hem vriendelijk aankijken. Hij probeerde de visser niet te overtuigen. In zijn blik lag slechts zijn woordeloos verzoek. De jonge visser wist niet wat hij met dit zwijgen aan moest. Terwijl hij net nog de hele wereld had vervloekt omdat die wel gezegend werd met voorspoed, en hij de enige leek die alleen maar rampspoed aantrok, voelde hij opeens de behoefte het weinige dat hij had te delen. Geheel tegen zijn eigen natuur in, zei hij: 'Goed. Als je hem maar wel op deze zelfde plek weer aanlegt.'

De visser stond versteld van zichzelf. Hij had zelfs niet om geld gevraagd. Hij hielp de vreemde in het wit geklede man en zijn jongere halfdode vriend aan boord. Terwijl hij de touwen losknoopte, waarschuwde hij: 'Er staan soms sterke stromingen onder het wateroppervlak, wees voorzichtig.'

Yitschak knikte en haalde uit zijn jaszak een beurs. Net voor de visser de sloep een duwtje gaf om af te meren, gooide hij de visser de beurs toe.

'Sjabbat sjalom,' zei hij.

Ongelovig keek de jonge man in de beurs. Daar zaten meer zilverstukken in dan hij ooit bij elkaar zou kunnen vissen in een maand. Hij rende naar huis om zijn vrouw het grote nieuws te vertellen.

Zeemeeuwen krijsten oorverdovend boven de sloep. Ze roken de geur van vis en hoopten op een buitenkansje. Maar toen ze enkel de geur van ziek mensenvlees opsnoven, sloegen ze hun vleugels teleurgesteld een andere richting uit.

Rillend van de koorts lag Chaim op de bodem van de sloep. Er stond een sterke stroming en slechts moeizaam kwamen ze vooruit.

'Je hebt de kans een belangrijke correctie te volbrengen,' zei Yitschak.

Chaim trok slechts een vermoeide wenkbrauw op.

'Je bent behoorlijk ver heen.'

'Welke correctie,' mompelde Chaim.

'Wat je jouw vader hebt aangedaan,' antwoordde Yitschak. 'De koorts en het wegsijpelen van levenskrachten, dat is wat je vader voelde in zijn laatste momenten.'

Chaim was versteend. Het was onmogelijk dat Yitschak wist wat er was gebeurd.

'Vertel het me maar, Chaim. Je hebt altijd geweten dat er een dag zou komen dat je jouw grote geheim moest delen. Vandaag is die dag.'

Het kleine verzet om zijn schande te bewaren, was snel gebroken. Als dit zijn laatste levensuren waren, dan was er geen enkele reden om die loodzware last uit zijn jeugd nog langer alleen te dragen. IJlend begon Chaim te vertellen en hij zag de donkerste dag uit zijn bestaan weer haarscherp voor zich.

'Het was een ongeluk. Een verschrikkelijk ongeluk.'

'Wat was een ongeluk, Chaim? Vertel me alles. Begin bij het begin,' zei Yitschak dwingend.

Chaim zonk weg in de flarden van zijn mistige verleden en deed toonloos verslag van zijn herinneringen.

'Ik had me verloren in de alchemie. Ik wilde goud maken. Ik wilde goud worden. Ik wilde mijn vader bewijzen dat er snellere wegen waren naar verlichting dan de Tora. Het was jeugdige overmoed, Yitschak.'

Yitschak luisterde terwijl hij zich probeerde te oriënteren op een hoog gelegen synagoge in Tiberias, maar een waas van nevel belemmerde het zicht.

'Het was winter,' hakkelde Chaim verder. 'Vader nam me mee de bergen in.'

Een lange hoestbui onderbrak zijn verhaal.

'Het begon te sneeuwen. We zochten beschutting in de grot van Sjimon Bar Jochaj. Weer waren er die discussies. Geroep. Geschreeuw. Mijn vader heeft de eerste klap uitgedeeld. Een klinkende oorveeg. Alsof ik een opstandig kind was. Ik was achttien, Yitschak. Alle respect voor wie ik was, werd onderuitgehaald. Er knapte iets. Van het ene op het andere moment veranderde ik in een wraaklustig monster. Ik gaf een nog hardere slag op de wang van mijn vader. Het ging allemaal zo snel.'

Chaim voelde zich een klein, ellendig jongetje en kromp van de maagkrampen en misselijkheid ineen in een hoek van de sloep. Yitschak deed geen enkele moeite om hem te troosten.

'Vader rammelde me door elkaar,' stamelde Chaim nauwelijks verstaanbaar. 'Ik gaf een vuistslag in zijn maag. Hij kroop kermend over de bevroren grond. Hij trok aan mijn been. Ik viel. Vechtend tuimelden we over elkaar heen. We rolden. Dichter naar de klip. De rand van de afgrond voor de grot. We tuigden elkaar af. Hij worstelde zich boven op mij. Hij zat klaar om me genadeloos in het gezicht te slaan. Ik gaf hem een duw. Overal ijs. De rotsen waren van ijs. Vader gleed naar de afgrond toe. Ik greep zijn hand. Ik had zijn hand, Yitschak. Maar ik had nergens grip. Hij sleurde me mee. 'Laat los,' riep hij. We zouden beiden in het ravijn storten. Ik gleed verder naar de klip toe. Wat had ik moeten doen? Ik liet los. Hij stortte neer. Brullend. Een doffe klap. Ik keek. Sneeuw stoof omhoog. Een kermend lichaam. Sneeuw werd rood. Dood.'

Yitschak zweeg en luisterde. Het leek of hij in rondjes voer. Op zoek naar iets. Er zat geen duidelijke richting in zijn vaarmanoeuvres.

'Het was geen moord,' zei Chaim nadat hij een tijdje buiten bewustzijn was geweest. 'Het was een ongeluk, een spijtig ongeluk. Of niet? Zeg dan toch iets, Yitschak. Ben ik een moordenaar?'

Toen begon hij te huilen en gooide er met zijn laatste kracht een gebed uit als een touwladder naar de hemel. 'O vader, vergeef mij. Ik wilde dit niet. Echt niet. Ik hield van u. Ik hou nog steeds zoveel van u. Er gaat geen dag voorbij of ik zie alles weer voor ogen.'

Yitschak leek plotseling gevonden te hebben wat hij zocht, en roeide met stevige slag naar een donkerblauwe cirkel midden in het meer. Daar liet hij het bootje stilliggen. Hij vond op de bodem van de sloep een houten kruik en schepte die vol met het inktblauwe vocht.

'Chaim,' riep hij opgewonden. 'Chaim. Drink! Dit is heilig water uit de bron van *Mirjam*. Dit water heeft de dorst gelest van ons volk dat door Mozes door de woestijn werd geleid. Dit water heeft hun leven gered.'

Verdwaasd keek Chaim hem aan. Waar had hij het over? De *waterputten van Mirjam*, hier in het Meer van Tiberias?

Chaim schudde zijn hoofd.

'Nee, Yitschak. Laat mij.'

'Het is goed dat je het verteld hebt, Chaim.'

'Dit is de tweede keer dat ik het vertel, Yitschak. Toen ik het op een avond aan mijn moeder bekende, vond ik haar de volgende ochtend. Opgehangen. O, mama,' snikte hij. 'U hield zoveel van mij dat u me wilde redden.'

'Drink, Chaim. Het zal je vergeving schenken. Het zal je helen. Ik zou dit voor niemand doen, alleen voor jou, Chaim.'

Yitschak bracht de beker naar Chaims lippen. Al bij de eerste druppels die in zijn mond liepen, had hij een gevoel alsof hij helend vloeibaar goud dronk.

55 הזי Hej Zajin Joed: **de God van de beschermengelen**

Het oppervlak van het Meer van Tiberias was ondergedompeld in een warme oranje gloed toen Chaim weer bij bewustzijn kwam op de oever. Hij lag op een warme zandbank tussen de kiezels. Zijn gedachten werden gewiegd door het ruisende geluid van de golven die zich op het strand stortten en zich dan weer langgerekt terugtrokken. In de verte krijsten twee zeemeeuwen die vochten om een mollige *petrusvis*. Langzaam opende hij zijn ogen.

'Wat mooi,' zuchtte hij en hij sidderde van de schoonheid die hem omgaf.

Yitschak zat lachend naast hem.

'Welkom op Moeder Aarde, Chaim. Heb je een mooie reis gemaakt?'

Allerlei flarden flitsten in een oogwenk voorbij.

'Wat is er allemaal met mij gebeurd?'

'Je hebt gedronken van de bron van Mirjam,' zei Yitschak.

Nu herinnerde hij het zich. De lange wandeling in complete duisternis begeleid door Yitschak. Zijn ziekte. Zijn vermoeidheid. De bootreis. Zijn bekentenis. De tweede maal dat hij zijn verhaal had verteld. En dan... het water dat Yitschak hem te drinken had gegeven. Water dat smaakte als honing vermengd met oude en nieuwe wijn. Een drank die het hoofd licht maakte. Hij draaide met een gelukzalige uitdrukking zijn gezicht naar Yitschak.

'Ik kan je zien. Ik kan weer zien,' realiseerde hij zich plotseling. 'Wat is er met me gebeurd?'

'Je hebt van het levenswater gedronken. Mozes gaf de Tora aan het joodse volk tijdens zijn tocht door de woestijn. Maar zijn zuster, Mirjam, gaf het leven zelf. Overal waar zij met haar hiel stampte, werd water gevonden. Zonder haar hadden ze nooit het beloofde land bereikt. Mirjams bron geeft leven wanneer de dood onafwendbaar lijkt. Ze redt wie gered moet worden. Nu was ze hier voor jou. Verscholen in het water van het meer. Ik heb jou ervan laten drinken. Het water heeft je genezen. Ofschoon je dagen waren geteld. Nu ben je een vlinder die zijn cocon heeft afgeschud. Je popelt om je vleugels uit te slaan en de wereld te herontdekken. Je bent vol vertrouwen en de wereld ligt voor je open. Nu sta je op het grootste kruispunt van je leven. Op jouw schouders rust het gewicht om het lot van de mensheid voor altijd te keren.'

Yitschak stond op, strekte zijn hand uit naar Chaim en trok hem overeind. Chaim verloor even het evenwicht. Toen begon hij onbedaarlijk te lachen en te dansen. Hij trok aan Yitschaks arm en nam hem mee de branding in. Ook Yitschak lachte zijn schitterende tanden bloot en beide mannen liepen in het lauwe water van het meer. Ze zongen en gooiden uitbundig water naar elkaar. Ze lieten zich voorovervallen op de golven. Ze duwden elkaar onder en gierden het uit van de pret. Het leven had nog nooit zo licht gevoeld als op deze zwoele zomeravond.

Een oude zwerver die op een rotsblok bij de kade zat, zag tegen de vuurrode schijf die in de zee verdween, het silhouet van twee mannen die elkaar minutenlang innig omhelsden. De oude man glimlachte tevreden. Zijn missie was volbracht. Yitschak had alles gegeven wat de oude man hem in zijn dromen had geleerd. De fakkel was overgedragen aan Chaim. Het lot van de ontwikkeling van de mensheid lag in diens handen. De oude engel had volbracht wat hem was opgedragen. Hij sloot zijn ogen en verdween alsof hij er nooit was geweest.

Met de armen over elkaars schouders begonnen Yitschak en Chaim aan hun terugtocht. Chaim voelde zich onoverwinnelijk. Alsof het lange vasten, het bijna wegkwijnen, het biechten en berouwen van zijn grootste misdaad en het helende water hem schoon hadden gespoeld. Onbevreesd durfde hij nu zijn aandeel in de dood van zijn vader onder ogen te zien. Hij zocht niet langer excuses. Probeerde het niet langer te vergoelijken. Het was geen ongeluk. Het was moord. En ook zijn moeder had hij het graf in geduwd. Zijn lieve moeder die hem nooit had willen veranderen. Die van hem hield zoals hij was. Deze misdaden belastten hem met een enorme verantwoordelijkheid. Om op het eind van zijn leven een positieve balans te kunnen opmaken, zou hij grootse daden moeten verrichten.

Toen ze de begraafplaats overstaken, op weg naar de boerderij van Haman aan de rand van de stad, legde Yitschak zijn hand op Chaims schouder.

'Nu moet je even luisteren, Chaim,' zei hij ernstig. 'Het zal niet lang meer duren voor onze wegen zich scheiden. Twee jaar lang heb ik je lesgegeven. Alles wat ik geleerd heb van de oude zwerver, heb ik je in essentie verteld. Om werkelijk alles te begrijpen wat ik je heb geleerd, moet je naar Jeruzalem gaan.'

'Wat?'

'Meer mag ik je niet zeggen, Chaim.'

'Wat ga jij dan doen, Yitschak?'

'Mijn levenstaak was om jou te onderwijzen en in te wijden. Ik heb je nog één grote les te leren en dan zit mijn taak erop,' antwoordde hij glimlachend.

'Nog één grote les?'

'Onze vrienden en familie wachten op ons in de boerderij van Haman. Het is het eind van de sjabbat, weet je wel. Kom, we gaan de bruid feestelijk uitzwaaien!'

Hij sloeg een arm om Chaim en nam hem mee over het erf naar de boerderij waarvan hij droomde dat die ooit tot een synagoge zou worden verbouwd. Chaim was stil. Hij dacht na over de woorden van Yitschak, die hem een onheilspellend voorgevoel hadden gegeven. Ze zagen het licht van de kaarsen en de haard door de roosvensters van de woonkamer heen flakkeren. Maar het was opvallend stil. Meestal werd er gedanst, gezongen en gegeten tot het late avonduur maar het leek wel of hun vrienden in gebed bij elkaar zaten.

Toen Yitschak de deur openzwaaide, werd hij aangestaard door de sombere gezichten van zijn studenten en hun familie.

'Wat is hier aan de hand?' vroeg hij lachend. 'Wat een rouwstemming. Kijk eens wie ik bij me heb... Chaim, als uit de dood herrezen!'

'Je hebt het dus nog niet gehoord,' doorbrak Jonathan, wiens zoontje tegen zijn borst aan sliep, de gespannen stilte.

'Wat?'

'De *knekelkoorts* is uitgebroken in Tsfat. De stadspoorten zijn gesloten. Er mag niemand meer in of uit. Wij zijn gedwongen hier te blijven.'

Yitschaks mond zakte langzaam open. Hij wist dat dit het begin van het einde was. Het enige dat hij nu nog kon doen, was zijn broederschap zo goed mogelijk leiding geven om deze tijd te doorstaan.

'Zijn er al veel doden?' vroeg hij na een tijdje.

'Het moet verschrikkelijk zijn volgens de poortwachter,' vertelde

Abraham. 'Op honderden deuren is al een wit kruis gekalkt als teken dat daar een slachtoffer is gevallen. De ziekte raast door de stad. De mensen sterven in enkele uren tijd.'

Yitschak en Chaim gingen tussen hun vrienden bij het haardvuur zitten om het nieuws tot zich te laten doordringen.

'En Francesa,' vroeg Chaim plotseling, 'weten jullie of Francesa nog leeft?'

'Ze wilde niet meekomen,' zei Sarah terwijl ze naar haar man keek. 'Ze wilde niet met jou onder één dak leven.'

Ongemakkelijk keek men elkaar aan. Niemand wist de woorden om het vreselijke nieuws te brengen. Uiteindelijk stond Esther, de weduwe van Schlomo, op en ging naar Chaim.

'Het enige dat we weten, is dat Yehoeda een van de eerste slachtoffers was. Hij is vanmiddag begraven.'

56 נתה Noen Tav Hej: **de God die zonder omwegen spreekt**

De boerderij van Haman bood voldoende plaats om alle families van de kabbalastudenten in onder te brengen. Alle kamers, stallen en schuren waren verdeeld. Iedereen had een plekje waar hij zich in de geborgenheid van zijn gezin kon terugtrekken. In de stilte van de lauwe nacht werd nog lang nagepraat over de tragische gebeurtenissen die zich voltrokken. Men maakte zich zorgen over vrienden en familieleden die nog binnen de stadsmuur verbleven en elk moment het volgende slachtoffer konden zijn van de genadeloze ziekte. Zuigelingen voelden de onrust van hun ouders en waren met geen mogelijkheid te kalmeren. Niemand wist hoe lang ze hier zouden moeten blijven. Wat ze zouden aantreffen de dag dat de stadspoorten weer werden geopend. Tsfat zou voorgoed zijn veranderd. Het hoogmoedige optimisme van de welvarende stad die het al zo lang voor de wind ging, was gebroken. De arrogantie van onoverwinnelijkheid, bestraft. Sommigen vroegen zich af of het wel een zegening was om hier in de relatieve veiligheid buiten de stadspoort te verblijven. Verstoken zijn van nieuws was misschien wel erger dan ooggetuige zijn van de verschrikkingen.

Chaim was de hooizolder toegewezen, die hij deelde met Josjoea. De broers lagen naast elkaar verzonken in hun eigen sombere gedachten. Af en toe werden ze opgeschrikt door het geklapwiek van een vleermuis of het schichtige geren van een rat die zich in het hooi verborg.

'Dat jij het was die bij mijn ziekbed zou waken,' zei Chaim plots.

'Ach,' antwoordde Josjoea na een lange tijd, 'jij zou hetzelfde gedaan hebben.'

'Dacht je dat ik doodging?'

'Het is een mirakel dat je nog leeft, Chaim. De dokter had je opgegeven.'

'Spijt het je?'

'Wat?'

'Dat ik nog leef?'

'Chaim, hoe kun je dat zeggen?'

'Nee, eerlijk. Spijt het je dat ik nog leef?' drong Chaim aan. 'Je was bijna van je plaaggeest verlost.'

Josjoea zweeg. Hij probeerde zijn zenuwachtige ademhaling onder controle te houden. Hij wist niet wat Chaim wel en niet wist. Had Chaim in zijn bewusteloosheid toch zijn biecht gehoord? Zou Yitschak hem hebben verteld dat hij zijn manuscript had gestolen?

'Je bent altijd mijn grote broer geweest, Josjoea,' zei Chaim. 'Je was altijd sterker, sneller en slimmer dan ik. Ik keek naar je op. Ik wilde worden zoals jij. Ik heb je zo gemist toen je uit huis ging en ik alleen achterbleef met onze ouders. Maar ik was trots op je. Je eerste winkel, weet je nog? Al stelde die toen nog niet veel voor vergeleken met nu. Ik geloofde in je. Jij wilde steeds minder met me te maken hebben. Het irriteerde je als ik langskwam.'

'Je werd ook zo'n arrogant kereltje,' glimlachte Josjoea.

'Ik wilde pronken met mijn kennis van de Toraschool. Ik wilde je bevestiging. Dat ik ook veel wist. Omdat ik geen indruk op je maakte, ben ik ermee gestopt. Toen ik de alchemie ontdekte, hoopte ik iets gevonden te hebben waarmee ik jou zou kunnen overtroeven. Jou en vader.'

'Dat is je dan wel gelukt, Chaim. Sinds die dag leek het alsof ik niet meer bestond. Alles draaide om jou. En nu wil ik slapen. Ik heb de hele week je hand vastgehouden. Ik ben uitgeput.'

'Het was geen ongeluk.'

'Wat,' vroeg Josjoea afwezig.

'Het was geen ongeluk. Vader en ik hadden ruzie. We vochten. Hij gleed naar de afgrond en ik heb zijn hand losgelaten.'

Josjoea ging overeind zitten en keek Chaim verbijsterd aan. Hij had nooit geloofd dat hun vader gestruikeld was. Maar dit?

'Je bent een moordenaar,' stamelde hij. 'De moordenaar van mijn vader.'

Chaim zweeg. Hij mocht dan in het reine zijn gekomen met zijn eigen geweten, nu wachtte de immense taak de wereld te bewijzen dat zijn misdaad onvermijdbaar was geweest en noodzakelijk als aanzet voor het goede dat hij in de wereld zou brengen.

'Ik had je moeten laten creperen,' zei Josjoea.

'Je bent een goed mens dat je ondanks je haat voor me hebt gezorgd.'

'Hou toch je mond.'

'Je kunt je op mij wreken. Iedereen zal het begrijpen. Maar je straft daarmee vooral jezelf. Jij zult dan op jouw beurt weer de consequenties van jouw misstap moeten dragen. Jij kunt de spiraal van haat doorbreken. Jij kunt vandaag een toekomst vol haat of vol liefde creëren.'

Josjoea beet op zijn tanden. Hij drukte het verlangen Chaim in elkaar te slaan de kop in.

'Heeft vader die laatste dag nog iets over mij gezegd?' vroeg hij ten slotte.

'Hij had het alleen maar over jou. Jij was de perfecte zoon. Elke keer weer opnieuw zei hij dat ik aan jou een voorbeeld moest nemen.'

Josjoea's versteende hart viel in gruzelementen. Waarom had hun vader dat nooit tegen hem gezegd? Waarom had hij niet één keer over zijn lippen gekregen dat hij van hem hield?

'Josjoea, het spijt me,' zei Chaim zacht. 'Ik wilde je leven niet tot een hel maken. Als je wist hoe vaak ik de Schepper gesmeekt heb om een goede vrouw op je pad te sturen. Ik wilde dat je gelukkig was.'

Als door een wesp gestoken, sprong Josjoea overeind. Woest keek hij Chaim aan.

'Ik hoef geen vrouw, Chaim,' schreeuwde hij buiten zichzelf. 'Ik neem liever jongetjes. Onbezoedelde jongetjes van vijftien jaar die alles doen wat ik zeg. Die naar me opkijken omdat ze geld van me krijgen. Die hopen ooit net zo rijk te worden als ik. Jongetjes die me bewonderen en liefhebben. Hoor je me, Chaim? Ik hoef geen vrouw.'

Verbouwereerd luisterde Chaim naar de uitval van Josjoea. Wat bezielde zijn broer om zulke dingen te zeggen?

'Josjoea, al zou het waar zijn wat je net zei, het kan me niet schelen. Je bent mijn broer. Ik hou van je.'

'Hou toch op,' krijste Josjoea. 'Doe je niet heiliger voor dan je bent. Iedereen verraadt elkaar in deze wereld, Chaim. En jij bent zo blind als een otter. Heb je dan nog niet in de gaten dat je door je grote vriend bedrogen wordt?'

'Hoezo,' stamelde Chaim, overmand door alle registers die Josjoea plots opentrok.

Josjoea kroop over de planken vloer naar de berg stro die hij met zijn handen overhoophaalde.

'Kijk hier, Chaim, zie je wat dit is?'

In het zwakke schijnsel van het maanlicht dat door het strooien dak heen viel, zag Chaim een bundel papier liggen.

'Dat is jouw boek, Chaim. Ik heb het. Iedereen hier heeft het. Sarah heeft ons vanmiddag allemaal een exemplaar gegeven terwijl jij met je vriend op stap was. Ik heb het gestolen terwijl je lag te creperen in bed. Yitschak heeft het laten kopiëren, Chaim. Met zijn naam erop. Alsof hij het heeft geschreven.'

'Wat?'

Hij hield het bovenste vel papier onder een straal maanlicht en zag dat inderdaad onder de titel van zijn boek Yitschaks naam stond geschreven.

'Dit kan niet waar zijn,' stamelde hij.

'Welkom in de volwassen wereld, Chaim,' grijnsde Josjoea. 'Je hospita was zo gek nog niet. Ze heeft gelijk gehad. De leeuw trekt met zijn onstilbare honger door de stad en vreet alles op om zijn duisternis te voeden.'

'De leeuw is Yitschak...' fluisterde Chaim onthutst.

57 חהו Chet Hej Vav: **de God die ons alles gunt**

Zoals op sjabbat gebruikelijk was, lazen Yitschak en Sarah de Tora om met een gezuiverd hart in bed het hoogtepunt van het feest te vieren en de bruid van God te eren. Maar ze werden bruusk opgeschrikt door luide klappen op de deur.

'Ellendeling, schurk, dief,' schreeuwde Chaim terwijl hij op de slaapkamerdeur van Yitschak bonkte.

Sarah kromp in elkaar op bed en verborg zich onder de lakens. Yitschak trok snel een broek aan terwijl hij naar de deur riep: 'Ben jij dat, Chaim?'

'Doe open, lafaard,' brulde Chaim. 'Doe open als je het lef hebt.'

'Wat wil je, Chaim?' sprak Yitschak met zalvende stem.

'Je in elkaar timmeren, oplichter,' tierde Chaim.

'Dat is niet echt een sterk argument om je binnen te laten, Chaim. Als je met me wilt praten, dan zal ik de deur openen.'

Het bleef stil aan Chaims zijde. Yitschak bracht zijn hand naar het schuifslot van de deur, maar Sarah gebaarde huiverig om de deur gesloten te houden.

'Ben je er nog, Chaim?' vroeg Yitschak.

Het bleef stil. Voorzichtig schoof Yitschak de grendel weg en opende de deur. Zodra deze nog maar op een kier stond, zette Chaim plots zijn schouder ertegen. Hij beukte hem met geweld open. Yitschak struikelde en viel met zijn hoofd tegen de rand van het bed. Sarah gilde. Chaim sprong op zijn meester en verkocht hem met alle woede die in hem was een rechtse stoot waardoor het bloed uit Yitschaks neus spoot.

'Stop, Chaim, stop. Alsjeblieft!' gilde Sarah. De kleine vrouw stond op het bed en brulde haar longen schor om het geweld te stoppen. Chaim wilde net een nieuwe rechtse uitdelen toen hij even afwezig opkeek naar de blote vrouw. Deze fractie van verstrooidheid gaf Yitschak de kans Chaims armen te omklemmen en zich zo een nieuwe klap te besparen.

Op hetzelfde moment renden Samuel en Jonathan, wakker geschrokken van de herrie, de slaapkamer in. Ze pakten Chaim beet en trokken de jongen van het lichaam van hun meester. Met alle geweld probeerde Chaim zich los te rukken maar Samuel verkocht hem een staalharde vuistslag in zijn maag. Een dun straaltje bloed sijpelde uit zijn mond en hij kronkelde kermend over de vloer.

Sarah, die snel een laken om zich heen had geslagen, depte ondertussen de bloedneus van haar man.

Samuel haalde uit om met zijn voet een tweede maagstoot uit te delen maar werd door Yitschak tegengehouden.

'Stop, Samuel, stop. Zo is het wel goed,' sprak hij op een toon die geen tegenspraak duldde. 'Heb jij je woede kunnen bekoelen, Chaim? Kunnen we dan nu misschien met elkaar praten?'

Bloeddorstig keek Chaim vanaf de vloer naar zijn meester.

'Laat ons nu maar. Bedankt voor jullie hulp. Ga maar weer slapen.'

Samuel en Jonathan aarzelden, maar de dwingende blik van Yitschak overtuigde hen dat hij de situatie weer onder controle had.

'Hoe heb je dit kunnen doen, Yitschak,' barstte Chaim los. 'Terwijl ik doodziek was mijn boek letterlijk overschrijven met jouw naam erop. In wel dertig exemplaren heb ik van Josjoea begrepen. Hoe kun je me zo verraden? Wat een achterlijke streek is dit!'

'Vijftig,' zei Yitschak.

'Wat?'

'Vijftig exemplaren.'

'Wat bezielt je? Waarom? Waar zijn die boeken?'

Yitschak stond op en strompelde naar Chaim. Hij stak een hand uit om hem overeind te trekken, maar Chaim krabbelde zelf op.

'Kom hier zitten, Chaim,' zei Sarah en ze maakte plaats op het bed. Moeizaam schuifelde hij naar het bed en liet zich voorovervallen.

'Al mijn studenten hebben een boek en verder heb ik ze aan een paar andere mensen uitgedeeld, zoals Karo. De rest ligt bij ons thuis. In het magazijn,' zei Yitschak.

Elk antwoord van Yitschak maakte Chaim ziedender. Er bleek geen greintje spijt of schuldgevoel uit zijn woorden.

'Leg het hem uit,' siste Sarah, die Yitschaks houding ook onverdraaglijk vond. 'Leg het ons uit. Dat is het minste wat je kunt doen.'

Yitschak ging op de rand van het bed zitten.

'Goed,' zei hij. 'Ik heb het manuscript gered uit het vuur. Zimra heeft het laten stelen door Josjoea en wilde er mij mee chanteren. Zonder mij was er nu geen boek meer. Toen ik het in mijn bezit had, heb ik het meteen zo vaak mogelijk laten kopiëren zodat het niet meer verloren zou kunnen gaan. Aan Josjoea heb ik de opdracht gegeven jouw exemplaar terug in je hutkoffer te leggen.'

'En waarom dan met jouw naam erop?' beet Chaim hem toe. 'Zonder verwijzing of dankwoord?'

'Omdat het mijn boek is,' antwoordde Yitschak zonder blikken of blozen.

'Wat? Je hebt er geen letter van geschreven. Hoe vaak heb je niet gezegd dat je niet kunt schrijven. Je bent een nog grotere dief dan Josjoea en Zimra bij elkaar. Hoe kon je dit doen? Mij schaamteloos ontkennen.'

Yitschak keek strak voor zich uit. Zelfs Sarah schrok van de kilte in zijn blik.

'Je hebt dit boek in mijn opdracht geschreven, Chaim. Alles wat in dit boek staat, heb je van mij geleerd. Zonder mij had dit boek niet bestaan. Daarom is het mijn boek.'

Chaim hapte naar adem. Zou hij nu werkelijk zelf geloven wat hij zegt, vroeg Chaim zich wanhopig af.

'Luister Chaim, ik weet dat het boek je dierbaar is. Maar nu heb je de kans te laten zien dat mijn lessen je werkelijk hebben veranderd. Dat je jouw egoïsme ontgroeid bent. Door het boek aan mij te geven, kun je de ultieme correctie volbrengen. Onbaatzuchtig geven en het donkere licht maken, is de essentie van al wat ik je heb geleerd.'

'Je gelooft het zelf,' zei Chaim lamgeslagen.

'Dit is de laatste les die je van mij te leren hebt, Chaim. De moeilijkste les. Er was eens een man die bij een wijze rabbi kwam en vroeg...'

'Nu niet van dat soort verhaaltjes, Yitschak,' brieste Chaim.

Yitschak pauzeerde even maar ging toen onverstoorbaar verder.

'Hij vroeg: "Rabbi, kun je me alle wijsheid uit de Tora leren gedurende de tijd dat ik op één been kan staan?" De man ging op één been staan en de rabbi zei: "Heb uw naaste lief als u zelf. Dat is alles. De rest is commentaar." Snap je, Chaim?'

Chaim draaide zich op zijn rug en kwam overeind. Hulpeloos

zocht hij bevestiging in de ogen van Sarah, die hem alleen maar vertelden dat zij net zo verbijsterd was. Haar man leek geen moment te beseffen hoe onrechtmatig zijn daad was.

'Er staan trouwens nog wel fouten en onzuiverheden in het boek,' vervolgde Yitschak. 'Maar dat is niet erg, die haal ik er wel uit.'

Chaim ontplofte. 'Natuurlijk, het is nog niet klaar. Mijn boek is nog niet klaar. Ik ben de enige die weet hoe het is opgebouwd. Wat de bedoeling is. Wat er nog aan moet gebeuren. Ik verbied je er een letter aan te veranderen. Het is mijn boek. En als jij werkelijk je egoïsme zo ontstegen bent, waarom wil je dan per se jouw naam erop?'

'Omdat mijn naam het boek het gezag geeft om zijn werk in de wereld te doen. Het is mijn levenstaak deze ideeën naar buiten te brengen. Van mij zal men het aanvaarden. Van mij zal men het willen leren. Jij hebt een andere levenstaak. Jouw naam heeft niet dezelfde kracht als de mijne. Mozes was uitverkoren om de wet te ontvangen van God. Niet zijn broer Aaron, niet zijn zus Mirjam. Zij waren ook belangrijk maar hadden een andere taak. Aaron was hogepriester, Mirjam hield het volk in leven met haar bron. Net als jij.'

'Je hebt me vervloekt met het laten drinken van de bron van Mirjam,' riep Chaim verbouwereerd. 'Je hebt me het leven gered maar de prijs is een leven in de schaduw. Zodat ik nog vele boeken kan schrijven die jouw roem verspreiden. Die jou onsterfelijk maken.'

'Zelfs Mirjam werd jaloers op haar broer Mozes. Nadat hij God had ontmoet, weigerde hij nog langer met zijn knappe Abessijnse vrouw te slapen. Mirjam verweet hem dat hij zich nu plots te goed voelde om dat te doen wat een normale man moet doen. Ze werd meteen omwille van haar jaloezie door God gestraft met melaatsheid.'

'Is dit een dreigement?'

'Nee, een les. Mirjam werd zeven dagen uit het joodse kamp verbannen. Daar kwam ze tot inkeer. Ze accepteerde haar taak. Zij had een andere rol dan haar broer die ze met toewijding op zich nam.'

Yitschak stond op en ging voor Chaim staan. Het leek even of er licht van hem af straalde. Een licht dat Chaim dwong om te blijven zitten en luisteren.

'De primaire behoeften van de mens zijn net als die van de dieren: eten, slapen, ademhalen en seks. Behoeften die wel het lichaam maar niet de ziel vervullen. Wanneer die bevredigd zijn, wenst de mens rijkdom, macht, beroemdheid en kennis. Dat is waar jij je hele leven naar gestreefd hebt, Chaim. Holle begrippen als ze niet verbonden zijn aan een ideaal. Maar ook de lust van deze behoeftes verdwijnt zodra ze vervuld zijn. Nu kom je op een punt om de definitieve stap te zetten. Alleen een vervulde ziel maakt je werkelijk en eeuwig gelukkig. Je wilde God worden? Gedraag je dan als God. Zoek de vreugde om liefde en goedheid in de wereld te brengen. Dit is jouw kans om te leven met de tien goddelijke eigenschappen van de Schepper. Wilskracht, wijsheid, inzicht, barmhartigheid, macht, schoonheid, vasthoudendheid, koninklijkheid, daadkracht en realiteit. Al die kennis kun je zelf ontdekken. En de generaties na jou. Al wat er te weten valt, staat geschreven in de Tora. Schil na schil zal dit boek van God zich blootgeven. Iedere keer dat je de Tora opent, ontmoet je de Schepper zelf. De Zohar was de eerste schriftelijke gebruiksaanwijzing om het verborgene te ontcijferen. Maar deze was alleen voor ingewijden. Nu is het aan mij om via jou de sleutels te geven aan de mensheid. Joden en niet-joden, jongeren en ouderen, vrouwen en mannen. In de Tora staat het ondubbelzinnige antwoord op elke vraag die iedereen die leeft en ooit zal leven zich kan stellen. Het is de geheimtaal van het leven zelf. Van alles wat was. Is. En zal zijn. Je naam zal altijd aan die van mij verbonden zijn, Chaim. Jij bent mijn uitverkoren leerling. De enige die het werkelijk snapt.'

Chaim rukte zich los van de hypnotiserende blik van Yitschak. Zelfs al had hij gelijk dan nog wilde hij er niets mee te maken hebben. Hij voelde zich verraden. Gebruikt en gemanipuleerd. Degene die hij in alles vertrouwd had, had hem een dolk in de rug gestoken.

'Ik was jouw leerling, Yitschak. Zoek het verder zelf maar uit. Schrijf het zelf maar op. Ik wil niet als jouw knechtje de geschiedenis in gaan. Ik haat je.'

Chaim duwde Yitschak opzij en liep naar de deur. De kalmerende hand van Sarah, die hem achternaliep, schudde hij van zich af. Toen smeet hij de deur dicht.

Hij beende dwars over het erf als een niet te stoppen stormram naar de stadsmuur toe. Machteloos hijgde hij uit tegen de grote, gepolijste rotsblokken. Voetstappen van marcherende soldaten kwamen dichterbij. Hij verschool zich dicht tegen de muur en wachtte geduldig tot de soldaten van de wacht gepasseerd waren. Toen zag hij, niet ver van de muur, een geknakte dennenboom. Met de kracht van het verlangen Yitschak achter zich te laten, slaagde hij erin de stam naar de muur te slepen en rechtop te zetten. Hij klauterde omhoog en na verschillende pogingen belandde hij op de massieve muur. Hij keek uit over de stad die getroffen was door een onzichtbare sluipmoordenaar met een ongekende moordlust. Maar de knekelkoorts trotseren was draaglijker dan nog langer in het bijzijn van Yitschak vertoeven. Zonder aarzelen sprong hij over de muur.

58 החש Hej Chet Sjin: **de God van de onschuld**

'Wat is hier allemaal aan de hand?' vroeg Esther, die door alle herrie de slaap niet kon vatten.

'Chaim is kwaad en heeft de boerderij verlaten. Hij is naar de stad vertrokken, denk ik,' antwoordde Samuel. Samen met Jonathan had hij geprobeerd het gesprek tussen hun meester en zijn favoriete leerling bij het raam af te luisteren.

'Omwille van zijn boek natuurlijk,' zei Esther begrijpend.

'Zijn boek,' lachte Samuel. 'Het boek van Yitschak zul je bedoelen. Chaim heeft gewoon opgeschreven wat hij hem heeft gedicteerd.'

Esther wist dat het weinig zin had om met deze twee mannen in discussie te gaan. Het fanatisme van Yitschaks volgelingen was nog groter geworden nu hun zoveel onheil boven het hoofd hing. Ze hadden hun hoop op een wonder van hun meester gevestigd dat hen zou behoeden voor de besmettelijke ziekte. Esther had getwijfeld toen Sarah haar liet uitnodigen voor de feestmaaltijd op sjabbat. Behalve met Chaim had ze weinig op met de kabbalastudenten. Ze wist hoe vaak Schlomo het mikpunt van hun spot was geweest omwille van de vrije opvattingen die zij over de liefde had. Maar het was een gelukzalige keuze geweest om toch te gaan nu bleek dat de stad in de greep van de dood was gevallen. En per slot van rekening was het haar boerderij.

Beleefdheidshalve had Sarah ook haar een exemplaar van het boek gegeven. Toen ze Yitschaks naam op de voorpagina had gezien, voelde het alsof ze zelf slachtoffer van plagiaat was geweest. Van jongsaf had Esther mateloze bewondering voor kunstenaars gehad. Als klein meisje al was ze kind aan huis in de ateliers van de schilders en beeldhouwers van Verona, waar ze was opgegroeid. Ze herkende in Chaim de gedrevenheid die ze ook zo in Schlomo had liefgehad. Het verlangen om met een kunstwerk de wereld een beetje mooier te maken. Het gevecht met de eigen angsten en twijfels, het streven naar de maximale reikwijdte van de aangeboren capaciteiten.

Voor haar was het overduidelijk dat alleen Chaim aanspraak kon maken op het auteurschap van het boek. Iedere kunstenaar haalde toch ergens zijn inspiratie vandaan? Het zou hetzelfde zijn als een door Schlomo geschilderd model zou zeggen dat het haar schilderij was omdat zij afgebeeld stond. Natuurlijk was kunst altijd ergens op gebaseerd. Het ging erom hoe de kunstenaar die werkelijkheid vertaalde en vormgaf. Schlomo had haar geleerd dat de kwaliteit van een kunstwerk afhing van de mate waarin een kunstenaar erin geslaagd was de schoonheid van de schepping te vatten. Hoe intenser een kunstwerk het mysterie van de Schepping ontblootte, hoe dichter het mensen bij hun bron bracht. Dat was de goddelijke taak van de kunstenaar. De Schepper zelf was de ultieme kunstenaar die al zijn creaties oversteeg. Maar omdat elk mens een aspect van de Schepper is, is elk kunstwerk een nieuwe creatie van God zelf. Alsof de kunstenaar niet de schilder is maar het penseel in de handen van de Schepper. Daarom ondertekende Schlomo nooit zijn mooiste schilderijen. Omdat ze hem slechts waren geschonken. Maar Esther wist wel zeker dat als vervolgens een andere kunstenaar zijn naam eronder zou hebben gezet, hij een moord zou hebben gepleegd.

Ze was benieuwd hoe principieel deze heren waren, die bekendstonden om hun snelle oordeel over alles en iedereen.

'Ik kan de slaap niet vatten. Komen jullie een beker wijn met me drinken?'

Aarzelend keken de mannen elkaar aan. Een beker wijn was aanlokkelijk. Ze kenden Esthers reputatie maar ach, ze waren er zelf toch bij. En het was midden in de nacht. Ze konden toch wel even gemist worden? Zwijgzaam volgden ze haar naar het schapenhok dat haar was toebedeeld. Ver van de andere slaapplaatsen. De vrouwen hadden tevreden blikken met elkaar uitgewisseld toen Sarah haar dat afgelegen hok had toegewezen.

'Ik ben een beetje klein behuisd,' zei ze lachend, 'maar maak het jullie zelf gemakkelijk.'

Ze schonk de mannen een beker wijn in en nodigde hen uit haar alles in geuren en kleuren te vertellen.

Magdalena, de vrouw van Jonathan, maakte zich ondertussen grote zorgen over haar man terwijl ze met haar kleine meisje nog maar eens wiegend door de paardenstal liep. Het was niets voor hem om zo lang weg te blijven zonder haar iets te laten weten. Maar als er iets gebeurd was, dan zou Samuel, die bij hem was, dat toch komen vertellen? Dus dan zal hij wel ongedeerd zijn, probeerde ze zichzelf gerust te stellen.

Haar zorgen waren overbodig want met Jonathan ging het uitstekend. Hij lag dubbel van de lach door de verhalen die Esther vertelde. Vrijmoedige verhalen die, doordat ze door een vrouw werden verteld, nog pikanter waren. Misschien waren drie bekers wijn ook wel wat veel voor een man die bijna nooit dronk. En de spanning die iedereen de afgelopen dag zo getergd had, vond een uitlaatklep in jongensachtig plezier. Het was nog maar een vaag besef geweest dat hij speelde met vuur toen Esther bij de tweede fles wijn voorstelde om te kaarten.

'En wie verliest, moet iets uittrekken,' had ze er met een knipoog aan toegevoegd.

Het werd pas duidelijk dat het geen grapje was geweest toen zij het eerste spel verloor en zonder aarzeling haar blouse losknoopte. Dit was het moment geweest waarop Samuel en Jonathan zichzelf tot de orde hadden kunnen roepen. Er bestond geen misverstand meer over waar dit alles toe zou leiden. Natuurlijk dachten beiden aan hun vrouw en kinderen die zich zorgen zouden maken aan de andere kant van het erf. Jonathan was gek op zijn zoontje, dat hem verafgoodde. Maar tegen het voortdurende gehuil van zijn kleine meisje was hij niet opgewassen. Het werkte hem op de zenuwen en hij kon zichzelf niet meer horen denken.

Samuel dacht aan de woorden van Yitschak dat God geen moraalridder was. Ieder mens beschikte over een feilloos kompas voor zijn eigen gedrag: het geweten. De vraag bij alles wat je deed of het leugenachtig of volgens je eigen waarheid was, liet zich snel beantwoorden. Het lichaam zendt meteen signalen uit wanneer je in de gevarenzone komt. Een nerveuze spanning die klinkt als het klagende geluid van de *ramshoorn* op nieuwjaarsdag. De hoorn die oproept vergeving te zoeken voor alle begane fouten. Kiezen voor waarachtigheid werd een stuk gemakkelijker door het besef dat bij elke daad of handeling de hele wereld werd beïnvloed.

'Kiezen voor de waarheid,' had Yitschak gezegd, 'is als een kaars in de wind gaan staan. De misstappen van een mens breken zijn moed en ontnemen hem zijn kracht. Maar met innerlijke overtuiging kan men bij de zwaarste storm zijn vlam brandend houden.'

Niet dat het God veel uitmaakte. Die had alle tijd van de wereld tot het moment waarop de hele Schepping uit eigen beweging voor liefde koos.

De wijn in zijn bloed maakte Esther nog aantrekkelijker.

Nog voor Samuel zich uit zijn innerlijke strijd kon bevrijden met het smoesje dat hij toch even wilde kijken of zijn kinderen sliepen, zei Jonathan: 'Goed. De tweede ronde.'

Een klein misstapje zou wel geen wereld van verschil maken, suste Samuel zijn geweten. Aan het bekijken van een mooie vrouw is nog niemand doodgegaan.

59 והו Vav Hej Vav: **de God van het geluk**

De honderden witgekalkte huisdeuren die Chaim passeerde op weg naar huis, hadden zijn woede enigszins getemperd. Wat een desastreuze ravage had deze plaag op slechts één dag aangericht. Even hield hij halt voor het huis waar de gezinnen van Datan en Abiram onder één dak leefden. Ook hun voordeur was gekalkt met het gruwelijke merkteken. Minder dan een maand geleden had Yitschak hen dood gewenst. Wat voor sinistere krachten had die man eigenlijk? Stortte hij iedereen die hem niet slaafs volgde in het verderf? Als deze ziekte lang zou blijven rondrazen, dan zou er geen levende ziel meer in Tsfat te vinden zijn.

Chaim haalde onverschillig zijn schouders op bij het zien van de door Josjoea opengebroken voordeur. Zijn belangrijkste bezit was toch al gestolen. Mismoedig liep hij de trap op en ging eerst naar de kamer van Anna. Wat miste hij haar ontzettend op dit moment. Hij ging even aan de tafel zitten waar ze altijd samen aten en hun dag bespraken. Er was niemand aan wie hij ooit meer zijn hart had toevertrouwd dan haar. Zij had hem altijd weten op te beuren wanneer de twijfels aan hem knaagden. Zij maakte hem aan het lachen. Zij had hem vaak gewaarschuwd voor zijn slaafse overgave aan Yitschak. 'Je moet in je eigen wijsheid geloven,' had ze gezegd. 'Een leraar heeft altijd net zoveel van zijn leerlingen te leren.' Zij had net zo onvoorwaardelijk van hem gehouden als een moeder. Misschien dat hij haar daarom op afstand had trachten te houden. Alsof hij niet kon toelaten dat iemand van hem hield precies zoals hij was. Haar haastig verlaten kamer leek nu een grafmonument. Hij huiverde toen hij in een flits Anna net zo zag bengelen aan een touw zoals hij zijn moeder had gevonden. Maar toen hij met zijn ogen knipperde, zag hij dat het een zinsbegoocheling was. Had hij maar naar Anna geluisterd en was hij maar samen met haar de stad ontvlucht toen het nog kon. Met zijn manuscript. Het enige geruststellende van haar afwezigheid was dat ze nu in Tiberias in veiligheid was.

Hij liep de trap op naar zijn eigen kamer en duwde de deur open. Op de tast schuifelde hij naar de tafel en ontstak een kaars. Toen hij zich omdraaide, keek hij in twee blinkende ogen die hem aanstaarden. Zijn hart sloeg over van schrik. Hij gilde. Instinctief greep hij om zich heen om iets te zoeken om zich te verdedigen maar toen pas voelde hij dat het een vriendelijke blik was die hem begluurde. Toen lachte hij nerveus. Het was een hallucinatie. Het had net geleken of het schilderij boven zijn bed tot leven was gekomen. Alsof Francesa in zijn kamer had gestaan. Hij wreef zijn vermoeide ogen uit. Het was ook een te heftige dag geweest vandaag. Hij moest nu eerst maar eens gaan slapen. Hij strompelde naar bed en ging op de rand zitten.

Toen hij ineens de deur van zijn kamer open hoorde slaan, stierf hij duizend doden en brulde zowat de hele buurt bij elkaar. Zijn gegil werd beantwoord door een korte schreeuw van een vrouw. Het duurde een hele tijd voor de woorden 'Rustig Chaim, ik ben het, Francesa' tot hem doordrongen.

'Francesa?' vroeg hij verbaasd.

'De deur beneden stond open, Chaim,' zei ze met een gespannen lachje. 'Het spijt me dat ik je aan het schrikken maakte.'

Chaim was te overdonderd om een woord te kunnen uitbrengen.

'Het spijt me dat ik zomaar je huis ben binnengedrongen. Maar waar kan ik heen nu Yehoeda er niet meer is?'

'Ik heb het gehoord, ja. Het spijt me zo verschrikkelijk,' zei Chaim eindelijk.

'Gisterenavond leek alles nog gewoon. Yehoeda had de avond met mijn vader doorgebracht. Toen hij terugkwam was hij helemaal overstuur. Hij zei dat mijn vader hem overweldigende zaken had geopenbaard. Over zijn ziel en over zijn zonden. En dat het noodzakelijk was om dat te corrigeren. Ik was woest op mijn vader. Natuurlijk wist ik dat Yehoeda zondigde. Wat kon hij anders? Hij was toch net als ik gedwongen in ons huwelijk? Tegen zijn natuur in. Ik moedigde hem zelfs aan om te zondigen en te genieten van het leven.'

'Wat moest hij dan doen van je vader?'

'Eerst moest hij tweeënzeventig dagen vasten en mediteren zodat hij zich verbond met het mannelijke aspect van de Schepping. Daarna moest hij honderdeenenzestig dagen vasten en mediteren. En zo zich verloven met Shechina, de vrouwelijke kant van God. En één van die dagen moest hij zichzelf zeven keer poedelnaakt in de sneeuw rollen. Yehoeda gruwde van het idee alleen al. Hij voelde zich voor het eerst een intens slecht mens. Terwijl hij nooit iemand kwaad heeft gedaan.'

Chaim was verontwaardigd. Yitschak had Yehoeda blijkbaar niet duidelijk gemaakt dat de boetedoening geen straf was voor zijn liefde voor mannen, maar een poging tot correctie zou zijn van Yehoeda's verzuim om de mannelijke en vrouwelijke krachten te verenigen. Het was waar dat de Zohar ondubbelzinnig was: de mens was verplicht nieuw leven te geven. Wie daar niet op zijn minst naar streefde, weigerde een volledig menselijk wezen te worden die eerlijk deelde wat hij zelf had gekregen: het leven. Hunkerende zielen die stonden te trappelen om de ervaring van het leven te kennen, werd de mogelijkheid tot conceptie ontzegd. Yitschak had zijn schoonzoon wellicht willen aansporen tot voortplanting. Maar een overgevoelige jongen als Yehoeda een boetedoening opleggen, zonder deze duiding, was bijna hetzelfde als hem de afgrond induwen.

'Toen Yehoeda thuiskwam, rilde hij,' ging Francesa verder. 'Hij had vreselijke buikpijn. Ik heb hem in bed gestopt en hem verwarmd met mijn lichaam. Maar hij kwam niet tot rust. Het werd alleen maar erger. Hij smeekte me om drinken. Ik ging water halen en toen leek het of zijn hele lichaam leegliep. Het vocht spoot werkelijk uit al zijn lichaamsopeningen. Hij schaamde zich. Zijn ogen zakten in. Zijn huid was loodgrijs en hij leek in een uur tijd wel vijftig jaar ouder te zijn geworden. Op zijn tong lag een groezelige witte laag slijm. Het ging allemaal zo snel, Chaim. Tegen de middag was hij dood.'

Chaim huiverde. Yehoeda moest gestorven zijn op het moment dat hij zelf uit zijn diepe coma ontwaakte en met Josjoea op zoek ging naar Yitschak.

Francesa braakte haar verdriet uit. Een diepe opgekropte treurigheid die door alle dammen heen brak. Chaim sloeg een arm om haar heen. Wat gebeurde er toch allemaal? Wat richtte Yitschak aan in mensenlevens? Hij streek met zijn warme handen over haar schokkende rug maar niets leek haar getril te kunnen kalmeren. Ze liet zich achterovervallen en kroop als een pasgeboren kind in elkaar alsof ze zich wilde verbergen voor de wereld.

'Yehoeda was een goede man,' kon Chaim door haar snikken heen verstaan. 'Hij heeft van mij leren houden. Op zijn manier. Hij is goed voor mij geweest.'

Chaim ging naast haar liggen en omhelsde haar met zijn stevige armen. Hij had zo'n intens medelijden met dit meisje dat zo moedig haar lot had gedragen. Hij had haar al die tijd geprobeerd te vergeten maar hij wist dat het onmogelijk was. Elke avond was het laatste wat hij zag voor hij ging slapen, haar bodemloze verdriet op het schilderij.

Uiteindelijk kalmeerde Francesa in de armen van Chaim. Hij voelde de diepe adem uit haar rug tegen zijn buik.

'Hij was me zo lief, Chaim,' fluisterde ze. 'Hij had een goed en zacht hart. Het was zijn schuld toch niet dat hij zich niet tot me aangetrokken voelde? Maar hij hield van me, als een vriendin. Zijn zachte natuur heeft mij veranderd. We hebben elkaar leren liefhebben om wie we werkelijk zijn en niet omwille van wat we hoopten te krijgen van de ander. Ons huwelijk was een vergissing maar misschien was het ook een zegening.'

Ademloos luisterde hij naar haar verhaal. Chaim had geen idee dat Yehoeda haar zo dierbaar was geworden. Hij had gedacht dat ze als twee vreemden bij elkaar hadden geleefd. Hij voelde dat Francesa iemand anders geworden was dan het hartstochtelijke meisje op wie hij verliefd was geworden. Ze leek zoveel rijper, zoveel wijzer.

'Ik vind het heel erg voor je, Francesa. Hoe is Karo eronder?'

'Ach, die arme man,' glimlachte Francesa. 'Je zou schrikken als je hem zag. Alsof zijn levenslicht is uitgegaan. Hij is zelfs van het ene moment op het andere zijn zicht verloren. Hij doet niets anders dan zichzelf kastijden. Hij smeekte op de begrafenis dat ze hem levend zouden verbranden op de brandstapel. Er was zoveel volk op de begrafenis. Yehoeda was een van de eerste slachtoffers. Niemand kon vermoeden dat er een paar uur later nog honderden doden te betreuren zouden zijn.'

De begrafenis van een jong iemand bracht altijd mensenmassa's op de been in Tsfat. Wanneer de jeugd begraven werd, kreeg de arrogante levenslust een klap in het gezicht.

'Karo gelooft dat door zichzelf te offeren hij de vicieuze cirkel van oorzaak en gevolg kan doorbreken,' vertelde Francesa hoofdschuddend. 'Ik kon het niet meer aanzien.'

Karo had Chaim al eens eerder in vertrouwen genomen over de fantasieën die hij koesterde over een vuurdood. Met bewondering vertelde hij vaak over zijn grote voorbeeld *Solomon Molkho*, die hij een marteldood had zien sterven op de brandstapel. Hij hield van het vuur dat al je zonden zou verteren waardoor je zo puur als witte wol de hemelse sferen zou bereiken. 'Het enige wat hier op aarde van je zondige lijf overblijft,' had Karo gezegd, 'is een handvol as op het altaar, terwijl je pure en witte ziel glorieus in de hemel wordt ontvangen.'

'Waarom ben je eigenlijk niet bij mijn vader, Chaim?' vroeg Francesa plotseling.

'Hij heeft mijn boek gepikt.'

'Wat?'

'Hij heeft het vijftig maal laten overschrijven en beweert nu dat het zijn boek is.'

'Maar... iedereen weet toch dat jij het hebt geschreven?'

‘Waarom zou iemand mij steunen? Niemand wil bij hem uit de gunst geraken. Zeker nu iedereen voor zijn leven vreest. En het doet hen waarschijnlijk plezier dat hij mij verraden heeft.’

‘Ach, lieve Chaim,’ zei Francesa en streek zacht door zijn uitgedunde haar.

‘Wat een wonder dat jij het gered hebt,’ zei hij zacht.

Ze toonde hem als antwoord haar ring van de Godin van de bescherming.

60 כהת Chaf Hej Tav: **de God van de zuivering**

Van lieverlee had Magdalena haar tienjarige zoontje wakker gemaakt. Ze had hem opgedragen om heel voorzichtig te gaan zoeken naar Jonathan, zijn vader. Als er iets was, moest hij het haar meteen komen melden. Ze ijsbeerde door de stallen. Ze wist dat het niet verantwoord was zo’n klein jongetje op deze missie te sturen, maar ze kon toch niet zelf op pad met haar zuigeling. Tot haar grote opluchting stond hij na een kwartiertje weer ongedeerd in de paardenstal.

‘Heb je papa gevonden?’ vroeg ze hoopvol.

‘Ja, mama.’

‘En, waar is hij? Is hij ongedeerd?’

Het jongetje sloeg zijn ogen neer en zei: ‘Hij zag me niet want hij was heel druk bezig met een mevrouw.’

‘Met een mevrouw?’

‘In het schapenhok. Ze waren bloot en...’ Toen haalde het jongetje diep adem.

Met een oerkracht die elke vrouw geschonken is, had Magdalena haar zoontje troostend tegen haar rokken geklemd terwijl hij haar beschreef hoe hij zijn vader had gevonden. Ze streek rustig en kalmerend over zijn kortgeknipte haren. Het kleine jongetje had dingen gezien die zijn jonge ziel niet kon vatten. Het was voor haar eigen hart onmogelijk om het geschokte verdriet te verwerken en dus had ze, alsof ze een kaars uitblies, haar gevoel uitgedoofd.

‘Het was een nare droom,’ zei ze liefkozend tegen de kleine man, die op dit moment alles wilde geloven wat zijn moeder zei. De fundamenten van geborgenheid waarin hij opgroeide tot man, waren in één enkele tel onderuitgehaald. Zijn kleine wereld was in puin gevallen. Nooit meer zou hij met dezelfde grenzeloze bewondering toekijken hoe zijn vader ritueel de schapen slachtte. Zijn droom om ooit net zo groot en sterk als zijn vader te worden, was nu een beschamende nachtmerrie.

Magdalena legde hem te slapen, zijn kleine zusje naast hem. Een hele tijd nog hield ze onbewogen zijn klamme handje vast tot het onrustige gedraai overging in een bodemloze slaap.

Ze verliet de paardenstal, liep het erf over en klopte aan bij de graanschuur waar de familie van Samuel was ondergebracht.

'Is jouw man al terug?' vroeg ze zo neutraal mogelijk aan Eva, de vrouw van Samuel.

'Nee, ik maak me zo ongelooflijk zorgen.'

'Slapen je kinderen?'

'Ja, eindelijk.'

'Kom mee dan,' zei Magdalena beslist. 'Ik weet waar ze zijn. Onze echtgenoten.'

Dankbaar volgde Eva Magdalena over het met kasseien bedekte binnenplein naar het schapenhok aan de rand.

'Hier,' zei ze glimlachend. 'Ga jij maar eerst.'

Onbegrijpend duwde Eva het deurtje open van het hok en keek naar binnen. Enkele eeuwigdurende secondes was het muisstil en toen klonk er een gil die de hele gemeenschap wakker schudde. Iedereen kwam op het binnenplein kijken wat er aan de hand was.

Samuel en Jonathan hadden geprobeerd zich in het donkere hok in hun broek te worstelen en baanden zich een weg naar buiten. Daar werden ze besprongen door twee wraakgodinnen die hun mannen schopten en sloegen waar zij hen konden raken. Hoewel het voor iedereen volstrekt onduidelijk was wat er aan de hand was, trokken de anderen de briesende vrouwen van hun mannen die alleen maar ineengekrompen op de grond probeerden de slagen te ontwijken. Voor elke vrouw waren er twee mannen nodig om haar in bedwang te houden.

'Jullie moeten ons niet grijpen,' schreeuwde Magdalena. 'Maar haar, die hoer uit Sodom. En onze zwakke, zielige mannen die zich zo heilig voordoen maar zich bij de eerste gelegenheid niet in toom houden.'

Op dat moment kroop ook Esther naar buiten, die snel het hemd van Jonathan had aangetrokken. Eva en Magdalena explodeerden bijna maar konden net op tijd worden tegengehouden.

'Had je het over mij, Magdalena?' vroeg Esther, die haar verwilderde haren uit haar gezicht streek. 'Ik heb thuis nog een mooi schilderij van je. Je staat er heel puur op. Wil je het hebben...'

Het schuim stond op de lippen van de twee bedrogen echtgenotes. Alle bijbelse verwensingen die in hen opkwamen, gooiden ze naar de vrouw die hun huwelijk had vernietigd.

Toen Yitschak, als laatste, het binnenplein opliep, viel er een gespannen stilte en zelfs het geraas van Eva en Magdalena viel langzaam stil.

'Gaan jullie maar weg,' zei hij tot Samuel en Jonathan. 'Jullie hebben niets begrepen van waar wij al die tijd mee bezig zijn geweest. Een mystiek inzicht openbaart zich niet in een visioen maar in het gehoor geven aan de dagelijkse roep het goede te doen. Als jullie de klaarblijkelijke leegte van jullie ziel op deze manier moeten vullen, dan heeft mijn kabbala jullie totaal niet bereikt. Ik hoef jullie niet meer te zien.'

Beschaamd trokken de mannen hun broeken op en maakten zich uit de voeten.

Toen richtte hij zich tot Esther: 'Dit is jouw boerderij, Esther. Dat wij hier een veilige schuilplaats vonden, hebben we aan jou te danken. Maar je huurprijs is te hoog. We zullen niet langer van je gastvrijheid gebruikmaken. Morgen vertrekken we.'

Esther knikte zakelijk en kroop toen terug in het schapenhok alsof er niets aan de hand was.

Yitschak stapte naar voren en ging voor de groep mensen staan aan wie hij zijn vertrouwen had geschonken. Het was een vreemd samenzijn, in de voorzichtige schemering van de ochtend na een slapeloze nacht die gevolgd was op een huiveringwekkende dag.

'Het spijt me, Eva en Magdalena, dat dit is gebeurd. Het zal heel wat van jullie moed vragen om hiermee te kunnen leven. Alleen vergeving kan jullie pijn helen. Vergeving aan jullie echtgenoot en ook aan Esther. Dat is de enige manier om deze pijnlijke geschiedenis te transformeren tot iets waardevols.'

Beide vrouwen schamperden. Hoe zouden ze dit ooit kunnen vergeven? Hun hele toekomst lag aan diggelen. Ze stonden er nu moederziel alleen voor. Eva spuwde minachtend op de grond en sloeg haar arm om Magdalena heen. Gearmd en met ongebroken trots baanden ze zich een weg door de omstanders en deden het enige wat hun te doen stond: hun kroost beschermen.

'De band van onze broederschap is verbroken,' sprak Yitschak toen zakelijk tot de hele groep. 'Ik heb de engel van de dood gezien. Hij fluisterde mij een vers toe uit het boek van *Samuel:* "Volhardt u in uw boosheid, dan wordt u weggevaagd, u en uw koning!" Zolang we met elkaar omgingen als broeders waren we beschermd tegen de negatieve krachten die in Tsfat rondwaren. Maar nu is het te laat. Ons lot is bezegeld.'

Onthutst keek iedereen hem aan. Van het ene op het andere moment werden ze allemaal als minderwaardig aan de kant gezet. Zij waren toch niet vreemdgegaan? Maar Yitschak had zich reeds omgedraaid en was terug naar de boerderij gelopen. Sprakeloos stonden ze bij elkaar. Het waren de vrouwen die onbewust elkaars hand zochten. Ze gingen bij elkaar staan in een kleine kring, de voorhoofden tegen elkaar rustend. Als uit één stem klonk bijna onhoorbaar een zacht lied op. Een triest lied over het vluchtende volk van Israël door de woestijn. Ook de mannen zochten troost bij elkaar nu geen van hen wist hoe hij zijn gezin nog kon beschermen. Ze omhelsden elkaar en wiegden treurig, met de armen op elkaars schouders, op het ritme van het lied.

De gouden kroon van een rijzende zomerdag scheurde met zijn scherpe punten het dunne vlies van de ether open. Toen werd het intieme moment verbroken door een doffe slag.

Sarah kwam als eerste ter plaatse bij de hooischuur. Op de grond vond ze een besmeurd lichaam dat van de vliering was neergestort. Toen ze het op zijn rug draaide, zag ze het ingevallen gezicht van Josjoea. Gestikt in zijn opgezwollen tong bedekt met een grauwe slijmlaag. Zijn buik was een gistende massa die elk moment kon openknappen.

'De knekelkoorts heeft ons bereikt,' zei Sarah tegen de families die zich verslagen rondom het lichaam hadden verzameld. 'Josjoea is het eerste slachtoffer.'

Yitschak legde de laatste hand aan een korte verklaring op papier die hij zwierig ondertekende. Sarah, die binnenkwam om hem het rampzalige nieuws te vertellen, werd lijkwit toen ze het las.

'Wat betekent dit, Yitschak?'

'Het betekent dat al onze bezittingen vanaf nu alleen op jouw naam staan. Ik wil dat alles goed geregeld is voor als er wat met mij gebeurt.'

'Wat bedoel je daarmee, Yitschak? Wil je me verlaten?'

Hij schudde afwezig zijn hoofd.

'Josjoea is dood,' zei Sarah.

Yitschak knikte. Het verbaasde hem niet. Alles zou nu snel gaan. Er was geen weg terug. Sarah onderdrukte haar ergernis over zijn onbewogenheid.

'Ik heb een beurs met een enorme hoeveelheid zilverstukken bij zijn slaapplaats gevonden.'

Ze legde het geld dat Josjoea van Zimra had gekregen op tafel.

'Het is voor Esther,' zei Yitschak. 'We kopen haar boerderij. Ik wil dat hier na mijn dood een synagoge komt die naar mij wordt genoemd.'

'Komt dit geld niet aan Chaim toe? Het is zijn broer.'

'Dit is besmet geld. Josjoea kreeg het als betaling voor het stelen van het manuscript. Het moet eerst gezuiverd worden. Waaraan kan het beter besteed worden dan aan een synagoge? Het zal op zijn tijd zijn weg wel vinden naar Chaim.'

'Dat is alles wat je te zeggen hebt?' vroeg ze.

'Hoezo?'

'Is er dan niets dat jou raakt? Gisteren je schoonzoon dood. Vandaag een van je leerlingen. Je dochter die niets meer met je te maken wil hebben. Je uitverkoren leerling die je haat. Wie ben jij eigenlijk, Yitschak Luria?'

'De dood komt altijd precies op tijd, Sarah. De Schepping is perfect. Hoe onbegrijpelijk het voor ons soms ook lijkt.'

Sarah ging voor Yitschak staan en keek hem frank aan.

'Weet je wat jouw probleem is?'

Yitschak keek haar onverschillig aan.

'Jij denkt dat je een tzaddik, een heilige bent, door de hele dag in dikke boeken rond te neuzen. Maar de heilige mannen in de Tora zijn mannen van de daad, niet van het woord. Neem *Jozef*, een jonge, aantrekkelijke man voor wie de meisjes over de muur klommen om een glimp van hem te kunnen opvangen. Een krachtige man die toen hij als slaaf verkocht werd, alle lusten wakker maakte van de vrouw van zijn eigenaar. Jouw heiligheid is zo weinig mannelijk. Je zindert niet van levenskracht. Je wilt de wereld veranderen maar je toont geen passie. Je naasten sterven en je toont geen mededogen. Mozes leidde zijn volk door de woestijn, maar jij laat ze achter. Je leeft in een papieren wereld van heiligheid.'

'Wat is er dood,' zei Yitschak terwijl hij met zijn vuist op tafel sloeg. 'Yehoeda's omhulsel. Josjoea's omhulsel. Meer niet. Hun ziel is eeuwig. Zielen verwisselen van lichaam, zoals een vrouw van kleding wisselt. Elke ziel kiest steeds weer opnieuw het perfecte lichaam en leven om zich te ontwikkelen. We treuren toch ook niet om een verdorde boom in de winter? Het hoort bij het leven.'

'En je dochter? En Chaim? Laten die je ook ijskoud?'

'Na mijn dood zal alles duidelijk worden.'

Sarah schudde haar man door elkaar. 'En ik, Yitschak, wat beteken ik voor jou?'

Verwilderd keek hij haar aan.

'Wij hebben het geluk gehad dat we vanaf onze prilste jeugd onder één dak met elkaar woonden. Heel wat mensen moeten soms wel tot hun veertigste jaar wachten vooraleer ze hun zielsgenoot vinden. Je hebt me een prachtig leven geschonken. Ik had geen seconde willen missen van onze momenten samen.'

Yitschak nam de geldbeurs van tafel en wilde de kamer verlaten.

'Wat zie je nu, Yitschak,' vroeg ze terwijl ze hem de weg versperde.

'Euh, jou... Sarah, mijn reisgenoot,' antwoordde hij aarzelend.

'Mijn hemel, probeer nu eens een keer naar mij te kijken als man. Vergeet dat we samen zijn opgegroeid. Vergeet dat we twee helften van één ziel zijn. Vergeet dat we samen een dochter op deze wereld zetten. Sluit je ogen en vergeet alles wat je van mij weet, alles wat je je van mij herinnert.'

Even sloot hij zijn ogen maar toen hij voelde dat Sarah hem een

sjaal wilde voorbinden, wendde hij geïrriteerd zijn hoofd af.
'Alsjeblieft, Yitschak,' zei Sarah zacht.
Onwillig liet hij zich de sjaal voor de ogen binden.
'Vergeet wie ik ben. Vergeet wie ik was. Je hebt mij nog nooit gezien.'
Op het erf was men ondertussen bezig met het wassen van het lichaam van Josjoea en het voorbereiden van zijn begrafenis, toen drie andere studenten de eerste symptomen vertoonden van de gevreesde ziekte. Ze braakten bloed en hun vingernagels werden diep zwart. Josjoea's rottende lichaam werd haastig naar de johannesbroodboom gebracht en in brand gestoken. Men besloot de ruimtes opnieuw te verdelen. De zieken en hun families werden in de grote hooischuur ondergebracht, zo ver mogelijk van de andere verblijven. Het was nu ieder voor zich en de niet-zieken vermeden om daar dicht in de buurt te komen. Ondanks de broeierige dag werden de kinderen binnengehouden. Overal kon men gebeden en gezang horen om de doodsangst te bezweren. De grillen van de knekelkoorts waren onvoorspelbaar. Ze zou hen allemaal kunnen uitroeien of zich genadig beperken tot deze vier slachtoffers.
Sarah had zich inmiddels uitdagend uitgestrekt op het bed. Als de dood werkelijk voor hun deur stond, dan wilde ze minstens één keer werkelijk liefgehad worden door de man aan wie ze haar leven had gegeven.
'Als je dadelijk de sjaal voor je ogen wegdoet, vreemdeling, dan zul je een mysterieuze vrouw zien. Ze is hier voor jou.'
Yitschak werd overdonderd door wat hij zag. De verleidelijke houding van de uitdagende vrouw die op het bed lag, maakte alle begeerte in hem wakker. Een minnevlam ontstak in zijn lendenen en hij was alleen nog maar vervuld van hongerige lust.

62 כוק Chaf Vav Koef: **de God van de seksuele magie**

De hele nacht en ochtend hadden Francesa en Chaim met elkaar gepraat op de rand van het bed. Het schuilen bij elkaar in een stad waar de dood lachend zijn rondgang maakte, verdreef elke verlegenheid.

Deze uren konden hun laatste zijn en dat spoorde hen aan alles uit te spreken waar ze noch voorheen noch in de toekomst misschien de kans toe hadden.

'Denk je nog steeds dat ik Lilith ben?' vroeg Francesa. 'Je draagt in elk geval wel nog steeds de amulet om je tegen haar te beschermen.'

Chaim trok het koordje waar de amulet van Anna aan hing over zijn hoofd.

'Weet je waar Adam en Lilith ruzie over kregen?' vroeg hij terwijl hij met de amulet tussen zijn vingers speelde en naar de afbeelding van de drie beschermengelen keek.

'Ja, natuurlijk,' zei Francesa. 'Zij wilde tijdens het vrijen op hem zitten. Maar dat kwetste de mannelijkheid van Adam. Hij wilde bovenop om zijn macht aan haar te manifesteren.'

Chaim glimlachte. Zo simpel was het inderdaad. Lilith en Adam waren gelijk. Beiden uit hetzelfde stof gecreëerd door God. Maar blijkbaar worstelde zelfs Adam met onzekerheid. Had hij een vrouw nodig die uit een rib van hem zelf werd gemaakt. Zodat hij haar Schepper en meester kon zijn. Lilith wilde dat niet accepteren. Ze noemde de verboden, geheime naam van God, sloeg haar vleugels uit en bracht vanaf toen vanuit haar schuilplaats in de Rode Zee onheil over mannen en kinderen.

'Wat als Lilith nu eens de vrouwelijke god was?' zei Francesa.

Hij keek naar de aanlokkelijke, jonge vrouw die ontspannen, steunend op haar ellebogen, op het bed lag. Dit kon niet waar zijn. Lilith had hem vaak in zijn dromen bezocht en de schandelijkste maar o, zo heerlijke erotische fantasieën tot leven gebracht. Yitschak had hem uitgelegd dat het op deze manier zondig verschoten zaad, levensvatbare kiemen waren van slechte gedachten die bij een man woonden. Het zaad bevruchtte geen nieuw leven maar wel onreine denkbeelden die levensecht waren.

'Jullie kabbalisten zijn doodsbang voor seks,' zei ze plagerig.

'O nee,' zei Chaim. 'Wij vinden seks de grootste scheppende kracht van het universum. Kijk...'

Hij nam het schilderij van de muur en liet Francesa de tekst lezen die Schlomo met houtskool op de achterkant van het doek had geschreven. 'Wie nooit de kracht van een passionele liefde voor een vrouw heeft ervaren, zal nooit de vrouwelijke ziel van God verwerven.'

'Mooi,' zei Francesa enthousiast. 'En de naam van de vrouwelijke ziel van God is Shechina, toch?'

'Ja,' antwoordde Chaim terwijl hij het schilderij weer aan het haakje hing. 'En de Shechina voor de mens is zijn zielsgenote. Daarom moeten we ons met haar op sjabbat verenigen. Het bij elkaar komen van man en vrouw is een daad van magie.'

'Alsof de zon en de maan een eenheid worden,' vulde Francesa aan en ze dacht weemoedig aan het sprookje dat haar moeder daar vaak over vertelde.

'Maar ook de Tora is onze Shechina. Ze verleidt ons met haar woorden vanachter een gordijn tot haar inzichten ons langzaam penetreren. Ze laat ons soms even haar gezicht zien maar verbergt zich dan weer. Ze maakt ons gek van verlangen.'

'Spannend,' glimlachte Francesa terwijl ze de vurige gloed in zijn bruine ogen bewonderde. 'Maar stel dat Lilith zich verborgen houdt achter het gordijn...'

'Lilith, de bruid van God? Laat me niet lachen,' zei Chaim spottend.

Francesa liep naar Chaims bureau en nam zijn ganzenveer en een vel papier. Ze berekende de getalswaarde van het woord 'Lilith' en kwam uit op 480.

'Akkoord, mijnheer de kabbalist,' vroeg ze.

'Akkoord,' lachte hij.

Toen schreef ze 'Shechina ha-malekh', de Shechina of de vrouwelijke kant van God.

'Reken maar uit,' zei ze.

Chaims lach verstomde toen hij ook op het getal 480 uitkwam. Triomfantelijk ging ze naast hem zitten.

'Dus volgens jullie kabbalistische redenering is Lilith de vrouwelijke God.'

Chaim keek haar bewonderend aan.

'Je moet de vijand met zijn eigen wapens verslaan,' zei Francesa lachend. 'Wat als Lilith nu eens geen demonen baarde van jullie zaad maar krachtige engelen vol kennis van de boom van goed en kwaad,' vroeg ze terwijl ze wat dichter bij hem schoof.

'Een man moet klaar zijn voor dat soort kennis. Hij moet er voorzichtig mee omspringen,' antwoordde Chaim terwijl zijn hartslag in zijn keel klopte. 'Anders vernietigt het hem. Wanneer Lilith vrucht draagt, laat ze een man niet meer los, maar bezoekt hem elke nieuwe maan opnieuw.'

'Misschien om hem aan de goddelijke, vrouwelijke wijsheid te herinneren,' zei Francesa glimlachend terwijl ze quasi-achteloos de mouwen van haar jurk omlaag liet glijden.

'Lilith heeft zo'n hypnotiserende en verslavende kracht op een man,' zei Chaim traag terwijl hij met open mond staarde naar de mooie, ronde borsten van Francesa die ze hem trots toonde, 'dat ze hem van het spirituele pad afrukt dat hij moet volgen.'

Ze stond op en liet de jurk nu zakken tot net onder haar navel. Ze legde haar fijne handen op haar buik en zei: 'Lilith heeft net als iedere vrouw een warme mirakelkamer in haar buik die ze ingericht heeft om niemand minder dan het leven zelf in te ontvangen. In de baarmoeder voltrekt zich het grootste mysterie van het leven. Het ontstaan van het leven zelf. Iets wat net zo'n grote kracht heeft als het ontstaan van het universum. Het is een goddelijke microkosmos...'

Ze koos haar woorden zorgvuldig terwijl ze over haar buik streelde en toen subtiel met haar handen naar haar heupen gleed om de jurk millimeter voor millimeter naar beneden te duwen. Chaim keek naar het ademloze tafereel waarin haar goddelijke lichaam zich langzaam onthulde.

De jurk lag als een magische cirkel rond haar kleine voetjes op de grond. Zijn ogen gleden langs haar slanke benen naar boven en dreven als door een kolkende stroming naar de gevaarlijke, bodemloze waterput omzoomd door glinsterende, zwarte haartjes als helmgras op de duinen. Zoals de tandwielen van een opgewonden klok langzaam stilvallen, zo tikten zijn gedachten weg in het niets en verkeerde hij in een roes waarbij hij alleen maar de geur van het meisje inademde.

Francesa stapte met kleine pasjes uit haar jurk en ging vlak voor hem staan. Ze legde haar handen op zijn schouders en duwde toen dwingend haar schoot tegen zijn droge lippen. Hij werd dronken van het aroma dat zijn neusgaten vulde en zogend klampten zijn lippen zich vast aan de toegangspoort van haar godinnentempel alsof hij geluidloos schreeuwde om binnengelaten te worden.

Ze streelde zijn haren terwijl ze met langzaam cirkelende heupbewegingen zijn gezicht kuste en streelde. Ze trok aan zijn kraag om zijn hemd uit te trekken en gewillig stak hij zijn armen omhoog zodat ze het in één beweging naast hen neer kon gooien. Schrijlings zakte ze door haar knieën, trok met een krachtige beweging zijn riem los waardoor zijn broek naar zijn voeten gleed. Met haar grote, blinkende ogen keek ze naar zijn kloppende, besneden verlangen dat uit notenhout gepolijst leek. Als een gebeeldhouwde vinger wees hij haar aan als de vrouw op wie hij zijn leven lang had gewacht. De verloren helft van zijn ziel. Zijn Shechina. Ze opende haar volle lippen en op het ritme van haar diepe ademhaling wiegde ze hem in haar warme bad.

Hij voelde hoe haar warme handen zijn steigerende mannelijkheid omklemden en ze hem de weg wees naar haar diepste zelf, haar onbetreden tempel die ze voor hem bewaard had.

De amulet lag achteloos naast het bed.

63 נלכ Noen Lamed Chaf: **de God die rampen stopt**

'Yitschak is de volgende,' had Sarah bij het begin van de gemeenschappelijke middagmaaltijd met een krijtwit gezicht medegedeeld en had toen de eettafel verlaten.

De families waren sprakeloos. Hoeveel rampspoed kon een mens dragen op een dag? Ze hadden gehoopt dat zijn besluit om de groep te ontbinden die ochtend, in een opwelling was gebeurd. Maar nu hij hen echt zou ontvallen, was alle hoop vergeefs. Zijn gezag was het enige wat deze contrastrijke mensen bij elkaar hield. Niemand sprak tijdens het eten. Allen dachten na over de duistere toekomst die zich ontvouwde. De man die door God zelf gezonden was, zou bezwijken. Hoe groot zou dan nog de kans zijn dat zij het zouden redden?

Drie van de vier getroffenen waren inmiddels al bezweken. Voor Mordechai die met hese stem aanhoudend om water smeekte, tikten de laatste minuten weg. Zijn brandstapel lag al klaar naast de asresten van de drie verbrande lichamen. Onder de schaduw van de johannesbroodboom aan de rand van het veld.

Esther werd gemeden als een paria. Maar haar trots was ongebroken. Ze voelde zich niet schuldig over de stukgelopen huwelijken. Samuel en Jonathan waren volwassen mannen die precies wisten wat ze deden. Zij was niet verantwoordelijk voor hun daden. Door niemand in de stad werd ze zo met de vinger nagewezen als door de kabbalisten. Nu waren twee van hen zelf het mikpunt van de oordelen die ze altijd over haar velden. Toen Sarah haar het geld aanbod, aarzelde ze geen ogenblik. Zonder nadenken deed ze met een handtekening definitief afstand van de boerderij. Ze pakte met opgeruimd gemoed haar spaarzame bezittingen bij elkaar: wat kleding, het spel kaarten en het boek van Chaim met Yitschaks naam voorop. Zonder van iemand afscheid te nemen liep ze de heuvel af. De wereld lag voor haar open. Als Tiberias nog vrij was van de knekelkoorts zou ze eerst daar een tijdje verblijven. Nadenken of ze terug naar Italië zou gaan, waar haar grote hart beter zou worden begrepen.

Toen de vrouwen de tafels afruimden, en de mannen zich terugtrokken in hun verblijfplaatsen voor gebed, besloot Abraham, de textielhandelaar, hun meester op te zoeken, met gevaar voor eigen leven.

Sarah weigerde eerst hem binnen te laten maar hij smeekte om Yitschak te mogen zien om afscheid te nemen.

De gordijnen waren dichtgeschoven en het was benauwd in zijn slaapkamer. Yitschak transpireerde hevig en leek in enkele uren tientallen jaren verouderd.

De trouwe Abraham zonk neer voor het bed van de meester die zijn hebzuchtige hart had bevrijd. Hij huilde om diens droevige lot en kuste aanhoudend zijn knokige hand.

'Meester,' snikte hij, 'is dit nu de hoop waar wij allen op wachtten en naar verlangden? Al die tijd dat u bij ons was, was onze enige droom om goedheid, wijsheid en grootsheid in de wereld te verspreiden. Wat rest ons nog?'

'Sta op, Abraham,' zei Yitschak. 'Het past een man van jouw aanzien niet om voor mij te knielen.'

Abraham gehoorzaamde en ging op de rand van het bed zitten.

'Had ik onder jullie maar één rechtvaardige ziel gevonden,' zei Yitschak, 'dan moest ik niet zo voortijdig als een dief in de nacht deze wereld verlaten. Dan waren mij nog vijf jaren gegund. Dat was precies de tijd die ik nog nodig had om de wereld definitief te zuiveren en te veranderen. Dan was de wereld voorgoed verlost van het kwaad. Ik had mijn instructies kunnen afmaken om de Tora op een correcte manier te interpreteren door de Zohar. Er zouden geen vaagheden meer zijn. Geen twijfels over wat er nu precies staat. Ik had de mensheid de aanwijzingen kunnen aanreiken voor een rechtvaardig leven. Maar helaas, mijn leeuwenwelpen bleken een roedel hebzuchtige wolven te zijn.'

Schuldbewust sloeg Abraham de ogen neer. Hij wist dat hij zelf ook had gefaald. Toen Yitschak hen opgeroepen had om naar Jeruzalem te gaan, was hij de eerste geweest die bevreesd het aanbod had afgeslagen. Hij kon zich niet voorstellen dat een man twéé keer in zijn leven gezegend zou worden met het zien van de Shechina. Hij was bang voor de mogelijke teleurstelling. Bang dat zijn ervaring bij de Westelijke muur dan door anderen als een hallucinatie afgedaan zou worden. Zijn angst was groter geweest dan zijn geloof in de meester die hem veranderd had.

Plots werd Yitschak onrustig. Hij leek te ijlen. Hij keek de kamer rond alsof hij iets zocht.

'Waar is Chaim?' vroeg hij zenuwachtig. 'Waar is Chaim, Abraham?'

'Maar meester, hij heeft ons gisteren verlaten. Dat weet u toch nog? U had ruzie met hem. Daarna hebben we hem niet meer gezien.'

'Dat hij op een moment als dit niet aan mijn zijde is,' zei Yitschak verbitterd.

Hoopvol keek Abraham hem aan. Misschien dat zijn meester hem dankbaar was dat hij aanwezig was. Hij was toch zijn trouwste leerling, bewees hij nu? Maar de meester zweeg in zuchtend gepeins.

'Wat moeten wij nu doen, meester?' vroeg Abraham.

Yitschak kalmeerde en ging rechtop zitten. Hij pakte Abrahams hand in de zijne en ondersteunde zijn woorden door stevig in zijn hand te knijpen.

'Abraham, vertel de broederschap in mijn naam dat vanaf vandaag iedereen moet stoppen met zijn kabbalastudie. Niemand van jullie begrijpt echt waarover het gaat. Wanneer zij verkeerd beoefend wordt, keert de kracht ervan zich tegen jullie zelf. De kabbala wordt dan een demonische leer. Begrijp je me, Abraham?'

Natuurlijk begreep Abraham het niet. Zijn hele leven had hij omgegooid door de kabbala van Yitschak. Alle winst van zijn textielhandel investeerde hij in een groot bouwproject bij de stadspoort dat onderdak zou bieden aan de thuislozen. Daarnaast ontwikkelde hij plannen voor de bouw van een mooie synagoge op de top van de Meron bij het graf van Sjimon Bar Jochaj. Hoe kon zoiets moois en puurs dat hem zoveel kracht, inspiratie en een doel om voor te leven gaf, nu opeens verboden zijn?

'Alleen Chaim mag zijn studie voortzetten. Alleen, in stilte en in het geheim. Maar verbied hem om ook maar één letter te publiceren.'

Abraham beloofde het.

Met zwakke stem vervolgde Yitschak: 'Jij moet ervoor zorgen dat Chaim al jullie notities en boeken krijgt, Abraham. Alles. Hoor je me?'

'Ja,' zei Abraham zuchtend. Een man op zijn doodsbed mocht men niets weigeren.

Toen haalde Yitschak een brief onder zijn hoofdkussen vandaan.

'Ik had gehoopt hem deze nog zelf te kunnen overhandigen. Geef deze brief aan Chaim, Abraham. Alles wat hij moet weten, staat hierin. Hij alleen mag hem lezen.'

Abraham borg de brief zorgvuldig weg. Hij begreep er niets van.

'En voor ons, meester? Is er nog enige hoop voor ons?' vroeg Abraham met een dun stemmetje.

'*Abracadabra*,' zei Yitschak glimlachend. 'Wat wil zeggen: vlucht heen, gelijk deze woorden.'

'Wat bedoelt u?'

'Schrijf het woord "abracadabra" op een perkamenten vel, met steeds één letter minder.'

Abraham nam een vel papier en schreef op:

A B R A C A D A B R A
A B R A C A D A B R
A B R A C A D A B
A B R A C A D A
A B R A C A D
A B R A C A
A B R A C
A B R A
A B R
A B
A

'Vouw dit papier nu dicht zodat de tekst verborgen is, steek er een wit draadje doorheen en draag het om je hals. Zoals de letters van dit woord oplossen, zo zal de knekelkoorts zich terugtrekken.'

'Is dat alles?' vroeg Abraham teleurgesteld. 'Een toverspreuk?'

'Als jullie het waard zijn,' zei Yitschak stil, 'dan zal ik komen en mijn lessen hervatten.'

'Maar meester,' huilde Abraham, 'hoe kunt u dat zeggen? U zult onze wereld verlaten, hoe kunt u dan terugkomen?'

Yitschak glimlachte vermoeid. Het praten viel hem steeds moeilijker door het zwellen van zijn tong en de schurende dorst. Zijn gezicht was zo grijs als de enige wolk aan de stralende hemel die precies boven de boerderij bleef hangen. Buiten had een van de kinderen er de aandacht op gevestigd. De families waren bij elkaar gaan zitten, hun ogen op de hemel gericht. In bange afwachting van het vertrek van de man die voor de ene een magiër, voor de andere een wonderdoener en voor een enkeling zelfs de Messias was geweest. Het zoontje van Jonathan speelde een zoete melodie op zijn fluit.

'Zal ik vragen of hij stopt met die muziek?' vroeg Abraham.

'Nee,' zei Yitschak. 'Het gebed van dat fluitspel is intenser dan alle gesproken gebeden samen.'

Hij sloot zijn ogen en genoot van de muziek. Na een poosje vervolgde hij: 'Je snapt de mysteries van de creatie niet, Abraham. Ik zal terugkomen. Of het nu in dromen is, of terwijl jullie wakker zijn, of in een visioen.'

Ongelovig keek Abraham hem aan. Hoe kon zijn meester zo zeker zijn van de vermogens die hem in de andere wereld gegund zouden worden?

'Zorg dat men geen tovenaar van mij maakt, Abraham,' zei Yitschak met zijn laatste krachten. 'Er komt een dag dat wat ik jullie leerde wetenschap zal zijn. Wanneer het verstand op een dood spoor zit, zal het geloof hem de weg wijzen. Hand in hand. Alle mysteries zullen ontrafeld worden. Het woord zal vlees worden.'

Toen liet Yitschak zijn hand los en zei zenuwachtig: 'Vlug nu, Abraham, verlaat deze kamer. Mijn tijd is nabij. Het is mij niet toegestaan je nog meer te zeggen. Vaarwel, vriend.'

Abraham was bang en stond meteen op. Zonder zijn meester nog aan te kijken of te begroeten, haastte hij zich naar buiten alsof hij zelf door de dood werd opgejaagd.

Toen Sarah de kamer binnenkwam, zag ze nog net de oude, blinde engel de lippen van Yitschak genadig kussen. Met een vredige zucht verliet de ziel van een man die een volk veranderd had, de wereld. Een gouden rand omkranste de grijze wolk. Een eresaluut van de hemel dat slechts één of twee wijzen van iedere generatie gegund was.

Op precies hetzelfde moment, enkele honderden meters verderop in Tsfat, slaakte Chaim een hemelse schreeuw van wellust. In hun vereniging overwon het leven de dood.

Deel 7

Jeruzalem 1572. Zomer, zeven dagen later (*joodse jaartelling: 5332*)

64 פוי Pej Vav Joed: **de God die boosheid verdrijft**

Chaim was verslingerd aan het jeugdige lijf van Francesa. Ontelbaar waren de tussenstops die ze maakten op hun reis naar Jeruzalem. Zijn honger naar het meisje was niet te bevredigen. Hij kon niet anders dan de ossen die de wagen trokken naar de rand van de weg gidsen.

Het kon hen niet schelen of er reizigers passeerden. Als eenmaal de hitte weer was opgelaaid vergaten ze de hele wereld rondom. Chaim ontdekte steeds nieuwe genoegens van haar hof van Eden waar hij urenlang in verdwaalde. Ze bedreven de liefde met een nimmer verminderende verwondering alsof ze elkaar telkens opnieuw voor het eerst bloot zagen. Chaim en Francesa voelden zich als de eerste mensen op aarde die het geheim van de liefdeskunst hadden ontdekt. Nu ze dit raadselachtige levenselixer hadden gevonden, dronken ze het in overvloed en bruisten van levenslust als opgeschudde schuimwijn.

Als bosgeesten in een nacht met volle maan gaven zij zich over aan hun te lang opgesloten hartstocht. In een heidens ritueel van genot, zonder beperkingen of schaamte. Met ogen als bloeddorstige roofdieren verslonden ze elkaars huid en haar. Ze beten en krabden elkaar, ze rolden elkaar in de meest onmogelijke posities en of het nu een boom, rots of grasveld was, alles voldeed als ondergrond voor hun spel. Met de kracht van zijn bekken leerde hij haar berijden en gidsen tot paard en ruiter één werden en haar flanken voorvoelden waar zijn ritme haar wilde voeren. Hij vierde de teugels van zijn dampende merrie die op haar beurt de leiding nam en hem in galop over de liefdesakkers voerde. En het bloed van de krassen op hun rug en de tandafdruk in hun hals koesterden ze als oorlogstrofeeën die ze elkaar trots toonden.

De ossen graasden ondertussen geduldig met de koppen afgewend van de weegbree in de berm.

'Kijk,' schreeuwde Francesa, 'Jeruzalem!'

Hand in hand keken ze vanaf de heuveltop naar de glinsterende gouden koepel van de Dom van de Rots die in het midden van Jeruzalem lag. Ze voelden zich als twee drenkelingen die na dagen ronddobberen op een oceaan een bewoond eiland zagen. De eindbestemming van een reis die hun niet lang genoeg had kunnen duren. Dit was de stad waar ze samen een nieuwe toekomst zouden opbouwen. Een vage toekomst zonder plan of doel. Tsfat lag ver achter hen. Dat was het belangrijkste. Vergeten was alle onheil dat er nodig was geweest om hen eindelijk bij elkaar te brengen. De dood van Yehoeda, de dood van Yitschak, de knekelkoorts; het waren noodzakelijke ingrepen geweest van Gods volmaakte plan om deze twee mensen bij elkaar te brengen. Twee zielen die naar elkaar hadden verlangd, vanaf het eerste moment dat ze elkaar zagen. Obstakel na obstakel hadden ze overwonnen om nu met grote dankbaarheid hun liefde voor elkaar te kunnen uitleven. Samen schouder aan schouder de wereld trotseren met de overmoed die het waardezegel is van elk verliefd mensenhart. Vol verwachting en optimisme, ertoe bereid elk noodlot tegemoet te gaan. Hun leven samen was een blanco vel papier waarop alles mogelijk was. Hun levenslied zou door troubadours bezongen worden. Elke liefdesgeschiedenis zou verbleken wanneer in verre oorden het wedervaren van Chaim en Francesa werd verteld.

Dit was de laatste avond dat ze zo alleen met z'n tweeën zouden zijn. De stad zou morrelen en knabbelen aan hun aandacht en langzaam zou hun exclusieve samenzijn oplossen in een leven omringd door anderen. Maar in plaats van te zwelgen in weemoed vierden ze elke seconde. Nadat ze bij het kampvuur een knapperig kippetje hadden gescheurd en het zachte vlees aan elkaar hadden gevoerd, zei Francesa: 'Ik zou zo wel de rest van mijn leven de wereld met je willen rondtrekken.'

Chaim streelde en kuste de verwilderde, zwarte haartjes op haar benen.

'Het enige wat ik mis, is een warm bad en een dienstmeisje dat het haar op mijn benen epileert,' zei ze koket.

Chaim lachte om deze verwende wens.

'Waarom heb je eigenlijk al die boeken meegenomen, Chaim?' vroeg ze plotseling.

'Het zou toch onverdraaglijk zijn als er nog een exemplaar van mijn boek met jouw vaders naam in Tsfat zou achterblijven? Voor je het weet, is men mij daar vergeten. Het zou toch onuitstaanbaar zijn als men de geweldige auteur waarvoor Yitschak zich uitgaf, zou roemen.'

'En wat ben je met die boeken van plan? Overal zijn naam doorkrassen en die van jou erop zetten?'

'Nee,' zei Chaim. 'Ik weet het niet. Eerlijk gezegd, krimpt mijn maag samen als ik aan het boek denk. Het is besmet door alles wat er is gebeurd.'

'Ja, dat snap ik,' zei Francesa terwijl ze met haar vingers zijn borstkas streelde. 'Hoe hard je er ook aan hebt gewerkt, je zult steeds de claim van mijn vader horen die het boek opeiste. Je trots zal steeds overschaduwd zijn door zijn bewering dat het boek nooit zonder hem tot stand zou zijn gekomen.'

Francesa sprong op en liep naar de kar die bezaaid lag met boeken. Abraham had aan de laatste wens van Yitschak voldaan. Hij had er persoonlijk voor gezorgd dat alle studenten hun boeken en persoonlijke notities afstonden. Niet dat hij daar veel overtuigingskracht voor nodig had. De leerlingengroep, of wat daarvan overbleef, want maar liefst vier van hen hadden de dood gevonden in de boerderij en twee waren weggestuurd door Yitschak, was gedesillusioneerd. Met Yitschaks verbod om zich nog verder met de kabbala bezig te houden, was ook hun devotie voor hem geblust. Wel hadden ze voor de zekerheid allemaal de toverspreuk om hun hals gehangen. Er waren geen doden meer gevallen.

Na de dood van Yitschak was de knekelkoorts net zo snel verdwenen als hij gekomen was. Tsfat likte zijn wonden en Yitschak was slechts één van de honderden doden die te betreuren vielen. De meedogenloze tornado van de dood had het gemoed van de overlevenden voorgoed veranderd. Hun idealen waren niet langer uitsluitend gericht op het zoveel mogelijk vergaren van rijkdom. Men koesterde de dierbaren die het gered hadden en hielp zoveel mogelijk de gezinnen die het zwaarst getroffen waren. De collectes voor de geruïneerde families waren overvloedig. Voor het eerst realiseerde men zich dat het geven van liefdadigheid niet alleen een plicht maar een voorrecht was. Eigen geluk was recht evenredig met het geluk van je medebewoners.

Met de hulp van Sarah, die moedig haar lot als weduwe aanvaardde, wist Abraham te achterhalen wie allemaal een exemplaar van het boek hadden gekregen. Toen hij alle boeken had verzameld, bracht hij ze naar Chaim, die net op het punt stond om samen met Francesa de stad te verlaten. Chaim gooide de boeken achteloos in de wagen. Abraham en Chaim omhelsden elkaar als oude vrienden bij het afscheid. Uit zijn binnenzak haalde Abraham de gekreukelde brief van Yitschak.

'Deze moest ik je nog geven. Hij is alleen voor jou bestemd. Niemand anders mag hem lezen, zei hij.'

Onverschillig propte Chaim de brief in zijn broekzak en hees zich op de bok. Toen de volgeladen kar de stad verliet, had Abraham hen nog lang nagekeken. Onbegrijpend waarom deze jongeman door Yitschak uitverkoren was om als enige zijn studie voort te zetten. Een jongeman die zelf niet meer wilde. Had hij mij maar uitgekozen, zuchtte Abraham. Maar diep in zijn hart wist hij dat hij een andere taak had. Hij had tweeëntwintig extra jaren van de Shechina gekregen die hij maximaal zou benutten. Zijn tehuis voor daklozen moest nu zo snel mogelijk afgebouwd worden. Ongeacht hoeveel het kostte. Die nacht rende Abraham om middernacht door de straten van Tsfat. Hij zocht alle overlevende leerlingen van Yitschak op en riep tot ze wakker werden. 'Sta toch op in naam van God. De Shechina zoekt ons. We moeten het evenwicht in deze wereld herstellen zodat ze weer bij ons komt wonen. Ze heeft het me zelf verteld.' Hij gaf niet op tot de laatste koppige leerling, om van het geroep bevrijd te zijn, de Tora bestudeerde.

Francesa gaf een van de boeken aan Chaim.

'Gooi het in het vuur,' zei ze uitdagend.

Chaim keek haar lachend aan.

'Je denkt dat ik het niet durf, hè?'

'Nee,' zei ze.

Chaim gooide het boek met een plof in het vuur, dat met een steekvlam werd doorkliefd.

Ze kuste hem.

'Ik ben trots op je,' zei ze. 'We moeten alle boeken verbranden om echt een nieuwe toekomst op te bouwen. Dit boek zou ons alleen maar herinneren aan mijn vader.'

Kordaat stond Chaim op, haalde een stapeltje boeken uit de kar en kieperde ze zonder enige aarzeling in het vuur. Het schrokkerige vuur dat zich te goed deed aan zijn zorgvuldig geformuleerde zinnen, maakte de duivel van de destructie in hem wakker. Genietend keek hij toe hoe de naakte Francesa uitgelaten rond het kampvuur danste en de vellen papier die dwarrelend ontsnapten alsnog de hel injoeg. Ze verscheurden de manuscripten en trachtten alsmaar hogere vuurtongen te bouwen alsof ze de koraalrode maan wilden verschroeien. Het stof en de as klitten zich vast op hun zweterige lichamen. Twee vervuilde schaduwen in een overmoedig ritueel van de vernietiging van hun verleden. Zij gooide de resten van haar vader in de vlammen. Hij zijn verpulverde jongensdromen. Ze staken elkaar de loef af en probeerden iedere keer net meer boeken naar de hellesluis te brengen, die alle gekopieerde handschriften begerig verorberde.

Samen hielden ze als ongeklede priesters van een occulte kerk het laatste exemplaar boven het vuur.

'Durf je het?' vroeg Francesa.

Chaim aarzelde.

'Als je dit boek verbrandt, dan bestaat het niet meer. Alleen in je herinnering,' zei ze.

Chaim wist dat zijn liefde op de proef werd gesteld. Kiezen voor Francesa was kiezen voor een bestaan zonder de kabbala. Met haar zou hij het ware leven proeven. Niet een mystiek leven vol getallen, Hebreeuwse letters en kosmische krachten. Maar een leven met handen en voeten. Een leven van werken in het zweet des aanschijns, het liefhebben van een vrouw van vlees en bloed en het grootbrengen van kinderen die huilden en gevoed moesten worden. De kabbala was een afgesloten hoofdstuk. Kon hij afstand doen van al zijn grote jongensdromen?

Francesa liet het boek zo los dat Chaim het nog net kon opvangen boven de hongerig uitwaaierende vlammen.

'Jij moet het doen, Chaim. Jij alleen. Kies je voor mij, of kies je voor mijn vader?'

Hij keek naar het wilde, blote meisje dat hij zo begeerde. Dat het rood, geel en blauw van de vlammen als doorzichtig gewaad op haar ronde borsten droeg. Haar gezicht onder de roetvlekken en haar benen en buik besmeurd met aarde en slijk. Hij wist dat hij nooit meer zonder dit gruwelijk mooie meisje zou kunnen leven. Dit naakte boselfje dat hij zo in zijn dromen had nagejaagd. Hij liet het laatste boek los en zag hoe alle wijsheid die hij ooit nauwkeurig had neergeschreven, verschrompelde en voor eeuwig verdween.

65 רהע Rejsj Hej Ajin: **de God van de nieuwe kansen**

De joden vormden een kleine maar hechte gemeenschap in het islamitische Jeruzalem. Ogenschijnlijk onderwierpen ze zich aan het Ottomaanse gezag maar ze waren er meesters in geworden om hun problemen onderling op te lossen. Ze waakten ervoor om Aboe Siffien, de gouverneur die over zowel Tsfat als Jeruzalem regeerde, voor het hoofd te stoten. De verstandhouding tussen joden en islamieten was hier veel grimmiger en gespannener dan in Tsfat. Het was vele moslims een doorn in het oog dat in hun heilige stad een synagoge was waar de joodse God werd aanbeden. Volgens een bouwverordening mocht deze synagoge gelukkig niet boven een moskee uittorenen, maar liefst hadden ze Jeruzalem jodenvrij gezien. Stiekem hoopten ze op een aanleiding om de joden uit hun stad te kunnen gooien.

De joden waren meesters geworden in het zich gedwee conformeren aan hun overheersers. Ze betuigden de islamieten het grootste respect als strategie om met rust te worden gelaten. Dat ze in de stad woonden waar ooit koning Salomo zijn triomfantelijke tempel had neergezet, was hun voldoende. Ze koesterden zelfs niet de wens om de Dom van de Rots, die op de fundamenten van hun tempel was gebouwd, neer te halen. Ze vertrouwden er gewoon op dat zoiets ooit zou gebeuren. Ooit zou op de Moriaberg hun derde en laatste tempel worden herbouwd onder leiding van de Messias. Die dag zou hun Schepper zijn wil opleggen aan alle volkeren van de wereld en de joden zouden de ambassadeurs van God zijn. Het uitverkoren volk waar iedereen zich aan zou onderwerpen om zich te verheffen in zijn glorie.

Maar één joodse man was wel ongeduldig. Eén ambitieuze joodse man brandde van ongeduld om de gouden dom in gruzelementen te zien storten en uit het puin de tempel van Salomo te zien herrijzen. Minder dan drie weken de tijd had deze man om zijn wensdroom in vervulling te zien gaan. De hele wereld had hij afgereisd naar sporen van de Ark des Verbonds. Wanneer zijn volk de Ark weer zou bezitten, zou het onoverwinnelijk zijn en de zogenaamde overmacht van de islam met een bliksemschicht verwoesten. Met niemand deelde hij zijn visioen maar koortsachtig pluisde hij dag en nacht de Tora uit om de tweeënzeventig namen van God te vinden. Hij wist dat hij de Messias was die de ketenen van zijn gekwelde volk zou breken. Toen de aantrekkelijke dochter van Yitschak bij hem aanbelde, dankte hij God dat zijn gebeden werden verhoord.

Zimra luisterde met de grootste voorkomendheid naar het verhaal van Francesa. Zijn natte lippen smakten meelevend op de cadans van het wel en wee van het jonge meisje.

Toen Francesa eindelijk het doel van haar missie had uiteengezet, zei Zimra met een lach van oor tot oor: 'Wat verstandig dat je mijn hulp inroept, Francesa. Ik zal al mijn gezag en invloed aanwenden om ervoor te zorgen dat jullie hier in Jeruzalem een nieuw leven kunnen beginnen.'

Zimra was een kameleon. Toen hij ruim een week eerder in Jeruzalem aankwam, werd hem gevraagd de honneurs waar te nemen over de rechtbank. Rechter Moshe, een oud-student van Zimra, wilde met spoed naar Tsfat om zijn getroffen familie daar te ondersteunen. Zimra logeerde in zijn huis en waakte over zijn bezittingen.

'Wat aardig van u,' riep ze verrast en ze gaf spontaan een klapzoen op de vlezige hangwangen van de oude man. 'Ik wist wel dat u ons zou helpen. Chaim wilde het niet. Toen hij hoorde dat u hier als rechter werkte, wilde hij meteen onze koffers pakken en doorreizen naar Cairo. Maar ik wist dat we in u een bondgenoot zouden treffen. Het spijt me dat ik zo onbeleefd tegen u was toen u ons huis bezocht. U had gelijk toen. U hebt mijn vader toch ook nooit gemogen?!'

'Om eerlijk te zijn niet, meisje,' mompelde Zimra, die nog even moest bekomen van de spontane omhelzing. 'Je vader was getalenteerd en een briljante kabbalist, maar als mens deugde hij niet, als je het mij vraagt. En dan houdt alle kennis vroeg of laat op. Wijsheid van het hoofd die niet in het hart is ingedaald, is ijdelheid. En daar had je vader behoorlijk van te lijden.'

'Precies,' zei ze, 'zoals hij zich het boek van Chaim heeft toegeëigend, dat is toch niet te geloven.'

'Schandalig,' viel Zimra haar bij terwijl hij even wegliep om in de keuken een glaasje wijn voor haar in te schenken. Nadat hij het glas voor haar had neergezet, schoof hij zijn stoel tot vlak naast haar en fluisterde: 'Vertel eens mijn kind, hoe was het om na al die tijd eindelijk met je grote liefde het bed te delen? Ik ben een oude man, mij kun je alles vertellen.'

Openhartig vertrouwde ze hem toe dat ze Chaims angst voor haar had weggenomen door hem te overtuigen dat Lilith de bruid van God was.

'Je hebt helemaal gelijk, Francesa. De eerste bruid van God was Shechina. Met haar bedreef hij eens per jaar de liefde hier in Jeruzalem. In het Heilige der Heiligen in de Tempel van Salomo. Hun goddelijke vereniging verspreidde goedheid over de hele wereld. Maar toen de Tempel vernietigd werd, verloor hij Shechina aan het kwaad. Shechina werd gevangengenomen door de vreemde volkeren van de wereld en voortdurend verkracht. Haar verkrachting is het symbool voor het kwaad dat heidenen de wereld en het joodse volk aandoen.'

'Echt waar?' vroeg Francesa bewonderend. Ze was trots dat haar slimme berekening werkelijke wortels had.

'Ja, meisje, je zat op het goede spoor. God verloor bij de vernietiging de enige plek op aarde die heilig genoeg voor hem was om de liefde te vieren. Maar net als iedere man kon ook God niet zonder vrouw. Zonder Godin zou God God niet zijn. Daarom nam hij Lilith als zijn partner. Verbijsterend, nietwaar? Zelfs Sjimon Bar Jochaj vroeg zich af: 'Hoe kunnen we de koning zonder Shechina onze koning noemen? Waar is zijn eer?' Met haar was het niet belangrijk waar ze zich met elkaar verenigden. Elk grasveld of rotsblok voldeed. En door zich, weliswaar met de donkere kant van het vrouwelijke, te verbinden, bracht hij weer evenwicht, wijsheid en creativiteit in de wereld. Lilith is de bijslaap van God,' zei Zimra en hij sloeg genoeglijk de wijn achterover die hij nog even liet borrelen in zijn keelholte.

Het wond hem op dit verhaal aan Francesa te vertellen. Een verhaal dat misschien wel haar verhaal was. Dit meisje droeg in haar schoot de sleutel waar hij aanhoudend om had gesmeekt. Ze droeg het zaad van haar God Chaim die in zijn liefde voor dit meisje precies zou doen wat Zimra zou willen. Zoals men een mol vangt door alle onderaardse gangen af te sluiten waardoor hij uiteindelijk zijn kopje boven de grond moet steken, zo stond de val klaar waarmee hij Chaim zou grijpen. Chaim, die alle tweeënzeventig geheime namen van God kende. De heilige namen waarmee hij de sluitsteen zou kunnen openen waarachter zich de Ark bevond.

'Drink toch, mijn kind,' drong hij aan bij Francesa, die de wijn een beetje bitter vond maar hem uit beleefdheid toch opdronk.

Zimra stond op en liep naar de massieve servieskast die het pronkstuk was van de donkere eetkamer. Het was duidelijk dat in dit huis een vrouwenhand gemist werd die er iets gezelligs van had kunnen maken. Bovendien had Moshe, de eigenaar van dit huis, een akelige liefhebberij. In een glazen terrarium krioelden blauwe, zwarte en paarse schorpioenen in alle maten over elkaar heen.

Uit een stoffige la die klemde, haalde Zimra een zwart doosje tevoorschijn. Hij zette het voor Francesa op tafel.

'Maak maar open,' fluisterde hij, 'toe.'

Francesa klapte het doosje open en staarde naar de glinsterende juwelen die erin lagen opgeborgen.

'De Godin van de onvoorwaardelijke liefde en de Godin van de genezing,' zuchtte ze bewonderend.

'Ik heb ze ooit in een opwelling gekocht,' verklaarde Zimra. 'Ik hoopte dat ik er ooit nog eens een goede bestemming voor zou vinden. Vandaag is die gezegende dag. Jullie liefde ontroert dit oude mannenhart. Ik hoop dat jij en Chaim ze willen aanvaarden als trouwringen in de ceremonie die ik zal leiden.'

Ontroerd door dit royale gebaar van vriendschap sloeg Francesa haar armen om de zweterige hals van Zimra, die zich geen raad wist met haar spontaniteit.

'Kom, kom, het is maar een kleinigheidje,' bracht hij verlegen uit.

'Ik weet precies wat ze waard zijn, rabbi Zimra,' zei Francesa en ze trok haar ring van de Godin van de bescherming van haar vinger om aan hem te tonen.

'Ach, wat een merkwaardig toeval,' glimlachte hij terwijl hij met zijn vingers over de gesmede letters gleed.

'U bent veel te goed voor ons,' zei Francesa afwezig terwijl ze keurde welke ring zij zou nemen en welke Chaim zou krijgen.

'Ach, het is onze plicht om elkaar te helpen in het leven, toch? En wie weet, kunnen jullie mij ooit nog eens een dienst bewijzen.'

'Alles,' zei Francesa plechtig terwijl ze de Godin van de genezing als haar keuze om haar vinger schoof, 'alles wat u ons ook maar zou vragen, zouden we als de grootste eer beschouwen om voor u te volbrengen.'

'Nou, daar houd ik je aan hoor,' lachte Zimra bescheiden.

66 האא Hej Alef Alef: **de God die alles betekenis geeft**

'Beste Chaim, ik dicteer deze brief aan mijn geliefde Sarah op mijn doodsbed, als een uitgestoken hand vanuit mijn graf,' las Chaim in de verfrommelde brief die hij in zijn broekzak had gevonden. Hij had niets over de brief van Yitschak verteld aan Francesa. Zij zou hem vast hebben uitgedaagd de brief ongelezen in de vuurzee te gooien. Haar haat voor hem was veel dieper geworteld dan de zijne. Dat Yitschak haar verwekt had, was de enige verdienste die ze hem toedichtte. Verder toonde ze alleen maar afgrijzen voor de man die haar vader was.

Intieme banden worden gesmeed waar twee partijen zich verbinden tegen een gezamenlijke vijand. Niets wakkert de sympathie voor de ander zo aan als gedeelde haat tegen een derde. Het beschimpen van Yitschak was een favoriet tijdverdrijf voor Chaim en Francesa geworden. Op hun dagenlange reis naar Jeruzalem had Francesa met het verhaal van haar jeugd een licht ontvlambaar oorlogsarsenaal aan belastend materiaal aan Chaim geschonken.

'Van mijn achtste tot mijn vijftiende zag ik vader alleen op sjabbat. En denk niet dat hij dan een liefhebbende vader was. De enige woorden die over zijn lippen kwamen, waren gebeden. Toen we in Tsfat dan eindelijk onder één dak woonden, dacht hij zich opeens met mijn leven te kunnen bemoeien!'

Voor Chaim wogen de inzichten die zijn meester hem had geschonken niet op tegen zijn laffe verraad. Maar al zijn geloof verliezen in de geheimtaal van het leven kon Chaim evenmin. Daarvoor was het te veel een deel van hemzelf geworden. Het was geheel vervlochten met hoe hij naar de wereld keek. De boodschapper vermoorden was één ding, maar daarmee was de boodschap niet verdwenen. Evenmin kon hij Yitschak verantwoordelijk houden voor de moord op zijn vader. Wat ook zijn toekomstige pad zou zijn, hij moest ervoor zorgen dat zijn misdaad rechtvaardiging kreeg. Iets groots in de wereld neerzetten dat zijn schande in de schaduw stelde. Deze tweestrijd was een gevecht dat hij in eenzaamheid voerde. In Francesa vond hij geen medestander voor zijn mildheid over de leer van Yitschak.

'Iemand die anders leeft dan wat hij leert, is een leugenaar,' was haar dooddoener wanneer Chaim had geprobeerd nuance aan te brengen.

Nu zij vanavond, tegen zijn zin, de oude Zimra opzocht, kon hij zijn nieuwsgierigheid bevredigen door de brief te lezen. Hij had de gordijnen van hun kamer in de sjofele herberg dichtgeschoven. Bij het licht van de kandelaar zag hij hoe het gele papier in zijn handen trilde toen hij de laatste woorden van zijn meester tot zich nam.

'Ik heb altijd grotere wensen voor jou gekoesterd dan dat jij je zelf verbeelden kon. Ongemerkt heb ik jou stap voor stap voorbereid op de grote levenstaak die op jouw schouders rust. Zelfs in je grootste dromen kun jij je niet voorstellen hoe groot de krachten in het universum zijn die ik heb aangeroepen om jouw weg te bereiden. Het was jouw leven of het mijne. Jouw naam stond reeds genoteerd in het dodenboek. Jouw plicht was vervuld. Je had het boek geschreven dat een handleiding is voor de mens om weer gelijk aan God te worden. De Schepper was je genadig en wilde je tot hem roepen. Alleen

een groot onrecht waarmee je in het reine moest komen, kon jouw levensdagen op aarde verlengen. Ik heb dat offer gebracht. Alleen ik was in staat je zo te treffen dat het je over de grens van de dood heen zou trekken. Een onrecht zo groot dat het ons geliefde Tsfat meetrok in zijn verwoesting. Een vernuftig uitgekiend spoor van vernieling dat feilloos iedereen wegmaaide die jouw ultieme levenstaak zou kunnen dwarsbomen. De werkelijkheid kent duizenden mogelijke scenario's. Mijn vloek zorgde ervoor dat daarvan minstens een paar honderd geschrapt konden worden. Zeg niet van de Schepper dat hij hardvochtig is omdat hij daarvoor honderden zielen de dood injoeg. Hun leven was volbracht en hun offer dragen zij als kroonjuweel op hun verdere reis door de oneindige eeuwigheid. Ook ik offerde mijn leven voor de belangwekkende taak die jij voor de mensheid moet volbrengen. Ik moest jou verraden in het diepst van je wezen als tegengif voor de dood die door je aderen stroomde. Mijn voortijdig sterven is de prijs die ik moet betalen. Alles van waarde vraagt een offer.'

Chaim legde de brief opzij. Hij geloofde niet wat hij las. Alsof Yitschak een verbond met de Schepper had gesloten om half Tsfat de dood in te jagen omdat ze zijn leven een andere wending konden geven. Het leek een smakeloze verantwoording voor zijn diefstal. Yitschak slaagde erin om over de grenzen van de dood heen het bloed onder Chaims nagels vandaan te halen. Het ergerde Chaim dat hij aan hem bleef trekken en zijn leven wilde sturen. Hij weigerde nog één letter te lezen. Yitschak was dood en het enige deel van hem dat hij met hart en ziel liefhad was zijn vlees en bloed, zijn dochter Francesa.

Ze bleef trouwens wel erg lang weg, bedacht Chaim. Hij besloot in zijn eentje een hapje te gaan eten in de stad. Maar net voor hij de kamerdeur achter zich dichttrok, bedacht hij zich en griste de brief van het bed mee.

Het was een lauwe zomeravond en in de nauwe steegjes wemelde het van de mensen. Het was de eerste keer sinds lang dat hij tijd alleen doorbracht. Francesa en hij hadden elke seconde samen optimaal benut en nu zij er niet was, leek het alsof hij een deel van zichzelf miste. Hij sloeg zorgvuldig al zijn indrukken op om straks met haar te delen. Alsof wat hij ervoer geen betekenis had als zij er geen kennis van kreeg.

Hij ging zitten aan een tafeltje op het terras van een smoezelig Arabisch restaurantje. Net toen hij weer wilde gaan lezen, werd hij aangesproken door een stem die echode uit zijn verleden.

'Chaim?'

Hij keek verbaasd in het verfijnde gelaat van een Moorse vrouw. Pas toen hij de paarse vlek in haar hals zag, kon hij weer thuisbrengen waar hij deze Arabische van kende.

'Fatima! Jij hier! Wat een verrassing. Niemand in Tsfat wist waar jij gebleven was. Wat doe je hier?'

'Ik werk hier,' zei ze. 'Wat doe jij in Jeruzalem?'

'Dat is een lang verhaal, Fatima,' zei Chaim, blij dat hij aan iemand zijn liefdesverhaal kwijt kon. 'Ken je Francesa nog?'

'Het meisje in het verfbad,' sprak Fatima met een zweem van droefheid.

'Precies,' riep Chaim. 'Haar man is dood door een verschrikkelijke plaag die half Tsfat heeft uitgeroeid. Maar dat heeft mij wel het geluk gebracht. We zijn samen naar hier gereisd om helemaal opnieuw te beginnen. We zijn dol op elkaar.'

'Hé Fatima, wat sta je daar te kletsen? Vraag aan die man wat hij moet eten. Er zijn er nog meer die wachten,' riep een onvriendelijke stem vanuit het restaurant.

'Mijn baas,' zei Fatima. 'Wat wil je bestellen?'

Chaim bestelde falafel. Hij hoopte dat ze straks nog even tijd zou hebben om te kletsen want ze wilde vast alles weten van het meisje dat hem had betoverd. Vrouwen smulden van dat soort verhalen, wist hij. Maar even later zette Fatima zijn bord neer zonder hem de kans te geven zijn verhaal te vervolgen.

'Gezegend is de Schepper,' mompelde hij en hij moest even aan Anna denken, die als een moeder hem keer op keer terechtgewezen had als hij begon te eten zonder de Schepper ervoor te danken. Hij vroeg zich af of Anna haar goedkeuring zou geven aan zijn relatie met Francesa. Hij dacht terug aan de nacht dat zij bij hem in bed was gekropen. Het was hem onduidelijk of hij toen bang was geweest voor haar avances of voor zijn eigen gevoelens. Francesa was toen nog totaal onbereikbaar en op het intieme na leefde hij eigenlijk als man en vrouw samen met Anna. Weemoedig verlangde hij ernaar om haar verslag te kunnen doen van al wat er gebeurd was. Hij verheugde zich nu al op haar spitsvondige commentaar. Chaim streek de opgepropte brief glad en las opnieuw met verbazing de boodschap van Yitschak terwijl hij de knapperige groenteballetjes aansneed.

'De taak die jij moet vervullen, Chaim, kun je alleen volbrengen met een gelouterd hart. Begin er niet aan zolang er ook maar een spoortje van haat tegen mij in je gemoed leeft. Ik weet dat het je niet gemakkelijk zal vallen om mij te vergeven. Maar toch is het de enige weg naar de vervulling van jouw uiteindelijke wens; onsterfelijk worden. Met jouw taak kan de geschiedenis van ons volk, en daarna van de hele wereld worden herschreven. Of je in deze missie zult slagen, hangt alleen af van jouw vermogen je wrok om te smeden tot dankbaarheid. Om werkelijk te begrijpen dat het boek dat je schreef, niet van jou was. Dat jij slechts de hand was die door mijn geest werd geleid. Pas wanneer dit inzicht jouw werkelijkheid wordt, zul je gewapend zijn voor je immense taak: de bevrijding van ons volk door het vinden van de *Teba*, de Ark des Verbonds.'

Chaim verslikte zich in het kruidige gerecht. Yitschak wist werkelijk van geen ophouden. Met onvermoeibare ijver probeerde hij zijn plagiaat om te buigen tot een heroïsche daad van naastenliefde. Fatima sloeg hem op de rug.

'Gaat het, Chaim,' vroeg ze.

'Ja hoor, mag ik misschien nog wat wijn?'

Toen ze de beker bij hem neerzette, greep hij haar bij de hand en vroeg: 'Vertel me toch, Fatima, hoe kom jij hier terecht? Waarom heb je Tsfat zo stiekem verlaten?'

Ze keek achterom of haar baas haar in de gaten hield maar die was druk in gesprek met een leverancier.

'Op een ochtend was ik er getuige van dat mijn oom Haman een man neerstak op zijn veld.'

'Heb jij de moord op Schlomo gezien?' zei Chaim ongelovig. 'Waarom heb je dat niemand verteld?'

'Hoe zou ik kunnen getuigen tegen familie? Ik was bang dat men mij zou ondervragen. Ik kan niet liegen.'

'De gouverneur heeft inderdaad naar je laten zoeken. Weet je dat je de wettelijke erfgename bent van je ooms boerderij? Ik heb zelf daarover het contract opgesteld.'

‘Ik wil nooit terug naar Tsfat,’ zei Fatima stellig. ‘De schande is te groot. Daarom ben ik gevlucht. Met de kleine Jozef.’

‘Je kleine mannetje, ja,’ zei Chaim vertederd. ‘Hoe gaat het met hem?’

‘Hij slaapt,’ zei ze en ze wees naar het openstaande raam boven het terras waar het kleine jongetje rustte. ‘Samen met zijn zusje.’

‘Zusje?’

‘Leah. Ze is nu iets ouder dan een jaar.’

‘Ben je dan de ware tegengekomen hier in Jeruzalem,’ vroeg Chaim, die graag het gesprek weer richting de liefde wilde sturen.

‘Ja,’ zei ze terwijl ze strak in de mooie bruine ogen van Chaim keek. ‘Die ben ik uiteindelijk weer tegengekomen. Maar hij heeft mij niet herkend.’

‘Dan zal hij wel niet de ware geweest zijn,’ troostte Chaim en hij wilde weer de loftrompet steken over Francesa maar Fatima verdween snel in de drukte van het terras. Wat kunnen die Arabieren toch slecht luisteren, dacht Chaim, ze willen alleen maar over zichzelf praten. Geïrriteerd las hij verder in de brief.

‘Dan volgt nu het antwoord op de vraag die alle joden die ooit leefden zich stelden: waar is de Ark des Verbonds gebleven? De waarheid is dat ze nooit van haar plaats is geweest. Ze bevindt zich nog steeds in de geheime kamer die Salomo ervoor liet bouwen. In het Heilige der Heiligen. Deze kamer ligt diep verzonken onder de marmeren sluitsteen die zich onder de rots bevindt waar de islamieten hun Dom van de Rots over bouwden. Langs deze weg is ze niet meer bereikbaar. Maar ten oosten van deze rots, op de Moriaberg, bevindt zich een lang vergeten ingang waarvan ik je de plaats onthul. De plaats heet *Hammam esh-Shifa*, het Bad der Genezing, en is een Turks bad waar de Arabieren verpozen. Daarin is een bron van meer dan negentig voet diep onder de grond die in hete zomers droog staat. Deze bron leidt langs een sluitsteen op de bodem naar een doolhof van gangen waarvan er één leidt naar het Heilige der Heiligen. De gouden poort van deze kamer kan alleen worden geopend door het uitspreken van de geheime namen van God, in de traditie van de vroegere hogepriesters van de tempel. Bevrijd ons volk, Chaim. Bevrijd de wereld van het lijden en creëer een paradijs op aarde met woorden. Betekent Teba, of Ark, in onze taal immers ook niet 'het woord'? Maar ga er alleen naartoe als je hart zuiver is. En laat je dan door niets, ook niet door Francesa, tegenhouden...'

Verbijsterd staarde Chaim naar de gouden dom die haast van elke plek in Jeruzalem zichtbaar was. Als het waar was wat Yitschak schreef, dan was dit het meest explosieve nieuws dat iemand ooit kon openbaren. Wanneer de Ark gevonden werd, zou de geschiedenis voorgoed veranderen. Het zou het begin van de Eindtijd zijn waarin de mens eindelijk verenigd werd met de Schepper. Het moment waarop de Messias ontwaakte in elk mensenhart. Maar het volbrengen van deze grootse daad werd gehinderd door een onoverkomelijk obstakel: zijn diepe haat voor Yitschak.

Afwezig rekende hij af bij Fatima.

'Zie ik je weer?' vroeg ze hoopvol.

'Vast wel,' zei hij plichtmatig. 'Het heeft me heerlijk gesmaakt. Het ga je goed, Fatima.'

67 אני Alef Noen Joed: **de God die het grotere geheel ziet**

De papaver in Francesa's wijn had niet direct effect gehad. Hij had al zijn charme en woordkunst in de strijd gegooid om te voorkomen dat ze te snel zou weggaan. Maar Francesa was welopgevoed. Ze vermoedde dat de eenzame Zimra om aanspraak verlegen zat en luisterde naar de reisverslagen van haar weldoener. Tot ze gevangen werd door een soort sloomheid en nauwelijks haar ogen nog open kon houden. Ze verborg haar gegeeuw achter haar handen maar uiteindelijk won de slaap het en viel ze uitgeput met haar hoofd op de eettafel.

'Slaap zacht, mijn kleine Lilith,' had Zimra gefluisterd. Hij had het meisje in een linnen zak gestopt en haar lichaam naar de overkant van de straat gesleept naar de *Ramban Synagoge*, waar zijn vriend rechtsprak. Hij was de enige die over de sleutels van de synagoge beschikte. Toen hij de deuren achter zich had gesloten, nam hij Francesa op zijn schouders en droeg haar de zes trappen van het spreekgestoelte op. God zelf mocht over haar lot beschikken.

Hij keek vergenoegd naar het slapende meisje op de bima.

Daar lag ze nu in al haar onschuld. Een verdomd snoezig meisje, dacht hij terwijl zijn matte, groene ogen over haar lichaam gleden. Nog verrukkelijker dan haar moeder. Hij cirkelde rond de bima als een luipaard rond zijn prooi. Door de spijlen heen streelden zijn klamme handen langzaam haar voorhoofd, langs haar hals naar de malse heuvels die rustig op en neer deinden op het trage ritme van haar adem.

Het was te lang geleden dat hij nog een vrouw had gevoeld. Vergenoegd liet hij enkele trofeeën uit zijn verleden de revue passeren. Die Moorse uit Tsfat was wel zijn favoriet maar ook zij kon niet tippen aan Francesa. Ach, vrouwen. Toen zijn beminde echtgenote in het kraambed was overleden had hij zich vastgeklampt aan zijn kleine dochter. Maar toen ook zij hem negentien dagen later ontviel, had hij maanden gezwegen. Jarenlang had hij als een schim door Cairo gedwaald. Nooit meer wilde hij zich binden aan een vrouw. Wie de poorten van zijn hart opende, kon ongenadig het deksel op de neus krijgen. Maar hij was ook maar een man en zorgde ervoor op onconventionele manieren aan zijn gerief te komen. Pas toen zijn fascinatie gewekt werd door de Ark des Verbonds en langzaam de overtuiging in hem groeide dat hij degene was die deze zou vinden, had zijn leven weer glans gekregen. Zijn passie werd een obsessie en nu was hij dichter dan ooit bij de voltooiing van zijn levenswerk. Zijn mollige handen knepen hard in het zachte vrouwenvlees. Francesa zuchtte even als verre groet van waar haar geest vertoefde. Het slaapmiddel zou haar ongeveer een etmaal onder zeil houden.

Zimra liep de trappen op en knielde bij het schone slaapstertje. Hij duwde zijn ronde gezicht in haar buik en snoof zijn grote neusgaten vol met de zoete meisjesgeur. Zijn lokaas. Zijn vogeltje voor de kat. Zijn neus gleed langs haar navel naar haar V-vormige vrucht die zich in twee vouwen in haar jurkje aftekende. Met zijn dikke vingers schoof hij het jurkje naar boven.

'Precies wat ik dacht,' mompelde hij en hij bestudeerde de donkere haartjes op haar benen. 'Dit is Lilith.'

Hij voelde zich als koning Salomo. Zijn bijbelse held. De koning die zevenhonderd prinsessen tot vrouw had genomen en driehonderd bijvrouwen had. Tot hij op een dag opgezocht werd door de koningin van Sheba. Een vrouw met een majesteitelijkheid die zijn duizend bruiden in de schaduw stelde. God, wat was Salomo verliefd op haar. Maar hij was ook bang, doodsbang. Hij vreesde dat de koningin van Sheba Lilith was. Daarom bedacht hij een list. Hij liet in zijn paleis een vijver aanleggen op enkeldiepte. Toen de koningin hem opzocht, moest ze haar jurk optillen zodat die niet nat werd. Zo kon Salomo vaststellen, wat hij vermoedde: de koningin van Sheba had behaarde benen, het kenmerk van Lilith. Net zo behaard als de ranke benen van Francesa.

'Minacht mij niet omdat ik donker ben, de zon heeft mij gekleurd,' mompelde hij. Een vers uit het *Hooglied*, geschreven door koning Salomo, waarmee de koningin van Sheba de angst van de koning wegnam. 'Ik smacht ernaar in uw schaduw te zitten, uw vrucht is zoet voor mijn mond.'

Er waren onaangenamere manieren om op de dageraad te wachten, dacht hij toen hij vanuit een schommelstoel gebiologeerd tuurde naar het slapende meisje op de bima.

Eén nacht onrust en paniek zal voldoende zijn om de weerstand van haar koene ridder te breken, had hij berekend. Tegen de ochtend zou Chaim gebroken zijn en bereid alles te doen in ruil voor zijn liefje.

Het eerste zompige licht viel binnen langs het kleurige raampje boven de deur. Zimra trok zedig het jurkje over haar knieën en vouwde haar handen in een vroom gebed op haar boezem. Met zijn vinger streelde hij even haar ring. De Godin van de genezing. 'Dat hij je geluk mag brengen, kindje,' fluisterde hij.

Uit het huis van zijn vriend haalde hij het terrarium met schorpioenen. Hij strooide ze voorzichtig uit over het spreekgestoelte. Zolang ze bleef slapen zou ze met rust worden gelaten. Maar wanneer de dieren haar angstige ontwaken zouden ruiken, zou hun dodelijke gifstekel in de jonge vrouw boren.

Hij sloot de deur van de synagoge met de vier marmeren zuilen af en liep tevreden door het ochtendlijke Jeruzalem. Op weg naar de jongeman met de landkaart van zijn geluk.

Hij trof Chaim precies aan zoals hij hem had willen hebben. Desperaat, in alle staten, dodelijk ongerust, bereid zijn leven te geven in ruil voor een teken van zijn verdwenen geliefde.

Zimra verzocht Chaim dwingend om op het bed in de herberg

plaats te nemen en te luisteren. Behoedzaam zette hij uiteen wat hij van hem wilde. Door de aanwijzing van Yitschak waar zich de overgebleven muur van de Tempel van Salomo bevond, had Zimra berekend waar het Heilige der Heiligen moest zijn. Hij had de exacte maten die in de Bijbel stonden genoteerd, schematisch uitgetekend met de ruïne van de Westelijke muur als uitgangspunt. Zo was hij tot precies dezelfde conclusie gekomen als Yitschak. De speciale ruimte die Salomo had laten bouwen voor de Ark moest zich ónder de Rots van de Fundering bevinden die de moslims aanbaden omdat ze geloofden dat daar Mohammed was opgestegen naar de hemel.

'Onder de rots is een kelder waar de moslims bidden. En in die kelder is een marmeren sluitsteen als ingang naar een andere, verzegelde kelder. De islamieten noemen het *Bir al-Aruah*, de bron van de zielen. Zij geloven dat het de plaats is waar de zielen van de doden komen bidden. Onzin natuurlijk. Het klinkt hol als je met je voet op die sluitsteen stampt. Er moet dus een ruimte onder zitten. Ik weet zeker dat zich daar de Ark des Verbonds bevindt. Dus Chaim, deze oude, getergde man legt zijn laatste hoop in jouw handen. Wil je jouw meisje levend terugzien, open dan de sluitsteen naar het Heilige der Heiligen met de tweeënzeventig geheime namen van God. Je bewijst er niet alleen mij maar het hele joodse volk een dienst mee. Met de Ark zullen wij eindelijk zegevieren over de wereld,' rondde hij met pretlichtjes in de ogen zijn betoog af.

Chaim staarde hem uitgeblust aan. Jeruzalem zou zijn beloofde land zijn maar was nu bij de eerste dag van zijn aankomst al een nachtmerrie geworden. Zimra was een ziekelijke, gevaarlijke man, wist hij, die over lijken ging om zijn doel te bereiken. Verder kende Chaim niemand in Jeruzalem die hem zou kunnen helpen om zijn Francesa terug te vinden en te bevrijden. Wat Zimra van hem vroeg was waanzin. De moslims zouden twee joodse mannen nooit toestaan om in hun heilige spelonk te bidden.

'Ik kan je helpen,' zei Chaim, 'maar niet via die sluitsteen. De bewakers zouden mijn hoofd afhakken als ze mijn Hebreeuwse gebed hoorden.'

'Weet je dan een andere weg?' vroeg Zimra.

'Als je Francesa ook maar één haar krenkt, dan snijd ik al je lompe vlees van je botten.'

'Wees maar niet bang, goede vriend,' antwoordde Zimra minzaam, 'ze slaapt heel zacht op dit ogenblik en heeft alleen maar zoete dromen.'

Wantrouwend keek Chaim hem aan. Als Chaim al met behulp van de aanwijzingen van Yitschak de Ark zou vinden, dan zou deze zich zonder enige twijfel tegen hen keren vanwege hun onkiese motieven. Met de Ark dobbelde men niet. De Tora stond vol beschrijvingen van mannen die door de Ark verpulverd werden tot as. Maar voorlopig had hij geen andere keuze. Hij moest de vrouw van zijn leven redden.

Hij hoopte zo dat dit een nachtmerrie was waaruit hij zou ontwaken. Maar de rottende adem van Zimra die in zijn gezicht walmde, overtuigde hem ervan dat hij wakker was.

'We moeten op zoek naar een Hammam,' zei Chaim. 'Hammam esh-Shifa, het Bad der Genezing.'

'Wat moeten we daar?' vroeg Zimra ongelovig.

'Wil je de Ark vinden of niet?' beet Chaim hem toe en liep weg uit zijn kamer, op de hielen gevolgd door Zimra.

68 רי״ Rejsj Joed Joed: **de God van de vergeving**

Nu ze voor het sfeervolle, luxueuze kuuroord stonden dat de Hammam esh-Shifa was, begrepen Zimra en Chaim waarom de Arabieren hen zo lacherig de weg hadden gewezen. Het Bad der Genezing richtte zich op een exclusief vrouwelijke cliënteel. Twee forse eunuchen met kleurige tulband en een gebogen blinkend zwaard aan de riem, bewaakten de met mozaïek betegelde ingang. Mannen waren hier niet welkom.

'Wat moeten we hier?' vroeg Zimra buiten adem van de lange wandeling door de doolhof van stijgende en dalende straatjes en trapjes.

'Naar binnen,' zei Chaim vastbesloten.

Zimra fronste zijn zware wenkbrauwen. Men zou nooit twee mannen, laat staan joodse mannen, toelaten in een vrouwenhammam. Niet dat hij het niet wilde. Hij kende als geen ander de verhalen over de vrouwenliefde die intens werd beoefend in de hammams. Dit soort baden prikkelde de verbeelding van verhalenvertellers die hij op zijn vele reizen bij het haardvuur had aangehoord. Hoe later op de avond, hoe choquanter de vertellingen als roezig nachtmutsje voor het slapengaan. Zijn gedachten dwaalden even naar het gruwelijk mooie vrouwtjesdier dat zijn gedachten vannacht beheerst had. Zonde als God haar zou opeisen. Zij zou een bron van levensvreugd zijn tijdens zijn Messiaanse koningschap.

'Ik weet iemand die ons kan helpen,' zei Chaim en hij schoot een steegje in. Zimra's vermoeide benen konden hem nauwelijks bijhouden.

'Wie dan?' pufte hij achter Chaim aan, 'en vertel me eerst eens waarom we in die hammam moeten zijn.'

Maar Chaim hield zijn lippen op elkaar. Hoe minder Zimra wist, hoe beter. Hij hoopte nog steeds dat er een wondertje zou gebeuren waardoor hij Zimra niet tot het eind zou moeten helpen met zijn perverse plan.

Hij bonkte op de afgegrendelde deur van het restaurantje waar hij de vorige avond had gegeten. Toen het leven nog voor hem lag als een boek vol ongekende mogelijkheden. Had hij Francesa maar kunnen weerhouden van haar bezoek aan Zimra. Die man die nu onderuitgezakt hing met zijn uitpuilende zitvlak op een van de kleine terrasstoeltjes, had alleen nog maar narigheid in zijn leven gebracht. Hij wist dat het dwaas was te denken dat zijn voormalige leraar hen zou helpen. Zimra was een van die mannen die nooit van het leven leerde. Een man die onbezonnener werd met het verstrijken der jaren in plaats van wijzer. Een man die sluw genoeg was om altijd zijn straf te ontlopen, wat hem sterkte om iedere keer weer de grenzen van het onbetamelijke te verleggen.

Het tuimelraam boven de deur werd opengeduwd.

'Chaim,' riep Fatima blij verrast. 'Dat ik je zo snel weer zie!'

'Ik heb je nodig,' zei Chaim indringend. 'Mag ik alsjeblieft bovenkomen?'

Chaim verbood Zimra mee naar boven te gaan. Het raam was weer dichtgeklapt zodat hij niets kon horen van wat Chaim met het Moorse meisje besprak. Zimra vroeg zich af wanneer Francesa zou ontwaken. De papaver bezorgde hem meestal een nachtrust van twaalf uur. Hij ging ervan uit dat een dubbele portie haar vierentwintig uur verdoofd zou houden. Hoe koelbloedig zou ze blijven wanneer de schorpioenen over haar lichaam kropen? Als Francesa in paniek zou raken, was ze kansloos. Wanneer de lange haren op hun scharen trilden, en ze zich bedreigd voelden, sloegen de geleedpotige dieren bliksemsnel hun gifstekel uit. Tegelijkertijd zouden hun grijpscharen haar vlees scheuren en vermalen tussen hun tangvormige kaken. Moshe, zijn vriend, had gewaarschuwd vooral op te passen voor de moederdiertjes omdat die bijzonder agressief waren. Instinctief vraten die zelfs hun eigen jongen op als die van hun rug vielen. Maar ja, je wist het nooit. Misschien gehoorzaamden de schorpioenen wel aan Francesa zoals aan Lilith in de woestijn. Schreef Jesaja niet: 'Woestijndieren en hyena's komen daar samen, saters ontmoeten er elkaar, ook Lilith vindt er rust, zij woont er ongestoord.' Hoe het afliep, lag in Gods handen.

Pas na een uur ging de restaurantdeur weer open en kwam er een gesluierde vrouw naar buiten.

'Ben jij de vriendin van Chaim?' vroeg Zimra.

De vrouw antwoordde niet maar ging provocerend bij hem aan het tafeltje zitten. Wat een onbeleefd volk toch, dacht Zimra, die Arabieren.

Toen sprak de gesluierde vrouw: 'Hier ben ik rabbi Zimra, ik ben Chaim.'

Zimra schoof verbijsterd zijn stoel een halve meter achteruit en keek met afgrijzen naar de gesluierde vrouw. Nu pas herkende hij de donkerbruine ogen van Chaim die hem brutaal aanstaarden.

'Wat ben je van plan, Chaim,' baste Zimra. 'Waar slaat deze vertoning op. Je meisje is in gevaar, weet je wel. Het is geen tijd voor dit soort spelletjes.'

'Denk niet dat ik dit voor mijn plezier doe, Zimra. Fatima heeft zelfs mijn baard geschoren. Dit is de enige mogelijkheid om de hammam in te komen.'

'Wat moet je toch in die hammam,' zei Zimra geïrriteerd. 'Ik wil de Ark. Ik denk niet dat die in een hammam verstopt is.'

'Ik moet op jou vertrouwen wat Francesa betreft,' zei Chaim dwingend. 'Wat de Ark betreft, zul jij op mij moeten vertrouwen. Als ik in de hammam de aanwijzing tref die ik hoop te vinden, dan is de Ark van jou.'

‘Ik bid voor je dat je de waarheid spreekt,’ dreigde Zimra. ‘Ik kan je onthullen dat je liefje maar voor een bepaalde tijd veilig is. Ik zou dus maar voortmaken met die aanwijzing.’

Op dat moment kwam Fatima naar buiten met een klein jongetje aan de hand, en haar meisje tegen de borst gedrukt.

‘Fatima en haar kinderen gaan met me mee,’ zei Chaim, ‘zodat zij in het Arabisch het woord kan voeren.’

‘Nee,’ sprak Fatima vastbesloten terwijl ze als versteend naar Zimra keek.

Toen Zimra zich omdraaide trok ook de kleur van zijn gezicht weg. Met haar kinderen dicht tegen zich aan getrokken, ging ze snel weer naar de deur. Chaim liep op haar toe.

‘Wat is er, Fatima?’

‘Hij is het! De man die me aangevallen heeft. Die al mijn bezittingen heeft gestolen. De vader van Leah.’

‘Wat?’

Zimra had zich inmiddels hersteld en kwam met zijn allercharmantste glimlach op hen af lopen.

‘Wat zegt u nu allemaal, mevrouw. Ik u beroofd? Ik heb genoeg geld om die Dom van de Rots van jullie te kopen.’

Fatima draaide zich om. Al honderdduizend keer had ze in haar hoofd bedacht wat ze zou doen als ze haar aanrander ooit zou tegenkomen. Ze vatte al haar moed bij elkaar en zei: ‘Dit is je dochter. De vrucht van jouw lust.’

Zimra lachte. ‘Maar mevrouwtje, u bent in de war. Dit meisje lijkt in de verste verten niet op mij. Gelukkig maar, zou ik zeggen!’

Ze gaf haar dochtertje aan Chaim en kraste bliksemsnel met haar vingernagels de vleeswangen van Zimra open. Zimra verbeet de pijn en slikte zijn woede in. Hij had deze vrouw nodig voor de vervulling van zijn droom.

‘Goed,’ zei Zimra. ‘Ik was het inderdaad. Wat wil je van mij? Geld?’

‘Dat je brandt in de hel,’ zei Fatima hooghartig terwijl ze hem met vlammende ogen aankeek.

‘Dat heb ik helaas niet in de hand,’ antwoordde Zimra.

‘Je bent nog verschrikkelijker dan ik dacht,’ stamelde Chaim verbijsterd terwijl hij het kraaiende, kleine meisje in zijn armen suste.

'Was het niet erg genoeg dat je haar aangerand had? Waarom moest je haar ook nog beroven?'

'Een grote misstap moet men met een kleinere camoufleren,' legde Zimra haast trots uit. 'Door haar te beroven zou niemand ooit geloven dat ik de aanrander was.'

'Walgelijk,' zei Chaim.

'Maar ik heb nu lang genoeg gewacht,' ging Zimra onbewogen verder. 'Dit voorvalletje moge duidelijk maken dat er met mij niet te spotten valt. Elke minuut die we hier verpraten, kan Francesa's laatste zijn. Willen jullie haar van de dood redden of niet?'

Hulpeloos keek Chaim naar Fatima. Ze was kapot. Maar had ze niet diezelfde fatale nacht gezworen dat ze haar belager nooit de eer zou gunnen haar trots te breken? Ze zou het zichzelf nooit vergeven als ze een vrouw van de dood had kunnen redden en dat omwille van haar haat niet had gedaan. Zelfs al was het de vrouw die het hart van haar beminde had gestolen. Toen keek ze naar Zimra. Even herkende ze in zijn ogen de blik van haar dochtertje. Ooit moest dit monster ook onschuldig zijn geweest, dacht ze. Waar was het fout gelopen? Wat had hem zoveel pijn gedaan dat hij nu zijn vadsigheid als een schild droeg dat hem totaal ongevoelig maakte? Ze pakte haar meisje uit de handen van Chaim en overhandigde het aan Zimra.

'Ik zal je helpen,' zei ze. 'Als jij je dochter draagt.'

Zijn vlezige handen omklemden het kleine popje dat hem verbaasd in de ogen keek. Hij moest aan het levenloze meisje denken dat hij 's ochtends had gevonden precies negentien dagen na de begrafenis van zijn vrouw. Wat hij toen ook geprobeerd had, ze reageerde niet. Haar oogjes bleven voor altijd gesloten. Haar buikje ging nooit meer op en neer. Toen lachte de kleine Leah naar hem. Dit was zijn dochter, realiseerde hij zich en hij beantwoordde haar lach.

Noch de bewakende eunuchen noch de onverschillige dame die het entreegeld afrekende, koesterden argwaan. Fatima nam Chaim mee naar de kleedkamer, waar twee vrouwen met ontbloot bovenlichaam uitgebreid met elkaar zaten te praten. Hij probeerde zich zo ongedwongen mogelijk te gedragen ook toen Fatima zonder enige schaamte haar kleren aflegde en een rood geruiten doek om haar heupen knoopte.

'Kleed je toch uit, dierbare vriendin,' zei ze terwijl ze haar zoontje Jozef uit zijn kleren hielp.

Chaim aarzelde. Hoe meer hij zijn best deed, met het kleine meisje tegen zijn borst gedrukt, zich vrouw onder de vrouwen te voelen, hoe onwillekeuriger zijn ogen werden gezogen naar de kastanjebruine vrouwenlichamen die opwindend verlicht werden door het gekleurde loodraam.

'Vooruit, we zien er allemaal hetzelfde uit hoor,' riep een van de twee pratende vrouwen die zich ergerde aan dat rare mens dat haar sluiers maar niet aflegde en haar aanstaarde.

'Mijn vriendin is wat verlegen,' verontschuldigde Fatima zich en voegde er vertrouwelijk aan toe: 'Het is haar eerste keer. Zouden jullie het erg vinden om haar zich even discreet te laten omkleden?'

'Ts, ts, ts,' sisten de Arabische vrouwen tussen hun tanden en verlieten hoofdschuddend de kleedkamer.

Fatima hielp nu snel Chaim uit zijn vrouwengewaad. Ze knoopte behendig een lange linnen doek om zijn naakte lendenen. Chaim zag vuurrood.

'Jij hebt een mooi lichaam,' fluisterde ze in zijn oor.

'Schiet op,' zei Chaim, 'ik heb nog borsten nodig.'

Met behulp van twee peervormige citrusvruchten en een kleinere doek wist Fatima een geloofwaardige boezem te knopen. Ze voltooide haar werk met een doek die ze als een tulband om zijn haren vouwde.

'Je ziet er prachtig uit,' zei ze.

Ondanks de verwarrende ontmoeting met Zimra genoot Fatima van dit onverwachte avontuur dat Chaim in haar leven bracht. Al haar dagen in het restaurantje zagen er hetzelfde uit maar nu met zijn komst leek het of haar leven kleur had gekregen. Elke minuut die ze met Chaim kon doorbrengen was een geschenk van Allah dat niemand haar nog kon ontnemen. Ook Francesa niet.

Met zo vrouwelijk mogelijke tred doorkruisten ze de centrale badplaats. Een cirkelvormige ruimte waarin op het reusachtige marmeren altaar in het midden vrouwen hardhandig ontdaan werden van hun dode huid door stevige masseuses die schuurden en schaafden. Rondom stonden op gelijkmatige afstand porseleinen wasbakken. Jonge dames goten water uit koperen pannetjes over elkaar uit en wasten elkaars haren met henna. De grote koepel die deze ruimte overdekte was doorboord met lichtgaten. Een stomend Arabisch sprookjeslicht waaierde zich uit over de naakte vrouwenlichamen. Chaim trachtte zijn ogen uitsluitend te richten op de ranke rug van Fatima die hem voorging maar vanuit zijn ooghoeken zag hij taferelen die hem zijn rol als vrouw bijna deden vergeten. Even leefde het verlangen in hem op dit verhaal ooit in geuren en kleuren te kunnen vertellen aan de eettafel bij Anna. Genieten zou ze.

Ze kwamen uit in een oosters ingerichte rustkamer waar vrouwen als prinsessen uitrustten op bergen kussens terwijl ze zacht met olie werden ingesmeerd door jonge meisjes die eenstemmig een Arabisch liefdeslied neurieden. Chaim zag dat deze kamer uitkwam op een binnenplaats en beduidde Fatima met een lichte hoofdknik hem daarheen te brengen. Ze sloot de tuindeuren van de rustkamer achter zich en keek tevreden naar Chaim.

'Je bent geslaagd als vrouw,' zei ze terwijl ze Leah van hem overnam. 'Het is niemand opgevallen.'

In het midden van de binnenplaats bevond zich een oude in rotsblokken opgetrokken waterput. Na zich ervan overtuigd te hebben dat niemand keek, boog Chaim zich over de rand en zag een koker waarvan de diepte moeilijk te peilen was. Op de verre bodem spiegelde het donkere wateroppervlak.

'Ik denk dat dit is wat ik zoek,' fluisterde hij naar Fatima. 'Wacht hier alsjeblieft op me tot ik helemaal ben verdwenen. En kom dan om het halfuur kijken of ik terug ben.'

'Is het een gevaarlijke missie?' vroeg Fatima bezorgd.

'Ik weet het niet,' zei Chaim. 'Maar ik moet dit doen. Ik moet Francesa redden. Je hebt geen idee hoe het is om zoveel van iemand te houden. Wanneer een man doet wat hij moet doen, zorgt God voor de rest.'

Fatima keek meewarig naar Chaims geschoren gezicht. Hij was een hulpeloos jongetje dat een avontuur aanging dat te groot voor hem leek. Ze streelde met haar zachte hand langs zijn gladde wang en drukte een kus op zijn lippen.

'Succes,' zei ze. 'Ik wacht hier op je.'

Chaim trok de lendendoek tot boven zijn knieën en klom snel over de rand. Hij volgde de ijzeren trappen die langs de binnenkant van de put naar beneden voerden. Het werd alsmaar donkerder en de put leek naar de diepste krochten van de aarde te leiden. Af en toe keek hij omhoog en zag hij Fatima's bezorgde gezicht dat hem volgde. Hij was nu vlak boven het wateroppervlak, waarvan hij geen idee had hoe diep het zou zijn. Hij had geen andere keuze dan zich erin te laten zakken. Het water was ijskoud en hij voelde geen bodem onder zijn voeten. Hij haalde diep adem en dook naar beneden. Op twee meter diepte, schatte hij, vond hij de bodem van de put. Een glad, nat rotsblok maar nergens ijzeren grepen die erop wezen dat het een sluitsteen zou zijn. Proestend kwam hij boven water en klauwde zich vast aan een roestige trap.

Als dat rotsblok een sluitsteen is, dacht hij, dan was het waarschijnlijker dat het naar beneden toe opent in plaats van naar boven. Dan moest er ergens een hendelmechanisme zijn dat het blok naar beneden deed klappen. Hij dook verschillende keren onder om de wanden te betasten maar nergens voelde hij ook maar iets wat op een verborgen hendel leek. De drie linnen doeken die hem bij zijn duikactiviteiten in de weg zaten, dreven rond in de plas water. Hij moest denken aan het mikwe in Tsfat, waar hij zo vaak met Yitschak een ritueel bad had genomen. Hij glimlachte om hun merkwaardige gewoonte om na het onderdompelen de armen te strekken naar de hemel en luidkeels de drie verzen uit Exodus te citeren. Laat ik het proberen, besloot hij bij gebrek aan betere ideeën, misschien geeft het kracht om het blok weg te duwen. Wat is een gebed anders dan een touw in een afgrond waaraan een noodlijdende ziel zich vastklampt? Zeven keer dook hij met zijn hoofd onder water. Toen scandeerde hij met de armen in de lucht de verzen.

Hij had nog maar net de woorden 'waardoor Hij de zee drooglegde en het water gekliefd werd' uitgesproken of met een donderend geraas voelde hij hoe hij naar beneden werd gezogen. De waterval gooide hem neer op een zandbodem, enkele meters onder het opengeklapte putdeksel. Bevend van schrik lag hij op de zandberg. Het duurde enkele minuten voor hij zich realiseerde dat de heilige verzen hem toegang hadden verschaft tot een enorme spelonkachtige ruimte die zich naar alle kanten uitstrekte.

Zou het dan toch waar zijn, huiverde hij. Zou Yitschak hem al die tijd hebben voorbereid om deze weg te gaan? Een holle ruimte te betreden onder de Moriaberg die misschien in duizenden jaren door geen mens was bezocht. Zou zijn meester hem door het voorhang dat de doden en levenden scheidden heen gidsen naar de kamer waar Gods intelligentie zich voor de mensheid tot een stip had teruggebracht? Hij was te klein voor deze bijbelse taak. Het was toch niet aan hem om in de voetsporen te treden van oudtestamentische helden die zijn sidderende ontzag genoten?

Zijn natte lichaam plakte van het gelige zand. Hij probeerde zijn nietigheid opzij te zetten en in naam van zijn grote liefde voor Francesa zich te oriënteren op deze spelonken met kathedraalachtige afmetingen. De hammam bevond zich een paar honderd meter ten oosten van de Dom van de Rots. Als hij dit ondergrondse parcours wilde volgen in de richting van de Rots van de Fundering dan moest hij westwaarts.

Manmoedig stapte hij als een naakte Simson die de zuilen van de Filistijnse tempel omver zou duwen naar de door de natuur gebeeldhouwde gewelven die voor hem lagen. Het was donker. Het sijpelende water langs de rotswanden was het enige geluid. Hij gaf het op om herkenningspunten te memoriseren voor de terugweg want alles voelde in deze duisternis hetzelfde. De rotsige pilaren, de granieten blokken en de zanderige wanden. Nadat hij een uur lang op de tast door het griezelige gewelf had gewaad botste hij tegen een wand van vermolmd hout. Hij trok er met zijn handen een stuk verrot hout af en het hart klopte hem in de keel toen hij daaronder stenen en voegen voelde die door mensenhanden moesten zijn gestapeld. Had hij de muren bereikt van de onderaardse kelders die koning Salomo volgens legendes als schuilplaats had gebouwd voor de Ark? Muren bedekt met cederhout. Hij volgde de lange wand die schuin opwaarts liep en scherp afboog naar een gang die grauw verlicht werd door minimaal binnenvallend licht. Misschien was hij nu vlak onder de rots waardoor er licht kon binnendringen langs de randen. Hij liep tussen twee muren, opgetrokken uit enorme rechthoekige granieten stenen. De gang liep dood tegen twee massief gouden deurhelften zo stevig dat ze door geen leger zou kunnen worden ingebeukt.

Dit moet de toegang zijn tot het Heilige der Heiligen, wist Chaim. De zinderende energie die door de gouden deuren heen leek te trillen, maakte hem licht in het hoofd. Geen mens was ooit zo dicht bij God geweest, dacht hij.

70 ההע Hej Hej Ajin: **de Godin van de onvoorwaardelijke liefde**

Het gouden schijnsel van de deur verblindde hem alsof hij in de zon keek. Op enkele meters afstand ging hij in kleermakerszit in het mulle zand zitten. Chaim sloot zijn ogen. Hij probeerde zichzelf helemaal stil te maken want zijn verstand was voor deze grootse taak slechts bot gereedschap dat hem niet verder zou helpen. Het fonkelende gouden licht schemerde door zijn gesloten oogleden. Hij concentreerde zich op deze dansende lichtpunten zodat zijn gedachten zich oplosten in het gouden licht. Zoals suiker zich vermengt met heet water en het water gesuikerd wordt en de suiker waterig. Hij was volkomen rustig en het besef dat het leven of de dood van Francesa afhing van zijn welslagen, verzonk in zijn meest afgelegen bewustzijnslagen. Zijn hart sloeg een traag, plechtstatig ritme als een paukenslag bij de inhuldiging van een koning.

Hij zat volkomen bewegingloos als een in het zand uitgesneden sculptuur. Het leek of het leven uit hem was weggevloeid. Het bloed gestold in de aderen, de adem bevroren in de kilte van de stilte. Zijn ziel scheurde zich geruisloos los van zijn vlees en bloed.

Chaims lippen prevelden onbeweeglijk een onhoorbaar gebed. Zoals de dikke lichtmoleculen op zijn netvlies dansten, verschenen en verdwenen er de klanken van schijnbaar willekeurige Hebreeuwse letters. Letters die van zijn droge lippen in het zand sprongen en daar hun afdruk achterlieten. Een stoet van letters die zich als gedrilde rekruten aanmeldden en na zich kenbaar te hebben gemaakt hun strakke positie in de lijn innamen. Drie rijen van tweeënzeventig letters, gegrift door de adem van God, stonden in het gelid. Zijn hart herkende de eerste en derde regel als de verzen over de machtige Mozes die zijn hand over de Rode Zee uitstrekte. Maar de tweede regel leek een betekenisloos zootje.

Thcanedleehnemokrednaedijbteinnokneeedthcanedezetthcil-revreihnesinretsiudnegniklowebsawraadlearsinavregeltehneetpy-genavregeltehnessutmawkez.

De raadselachtige lettercombinatie onthulde echter zichzelf door in omgekeerde volgorde elke letter even op te lichten zodat Chaims verstilde gemoed het beroemde Exodus vers herkende:

'Ze kwam tussen het leger van Egypte en het leger van Israël: daar was bewolking en duisternis en hier verlichtte ze de nacht. De een kon niet bij de ander komen, heel de nacht.'

Zonder gedachten onthulde het vers zijn betekenis. Het Egyptische leger was zijn duistere zijde. Het Israëlitische leger zijn ziel die op de Schepper vertrouwde. Het Egyptische leger werd in duisternis gehuld en gescheiden van zijn ziel die in het licht baadde.

Toen sprongen de eerste drie letters van de drie regels uit de rij. Ze manifesteerden zich als een gegraveerd woord op de gouden poort. Chaims oogleden openden zich mechanisch en lazen 'Vav Hej Vav'. Liefkozend gleden zijn ogen over de ranke steeltjes en lijnen. והו Vav Hej Vav had geen enkele betekenis als woord maar klonk toch als muziek in zijn ziel. Met de tweeëntwintig letters van het alfabet had God de wereld gecreëerd. Elke samenstelling van letters was een formule. Zoals chemische symbolen de samenstelling van een stof uitdrukten. Of het nu om concrete voorwerpen of onbenoembare krachten ging. Vav Hej Vav zong in het rond tot het hem helemaal vervulde en hij samenviel met het woord.

Toen gumden de letters Vav Hej Vav zichzelf uit op de gouden poort. Ze smeten zichzelf op het zand als lamgeslagen vinvissen die aanspoelden op het strand.

Zo verscheen lettercode na lettercode op het gouden scherm als een keten van nauwelijks articuleerbare namen van God. De woordbrokken haakten zich aan elkaar als een ketting van een alsmaar groeiende naam die de hele gang deed schudden en beven. De lettergrepen versmolten als goudbrokken.

Chaim trilde en ging onverzettelijk voort in het produceren van de lettergrepen waarvan niemand hem ooit verklaard had in welke volgorde ze hoorden. De letters zochten zelf hun plaats en regen zich aaneen. Het werden zinnen die zich met elkaar verbonden in een alsmaar complexere samenstelling die haast onuitspreekbaar was. Toen hij uiteindelijk zoveel kracht had opgebouwd dat het leek of de hele Moriaberg schudde en trilde, riep hij uit alle macht een onverstaanbare lange verzameling letters, die elkaar als dominosteentjes omgooiden. Met een enorm geraas en gebulder zwaaide de gouden poort open.

Door de deuren viel een wit helder licht dat de onderaardse gang tot in de kleinste uithoeken verlichtte. Chaim stond oog in oog met de Ark des Verbonds toen de tweeënzeventigste naam zichzelf had uitgegumd en zich als laatste schakels vasthechtten aan de letterketting. Zijn lippen prezen geluidloos de Schepper.

'Welkom Chaim,' hoorde hij een zachte vrouwenstem zeggen.

Toen hij zijn ogen opende zag hij op de gouden ark, beschermd door de sterke vleugels van de cherubs, een oogverblindende vrouwelijke gestalte, gehuld in rook.

'Shechina? Bent u het, Shechina,' stamelde hij vol ontzag.

De Godin lachte bevestigend en ging op de kist zitten.

'Ja, ik ben het, Chaim,' zei ze. 'Ik ben nooit in ballingschap geweest. Al die duizenden jaren heb ik hier rustig gewacht tot iemand genoeg geloof had om mij te vinden.'

'Maar dat kan ik toch niet zijn?' zei Chaim. 'Er is niemand op deze wereld die zo met zijn duisternis vecht als ik.'

De lach van de Shechina stelde Chaim gerust. Wie was hij om het oordeel van de vrouwelijke verschijning van God in twijfel te trekken? Ze liet zich van de kist glijden en stapte langzaam op hem af.

'Je hebt mij gezocht omwille van haar. Omdat je zoveel van haar houdt. Je vergat het gevaar voor je eigen leven. Je kreeg vleugels.

Daar waar twee mensen onvoorwaardelijk en onbaatzuchtig van elkaar houden, verschijn ik. Maar wanneer je liefde gebaseerd is op eigenbelang, kus je Lilith tot leven.'

Zijn hart stokte.

'Francesa is een mooi meisje,' zei de Shechina begripvol, 'met een mooie ziel. Je had haar veel te geven maar je deed het niet. In haar bijzijn ontkende je alles waar je in geloofde, alles wat je geleerd en ontdekt had. Je liet je lichaam op haar rusten maar niet je geest. Je verrijkte haar niet, je deed geen moeite haar boven zichzelf te doen uitstijgen. Zo heb jij haar tot Lilith gemaakt. De enige zonde van Francesa was dat ze haar vader niet eerde. Jij werd haar symbool. Ze wist dat haar vader nooit zou toestaan om haar met jou te laten trouwen.'

'Waarom niet?' vroeg Chaim.

'Omdat jij haar ziel niet zou voeden maar vernietigen. Jij wakkerde haar Lilith-kracht aan. Je daagde haar uit. Je bleef haar hoop voeden. Hoe meer ze haar zinnen op jou zette, hoe meer ze de haat en destructie in zichzelf tot leven bracht. Ze vermoordde de Shechina in zichzelf.'

'Hoe...'

'Hoe ik dat weet?'

De Shechina schudde met haar gouden haren en in een oogwenk was ze veranderd in Francesa. Chaim rilde en wilde zijn geliefde omhelzen.

'Niet doen,' zei Francesa, 'niet doen. Ik hou van je. Met mijn hele wezen. Maar wat mij dreef was niet de liefde voor jou maar de haat voor mijn vader. Ik wilde zijn levenswerk vernietigen. Als ik jou zou veroveren, zou hij zijn ideeën nooit op papier krijgen. Jij was de enige die hij het toevertrouwde. Daarom wilde ik dat je al zijn boeken verbrandde. Ik haatte zijn leer. Ik wilde zijn droom van een betere wereld in de as leggen. Als klein meisje heb ik zo vaak in mijn bedje zijn naam geroepen. Maar hij kwam nooit. Als hij er al was, had hij geen aandacht voor mij. Hoe zou een man die zo met zijn dochter omging, een betere wereld tot stand kunnen brengen? Door jou kon ik hem het meest raken. Langzaam veranderde ik in een dochter van Lilith. De donkere krachten in mij wonnen het van de goede. Mijn liefde was oprecht maar werd een zwartgeblakerd vuur. Ik heb je afgeleid van je levenswerk. Je bent een schrijver. Je moet schrijven. Wat is mijn liefde voor je waard als ik wie je ten diepste bent, wil veranderen? Door jou wilde ik mijn vader treffen. Maar in jou heb ik mijn vader aangetroffen. Jullie lijken zo op elkaar. Ik ben verliefd geworden op de vader die mij wel aandacht schonk.'

Toen Francesa haar ogen sloot, veranderde ze opnieuw in de gouden gestalte van de Shechina.

'Wat was dit,' vroeg Chaim.

De Shechina glimlachte.

'Je hebt een grootse taak, Chaim. De boeken die jij schrijft zullen eeuwen een sluimerend bestaan leiden. Maar over vierhonderd jaar zal de mensheid ze ontdekken. Ze zullen een gids zijn om de wereld écht te veranderen.'

De Shechina legde haar warme hand op zijn voorhoofd.

Hij werd omringd door goud dat zijn hele lichaam verlichtte. Hij voelde zich een donker vat dat gevuld werd met het helderste licht denkbaar. Het was alsof hij was losgeweekt van wie hij hier op aarde was. Hij voelde zich licht in het hoofd worden. Zo licht als een wolk die zou kunnen opgaan in de blinkende nevel die uit het Heilige der Heiligen zweefde. Hij wist dat alle wensen slechts één doel hadden: vervuld worden. De mens was een onvervulde wens. Verlangens waren de brandstof waarop alles leefde en groeide. Het krachtigste verlangen was seksuele begeerte. Een verlangen dat alle andere wensen kon uitdoven wanneer het geen spirituele binding had. Wie geen wensen had, doofde uit als een imploderende ster. Zo zwaar en donker dat op de plaats waar hij geleefd had hij alle licht naar zich toe zoog in een onpeilbare trechter van leegte om in een andere dimensie weer als wens geboren te worden. Maar één onbaatzuchtige gedachte had het vermogen in zich om de wereld te veranderen. Liefde was een enorme kracht die alles en iedereen kon veranderen.

'Hier ben ik. Wat kan ik voor u doen?' vroeg zijn hart.

Zimra had de hele dag gewacht op het terras van het eetstalletje tegenover het kuuroord. Wantrouwend had hij iedere vrouw die het badhuis verliet, lastiggevallen om te controleren of het niet Chaim was in een nieuwe vermomming. Hij kon zich van razernij de weinige haren uit het hoofd trekken dat hij Chaim carte blanche had gegeven voor een plan waarvan hij de finesses niet kende. Zimra balanceerde tussen een staat van onrustige afwachting en ziedende onmacht.

'Als je liefje sterft, heb je het helemaal aan jezelf te wijten,' verweet hij Chaim tussen zijn tanden. Toen de avond begon te vallen, hield hij het niet meer. Hij wilde het gebouw bestormen maar wist dat de zwaarlijvige eunuchen hem nooit binnen zouden laten. Er restte hem maar één oplossing: proberen om de Turkse gouverneur voor zijn karretje te spannen.

Aboe Siffien had hem eerst met grote onverschilligheid aangehoord. Dat er een joodse man verkleed als vrouw een hammam was binnengedrongen, leek hem geen zaak van staatsbelang waar hij zich over moest ontfermen. Ook het warrige verhaal dat die jood in het vrouwenbadhuis een aanwijzing zou zoeken om de legendarische Ark des Verbonds te vinden, kon slechts op zijn lauwe aandacht rekenen. Natuurlijk kende Aboe Siffien de vele legendes die over de Ark de ronde deden. Het verhaal maakte ook deel uit van het islamitische erfgoed en als hij zich goed wist te herinneren waren er moslims die geloofden dat de Ark zich op de bodem van het Meer van Tiberias bevond. Maar Aboe Siffien was een man van nuchtere feiten.

'Ik begrijp dat u dit alles een raar verhaal vindt,' was het laatste argument dat Zimra in de strijd gooide om Aboe Siffiens aandacht te vangen. 'Maar de naam van de jood waar ik het over heb, is Chaim Vital. Hij is de voornaamste leerling van Yitschak Luria, wiens faam u niet ontgaan kan zijn.'

Aboe Siffien ging rechtop in zijn stoel zitten.

'Yitschak Luria, jazeker ken ik die,' zei de gouverneur. 'Ik heb hem eens in Tsfat opgezocht en was onder de indruk van zijn wiskundige benadering van de Tora. Hij gaf me in elk geval niet de indruk een man te zijn die zich met fabeltjes bezighoudt. Heeft hij zijn leerling de opdracht gegeven de Ark te zoeken?'

'Jazeker,' blufte Zimra, 'en de Ark kan voor uw ondergang zorgen.'

Aboe Siffien haalde spottend zijn wenkbrauwen op.

'Hoezo?' vroeg hij.

'U weet toch dat de Ark het geschenk van God is aan de joden? De Ark heeft in de geschiedenis vele vijanden van het joodse volk vernietigd. Men zegt dat de dag dat de Ark wordt teruggevonden, de joden zullen zegevieren over alle volkeren. Uw heerschappij zou omvergegooid worden.'

Zimra had de kunst van de manipulatie nog niet verleerd. Hij genoot van de verwarring die hij had gezaaid bij de gouverneur. Hij wist dat deze hem niet zou geloven maar ook niet het risico zou willen nemen dat er een kern van waarheid in school. Aboe Siffien stond bekend als een moedige man die geen uitdaging schuwde. Hij zou de Ark zelf te lijf willen gaan niet beseffend dat hij daarmee zijn eigen ondergang zou bewerkstelligen.

'Het blijft een vreemd verhaal, maar laten we het toch maar eens onderzoeken,' besloot Aboe Siffien na een tijdje.

Met een tiental opgetrommelde soldaten begaven ze zich naar het badhuis. De eunuchen bogen als knipmessen voor de gouverneur. Meteen gaven ze gehoor aan zijn opdracht om alle aanwezige vrouwen in het badhuis te verzamelen in de kleedkamer. De vrouwen protesteerden fel dat hun dagje uit vol verwennerijen zo bruusk werd afgebroken en gilden moord en brand toen de gouverneur de deur van de kleedkamer opengooide. Het was een schandalige schending van de *Koran* dat een man hen in deze ongeklede toestand zag.

'Vertel,' zei Aboe Siffien, die het hysterische geschreeuw negeerde, 'bevindt je joodse vriend zich onder dit vrouwvolk?'

Zimra's kleine oogjes gleden over de verzamelde vrouwen die zich met alles probeerden te bedekken en hij vergat bijna waarnaar hij zocht. Toen bleef zijn blik rusten op Fatima, die geprobeerd had haar gelaat te verbergen achter de rug van haar zoontje.

'Die vrouw daar was bij hem,' wees Zimra. 'Zij moet weten waar hij is.'

De andere vrouwen werd gesommeerd zich snel aan te kleden en het badhuis te verlaten. Fatima werd streng ondervraagd maar weigerde te antwoorden. Liegen kon ze niet, maar met zwijgen hoopte ze Chaim te kunnen beschermen. Aboe Siffien had echter weinig geduld en trok hardhandig de kleine Jozef bij haar vandaan. Hij trok zijn blinkende zwaard en legde het lemmet op de hals van het jongetje.

'Waar is je joodse vriend?'

Fatima wist dat er met de gouverneur niet te spotten viel. Ze zag de paniekerige blik van haar zoontje en kon niet anders dan haar belofte aan Chaim breken.

'Laat hem alsjeblieft los,' smeekte ze. 'Ik zal u tonen waar hij is.'

Ze nam de mannen mee naar de binnenplaats en zo kwamen ze via de put, door de spelonken in de gang terecht.

'Kijk daar, dat gouden licht,' riep een van de zwaarbewapende soldaten die Aboe Siffien aanvoerde in zijn zoektocht door het onderaardse gewelf. Vol ontzag wendden de dappere soldaten het hoofd af. Zelfs Aboe Siffien kon het pure licht niet langer dan enkele seconden trotseren.

'Is hij gevaarlijk, die Ark?' vroeg hij aan Zimra.

'Als u wilt, zal ik vooropgaan,' stelde Zimra aan de gouverneur voor, die het onverdraaglijk vond geïntimideerd te zijn door een verschijnsel dat hij niet kon verklaren. Maar instinctief voelde hij dat hier een kracht aan het werk was die zelfs zijn voltallige leger niet zou kunnen verslaan. Hij vertrouwde Zimra voor geen haar. Hij had meteen geweten dat het niet klopte dat deze oude rechter een jood zou verraden die op het punt stond zijn gezag omver te gooien. Als dat zo zou zijn dan zou Aboe Siffien wel de laatste wezen die hij daarover inlichtte. Aboe Siffien wist als geen ander dat alle joden ernaar verlangden dat Jeruzalem weer hun stad zou worden.

'Neem van deze oude man aan dat je nooit de held moet willen zijn als het jezelf in gevaar brengt,' adviseerde Zimra de gouverneur.

Aboe Siffien gaf een van zijn soldaten de opdracht een touw te binden rond de buik van Zimra.

'Ga maar voorop,' beval hij Zimra. 'Maar zodra het touw slap wordt, komen we je achterna en snijden je kop van je hals.'

Zimra was niet bang voor deze bedreiging. Zo dadelijk zou hij de kracht van de Ark aan zijn zijde vinden en die zou de islamieten vermalen tot steengruis.

'Natuurlijk,' zei hij deemoedig tegen de gouverneur en wandelde triomfantelijk het gouden licht tegemoet. Hij waande zich de bevrijder van het joodse volk die hun eeuwige suprematie zou vestigen. Zijn zelfgenoegzaamheid over zijn heldendom was zo groot dat hij zich er eerst niet bewust van werd dat de hitte van het licht zijn kleren schroeide en het linnen zich sissend vastkoekte aan zijn huid. In de verte zag hij, omgeven door rook, de zittende gestalte van Chaim, die hij bestraffend toeriep.

'Chaim! Chaim! Maak plaats voor je Messias. Jouw taak is volbracht. Scheer je weg nu.'

Chaim schrok wakker uit zijn diepe, meditatieve toestand en met zijn ontwaken trok het licht zich in een achterwaartse reflex terug als een waterval in omgekeerde richting. Zimra was bezorgd over het zich verbergende licht en versnelde zijn pas om zich te laven aan de plassen van stralen die nog in de donkerte gloeiden.

Zonder vrees liep hij door de gang, die nog slechts in de verte werd bestrooid met het witste licht. Hoe dichter hij naderde, hoe warmer de stralen zich door zijn lichaam boorden en zijn bloed op kooktemperatuur brachten. Maar Zimra was ervan overtuigd dat hij, die zo intens had verlangd naar dit ene doel, voorbestemd was dit licht te trotseren. Waardig het te ontvangen. Hij liep tot hij vlak bij de sluitende gouden deuren was waar het licht als bolbliksems zich in zijn lichaam boorde en hij van binnenuit werd verbrand. Zijn organen roken verbrand en smeulden in zijn binnenste. Zijn longen klapten. Toen hij zijn ogen opsloeg schroeiden zijn lenzen van het netvlies en zijn oogballen ontploften. Zijn neus werd weggevreten door de laaiende hitte en zelfs zijn tanden smolten in zijn mond tot een brijerige massa. Zijn huid viel met grote vellen van zijn lijf en zijn botten vatten vlam. Binnen enkele seconden was Zimra niets meer dan een hoopje smeulend as, volledig verteerd door het ondenkbaar hete vuur.

Aboe Siffien en zijn soldaten hadden alleen het sissende geluid gehoord van het vlees dat in luttele secondes gebraden en gesmolten was. Ze roken de geur van verbrand mensenvlees en sidderingen liepen over hun rug.

Toen was het helemaal donker en klonk de droge slag waarmee de deuren zich voorgoed weer sloten.

Aboe Siffien gaf de opdracht het touw binnen te halen. De mannen waren verbijsterd toen ze het brandende uiteinde in handen kregen. Welke verschrikkelijke natuurkracht had in die verre gang gewoed?

Ze hoorden voetstappen dichterbij komen en een jonge stem die riep: 'Wees niet bang. Mijn naam is Chaim Vital. De kabbalist. Ik kan jullie alles verklaren.'

Voor de tweede maal in zijn leven werd Aboe Siffien geconfronteerd met een verschijnsel dat zijn scherpe geest niet kon vatten. De eerste maal was met de enorme vruchten van de johannesbroodboom die in de winter bloeiden. Maar nu stond hij voor een nog groter raadsel. Een intens licht dat zich achter een gouden poort had teruggetrokken en op zijn weg de ene man in enkele secondes verschroeid had en de andere onberoerd had gelaten. Hij had zijn soldaten de opdracht gegeven de gouden poort in te beuken maar wat ze ook probeerden, alles brak af op het massieve goud.

'Dus jij beweert dat zich hierachter de Ark des Verbonds bevindt?' sprak hij tot Chaim.

'Ja,' antwoordde hij, 'ik heb hem met eigen ogen gezien.'

'Hoe heb je die poort dan geopend?'

'Met de tweeënzeventig geheime namen van God,' mompelde Chaim beschaamd. Hij wist dat de gouverneur, bekend als de Vader des Zwaards, geen man was die in toverformules geloofde.

'Open hem dan opnieuw,' beval Aboe Siffien.

'Dat zou een moordaanslag op u en uw mannen zijn,' zei Chaim.

'Waarom werd Zimra wel en jij niet geroosterd?'

Chaim zuchtte. Hoe legde je de macht van de Schepper uit aan een man die alleen waarde hechtte aan het logische verstand?

'Bestaat liefde?' vroeg hij aan de gouverneur.

'Ja natuurlijk,' antwoordde Aboe Siffien overrompeld.

'Hebt u dan ooit liefde gezien? Of vastgepakt?'

'Hoe bedoel je?'

'Voor iemand die kleurenblind is, bestaat rood niet. Al zegt de hele wereld tegen hem dat een radijs rood is. Hij beschikt niet over het vermogen om rood waar te nemen. Zo is het ook met de Schepper.

Ook daar heb je een zintuig voor nodig om hem en zijn bruid te kunnen ervaren. Overgave, geloof en ontzag. Wie niet in hen gelooft, zal hen ook niet vinden. Maar dat betekent niet dat ze niet bestaan.'

'Wat heeft dat met de Ark te maken?' onderbrak Aboe Siffien hem ongeduldig.

'De Shechina woont in de Ark. Gods vrouwelijke manifestatie. Ze wacht op ons. Eeuwenlang. Ze heeft alle tijd. Alle vertrouwen. Ze is Ahava, liefde.'

Chaim keek in de glazige ogen van Aboe Siffien. Toen vond hij plots de woorden waarmee hij misschien door het cynische schild van de gouverneur zou breken.

'De getalswaarde van Ahava is 13. Maar liefde werkt twee kanten op. Als ik van jou hou, is dat 13, en ook de getalswaarde van jij die van mij houdt, is 13. Als je 13 en 13 bij elkaar optelt, krijg je 26, de getalswaarde van het woord havaya. En havaya is een anagram van *Jahwe*. Dus daar waar twee mensen van elkaar houden, woont God in hun midden.'

'Aha,' zei Aboe Siffien die hield van dit soort wiskundige vergelijkingen. 'Als ik je goed begrijp, is de Shechina de liefde tussen twee mensen?'

'Ja,' aarzelde Chaim, 'de Shechina is dat aspect van God dat staat voor onvoorwaardelijke liefde, voor licht.'

'Een licht zo sterk dat het iemand in de as kan leggen?'

'Als je van iemand houdt omwille van wat je van haar kunt ontvangen, en niet omwille van wat jij haar kunt schenken, dan verbrandt die liefde. Je brandt je geliefde letterlijk uit. En jezelf ook.'

'Dus de Shechina verbergt zich daar in die kamer om ons niet te verbranden?' vroeg Aboe Siffien ongelovig.

'Precies,' beaamde Chaim stellig zonder te weten waar hij zijn zekerheid aan ontleende. 'We moeten ze eerst in ons zelf ontdekken.'

'En de Shechina openbaart zich wanneer iedereen van elkaar houdt?'

Enkele soldaten proestten het uit maar Aboe Siffien beduidde hen op te houden.

'Ja,' riep Chaim enthousiast.

'En waarom toonde ze zich dan aan jou?'

'Ik weet het niet. Misschien om dit verhaal te vertellen? Om iedereen op te roepen zijn naaste net zo lief te hebben als zichzelf. Want we zijn allemaal één.'

'En als dat zou gebeuren, dan kan iedereen haar zien? Ook moslims?'

'Ja natuurlijk,' glimlachte Chaim.

Aboe Siffiens instinct vertelde dat deze joodse man oprecht was. Hij deed zijn best om zijn kennis en overtuiging over te dragen. Siffien was geen man die gewend was om over de liefde te filosoferen. Laat staan om in liefdesgodinnen te geloven die zich achter een gouden deur verscholen. Maar hij realiseerde zich wel dat als hij Zimra achterna was gegaan, hij nu ook vergaan zou zijn tot een hoopje as. Of het nu liefde was, of iets anders, het was een wapen waar geen krijgsmacht tegen opgewassen zou zijn. Hij besloot Chaim op de proef te stellen.

'Wat zou je ervan zeggen als ik deze gang liet dichtmetselen en de donkere bron in de hammam voor altijd dichtgooide?'

'Dat zou ik een heel verstandig besluit vinden,' antwoordde Chaim. 'Voor er meer ongelukken gebeuren. Het is nog niet de juiste tijd voor de Shechina. Zolang mensen elkaar uitmoorden omwille van hun geloof, hebben ze geen van allen de diepe essentie van de Schepping begrepen. Dat we allen één zijn. Ik hoop dat ik met de boeken die ik zal schrijven de mensheid dichter bij de dag kan brengen waarop iedereen de Shechina kan aanschouwen. Dat in elk mens de Messias ontwaakt is. Maar ik vrees dat dit nog wel enkele honderden jaren zal duren.'

'Je zult in mij in elk geval een aandachtige lezer vinden,' zei Aboe Siffien tevreden. 'Je bent een vrij man. Je kunt gaan.'

72 נ״ת Noen Joed Tav: **de God van de onsterfelijkheid**

Fatima had de hele dag en avond gebeden voor Chaims welzijn. Ze dankte Allah toen hij eindelijk weer tevoorschijn kwam uit de put waarvan ze gevreesd had dat die zijn graf zou worden.

'Het spijt me dat ik je heb verraden,' fluisterde ze terwijl ze zich aan hem vastklampte. 'Jozef werd bedreigd, ik kon niet anders.'

'Ik begrijp het. Het geeft niet. Het is allemaal goed afgelopen. Nu alleen Francesa nog.'

Fatima rilde. Ze had geen moment meer gedacht aan haar concurrente. Ze schaamde zich dat ze zich niet had bekommerd om het lot van de jonge vrouw die ergens zat opgesloten.

'Ga snel je liefde zoeken,' zei ze.

Chaim had geen tijd om haar uit te leggen hoe de ervaring in de onderaardse gewelven hem van binnenuit hadden veranderd. Hij vroeg haar hem te helpen wat kleding te improviseren uit de badlakens.

'Ik zal nooit vergeten wat je voor mij hebt gedaan,' zei hij bij het afscheid. 'Ik hoop zo dat die man over wie je vertelde spoedig zijn ogen voor je zal openen. Hij moet wel blind zijn als hij niet ziet wat voor bijzondere vrouw jij bent.'

Fatima had het koud toen ze met de slapende Leah tegen haar borst gedrukt en Jozef aan haar hand Chaim zag wegrennen, het donkere Jeruzalem in.

Chaim spoedde zich naar de joodse wijk waar mensen hem de weg wezen naar het huis van de rechter waar Zimra logeerde. Zonder nadenken sloeg hij de ruiten in en onderzocht het huis van boven tot onder maar vond nergens een spoor van Francesa. Behalve dan twee leeggedronken glaasjes wijn en het opengeklapte doosje met twee ringen op de tafel: de Godin van de bescherming en de Godin van de onvoorwaardelijke liefde. Waarom zou Francesa haar beschermingsring hier hebben achtergelaten. Hij schoof de beide sieraden, door zijn broer vervaardigd, om zijn vingers. Als die ringen op zulke wonderlijke wijze bij hem terechtkwamen, dan moest hij er ook op vertrouwen dat hij gegidst zou worden naar Francesa.

Op dat moment klopte er iemand aan de deur. Op de straat stond een slordig geklede man die beleefd naar Zimra informeerde.

'Rabbi Zimra... is overleden,' zei Chaim en hij besefte pas met het uitspreken van deze woorden wat een verschrikkelijke dood zijn vijand had gevonden.

'Wat vreselijk,' riep de man uit.

'Ja,' aarzelde Chaim, 'komt u binnen.'

De man glimlachte.

'Neemt u mij niet kwalijk, ik zal me even voorstellen. Mijn naam is Moshe. Ik woon hier. Ik kom net terug uit Tsfat. Zimra paste zolang op mijn huis en nam mijn zaken waar op de rechtbank.'

'O,' zei Chaim verlegen omdat hij in het huis van deze voorkomende man had ingebroken. 'Zal ik u helpen met uw bagage?'

De koetsier had de koffers al op de stoep gezet en hielp nu een vrouw met uitstappen.

'Erg vriendelijk van u,' zei Moshe en ging ondertussen afrekenen bij de koetsier.

Toen Chaim weer naar buiten liep om de volgende koffers op te halen, botste hij op de uitdagend geklede Italiaanse vrouw die net naar binnen wilde gaan.

Ongelovig keken ze elkaar even aan.

'Esther,' riep Chaim uit.

'Chaim? Chaim, zonder baard!'

'Jullie kennen elkaar?' vroeg Moshe verbaasd.

'Ja, Chaim is een goede vriend van me uit Tsfat, en Moshe is... ja, wat ben je eigenlijk van me, Moshe,' zei Esther plagerig.

Hij sloeg zijn arm om haar middel.

'Je vriend? Je geliefde? Wie weet ooit je man,' zei hij verliefd.

Ze drukte een snelle kus op zijn lippen.

'Moshe en ik hebben elkaar leren kennen in Tiberias. Hij was onderweg naar Tsfat en ik vluchtte er net vandaan. We verbleven in dezelfde herberg.'

'Aangenaam, Chaim,' lachte Moshe. 'Ik zou zeggen, kom binnen, maar dat is in dit geval overbodig.'

Ze sloten de deur achter zich en terwijl Moshe zijn woning inspecteerde, ging Esther aan de tafel zitten.

'Waarom heb je je baard afgeschoren?' vroeg ze vrolijk.

'Om als vrouw verkleed in een hammam binnen te dringen,' lachte Chaim beschaamd.

'Ondeugende jongen,' plaagde Esther.

'Wat vreemd,' mompelde Moshe. 'Mijn terrarium staat niet op zijn plaats.'

'Weet je Moshe, Chaim is de schrijver van het boek.'

'Van Etz Chaim?' vroeg Moshe opgewonden. Hij liep naar zijn koffer, knipte hem open en liep met het manuscript naar de tafel.

'Hoe kan dit?' stamelde Chaim ongelovig.

'Ik heb op nogal overhaaste manier de boerderij verlaten, zoals je misschien gehoord hebt.'

Natuurlijk was het verhaal van de overspelige kabbalastudenten Chaim ter ore gekomen. Maar hij was te vol geweest van zijn eigen drift voor Francesa om er lang bij stil te staan. Chaim knikte dat hij wel wist wat zich ongeveer had afgespeeld. Hij wilde het onderwerp op Francesa brengen maar Esther vertelde onverstoord: 'Wel, toen ik uit de boerderij wegging, bestond mijn bezit onder meer uit jouw boek. Ik had het net als alle leerlingen van Yitschak gekregen. Met zijn naam erop. Dankzij jouw boek leerden Moshe en ik elkaar kennen. Hij zag het bij mij op de ontbijttafel liggen en knoopte een gesprekje aan. Het leek eerst wel of hij meer geïnteresseerd was in jouw boek dan in mij!'

'Ik heb het op onze terugreis bijna helemaal gelezen,' viel Moshe haar bij. 'Het is een verbluffend boek. Wereldveranderend. En... of vertel jij hem dat liever, Esther?'

Hoe blij Chaim ook met deze bijval was, hij kon er niet van genieten zolang hij ongerust was over Francesa.

'We hebben besloten het te laten drukken. Met jouw goedkeuring natuurlijk. Want ik ben een rijke vrouw nu. Yitschak heeft de boerderij van mij gekocht en het zou me een eer zijn het boek de wereld in te brengen... met jouw naam erop natuurlijk!'

Chaim viel haar om de hals. Het was een avond vol wonderen. Zijn boek waarvan hij dacht dat het onherroepelijk verloren was, was gered door Esther. Dit verrassende weerzien moest een voorbode zijn van een gelukkige ontknoping met Francesa.

'Dankjewel, Esther. Je kunt niet geloven hoe gelukkig je me maakt.'

Esther kende de vreugde van een kunstenaarshart dat erkenning vond.

'Om heel eerlijk te zijn, heeft Anna ons op het idee gebracht,' bekende Esther.

'Anna? Heb je haar gesproken?'

'Ja, ze verbleef ook in Tiberias. Ze maakte zich zo'n zorgen om je toen ik haar alles vertelde wat er op de boerderij was gebeurd. Ze drukte me op het hart voor je boek te zorgen als voor een kind.'

'Die lieve Anna,' zei Chaim ontroerd, 'gaat het goed met haar?'

'Ja, nu die vreselijke plaag verdreven is, ging ze weer terug naar Tsfat. Maar vertel me eens, Chaim, hoe het met jouw liefdesleven zit,' vroeg Esther nieuwsgierig terwijl Moshe een fles wijn ontkurkte. 'Heb je de stoute schoenen nog durven aantrekken bij dat mooie dochtertje van je leraar? Of ben je blijven fantaseren bij haar schilderij...'

'Dat is een lang en ingewikkeld verhaal. Zij is de reden dat ik hier heb ingebroken, Moshe. Ik weet niet hoe goed bevriend je bent met Zimra maar hij heeft Francesa ergens gevangengezet. Ik dacht dat ze hier zou zijn.'

'Ik ken hem niet zo heel goed,' zei Moshe, 'maar ik weet wel dat hij van vrouwen hield...'

Toen legde hij de link met zijn verdwenen terrarium. Als Zimra dat zware gevaarte verplaatst had, kon het nooit ver zijn. Hij liet de fles wijn uit zijn handen vallen.

'Wat is er,' vroeg Esther.

'Ik heb een bang vermoeden. We moeten meteen naar de synagoge.'

Chaim en Esther volgden Moshe naar de overkant van de straat, naar de synagoge waar hij werkte als rechter. Maar het huis van God was hermetisch gesloten. De sleutel had hij aan Zimra uitgeleend.

'We zullen moeten inbreken,' zei Moshe.

Met gebundelde kracht braken de mannen het loodglas van het enige raampje dat de synagoge telde, boven de deur. Moshe kroop op de schouders van Chaim, wurmde zich naar binnen en opende de deur. Op de tast zocht hij naar de kaarsen bij de ingang.

Het duurde even voor hun ogen wenden aan het licht maar toen ze rondkeken en het meisje op de bima zagen liggen, leek het of een ijskoude hand in hun hart kneep.

'Blijf hier,' herstelde Moshe zich. 'Die schorpioenen zijn levensgevaarlijk als je niet weet hoe je ermee om moet gaan.'

Behendig ving hij de voldane dieren bij hun staart en wierp ze een voor een in het terrarium. Zo beklom hij trap voor trap het spreekgestoelte tot hij de vraatzuchtige dieren van het jonge vrouwenlichaam kon wegnemen. Haar ogen stonden wijd open in doodsangst. Ze zag er verschrikkelijk uit. Haar gezicht vol zwellingen van het dodelijke gif. Haar bloederige opengereten borst verscheurd door de krabscharen. Haar huid en haar prachtige zwarte haren hadden alle glans verloren. Tegen beter weten in voelde Moshe aan haar hals of er nog een hartslag voelbaar was.

'Ze is dood,' zei hij.

Chaim brulde. Francesa was dood. Ze had hem voorgoed verlaten. In eenzaamheid vergiftigd en doodgebeten in deze gevangenis. Machteloos moest ze naar de deur hebben gestaard en gebeden dat die werd geopend. Tot het gif al haar lichaamsfuncties had uitgeschakeld. Een zinloze, verschrikkelijke dood. Chaim stortte op de grond. Was hij maar sneller geweest, dan had hij haar misschien kunnen redden. Het werd hem zwart voor de ogen en hij raakte bewusteloos.

Toen hij later die nacht was bijgekomen, ging hij bij haar zitten. Esther had al haar kennis van de nieuwste verzorgingsproducten voor de vrouw aangewend om Francesa op te tuigen als een prinses die tot leven kon worden gekust. Hij vertelde haar alles wat hij haar had willen vertellen. Hij dankte haar voor de hartstocht die ze in hem wakker had gemaakt. Voor het grenzeloze geluk en genot. Hij huilde om haar jonge leven dat zo bruusk was afgebroken. Hij vroeg vergiffenis dat hij zich zo had laten leiden door zijn begeerte en zich zo weinig verdiept had in de schreeuw van haar ziel. Hij bad dat er op haar eeuwige reis ergens een zielsgenoot op haar zou wachten. Misschien was het toch Yehoeda met wie ze zich nu in de zielenwereld kon verenigen. Even leek het of haar bleke lippen glimlachten toen hij haar dat vertelde.

'Dit hebben we nog bij de bima gevonden,' zei Esther en ze toonde hem voorzichtig een in een doekje gewikkelde afgereten vinger. Chaim slikte zijn afgrijzen weg. Aan de vinger zat de ring van de Godin van de genezing. Hij wist niet dat Francesa deze als trouwring had uitgezocht. De Godin van de onvoorwaardelijke liefde was voor hem bedoeld.

'O mijn God, waarom moesten die smerige beesten haar enige kans op redding ontnemen,' snikte hij.

Chaim drukte de ring in haar gezwollen hand en verstrengelde zijn vingers met de hare. De Godin van de onvoorwaardelijke liefde en de Godin van de genezing voor even verenigd op haar doodsbed.

'Je kunt bij ons blijven wonen,' zei Esther stil.

Chaim schudde zijn hoofd. Hij hoorde niet in Jeruzalem. Na de begrafenis van Francesa zou hij weer naar Tsfat gaan. Daar was zijn thuis. Daar wachtte hem de taak te schrijven tot zijn laatste levensadem. Daar wachtte Anna.

Bibliografie

Nederlandstalig

Beck, L., M. de Jonge, P. S. van Koningsveld, K. van der Toorn, T. E. Vetter *Grondleggers van het geloof. De levensverhalen van Mozes, Boeddha, Jezus en Mohammed.* Prometheus, Amsterdam 1997.

Berenson-Perkins, Janet *De kabbala ontcijferd. Geheime boodschappen uit een mystieke leer.* Librero, Kerkdriel 2005.

Berg, Michael *De Sleutel. De ontsluiting van het geheim van de kabbala.* Uitgeverij BZZToh, 's Gravenhage 2003.

Berg, Rav P. S. *De essentie van de Zohar. Bron van kabbalistische wijsheid.* Altamira-Becht, Haarlem 2002.

Bischoff, Dr. Erich *De Kabbala.* Uitgeverij Schors, Amsterdam 1984.

Bonder, Rabbi Nilton *De Kabbala van Geld. Over zakendoen en economie volgens de joodse traditie.* Elmar, Rijswijk 1997.

Charing, Douglas *De Tora. Informatie over het jodendom.* Uitgeverij Callenbach, Kampen 1995.

Cohen, Shoshanna *Kabbala. Wijsheid en adviezen van de Boom des Levens.* Uitgeverij Verba, Hoevelaken 2005.

Däniken, Erich von *De Goden waren astronauten. Het ware verhaal van de hemelse oorlog.* Uitgeverij Luitingh Sijthoff, Amsterdam 2002.

De Bijbel. Willibrordvertaling. Katholieke bijbelstichting, 's Hertogenbosch 1978.

De Pentateuch met Haftaroth. Deel 1 en 2. Vertaald door Jitschak Dasberg. Nederlands-Israelitisch Kerkgenootschap, Amsterdam 1994.

Drosnin, Michael *De Bijbelcode.* Strengholt, Naarden 1997.

Fiebag, Johannes en Peter *De Eeuwigheidsmachine. Een Semitische nomadenstam sleept een raadselachtig object door de Sinai. Een speurtocht door 32 eeuwen geschiedenis.* Tirion, Baarn 1999.

Fortune, Dion *De Mystieke Kabbala. Sleutel tot de kennis der wetten van geest, ziel en lichaam.* Uitgeverij Schors, Amsterdam 2001.

Gabrielli, Alexandra *Kabbala. De complete gids.* Synthese, Den Haag 2002.

Godfrey OFM, Fr. *Het Heilige Land*. Uitgeverij Palphot, Jeruzalem.

Greiner, Frank *Licht op Alchemie*. Servire Uitgevers, Utrecht 1998.

Guigui, Albert *Oude bron, levend water. Spiritualiteit van de joodse geloofstraditie*. Lannoo, Tielt 2004.

Hancock, Graham *Het Teken, het Zegel en de Wachters. Zoektocht naar de verdwenen Ark des Verbonds*. Tirion, Baarn 1992.

Hooglied. Vertaald door Pius Drijvers en Jan Renkema. Ambo, Baarn 1996.

Laitman, Rabbi Michael *Kabbala. Gids voor spirituele ontwikkeling*. Verkabbala Uitgevers, Amsterdam 2004.

Levi, Eliphas *Elementen der Kabbala of Het Boek der Schitteringen*. Uitgeverij Schors, Amsterdam 2003.

Madonna, *De appels van meneer Peabody*. Vassallucci, Amsterdam 2003.

Madonna, *De Engelse rozen*. Vassallucci, Amsterdam 2003.

Madonna, *Jacob en de zeven dieven*. Vassallucci, Amsterdam 2004.

Matt, Daniel C. *De Kabbala. Het hart van de joodse mystiek*. Servire, Utrecht 2005.

Matthews, John *De Heilige Graal. De belichaming van een droom*. De Driehoek, Amsterdam 1992.

Norris, Pamela *Het verhaal van Eva. Een geschiedenis van vrouwelijke ongehoorzaamheid*. Wereldbibliotheek, Amsterdam 1998.

Peacock, John *Kleding door de eeuwen heen. Een visuele geschiedenis*. Uitgeverij H.J.W. Becht, Haarlem 1991.

Prick van Wely, M.A. *Joodse Sagen en Verhalen*. Fibula, Houten 1988.

Scholem, Gershom *De Zohar. Kabbalistische fragmenten*. Uitgeverij Schors, Amsterdam 1977.

Scholem, Gershom *De Zohar. Kabbalistische fragmenten*. Uitgeverij Schors, Amsterdam 1982.

Teringzooi. Infectieziekten op zicht. Museum Boerhave, Leiden 2004.

Velde, Wally van de *Alchemie*. Vriendenkring Wally van de Velde, Drongen-Gent 1992.

Engelstalig

Aaron, Rabbi David *Seeing God. Ten life-changing lessons of the Kabbalah*. Jeremy P. Tarcher/Putnam, New York 2001.

Berg, Karen *God wears lipstick. Kabbalah for women*. Kabbalah Centre International, New York 2005.

Berg, Michael *Becoming like God. Kabbalah and our ultimate destiny*. Kabbalah Centre International, New York 2004.

Berg, Yehuda *Chanukah Lights. Kabbalistic Insights, Blessings and Chanukah Songs.* The Kabbalah Learning Centre, New York 2004.

Berg, Yehuda *The 72 names of God. Technologie for the soul.* Kabbalah Centre International, New York 2004.

Berg, Yehuda *The power of kabbalah. Technology for the soul.* Kabbalah Centre International, New York 2004.

Chalem, Yisrael en Phyllis *Safed. Six Self-Guided Tours in and around The Mystical City.* Safed Regional College, 1997.

Chalem, Yisrael en Phyllis *The Complete Guide to Tiberias and the Sea of Galilee.* 1994.

Drosnin, Michael *Bible Code* II. *The Countdown.* Penguin Books, New York 2003.

Fine, Lawrence *Physician of the Soul, Healer of the Cosmos. Isaac Luria and His Kabbalistic Fellowship.* Stanford University Press, California 2003.

Fine, Lawrence *Safed Spirituality. Rules of Mystical Piety, the beginning of wisdom.* Paulist Press, Mahwah 1984.

Finkel, Avraham Yaakov Kabbalah. *Selections from Classic Kabbalistic Works.* Targum Press, Southfield 2002.

Gardner, Laurence *Lost secrets of the Sacred Ark. Amazing revelations of the incredible power of gold.* Element Books, Londen 2003.

Israel, Alec *The Kabbalists.* Gefen Publishing House, Jeruzalem 2001.

Kaplan, Aryeh *Jewish Meditation. A Practical Guide.* Schocken Books, New York 1985.

Kaplan, Aryeh *Meditation and Kabbalah.* Weiser Books, Boston 1982.

Laitman, Rabbi Michael *A guide to the hidden wisdom of kabbalah with ten complete kabbalah lessons.* Laitman Kabbalah Publishers, Thornhill 2002.

Ouaknin, Marc-Alain *Mysteries of the Kabbalah.* Abbeville Press Publishers, New York 2000.

Owadally, Mohamed Yasin *Tabut. The heavenly Ark and other stories.* A. S. Noordeen, Maleisië 1999.

Rossoff, Dovid *Safed. The mystical City.* Sha'ar Books, Jeruzalem 1991.

Sasson, Gahl en Steve Weinstein *A wish can change your life. How to use the ancient wisdom of kabbalah to make your dreams come true.* Simon & Schuster, New York 2003.

Scholem, Gershom *Sabbatai Sevi. The mystical Messiah.* Princeton University Press, New Jersey 1973.

Vilnay, Zev *Legends of Jerusalem.* The Jewish Publication Society of America, Philadelphia 1973.

Vital, Chaim *Jewish Mystical Autobiographies. Book of Visions.* Vertaald door Morris M. Faierstein. Paulist Press, New York 1999.

Winston, Pinchas *Not just another scenario. A Novel for our Time*. ShaarNun Publications, 2001.

Zetter, Kim *Simple Kabbalah. A Simple Wisdom Book*. Castle Books, Edison 2002.

Zimler, Richard *The Last Kabbalist of Lisbon*. Arcadia Books, Londen 1998.

Lees ook van Geert Kimpen:

De geheime Newton

Enkele weken voor Isaac Newton stierf, verbrandde hij dozen vol notities die voor altijd moesten verdwijnen. Na zijn dood bleek dat er nog één kist stond, gevuld met ongepubliceerde documenten. Bisschop Horsley werd gevraagd ze te bestuderen. Toen hij de inhoud van de kist had gelezen, smeet hij de deksel dicht. Er mocht nooit één letter van naar buiten gebracht worden. *De geheime Newton*, de tweede roman van Geert Kimpen, is gebaseerd op de documenten uit deze kist.

Driehonderd jaar later kreeg de beroemde econoom John Maynard Keynes de kans om de één miljoen woorden te bestuderen. Hij was verbijsterd. Hij stierf voor hij met zijn speech de muren van de Universiteit van Cambridge kon laten schudden op haar grondvesten. Maar de tekst lag al wel klaar: 'Ik moet u waarschuwen dat het beeld dat ik van Isaac Newton kreeg, geheel anders is dan tot nu toe werd aangenomen. De inhoud van deze kist werpt een totaal ander licht op hem. Niemand die inzage heeft gehad in deze collectie kan volhouden dat Newton de eerste man was van de Verlichting. Newton was de laatste van de magiërs, de laatste der Babyloniërs en Sumeriërs. Al werd hij verleid door de duivel, het is ontzagwekkend hoeveel eeuwenoude raadsels hij verklaarde.'

Newton onthulde het mysterie van het universum. Maar zijn grootste geheim bleef verborgen. Tot vandaag...